LE FLEUVE DE LA LIBERTÉ

Martha Conway vit à San Francisco avec sa famille et dirige des ateliers d'écriture à l'université de Stanford.

MARTHA CONWAY

Le Fleuve de la liberté

ROMAN TRADUIT DE L'ANGLAIS (ÉTATS-UNIS)
PAR MANON MALAIS

JC LATTÈS

Titre original :

THE FLOATING THEATRE

Publié par Zaffre Publishing, un département de Bonnier Zaffre,
une division de Bonnier Publishing, GB, 2017.

Ce livre est une fiction. Les noms, les lieux, les événements et les incidents sont soit le produit de l'imagination de l'auteur, soit utilisés pour la fiction. Toute ressemblance avec des personnes ou événements existant ou ayant existé est purement fortuite.

ISBN : 978-2-253-10075-1 – 1re publication LGF

À mon père, Richard Conway,
qui a descendu l'Ohio avec moi.

1

25 avril 1838, Cincinnati, Ohio

Lorsque le vapeur *Moselle* explosa en quittant Cincinnati, j'étais dans la cabine des dames, en train de coudre des sachets de thé et de préparer ma revanche contre ma cousine Constance, qui s'était moquée de moi au dîner.

Ce n'étaient pas les moyens qui me manquaient. Parfois, je faisais quelques pinces aux manchettes de son chemisier et, comme ses poignets enflaient toujours lorsqu'elle était sur scène, il lui fallait après couper le tissu pour se dégager les bras. Ou alors, je raccourcissais les lacets de son corsage, juste assez pour l'empêcher de le serrer à son goût. Ou encore, je cousais une petite plume de pigeon dans le dos de son costume, pour qu'elle lui irrite la peau juste au moment de monter sur les planches.

J'étais la couturière de Constance, son habilleuse, sa bagagiste, et bien d'autres choses encore. *La célèbre Constance Vertu !* C'était son nom de scène.

Mais elle n'était pas célèbre, et contrairement à ce qu'elle avait prétendu au dîner, elle n'avait aucun lien de parenté avec les lord et lady Vertu du Suffolk, en Angleterre. Constance avait presque trente ans mais disait qu'elle en avait vingt-deux, comme moi. Durant les six derniers mois, on lui avait proposé de moins en moins de rôles d'ingénue ; mais elle ne s'était toujours pas décidée à accepter les rôles de veuves ou d'imposantes matriarches, qui ne figuraient jamais en haut de l'affiche. Si bien qu'elle nous avait réservé deux billets sur le *Moselle* pour partir à la recherche de nouvelles « opportunités », selon ses propres mots.

Nous nous étions disputées là-dessus à Pittsburgh. Je voulais prendre une diligence jusqu'à New York, où bien plus d'opportunités nous attendaient ; mais Constance en avait assez de New York.

— Nous n'avons pas assez d'argent pour ça, ma petite grenouille. Et de toute façon, le New Theatre de Saint-Louis m'a fait une offre. Son directeur veut monter une troupe !

Elle m'avait souri. C'était une très jolie femme, ma cousine, avec de grands yeux bleus, de belles dents, et des cheveux blond vénitien que je bouclais moi-même chaque soir, en les enroulant dans des papillotes en tissu. Son nez, c'est vrai, était un peu tordu, mais l'on n'en remarquait que davantage sa fossette au menton.

— Une offre sérieuse ? demandai-je.

Elle aimait raconter qu'elle m'avait secourue à la mort de ma mère, mais c'était faux. Elle y avait vu une opportunité, voilà tout. Tout comme celle qu'elle espérait maintenant trouver à Saint-Louis. Personne ne nous connaissait là-bas. Elle pourrait s'y présenter comme une jeune actrice de vingt-deux ans, plutôt qu'une trentenaire à bout de souffle. Moi, je garderais mon rôle : sa cousine aux cheveux noirs, qui faisait sa couture et n'approchait jamais de la scène. Comme elle, je pourrais me donner vingt-deux ans. D'autant plus que dans mon cas, c'était vrai.

Le jour du naufrage, nous avions déjà passé six jours sur le *Moselle,* et nous devions y passer six de plus. Ce soir-là, au dîner, Constance et moi avions pris place autour d'une grande table au centre de la salle à manger, avec sept ou huit autres passagers. Nous avions tous rapproché nos chaises de la nappe blanche tachée de sauce, tandis que des hommes en veston blanc nous apportaient des plats : du poulet grillé, du poulet frit, de la morue panée, du jambon froid, du pain chaud, des pêches au vinaigre, des concombres en boîte, et de grands bols en faïence pleins de légumes fumants. La salle à manger sentait la viande rôtie et la térébenthine ; nous devions hausser la voix pour nous faire entendre au-dessus du ronronnement faible mais constant de la chaudière. Constance y parvenait sans mal, en bonne actrice qu'elle était. L'une des convives était Mrs Flora Howard, une abolitionniste au teint rougeaud avec qui nous avions l'habitude de partager nos repas. (Je l'avais secrètement surnommée Fardée Howard.) Elle nous racontait une histoire drôle au sujet d'une mule, et je devais m'être mise à sourire car Mr Thaddeus Mason, lui aussi acteur, s'écria soudain :

— Mais quel joli sourire, May !

Gênée, je pinçai aussitôt les lèvres.

— Oh, regardez ce que vous avez fait, le tança Mrs Howard. Je crois bien que c'était la première fois que May nous laissait voir ses dents.

— Un sourire si rare qu'il n'en est que plus envoûtant, déclama-t-il.

Thaddeus n'était pas très grand et avait des cheveux blonds et bouclés, qu'il laissait pousser à la manière d'un jeune homme. Nous l'avions rencontré au Third Street Theatre où Constance lui avait donné la réplique pendant un mois. Mrs Flora Howard, elle, avait rendu visite à l'un de ses frères à Shippingport, et partait en voir un autre à Vevay. C'était une femme assez costaude, toujours drapée dans des mètres de soie, avec de longs colliers de perles et d'argent au cou. Vu la quantité de tissu qu'exigeaient ses robes, je me demandais s'il ne lui serait pas plus économique de mincir un peu. Mais Constance, qui semblait toujours au courant de ces choses-là, m'avait appris que Mrs Howard était une riche veuve, propriétaire d'une grande maison magnifiquement meublée à Cincinnati. Peut-être jugeait-elle donc qu'elle avait les moyens de son poids.

Constance adressa à Mrs Howard son charmant sourire de petite fille, celui qui lui faisait des fossettes. Elle avait pour habitude d'être au centre de l'attention, et n'aimait pas beaucoup qu'on s'intéresse à moi. D'ailleurs, je partageais son opinion.

— Vous devez être douée, dit Constance à Mrs Howard, pour avoir fait sourire ma cousine. Mais si vous arrivez à la faire rire, alors là ! Je vous donnerai un dollar ! De toute ma vie, je ne l'ai entendue rire que deux fois !

Elle exagérait. Je n'aime pas qu'on exagère.

— Ça m'arrive de temps en temps, dis-je.

— Je suis certain que votre rire est tout aussi charmant que votre sourire, plaça Thaddeus.

Constance fronça les sourcils. Elle aimait attirer les regards autant que j'aimais réussir mes ourlets, et nous étions toutes les deux prêtes à travailler dur pour arriver à nos fins.

— Oh, mais regardez ! Il me semble qu'un numéro musical se prépare ! s'exclama-t-elle. Mais oui, je ne me trompe pas ! Cette jeune fille va bien chanter pour nous !

En me retournant, je vis une grande femme en robe rose qui se tenait prête sur une petite estrade. À ses côtés, un homme avait calé son violon sous son menton pour l'accorder. Après avoir obtenu notre attention, il désigna la chanteuse de son archet et annonça :

— Mesdames et messieurs ! Le *Théâtre flottant* est fier de vous présenter Miss Helena Cushing !

Sa robe rose et la douceur de ses traits ressortaient joliment dans la lumière diffuse de l'après-midi, qui filtrait des portes en verre de la salle à manger. Au plafond, les lustres se balancèrent lorsque le bateau ajusta légèrement sa trajectoire. Puis Miss Cushing ouvrit les bras et se mit à chanter.

Drink to me only with thine eyes, and I will
pledge with mine
Or leave a kiss within the cup and I'll not ask
for wine…

Malgré la centaine d'inconnus qui la fixaient, serviette au cou, fourchette à la main, elle chantait d'une voix posée, comme si elle avait tout son temps. On aurait dit qu'elle était seule dans une pièce vide, avec une tasse de thé qu'elle laissait refroidir, absorbée par ses pensées dont elle voulait suivre le fil jusqu'au bout. Lorsqu'elle eut fini de chanter, il y eut quelques applaudissements polis, puis les passagers se mirent à sonner les serveurs pour réclamer plus de pain.

Miss Cushing se tourna vers le violoniste et se mit à lui parler avec énergie. Sa paisible langueur s'était évanouie en un instant.

— Mon Dieu, c'est tout à fait consternant, déclara Mrs Howard.

Je suivis son regard vers une table adjacente, où un jeune Noir s'occupait d'une femme âgée en robe vert sombre.

— Elle a amené son esclave !

Le garçon se tenait debout derrière la chaise de sa maîtresse. Il portait des gants blancs, boutonnés très serré aux poignets, et une chemise blanche repassée de frais avec une petite cravate marron. J'avais grandi dans le Nord, et je n'avais pas souvent vu d'esclaves. Sa chemise flottait au niveau des épaules ; à l'évidence, elle n'avait pas été taillée sur mesure, mais elle était immaculée. Peut-être en prenait-il soin lui-même.

L'un de nos compagnons de table, un homme aux favoris bien garnis qui portait au petit doigt un anneau orné d'une émeraude, se pencha en avant.

— Il paraît qu'à Saint-Louis tous les esclaves parlent français.

— Elle le traite comme un de ses bagages, poursuivit Mrs Howard d'une voix forte et indignée. Elle le traîne partout où elle va. Il faudrait l'envoyer tout de suite au Canada !

— C'est du vol, grimaça l'homme à l'émeraude. On vous pendrait pour ça. Regardez ce qui est arrivé à cet homme, Lovejoy. Rien que pour avoir publié quelques articles anti-esclavage, ils ont brûlé son imprimerie et lui avec. Ou alors ils l'ont abattu, je ne sais plus.

Mais Mrs Howard ne s'en montra que plus inflexible.

— Il faut éradiquer l'esclavage au plus tôt ! Et je suis certaine que tout le monde autour de cette table est d'accord avec moi.

Elle me regarda longuement, mais je n'étais pas certaine de comprendre ce qu'elle attendait de moi. Comme je ne réagissais pas, elle se tourna vers Constance.

— Qu'en pensez-vous, ma chère ?

Mais Constance fixait toujours la chanteuse.

— Oh, elle avait une belle voix, je ne dis pas le contraire. Mais ces jours-ci, il faut savoir toucher à tout. Une belle voix ne suffit plus. Tenez, lorsque j'étais à Boston, ils m'ont demandé de danser la gigue. La gigue ! Et ils veulent tous entendre *Jump, Jim Crow*[1]. Oh, quand je pense que Tom Rice est devenu riche avec ça, j'ai des envies de meurtre. Je le

1. *Jump, Jim Crow* : Numéro de danse et de chant popularisé en 1828 par Thomas Dartmouth Rice, un comédien blanc grimé en Noir. (Toutes les notes sont de la traductrice.)

connais bien, pensez-vous, nous avons joué ensemble à Tarrytown. Tom a entendu un garçon d'écurie fredonner cette chanson derrière le théâtre, alors que j'étais en scène…

Faux. Plus qu'une exagération : un mensonge. Je m'essuyai les mains sur une serviette marron qui semblait déjà imbibée de graisse. Constance me jeta un regard perfide et je compris qu'elle n'en avait pas encore fini avec moi.

— May était là aussi, poursuivit-elle. C'est elle qui a entendu chanter le garçon d'écurie ! Avec un peu de présence d'esprit, elle aurait pu noter la chanson elle-même, et notre fortune était faite.

— Vraiment ? demanda Thaddeus en se resservant un peu de morue – la nourriture à bord était comprise dans le prix du billet.

— Non, rétorquai-je. Ce n'est pas vrai. Tom Rice a entendu cette chanson à Baltimore, pas à Tarrytown, et je n'y ai jamais mis les pieds.

Constance éclata de rire.

— Vous voyez, Mrs Howard, je vous l'avais dit ! May ne sait pas mentir ! Elle en est tout bonnement incapable !

Je la fusillai du regard. Qu'avait-elle raconté sur moi avant que je vienne m'asseoir ? Mais Mrs Howard n'écoutait pas, toujours occupée à lancer des regards assassins vers la vieille dame et son esclave.

— Elle n'a jamais su mentir, poursuivit Constance en s'adressant à toute la table. Pas même pour complimenter un chapeau qu'elle n'aime pas ! Un jour, je l'ai entendue affirmer à une future jeune mariée que le temps n'allait certainement pas s'améliorer.

Le matin même du mariage ! Alors qu'il pleuvait à peine !

L'homme à l'émeraude me dévisagea comme une bête curieuse, tout en mastiquant sa nourriture. Je sentis une sombre colère s'élever en moi.

— Et bien sûr, May avait raison, une tempête s'est abattue sur l'église pendant la cérémonie, poursuivit Constance gaiement. Et ils avaient tellement peur de l'orage qu'ils n'ont pas pu se rendre à leur propre repas de mariage. C'est nous qui l'avons mangé, pas vrai, May ?

Je me sentais rougir. Je croisai mes couverts sur mon assiette. Je ne voulais rien dire – je n'aime pas parler en public – mais il le fallait.

— Non, ce n'est pas vrai non plus.

Constance se remit à rire. Elle avait l'attention de tous, à présent.

— Vous voyez ! Elle n'arrive pas à mentir, pas même pour me sauver la mise, et pourtant je vous assure qu'elle m'aime plus que tout au monde.

Mrs Howard, Thaddeus et l'homme à l'émeraude s'étaient tous tournés vers moi. Je me pinçai le poignet en souhaitant que la conversation s'achève. Je n'aimais pas prendre la parole en public, je n'aimais pas que l'on me taquine, et je détestais par-dessus tout leurs regards posés sur moi. C'était ma punition pour avoir souri.

— N'est-ce pas que tu m'aimes bien, ma petite grenouille ? m'aiguillonna Constance de sa voix enjôleuse.

Je détournai les yeux. J'aime bien ma cousine, c'est un fait ; mais en cet instant, je la détestais.

Après le dîner, Constance et Mrs Howard allèrent se promener sur le pont, et Thaddeus Mason partit fumer un cigare avec l'homme à l'émeraude. Je m'en fus dans la cabine des dames pour coudre un peu tout en méditant ma vengeance.

C'était une grande pièce carrée, assez pauvrement équipée comparée à celle des hommes, où Constance et moi avions jeté un coup d'œil au moment d'embarquer. La nôtre n'avait que quelques minces tapis au sol et seulement deux tableaux pendus aux cloisons mais, au moins, on n'y trouvait pas de crachoirs. Quinze ou vingt femmes s'étaient déjà installées dans les fauteuils capitonnés, en petits groupes de trois ou quatre, pour lire, coudre ou discuter.

Je m'assis près de la fenêtre, d'où je pouvais observer notre progression vers l'ouest. Partis de Pittsburgh, nous descendions la rivière Ohio qui se jette dans le Mississippi, au Caire, en Illinois – en traversant quatre autres États au passage – et le courant nous portait. Depuis mon siège, j'entendais le bruit sourd et régulier des roues à aubes qui barattaient l'eau.

Après avoir drapé mon châle sur mes genoux pour les garder au chaud, je sortis un fil et une aiguille, ainsi qu'un pot rempli de thé. Pour me faire un peu d'argent, je cousais et vendais des sachets de thé, une invention : des feuilles réduites en petits morceaux, juste assez pour une tasse, cousues dans un carré de mousseline absorbante. Dans les salles où jouait Constance, je passais dans les rangs pendant les entractes avec une boîte pleine, en expliquant aux spectateurs qu'il leur suffisait de tremper leurs sachets dans une tasse d'eau bouillante pour préparer, très commodément, du thé pour une personne. Je donnais dix pour cent de ma recette aux gérants du théâtre, et je calculais toujours leur pourcentage au centime près – alors qu'il m'aurait été facile de les rouler, vu le peu d'attention qu'ils me portaient. Mais jamais je n'aurais fait une chose pareille. Tromper quelqu'un, c'est aussi mentir.

Constance avait raison en affirmant que j'en suis incapable. Ce n'est pas une question de principe, c'est jusque que, sans savoir pourquoi, j'ai toujours ressenti l'intense besoin d'être parfaitement fidèle aux faits. Comme je ne parviens pas toujours à lire entre les lignes, il m'arrive d'être plus honnête qu'il ne le faudrait. Ma mère disait que c'était de la faute de ma surdité à l'oreille gauche, qui m'empêchait de percevoir les sous-entendus, et donc de les interpréter comme tout le monde. Par exemple, pour reprendre ce qu'avait dit Constance, si une femme m'avouait qu'elle ne sait pas trop quoi penser de son nouveau chapeau, je serais probablement incapable de deviner qu'elle veut m'entendre dire qu'il me plaît beaucoup. J'essaierais plutôt de lister les bons et les mauvais points de son chapeau pour l'aider à s'en faire une idée. J'ignore pourquoi Constance se moque de moi dans ces cas-là. Je suis comme ça, voilà tout, et elle le sait très bien. Pourquoi mentir au sujet d'un chapeau ?

Mais piquer une aiguille dans du tissu m'apaisait toujours ; et tandis que le vapeur s'approchait de l'un des débarcadères reculés de Cincinnati, en se balançant doucement d'avant en arrière sous l'effet de la vibration des chaudières, je me mis à oublier combien j'en voulais à Constance. J'avais l'habitude des vapeurs, et j'aimais bien l'odeur qui y régnait, envahissant toutes les cabines et même le pont – cette odeur de bois mouillé et de cigare, et les parfums de viande rôtie qui demeuraient longtemps après les repas. J'aimais contempler la rivière Ohio, avec ses longues rangées de saules pleureurs qui se penchaient vers l'eau pour y baigner leurs feuilles. Elle traçait une frontière naturelle entre le Nord et le Sud, avec l'Ohio d'un côté et le Kentucky de l'autre. Le long de la rive s'alignaient des cabanes de guingois où vivaient des bûcherons. J'aperçus un petit garçon au teint pâle, presque bleuâtre, qui pataugeait dans la boue en tirant derrière lui une vache efflanquée. Il regarda passer le *Moselle* fumant comme si l'unique instrument de sa salvation s'éloignait en le laissant à quai. Je sortis mes ciseaux pour couper mon fil – un sachet de thé de plus.

— Après Chautauqua, j'irai sans doute faire une cure thermale à Malvern, dit l'une des femmes en face de moi d'une voix sèche et fragile comme une plume d'oiseau.

C'était la vieille dame qui avait amené son petit esclave au dîner. Celui-ci n'était plus là. Ses vieilles mains noueuses étaient croisées sur sa robe de soie vert sombre, et quelques anglaises grises bien lustrées s'échappaient de son bonnet assorti. Tout en coupant des carrés de mousseline supplémentaires, je remarquai que le sifflement du vapeur avait grimpé dans un registre inhabituel tandis que nous attendions l'embarquement des nouveaux venus. Bien plus tard, j'appris que le capitaine du *Moselle* était orgueilleux et présumait trop de son vaisseau, qui avait récemment battu un record de vitesse en se rendant à Pittsburgh. Ce jour-là il voulait atteindre l'arrêt suivant avant un autre vapeur, le *Tribune.* Les nouveaux passagers embarquèrent en jouant des coudes sur le bateau bondé, le capitaine leva un bras, et nous repartîmes en espérant rattraper le temps perdu. Mais la roue à aubes n'avait pas fait un tour que les quatre chaudières explosèrent d'un coup avec autant de vacarme qu'une réserve de poudre.

La détonation m'atteignit comme un coup de poing. L'espace d'un instant, ce fut comme si l'air lui-même s'était déchiré, et le bateau fit une embardée en nous éjectant toutes de nos chaises. Les lampes à huile éteintes s'écrasèrent au sol, et les lustres se balancèrent furieusement tandis que nous roulions toutes vers la cloison. Je me retrouvai clouée au sol par la dame qui voulait se rendre à Malvern, mon visage pressé contre ses jupes.

— Que s'est-il passé ? demanda-t-elle avec sa voix de vieil oiseau.

— Une explosion ! cria quelqu'un.

Le bateau pencha encore, puis s'immobilisa. Pendant quelques minutes, notre seul souci fut d'essayer de nous relever et d'aider les autres à se remettre debout. Tout le monde disait la même chose. *Vous êtes blessée ? Non, et vous ?* La vieille dame qui voulait aller à Malvern se tenait le coude.

— Est-ce que nous coulons ? me demanda-t-elle sans attendre la réponse. Il faut monter sur le pont avant que le bateau ne s'enfonce sous l'eau !

Son bonnet était de travers, et je vis que ses anglaises grises et lustrées étaient fausses, cousues dans le tissu ; ses vrais cheveux étaient rares et clairsemés. Nous devions être plus d'une quinzaine dans la pièce, mais après l'explosion ma perception se réduisait aux deux ou trois personnes autour de moi. Nous décidâmes sans concertation de nous porter mutuellement secours ; notre petit groupe était constitué de la vieille dame, d'une autre femme avec son enfant et de moi. La pièce était dangereusement enfumée, et mes oreilles étaient douloureuses après la détonation, mais je vis que les murs étaient toujours debout.

— Est-ce que le navire est en feu ? s'inquiéta la femme avec son enfant.

— Allons sur le pont, lui dis-je. D'autres bateaux vont sûrement venir nous aider.

J'entendais ma propre voix comme si elle me sortait des oreilles, et tout semblait souligné d'un trait noir, l'encadrement de la porte comme les marches de l'escalier. Nous tentions toutes de quitter la cabine à présent et cet effort se faisait encore dans le calme, quoique je découvrisse plus tard sur mon bras des bleus dont j'ignorais la provenance, jaune vif et ronds comme des boutons. J'étais si désorientée que je ne pensai pas une seule fois à Constance. Je ne pensais qu'à notre petit groupe. Mais une fois sorties, la foule nous sépara et je ne sais pas ce qu'il advint d'elles, si la vieille dame se rendit bel et bien à Malvern, ou si la mère se noya avec son enfant.

Sur le pont, je fus poussée contre le bastingage par les gens qui montaient derrière moi, et lorsque je pus enfin m'arrêter, je vis que la situation était encore pire que ce que je pensais. La nuit ne tomberait pas avant plusieurs heures, ce qui était une bonne chose, mais le pont supérieur du vaisseau, au-dessus des roues à aubes, avait été complètement détruit. Les malchanceux qui s'y trouvaient au moment de l'explosion étaient sans doute tous morts, et je voyais des corps carbonisés flotter dans l'eau. Aucun bateau ne semblait venir à notre secours ; depuis le pont inférieur où je me trouvais, derrière les roues à aubes, tous se pressaient pour scruter les rives.

Je cherchai ma cousine dans la foule, sans la trouver. Un homme en uniforme tentait de se faire entendre : *mesdames, par ici, messieurs, par là-bas.* Sa moustache ressemblait à de la paille mouillée et le col de son manteau bleu était taché de sang. Personne ne l'écoutait. Il était difficile de savoir à qui prêter attention. Sans timonier, nous dérivions avec le courant, de plus en plus loin des berges de l'Ohio. Le Kentucky, de l'autre côté de la rivière, était plus loin encore. Une fumée sèche à l'odeur de poudre flottait dans l'air, et je voyais des flammes lécher la proue.

Combien de temps avant de couler ? Tous se posaient cette question d'une voix que la peur rendait stridente. Il y eut une bousculade lorsque la foule s'efforça de s'éloigner de l'avant du bateau. Quelques-uns des blessés dans la rivière tentaient de remonter à bord, et en baissant les yeux je vis dériver une main humaine, sans corps, brûlée. Mon estomac se retourna.

— Constance ! hurlai-je.

La main portait, au petit doigt, un anneau orné d'une émeraude.

— *Constance !*

— Gardez votre calme ! intervint l'homme en uniforme.

Sa voix était si puissante qu'elle couvrait mes cris sans même qu'il ait besoin de hausser le ton. Une seconde plus tard, le bateau qui n'avait pas cessé de dériver vers le Kentucky s'arrêta d'un coup comme s'il avait buté sur quelque chose. Tous se retournèrent pour voir de quoi il s'agissait.

Pendant un moment, il ne se passa rien. Puis le bateau se mit à pencher ; c'était presque imperceptible, mais tout le monde le sentit. Je me rejetai instinctivement en arrière, comme si cela suffirait à rétablir l'équilibre. Le besoin de fuir me saisit aux tripes, pareil à celui d'un animal pris au piège. Sur le bateau, côté Kentucky, les gens se mirent à hurler. Côté Ohio, il y eut beaucoup de bousculades et de mouvements de foule. Chaque fois que quelqu'un se pressait contre moi pour atteindre l'autre côté, alors qu'il ne valait pas mieux, je m'accrochais fermement au bastingage. Je tournai mon oreille sourde vers le Kentucky, et regardai la foule côté Ohio enfler et lutter comme un cœur qui s'emballe. La sueur traçait un mince filet le long de ma colonne vertébrale. La journée était déjà chaude, mais les feux à la proue l'avaient rendue brûlante.

Les gens se mirent à paniquer et à se lancer dans la rivière. À quelques pas de moi, un homme ôta ses vêtements et se jeta dans l'eau en serrant son portefeuille entre ses dents. Quelques secondes plus tard, une jeune femme sauta à son tour, tout habillée. Elle ne refit pas surface.

— *Dov'é il mio papa ?*

Je baissai les yeux. Une petite fille vêtue d'une jolie robe à carreaux marron me regardait. Elle était italienne et devait penser que je l'étais aussi. Cela m'était déjà arrivé, avec mes cheveux et mes yeux noirs. Il y avait un léger pli à sa robe là où l'ourlet avait été défait, et une reprise près de son épaule. Constance avait joué dans deux opérettes italiennes, si bien que j'étais capable de répondre « *Non so* ». Je ne sais pas. La fillette devait avoir huit ou neuf ans et avait joint les mains comme pour une prière.

Sur la droite, j'entendis à nouveau quelqu'un se jeter à l'eau. Aux corps brûlés par l'explosion s'ajoutait une nouvelle couche de cadavres : des femmes prises de panique, comme celle que j'avais vue plus tôt, qui avaient sauté sans s'inquiéter de leurs bottes et de leurs lourdes robes. Leurs manches bouffantes ondoyaient autour d'elles, et leurs membres potelés disparaissaient sous des mètres et des mètres de tissu trempé – rayé, bordeaux, à carreaux, quelques tartans, certaines couleurs plus visibles que d'autres. Quelques hommes s'étaient noyés aussi ; certains flottaient sur le dos. Une masse de corps, morts ou vivants, environnaient désormais le bateau, même si le pont paraissait toujours aussi bondé. Où étaient les barges qui auraient dû venir nous sauver ? Je ne discernais sur la berge qu'une série d'entrepôts, derrière lesquels s'élevaient de grandes cheminées d'usine. La rivière Ohio s'étire sur un millier de miles, mais ne dépasse jamais un mile de large, et nous nous trouvions plus ou moins au milieu. Quelques hommes sur le rivage s'étaient avancés dans l'eau pour tenter d'atteindre ceux qui nageaient vers la terre ferme, mais je n'apercevais toujours aucun bateau.

Nous étions livrés à notre sort ; je n'avais plus aucun doute là-dessus. À quelques pas de moi, une femme se mit à hurler, et j'eus l'impression qu'on me brisait du verre dans l'oreille. L'avant du bateau, toujours en feu, sombrait par à-coups ; dans un quart d'heure tout au plus, nous serions complètement submergés, mais ce fut ce cri qui me décida à agir. La petite Italienne me dévisageait comme pour demander : *et maintenant ?*

Je cherchai à nouveau Constance, je criai son nom, mais c'était inutile, la foule était trop dense et je n'avais pas les pensées claires. En baissant les yeux, je m'aperçus que j'avais toujours à la main mes ciseaux de couture, dont je me servais au moment de l'explosion des chaudières. Les avais-je tenus pendant tout ce temps ? Je ne les sentais pas dans ma main.

Je connaissais une autre phrase en italien.

— *Io mi chiamo May*. Comment t'appelles-tu ?

— *Mi chiamo Giulia.*

— D'accord. Très bien, Giulia. Écoute. J'ai une paire de ciseaux, tu vois ? Je vais m'en servir pour t'enlever ta robe. Nous n'avons pas le temps de défaire tous ces boutons. Nous devons nous débarrasser de nos vêtements pour ne pas nous noyer.

Je jetai encore un regard vers la rive. Près de la maison de mon enfance coulait la rivière Tiffin et je l'avais déjà traversée à la nage plusieurs fois. Elle était à peu près aussi large que la distance qui nous séparait à présent de la rive. Ma mère m'avait appris à nager et j'étais la meilleure, meilleure même que Constance. Lorsque je nageais, le monde s'évanouissait dans le silence et je restais seule avec l'eau qui coulait comme de la soie sur ma peau. J'aimais cette sensation. Je pouvais y arriver, j'en étais presque sûre.

Giulia avait si peur qu'elle avait les larmes aux yeux, mais elle ne pleura pas. Elle mit sa langue entre ses dents sans un bruit quand je me mis à couper sa robe de haut en bas, en commençant par son col pointu. Le vacarme environnant ne faisait que s'amplifier, les gens criaient, gémissaient. Quelques femmes s'étaient agenouillées, le front contre le bastingage, et priaient à voix haute. Par moments, des cendres chaudes s'envolaient de la proue jusqu'au pont et nous brûlaient les mains et le visage. Je n'osais pas prendre de grande inspiration, de peur d'en avaler. Après avoir fini d'ôter sa robe, j'attaquai la mienne.

Nous étions à présent toutes les deux en combinaison de mousseline. Je portais la montre de mon père au cou, sur une chaîne d'argent, et je la glissai sous le tissu. Puis je cherchai un endroit propice pour quitter le bateau. En sautant, nous nous enfoncerions profondément sous l'eau avant de refaire surface, et Giulia risquait de paniquer. Certains descendaient à bâbord, en calant leurs pieds sur les appuis des fenêtres, sur le treillis, puis sur les bords de la coque boueuse – et après avoir cherché en vain un meilleur moyen, je descendis derrière eux, la fillette accrochée à mon cou.

2

Ma mère n'avait qu'un seul frère, qui s'était noyé lorsqu'elle était petite. Dès mon plus jeune âge, elle a pris soin de m'apprendre à nager. J'ai grandi au bord de la Tiffin, dans un petit village à presque cinquante miles au sud-ouest de Toledo. Notre propriété surplombait la rivière, ce qui ne nous empêchait pas d'être inondés en même temps que les autres, tous les cinq ou six ans, jusqu'à ce que l'on rassemble enfin les fonds nécessaires pour construire une digue. L'une de nos granges avait été emportée sur près d'un mile. J'avais six ans à l'époque, et je me souviens encore de ses planches déchiquetées contre les arbres couverts de boue.

J'adorais nager. J'aimais sentir l'eau sur ma peau, légère comme une coquille d'œuf, et j'aimais pouvoir m'éloigner du reste du monde. Ma mère me nouait un ruban rouge dans les cheveux pour ne pas me perdre de vue. Elle s'asseyait sur une souche juste au bord de l'eau, dans la tenue qu'elle mettait pour faire le ménage, une robe portefeuille d'un bleu délavé qui s'attachait avec deux lacets en tissu.

Elle n'aurait pas porté cette robe en public, mais de grands chênes blancs poussaient le long de la rivière, et celle-ci passait derrière la maison. C'était suffisant pour ma mère. Elle accordait beaucoup d'importance à sa vie privée, à la tenue de son foyer, et au bon ordre de ses comptes. Tout devait toujours être rangé et organisé au mieux. Son côté allemand, comme elle disait. Elle était très bonne couturière ; ses coutures et ses ourlets étaient toujours parfaitement droits alors qu'elle n'utilisait jamais de mètre, contrairement à moi. Elle touchait mes ourlets pour me montrer là où j'avais dévié, et me disait de le faire aussi, comme s'il était plus facile de comprendre mon erreur du bout des doigts. Puis il me fallait retirer le fil et recommencer.

Je ne m'en lassais pas. Je voulais que mes ourlets soient aussi parfaits que les siens. J'ai toujours été profondément satisfaite par une ligne bien tracée ou une couture bien droite ; c'est un goût que je tiens d'elle, sans savoir si elle me l'a enseigné ou si j'en ai tout simplement hérité. En grandissant, mes travaux se mirent à faire la fierté de ma mère, qui les montrait à tous ses invités.

— May n'avait que six ans lorsqu'elle a fait ça, disait-elle tandis qu'une robe de poupée en vichy passait de main en main. Elle a appris à coudre les boutonnières toute seule !

Ce qu'elle ne leur racontait pas – mais peut-être n'en avait-elle pas conscience –, c'était la façon dont elle haussait les sourcils chaque fois que je lui posais une question, l'air de s'étonner que je ne connaisse pas déjà la réponse. Ce n'était pas parce qu'elle se fiait à mon talent ; ma mère n'avait tout simplement aucune idée de ce qu'il fallait apprendre ou non aux enfants. Elle avait quarante ans lorsque je suis née et je crois qu'elle ne s'est jamais vraiment remise du choc. Mon père allait fêter son cinquante-cinquième anniversaire. Ils étaient mariés depuis vingt ans, et cela faisait sans doute un bon moment qu'ils avaient renoncé à avoir des enfants, s'ils y avaient jamais songé. Puis je suis arrivée. Mon père, qui était éleveur, mourut lorsque j'avais onze ans. À mes quatre ans, ses cheveux étaient déjà blancs ; à mes neuf ans, il marchait avec une canne. Quand il me taquinait, il disait toujours la même chose – qu'il me renverrait travailler à l'usine de verre si jamais je continuais mes bêtises. Puis il me pinçait gentiment le bras, en souriant, pour me montrer qu'il plaisantait.

Le père de ma mère venait d'Allemagne. De lui, elle n'avait gardé qu'une seule chose : l'habitude de boire un verre de cidre brut tous les soirs après le dîner. Puis elle venait dans ma chambre s'asseoir sur mon lit. « Bonne nuit, May. Que Dieu te garde », murmurait-elle, parfois en allemand, et je me demandais si c'était ce que lui disaient ses parents quand elle était petite. Je savais que ce cidre, qu'elle buvait chaque soir dans le verre jauni de son père, était sa manière d'honorer le passé ; et que ces mots, le seul moment où elle mentionnait Dieu, étaient sa manière de me dire qu'elle m'aimait.

En dehors de ces instants, elle n'était guère expansive. Toujours vêtue de bleu ou de brun, le dos bien droit, elle vaquait à ses occupations sans relâche, du lever du soleil jusqu'à son verre de cidre le soir. Elle s'intéressait beaucoup au prix de la fonte, et le notait chaque jour sur un petit carnet qu'elle glissait dans la poche de son tablier. J'étais certaine qu'elle y détenait des actions, ce qui me fut confirmé après sa mort.

Mon père s'occupait des bêtes, des dépendances et des roues en bois léger qui servaient à faire le fromage. Ma mère supervisait les deux filles qui trayaient nos vaches. Elle s'occupa aussi de leur apprendre à nager. Et le jour où Constance et sa mère vinrent s'installer au village, l'été de mes neuf ans, Constance dut également se jeter à l'eau.

C'était notre première rencontre. Je revenais à la maison après avoir rendu visite aux vaches, comme chaque matin. Constance était à la porte de derrière, avec ma mère et une femme qui lui ressemblait, en plus mince, plus vieille et plus triste.

— May, viens dire bonjour à ta cousine et ta tante ! appela ma mère.

Constance avait seize ans et moi neuf ; elle déployait toute la beauté de son âge, et moi toute l'ingratitude. À mes yeux, c'était déjà une grande personne. Son beau-père, un Hollandais, les avait traînées dans toute l'Europe pour l'amour du jeu. Ivre, il s'était tué une nuit en tombant de cheval, et tante Ann était montée sur les planches pendant quelques années, en acceptant ces rôles de matrone que Constance mépriserait plus tard. Mais tante Ann en avait bien fini avec ce genre de vie. C'était pour être plus proche de sa sœur qu'elle était venue en Amérique.

— Constance, sais-tu nager ? lui demanda ma mère dès le premier jour.

Après avoir passé l'été chez nous, elles s'en iraient habiter à Brownsville, non loin de là. Ma tante Ann estimait que cela offrirait à Constance « de meilleures opportunités » qu'une ferme. Saisir ces opportunités leur importait beaucoup. Une conséquence, peut-être, de cette autre vie faite de paris et de hasard.

— Un peu, répondit Constance en me faisant un clin d'œil.

Sans trop savoir pourquoi, j'en fus électrisée.

— Je vais t'apprendre, dit ma mère.

Mais je ne pensais pas à Constance en luttant pour traverser l'Ohio avec Giulia. Je ne pensais qu'à la rive qu'il fallait atteindre, si loin, et à la petite fille qu'il ne fallait pas lâcher. Ensuite seulement, je me souvins que ma mère avait appris à nager à Constance, ce qui me donna un peu d'espoir de la revoir vivante.

J'avais passé un bras autour de la mince poitrine de Giulia, et de l'autre je nageais laborieusement vers la rive nord. De cette traversée au crépuscule, je ne conserve que quelques souvenirs : les cheveux mouillés de Giulia qui me collaient au cou, deux hommes qui flottaient accrochés au cadavre d'une mule, et les cris de ceux qui se noyaient. Je vis aussi passer quelque chose qui ressemblait à des fragments de tissu. Au début je les pris pour mes sachets de thé, puis je compris que c'étaient des bouts de peau brûlée. Mais peut-être l'ai-je imaginé plus tard, dans un de mes cauchemars.

Je devais m'arrêter souvent pour me reposer. La deuxième fois, Giulia comprit ce que je faisais et se mit à battre des pieds comme moi, accrochée à mon épaule. Nous étions face à la rive ; le courant nous en éloignait, et l'eau était froide. En faisant du surplace, je reposais mes bras et mes poumons, mais tout mon corps s'engourdissait. Je repartais dès que je m'en sentais capable, en serrant le bras de Giulia pour la prévenir.

Son petit corps dévêtu était comme un sac de sable qui s'alourdissait à chacun de mes mouvements. L'eau me repoussait vers l'arrière, comme une série de gifles, et j'essayais de ne pas penser à ce qui nageait sous nos pieds – j'avais vu, depuis le pont du vapeur, un poisson-chat aux longues moustaches que des pêcheurs hissaient sur la rive. Mon bras gauche s'ankylosait contre le corps de la petite fille, tandis que mon bras droit continuait ses efforts.

Nous progressions si lentement que j'avais l'impression de ne pas avancer. Lorsque j'eus enfin pied, un sanglot de soulagement me secoua le ventre. Quelques minutes plus tard, je me retrouvai assise avec Giulia sur un tronc couvert de papier journal, sans savoir comment nous étions arrivées là. J'aurais pu la lâcher, mais nous restâmes accrochées l'une à l'autre, par habitude peut-être, ou pour trouver un peu de chaleur humaine. Une femme nous donna des couvertures. Une autre prit nos noms. Mon soulagement s'était dissous en une sorte d'épuisement stupéfait. Alors que j'étais saine et sauve, je fixais toujours la rivière que je venais de traverser, comme pour mieux comprendre ce qui s'était passé. Mais bien sûr, il n'y avait rien à comprendre. De l'oreille droite, j'entendais toujours des appels à l'aide.

Le soleil se couchait. Toujours trempée, Giulia suivait des yeux tous les hommes qui passaient. Quelques bateaux et radeaux s'étaient enfin portés au secours des rescapés, mais ils n'étaient pas assez nombreux pour repêcher tout le monde. Je cherchais Constance du regard, mais j'étais trop loin de la rivière pour reconnaître ses traits, et la fatigue me clouait sur place. Je ne sentais plus mes bras et mes jambes. Mon souffle ressemblait à celui d'un petit animal logé dans ma poitrine.

Soudain Giulia cria « *Papa !* » d'une voix étrangement profonde pour une si petite fille. Elle se leva d'un bond pour se jeter droit dans les bras d'un homme aux pieds nus, sans chapeau, et qui ne portait qu'un caleçon long sous sa couverture.

Le dos voûté, il n'était pas très grand, mais il avait le même nez et la même posture que Giulia. Ils étaient parents, ça ne faisait aucun doute. Je me dis alors – et je le pense toujours – que c'était un miracle qu'ils se soient tous les deux tirés vivants du *Moselle,* alors que tant d'autres étaient morts. Encore humide, il serra sa fille contre lui, et je sentis mon flanc se refroidir maintenant qu'elle n'était plus là. Je les regardais s'étreindre en pleurant. C'était la première fois que je voyais un homme sangloter si ouvertement.

Lorsque Giulia le tira vers moi, il se mit à me parler en italien. Sa voix se brisa ; il dut s'arrêter au milieu de sa phrase pour pleurer encore un peu. Je l'écoutais sans comprendre un mot, en essayant de le regarder dans les yeux comme me le rappelait toujours ma mère. J'étais heureuse qu'ils soient vivants et qu'ils se soient retrouvés, mais toute cette attention me mettait mal à l'aise. Lorsque enfin il se tut, Giulia me serra dans ses bras et je la laissai faire, en tentant de ne pas me raidir. Elle me lâcha et je la dévisageai longuement, pour graver son visage dans mon esprit. J'y parvins sans doute, car j'ai souvent rêvé d'elle par la suite, même si dans mes rêves, elle ne souriait jamais et paraissait toujours effrayée.

« *Grazie, grazie, salve, grazie* », répéta le père de Giulia tandis qu'ils s'éloignaient. Je suivis du regard la petite tête de Giulia jusqu'à ce qu'elle ne soit plus qu'un point. Un homme vint allumer les réverbères le long de la rivière. Le crépuscule la striait de violet et de bleu. Une brise froide semblait s'exhaler à la fois de la ville et de l'eau, et je resserrai ma couverture autour de mes épaules avant de me lever.

Il fallait que je trouve Constance. Elle portait une robe chartreuse. Elle avait dans les cheveux son bijou préféré, un oiseau d'argent avec un œil de turquoise. J'essayai de me remémorer d'autres détails tout en trébuchant pieds nus le long de la plage couverte de débris, et je dévisageai tous les gens qui passaient, tous les morts imbibés d'eau que l'on avait hissés hors de la rivière, sans la trouver.

Tôt le lendemain matin, le conseil municipal de Cincinnati envoya vingt et un hommes récupérer les corps qui flottaient encore dans l'eau. Quelques-uns abattirent les arbustes et rasèrent les buissons qui encombraient la rive, tandis que les autres disposaient les cadavres sur le dos, étendus sur des draps, avec autour d'eux des objets personnels ou des bouts de leurs vêtements pour aider à les identifier. Lorsque je revins sur la rive, une grande tente avait été montée pour protéger les corps du soleil, étonnamment chaud pour une journée d'avril.

Les pieds des corps pointaient vers la rivière comme une accusation, et leurs vêtements étaient tachés de boue et de sang. La femme qui me précédait, Mrs Alma Smoke, aux traits brouillés par les larmes, se pinçait le nez en examinant les visages boursouflés. Nous avions toutes les deux passé la nuit chez un douanier appelé Nedel. Mrs Stoke cherchait son mari et ses trois enfants.

Au bout de la dernière rangée, un homme portant l'écusson de la mairie sur son manteau nous apprit que d'autres corps avaient été emmenés à la morgue pendant la nuit.

C'était un bâtiment bas, en brique jaune, quelques rues plus loin. Il y avait la queue. On faisait entrer par groupes de cinq. Les corps y semblaient plus dignes, alignés sur des tables et non par terre, couverts d'un drap jusqu'au cou, les cheveux bien peignés. Le sol et le bas des murs étaient carrelés de bleu-vert. Il y avait une grille d'évacuation au milieu de la pièce.

Constance n'était pas là, mais Mrs Stoke y trouva son mari et deux de ses enfants. Notre groupe de cinq avait été très silencieux jusque-là, et ses sanglots éclatèrent d'un coup et résonnèrent contre les dalles. Je tournai vers elle mon oreille sourde. Mon regard tomba sur une table en métal, erra sur les aiguilles et le matériel de couture, les étiquettes qu'on accroche aux orteils des morts, une scie à os et autres outils de ce genre. La nausée monta. Je commençais à perdre espoir.

De retour dans la rue, un garçon avec un pichet d'eau m'en versa un demi-verre, alors que je n'avais rien pour le payer. Des gens brandissaient des panneaux : « Je cherche ma fille Anna Weaver, robe grise, bas jaunes » et « John et Edward Sunbury sont au 2, West Circle et attendent leur mère » et « Frank Jewett ! Je suis vivant, chez Mrs Vernon, Cross Street, au coin de la rue ». Je restai là, à regarder passer des charrettes aux flancs placardés de publicités. Je ne savais pas quoi faire. *Elle sait nager,* me disais-je, mais j'étais malade d'angoisse.

— Tiens, tiens, voilà la fille au sourire fugace…

Je me retournai et vis un homme aux cheveux blonds, bouclés, qui lui tombaient aux épaules : Mr Thaddeus Mason. Il avait le bras gauche en écharpe, dans du coton noir tacheté de vert pâle, comme un ciel de nuit par temps clair. Il tenait un pot de confiture dans sa main blessée, et de l'autre une cuillère.

Une vague de soulagement me réchauffa tout le corps.

— Mr Mason !

— Thaddeus, corrigea-t-il en me guidant vers un banc à l'ombre. Chère amie, comme je m'inquiétais pour vous !

Je voyais bien qu'il m'avait complètement oubliée, mais ça n'avait pas d'importance ; j'étais tellement contente de parler à quelqu'un que je connaissais.

Thaddeus lécha la cuillère et la mit dans la poche de sa veste. Il avait beau être acteur, et pauvre de surcroît, il s'habillait toujours très bien. Ce jour-là, il portait une veste vert sombre, avec une large cravate rayée et un pantalon beige. C'étaient forcément des vêtements d'emprunt ; pourtant, on aurait dit qu'ils avaient été taillés sur mesure. Je lui demandai ce qu'il s'était fait au bras.

— Une entorse en tombant, rien de grave. Mais je ne vois pas votre jolie cousine ? J'espère qu'elle est allée poster une lettre ou récupérer un chèque, et que vous attendez tout simplement qu'elle revienne…

Je ne sais vraiment pas pourquoi les acteurs s'attendent toujours à recevoir de l'argent par la poste. Soit on les paye en mains propres, soit on ne les paye pas du tout, et je sais de quoi je parle. Je suivis du regard deux jeunes femmes qui se tenaient le bras, en prenant soin d'éviter les cochons qu'on laisse en liberté dans les rues de Cincinnati. L'une d'elles avait les cheveux blond vénitien, comme Constance, et les larmes me montèrent soudain aux yeux.

— Je crois qu'elle est morte.

— Oh, May, dit gentiment Thaddeus.

Je baissai la tête. Mais lorsqu'il me prit les doigts, je clignai des yeux pour chasser mes larmes et m'efforçai de retirer ma main. À ma grande surprise, il eut un rire et changea d'attitude.

— Vous n'êtes pas du genre à vous apitoyer sur vous-même, n'est-ce pas ?

Pour une fois, il ne semblait pas jouer un rôle.

— Écoutez, poursuivit-il, ils sont en train d'imprimer le journal du jour. Je suis sûr que Constance n'a pas pu donner son nom la nuit dernière, avec toute cette confusion. Je vais aller faire un tour à la presse pour voir ce que je peux trouver.

Il extirpa le pot de confiture de son écharpe.

— Tenez, c'est de la confiture de griottes.

Il ne me laissa pas la cuillère, mais de toute façon, je n'avais pas faim. Je le regardai descendre la rue de son pas assuré.

Lorsque j'avais rencontré Thaddeus, je m'étais dit qu'il s'agissait là d'un opportuniste qui ne rencontrerait plus beaucoup d'opportunités. Ses longs cheveux blonds ne l'empêchaient pas de prendre de l'âge ; il avait des rides au coin des yeux et de la bouche. Mais il avait du charme, et s'il s'inquiétait pour son avenir, il n'en laissait rien paraître. Il savait regarder les femmes d'une certaine façon, comme s'il pouvait voir leur personnalité cachée et qu'elle lui plaisait beaucoup. Je l'avais déjà vu regarder Constance ainsi lorsqu'il avait besoin de quelque chose. D'argent, en général.

J'eus l'impression de l'attendre longtemps, mais lorsqu'il revint, il avait le sourire et tenait un journal de sa main valide.

— Et voilà, dit-il en le dépliant sous mes yeux.

Trois colonnes de noms avaient été imprimées sur la page : *Décès, Disparus* et *Rescapés.* Le nom de Constance se trouvait juste en dessous de celui de Mrs Flora Howard, dans la colonne *Rescapés.* Les caractères étaient minuscules, mais on ne pouvait pas se tromper.

Constance Vertu. Bien sûr qu'elle s'en était sortie. Comment avais-je pu en douter ? Je me rendis compte que mes doigts tremblaient en tenant le journal, et le vent fit plier la page.

— Mais où peut-elle bien être ? Avec Mrs Howard ?

Thaddeus m'adressa un large sourire. En plein soleil, il semblait encore moins jeune.

— Cette dame se vantait d'avoir une grande maison, dit-il. C'est l'occasion d'aller voir ça de plus près.

Mrs Flora Howard n'avait pas exagéré. Sa maison était immense, haute de trois étages avec une tourelle sur la gauche, le tout taillé dans une pierre couleur sable. Le fiacre nous déposa au coin de la rue – Thaddeus l'avait persuadé de nous y conduire gratuitement, puisque nous étions « des rescapés du *Moselle,* voyons ! ».

Des buissons soigneusement taillés flanquaient l'allée centrale comme des accoudoirs. En arrivant à la porte d'entrée, je sentis mon cœur cogner deux fois contre mes côtes avant d'accélérer.

Thaddeus souleva le heurtoir de laiton et frappa à la porte. Quelques instants plus tard, celle-ci s'ouvrit sur un Noir. Il avait la peau la plus sombre que j'aie jamais vue. Ses vêtements étaient immaculés – costume marron, chemise blanche – et ses yeux se portèrent immédiatement sur l'ourlet de ma robe, dont je savais qu'il était trop court.

Thaddeus lui expliqua que nous avions voyagé avec Mrs Howard sur le *Moselle*.

— Nous sommes venus la voir. Et Miss Constance Vertu, si elle est là.

— Est-ce qu'elle est là ? demandai-je.

L'homme ne lâcha pas la poignée. Sa veste était si parfaitement ajustée qu'elle semblait d'acajou, et j'avais envie de lui dire que mon châle rapiécé et ma robe trop courte n'étaient que des vêtements d'emprunt.

— Pourrions-nous entrer ? demanda Thaddeus.

Pour toute réponse, l'homme referma la porte. Thaddeus devint très rouge.

— Voilà autre chose ! dit-il en rentrant le menton.

Moi aussi, j'étais un peu surprise ; mais l'homme n'était pas resté indifférent lorsque j'avais mentionné Constance, ce qui me donnait un peu d'espoir.

Quelques secondes plus tard, la porte se rouvrit et l'homme nous introduisit dans le couloir, qui était si large qu'il constituait presque une pièce à part. Contre le mur de gauche se trouvait une longue banquette de bois, peinte en noir, au-dessus de laquelle trois tableaux avaient été alignés avec précision. Mrs Howard vint à notre rencontre en s'essuyant la nuque avec un mouchoir.

— Vraiment, ce n'était pas la peine de venir en personne, un mot aurait fait l'affaire, dit-elle.

Elle me serra la main et la lâcha presque aussitôt. Sa robe était gris perle, ornée de longues chaînes d'argent. L'une d'elles avait pour pendentif une petite bouteille de parfum.

— Mrs Howard, dit Thaddeus. Quelle joie de vous voir en bonne santé !

— Oui, moi de même, bien sûr, quelle aventure, très heureuse de vous revoir, et cætera. Mais je suppose que vous êtes venus prendre des nouvelles de Constance. Je pensais avoir un jour ou deux pour récupérer, et vous voilà déjà. Enfin, ce n'est pas grave, j'imagine que c'est bien normal.

Elle me regarda en fronçant les sourcils.

— Donc Constance est ici ? Elle va bien ? demandai-je.

— Bien sûr qu'elle est ici, je viens de vous le dire. Elle a reçu un méchant coup à la tête, mais le docteur Penrod l'a déjà vue deux fois et nous a assuré qu'elle n'était pas en danger. Ces docteurs se laissent parfois un peu emporter, mais je pense pouvoir affirmer qu'il a raison, à condition bien sûr de lui apporter tous les soins nécessaires. Ce dont je suis amplement capable puisque c'est moi qui me suis occupée de Mr Howard pendant un an, avant que la maladie ne l'emporte. Et laissez-moi vous dire que c'était un cas sérieux.

Elle semblait attendre une réponse de ma part.

— Un cas très sérieux, sans aucun doute, puisqu'il en est mort, dis-je.

Mrs Howard devint toute rouge et je me souvins de mon surnom pour elle : Fardée.

— Constance n'en est pas là, Dieu merci ! Et ce n'était certainement pas ma faute si Mr Howard… J'ai fait tout ce que j'ai pu, personne ne pourrait m'accuser du contraire… Et je prends le plus grand soin de Constance !

Elle continua ainsi sans s'arrêter et sans nous faire sortir du couloir. Elle me rappelait un peu une chanteuse d'opéra que j'avais connue, assez corpulente, capable de parler plus fort que n'importe qui, et qui avait très mauvaise haleine par-dessus le marché. Mrs Howard, elle, sentait la menthe et la violette. Ses deux incisives inférieures poussaient l'une vers l'autre, et je me mis à les fixer pendant qu'elle parlait.

— … et le cri a attiré l'attention du matelot qui s'est retourné en donnant un grand coup de rame à Constance. Sans moi, elle serait retombée à l'eau. Et lorsque je m'en suis prise à ce garçon, il a eu l'effronterie de me rappeler qu'il venait de nous sauver la vie !

J'aurais voulu que Constance me raconte elle-même leurs aventures.

— Est-ce que je pourrais la voir ? demandai-je, mais Mrs Howard ne me prêta aucune attention ; peut-être ne m'avait-elle même pas entendue.

— Heureusement, Donaldson nous attendait sur la berge avec la calèche. Il est venu dès qu'il a appris ce qui s'était passé, et il l'a appris presque immédiatement, il est assez remarquable pour ce genre de choses. Nous sommes vite rentrés à la maison où nous attendait le docteur Penrod, prêt à me soigner si besoin. C'est moi qui paie pour les études de son fils, vous savez ; ils l'ont envoyé en Angleterre pour ça, ils y enseignent bien mieux les sciences et les mathématiques…

— Il faut que je parle à Constance, dis-je.

Comme elle ne cessait pas de parler, je haussai le ton :

— Mrs Howard, ne vous dérangez pas, je monte la voir.

Elle s'interrompit aussitôt et alla jusqu'à me barrer le passage.

— Oh non ! Non, non, il ne faut surtout pas la déranger, pas maintenant, je viens juste d'arriver à l'endormir.

— À vous entendre, on dirait un bébé.

Je jetai un coup d'œil vers Thaddeus qui souriait d'un air amusé, ce qui m'agaça encore plus.

— Il ne lui faut qu'un peu de repos et de soins, poursuivit Mrs Howard. Tout ira très bien. Est-ce que ma parole ne vous suffit pas ? Je sais ce que je dis. Et de toute façon, elle dort. Donaldson !

Son serviteur noir apparut à la porte avec un service à thé sur un plateau de laque. Il posa le tout avec soin sur la table près de la banquette, et aligna les anses des deux tasses. Thaddeus s'approcha avec intérêt.

— Miam ! Est-ce que c'est du cake au gingembre ?

— Ne perdez pas votre temps à lui poser des questions, il est muet, dit Mrs Howard sans un regard pour Donaldson. Je dois vous laisser, le docteur Penrod m'attend dans la cuisine, et après cela j'irai voir l'apothicaire. Vous pouvez laisser un mot pour Constance, si vous voulez. J'espère qu'elle aura assez de forces pour s'asseoir demain… Je lui dirai que vous êtes passés.

Elle partit vers la cuisine et je compris qu'il nous faudrait prendre le thé ici même.

— Elle veut garder Constance pour elle toute seule, dit Thaddeus à voix basse.

— Comment ça ? Je suis sa cousine !

Mais Thaddeus se contenta de son agaçant sourire et d'un haussement d'épaules.

Donaldson était toujours à la porte, les bras le long du corps. S'il était surpris de nous voir accepter un thé dans le couloir, il n'en montra rien. Mais j'avais soif et faim ; quant à Thaddeus, il ne refusait jamais de la nourriture. Il s'octroya deux grosses parts de gâteau et s'assit près de moi avec son assiette sur les genoux.

Ce n'était pas la première fois que je devais attendre pour voir Constance. Bien souvent, elle recevait des admirateurs après la fin de la représentation. Un dernier salut, un dernier rappel, une gerbe de fleurs, un dernier adieu, puis un froufrou de jupons dans les étroits couloirs de tel ou tel théâtre, jusqu'à regagner enfin sa loge – qui n'était pas toujours la plus grande, car elle n'était pas toujours la star du spectacle. Elle m'envoyait chercher du bois pour nourrir son poêle, et à mon retour je trouvais porte close, en l'entendant rire derrière le battant. *N'entre pas, May !* criait-elle, et je savais qu'il y avait quelqu'un avec elle, occupé à défaire son corset. Il faisait toujours froid dans les coulisses. Parfois, le portier me voyait attendre et me faisait apporter une demi-pinte de bière et un peu de pain. Un jour, l'un d'eux était allé jusqu'à partager son dîner avec moi, en me laissant son tabouret pendant qu'il restait debout. Le clergé aime à dire que le théâtre n'est pas une profession respectable, mais je n'y ai rencontré que des portiers honnêtes et généreux.

Assise dans le couloir de Mrs Howard, je bus mon thé avec lenteur, en guettant les bruits à l'étage. Alors que je me resservais du gâteau, Mrs Howard appela Donaldson depuis la cuisine.

Donaldson nous jeta un regard, mais ne bougea pas.

— Donaldson ! vociféra-t-elle.

Je crus un moment qu'il allait ouvrir la porte d'entrée pour nous faire sortir, gâteau à la main, plutôt que de nous laisser seuls, mais il s'en fut vers la cuisine. Quel âge pouvait-il avoir ? Quarante, cinquante, soixante-dix ans ? Aucun de ces chiffres ne m'aurait surprise. Il était large d'épaules et bien bâti, et il prenait grand soin de ses vêtements, ce que je ne pouvais qu'approuver. La porte se referma derrière lui ; aussitôt, je posai mon assiette sur la banquette avant de me lever.

Thaddeus, la bouche pleine, me fit un clin d'œil. Un tapis couvrait les marches de l'escalier ; je montai en silence, attentive à la voix tonitruante de Mrs Howard qui montait de l'arrière de la maison. À l'étage, j'ouvris une porte après l'autre jusqu'à trouver Constance, qui, contrairement à ce qu'avait affirmé Mrs Howard, ne dormait pas. Elle n'était même pas au lit, mais assise près de la fenêtre sur une chaise capitonnée de cuir, blanc et bleu. Sa tête était entourée d'un bandage, et elle portait une ample robe blanche sous une pelisse de la même couleur, qui n'avait pas été correctement repassée, ni attachée.

Lorsque j'entrai dans la pièce, elle se tourna vers moi.

— May !

— Reste assise, dis-je en venant lui prendre les mains.

Après tant d'essayages et de changements de costumes, le contact de sa peau m'était aussi familier que la mienne.

— May ! Oh, May ! répétait Constance en me serrant les doigts – et malgré ce que je lui avais dit, elle se leva pour me prendre dans ses bras. J'y restai quelques secondes avant de reculer d'un pas.

— Tu pensais que je m'étais noyée ? demandai-je.

— Non ! Bien sûr que non ! Enfin, je ne sais pas. J'essayais de ne penser à rien.

Ça ne m'étonnait pas d'elle.

— Flora devait aller chercher le journal cet après-midi, elle y vérifie les noms, mais il faut que j'évite de lire des petits caractères pendant quelques jours encore. Oh, May, je suis tellement contente de te voir ! Ma petite May…

Je suis plus grande qu'elle, ce qu'elle persiste à nier.

— Tu devrais te reposer. Je reviendrai demain. Je voulais juste m'assurer que ça allait.

— Bien sûr que ça va !

Bien sûr. Ses cheveux sentaient bon, et le bandage sur son front était propre comme un accessoire de théâtre.

— Je me sens très bien, poursuivit-elle, je n'ai qu'un minuscule mal de tête. Et encore, je suppose que je surjoue un peu. Tu me connais.

Je l'examinai avec attention. Elle était plus pâle que d'habitude.

— Tu devrais t'allonger, dis-je.

— Bon, d'accord, mais seulement si tu viens avec moi, ma grenouille. Ce lit est divin.

Après l'avoir aidée à se mettre au lit, je pliai mon châle avec soin et le posai au bout du matelas. Puis je m'étendis sur le lit, les chaussures sur le châle, en regardant le plafond. Constance avait raison : c'était très confortable.

— Nous sommes très bien ici, tu ne trouves pas ? demanda-t-elle. La maison est splendide. Il faudra que tu apportes tes affaires, il y a toute la place nécessaire. Quelle épreuve ! Ça n'a pas été trop dur ?

— Mrs Howard ne voulait pas me laisser monter.

— Je voulais dire, quand tu as dû quitter le bateau.

— Oh, dis-je en m'efforçant comme d'habitude d'être précise. Ce n'était pas vraiment dur. Nager jusqu'à la rive a pris beaucoup de temps. En tout cas, ça m'a semblé long.

— Je ne me rappelle pas grand-chose, et je ne veux pas m'en souvenir.

Je tournai la tête pour respirer le léger parfum de rose qu'exhalait l'oreiller. Je me dis parfois que le soulagement est un sentiment parfaitement transparent. Lorsqu'il advient, on ne le remarque pas ; on a déjà l'esprit ailleurs. Allongée près de ma cousine, je me mis à songer à nos problèmes d'argent. Comment faire pour nous rendre à Saint-Louis ? Je pouvais toujours faire quelques travaux de couture. Deux billets ne coûteraient sans doute qu'une douzaine de dollars, et je pouvais gagner cette somme en quelques semaines à New York ou Pittsburgh, lorsque Constance n'était pas sur scène. Ou peut-être pourrions-nous emprunter de l'argent à Mrs Howard, qui était riche et semblait bien aimer Constance. Thaddeus, bien sûr, n'était qu'un poids mort.

3

Je fus réveillée le lendemain matin par un meuglement rauque. Comme la plupart des femmes du voisinage, Mrs Nedel avait sa propre vache, mais il n'y avait pas de place en ville pour des étables. Si bien que les vaches, comme les porcs, déambulaient librement dans les rues et se réfugiaient dans les collines pendant la nuit, pour revenir d'elles-mêmes au matin. Mrs Nedel m'avait donné une chambre au troisième étage, près du grenier ; son unique fenêtre donnait sur l'étroite ruelle qui courait à l'arrière de la maison, où plus d'une vache affamée meuglait avec irritation. Je voulus regarder l'heure sur la montre de mon père avant de me rappeler qu'elle ne fonctionnait plus depuis que j'avais traversé la rivière à la nage. Quelques jambons séchaient au plafond, enroulés dans du tissu pour les préserver des insectes, et dans un coin de la pièce se trouvait un portant couvert où pendaient les robes d'hiver de Mrs Nedel. La pièce sentait le fumoir et le camphre. Je m'habillai le plus vite possible avant de descendre l'escalier.

Le café était déjà servi dans le salon et, tout en m'en versant une tasse, je m'assignai une mission pour la journée : trouver comment gagner de l'argent.

Même si j'étais devenue l'habilleuse de Constance par hasard, ce travail me convenait. J'étais allée lui rendre visite à New York, sans compter m'y installer, après la mort de ma mère. Elle et moi avions vécu en ville depuis la vente de la ferme et, à sa mort, elle m'avait légué toutes ses actions dans la fonte, comme je m'y attendais. C'était une belle somme, quoique insuffisante pour me mettre à l'abri du besoin. Quelques semaines après, j'avais reçu une lettre de Constance sur un épais papier crème.

2 mars 1832

Ma chère May,

Je viens de recevoir ta lettre. J'étais si désolée d'apprendre le décès de ma tante Greta. Ce doit être terrible pour toi. Pourquoi ne viendrais-tu pas me voir un peu ? Jasper se remet toujours de sa pneumonie, qui m'a terriblement inquiétée. Bien qu'il commence à se sentir mieux, il se fatigue vite dès l'après-midi. Ce n'est pas très drôle pour moi, et avant même de recevoir ta lettre, je me disais que j'aimerais bien te voir pour me remonter le moral.

New York est une ville fabuleuse. Je suis sûre que tu serais époustouflée par la mode d'ici. Les plus belles robes arrivent tout droit de Belgique ! Mais en Belgique ou ailleurs, personne n'est plus doué que toi. Je t'en prie, viens me voir un mois ou deux pour te changer les idées et me tenir compagnie. Je ferai de mon mieux pour te convaincre de me confectionner quelques robes au passage.

Je joins à cette lettre de l'argent pour tes billets. Pas la peine de dire non, ma petite grenouille, la vie est bien trop palpitante pour ça.

Ta cousine qui t'aime,

Constance

Constance et son mari, Mr Jasper Sinclair, vivaient à Long Island dans une petite ville appelée Flatbush, mais à en croire ses lettres ils se rendaient à New York trois ou quatre soirs par semaine pour dîner au restaurant ou aller au théâtre. Le père de Mr Sinclair avait fait fortune dans les biscuits salés, et Constance avait rencontré son futur mari lorsqu'il était venu examiner le terrain dans l'idée d'ouvrir une nouvelle manufacture près de chez nous. Je ne sais pas si elle l'aimait, mais il était riche et venait de la ville. Elle l'avait épousé, et dans les lettres qu'elle m'envoyait de temps à autre, elle se disait heureuse. Pourtant, il n'était pas très bel homme, Mr Sinclair, avec son long nez, ses yeux très rapprochés et ses joues creusées depuis l'enfance par la variole. Il n'avait jamais été en bonne santé, et le temps que j'arrive à New York vingt-deux jours après avoir reçu la lettre de Constance, il était mort.

— Eh oui, mort, me dit Constance en ouvrant elle-même la porte. Et il semblerait qu'il m'ait menti au sujet de sa fortune.

Elle portait une robe noire aux coutures légèrement asymétriques. L'enterrement, dit-elle, avait eu lieu une semaine plus tôt, et elle avait rencontré le notaire de Mr Sinclair le jour suivant.

— Mille dollars, dit-elle – Constance n'avait guère de réserves sur de tels sujets. C'est tout ce qu'il m'a laissé ! Il a fallu renvoyer tout le personnel. Même la maison n'est pas à moi : il la louait depuis le début. Oh, ma grenouille, je suis si contente que tu sois là. Je ne mange que du pain et du fromage depuis trois jours. Allons dîner à New York, je ne voulais pas y aller toute seule.

Je venais à peine de poser mon sac. Nous étions toujours dans l'entrée, et le cocher parti chercher mes bagages frappa à la porte.

— Je ne me suis même pas débarbouillée.

— Eh bien vas-y ! dit-elle, et elle se laissa choir sur une chaise au coussin brodé en me laissant répondre à la porte.

J'étais triste d'apprendre la mort de Mr Sinclair, mais j'étais contente de pouvoir me rendre utile, ce qui m'empêchait de songer à mon propre deuil. Dès que ce fut possible, j'engageai une bonne à temps partiel pour m'aider à faire le ménage et les repas – Constance ne savait pas cuisiner – et je vendis tous les meubles qui pouvaient se vendre. Constance avait raison : Mr Sinclair lui avait caché beaucoup de choses. Il n'avait aucune propriété nulle part, et tous ses tableaux étaient des faux. Peut-être que son père avait bel et bien fait fortune dans les biscuits salés, mais à présent père et fils étaient morts et la fortune envolée.

Mille dollars. À New York, ce genre de somme ne durerait pas.

Mais Constance ne manquait pas d'idées. Peut-être pourrait-elle devenir peintre miniaturiste ? Elle avait la main sûre, et c'était à la mode. Ou alors, elle pourrait investir dans une plantation de thé ou de café, et vivre de ses intérêts. Quant à moi, je pouvais toujours rentrer à Oxbow, même si rien ni personne ne m'y attendait. Puis un beau jour, Constance me dit qu'elle avait un plan.

— Je vais faire du théâtre.

Ce n'était pas le choix le plus pragmatique, et je suppose qu'elle s'était décidée par vanité ; Constance était fière de sa beauté et de sa voix. Elle s'y connaissait un peu puisque sa mère avait été actrice pendant quelques années en Europe. Malgré tout, pour monter sur les planches – ou plutôt, pour apprendre à le faire –, il nous faudrait de l'argent. Nous déménageâmes dans une pension de jeunes filles bon marché et Constance se mit à prendre des cours d'escrime pour « se délier les membres », comme disait son entraîneur. C'était un vieil acteur qui buvait toute la journée au point de ne plus pouvoir jouer le soir. Il lui apprit aussi comment se déplacer sur scène, comment s'arrêter, se retourner, et se montrer de trois quarts au public. Tous les jours après le dîner, elle faisait des exercices de chant avec une ancienne chanteuse d'opéra (celle qui avait mauvaise haleine, et à qui me faisait penser Mrs Howard) pour amplifier sa voix.

Nous nous étions mises d'accord pour amortir le coût de tous ces cours avec l'argent de ma mère, et pour vivre sur l'héritage de Constance jusqu'à ce qu'elle commence à travailler. Mais tout cela commençait à nous revenir très cher et, même après les premiers contrats de Constance, nous devions souvent piocher dans nos économies pour nous payer une chambre, ou pour nous rendre dans un nouveau théâtre dans une autre ville, ou pour mille autres choses encore. Six ans plus tard, en arrivant à Pittsburgh, l'argent de la fonte s'était envolé. Idem pour les mille dollars de Mr Sinclair. Il nous restait si peu d'argent que nous avions tout emporté, et tout perdu, sur le *Moselle.*

Heureusement, Constance avait reçu cette offre pour Saint-Louis. Mais comment s'y rendre ? Tout en buvant mon café, je songeai aux billets de banque que je gardais dans mon sac sur le *Moselle.* Irrécupérables à présent. Mais même cette somme-là, ce n'était pas le Pérou, comme disait ma mère.

— C'est drôle, que vous soyez couturière, dit Mrs Nedel en venant prendre son petit déjeuner. Vous savez, puisque *nedel* veut dire aiguille en allemand.

C'était une femme assez forte, plus très jeune, mais dont les cheveux étaient toujours coiffés en anglaises brunes, comme ceux de sa fille Elizabeth. Elle promena un regard satisfait sur les plats – dinde, jambon, pancakes et gaufres, crème aux œufs, bœuf séché, scones et pain chaud – avant de demander à sa fille de lui passer le café. On ne plaisantait pas avec le petit déjeuner dans cette maison, même si Mr Nedel prenait le sien près de l'entrepôt où il travaillait, d'après ce que j'avais entendu dire. Je ne l'avais toujours pas rencontré.

Mrs Nedel avait de minuscules yeux bleus, et son nez ressemblait à un petit friand à la saucisse.

— Au fait, ma chère, comment comptez-vous partir ? me demanda-t-elle sur le ton de la conversation.

Si je peux vous poser la question. Bien sûr, n'hésitez pas à rester aussi longtemps que nécessaire. Je sais que votre sœur est encore convalescente. Et vous devez ensuite vous rendre à… Chicago, c'est bien cela ?

— Constance est ma cousine, dis-je. Et nous allons à Saint-Louis. C'était Mrs Stoke qui allait à Chicago.

Mrs Stoke avait quitté la maison la veille ; je n'ai jamais su si elle avait retrouvé son troisième enfant.

— Pauvre Mrs Stoke, dit Mrs Nedel.

Comme bien des femmes cette année-là, elle portait une épaisse couche d'amidon sur le visage, les bras et le cou. Lorsqu'elle se tapota la bouche avec sa serviette, je vis une pluie de flocons blancs tomber vers son café. Je ramenai subrepticement ma propre tasse vers moi.

— Avez-vous de la famille à Saint-Louis ? demanda Elizabeth, qui n'avait que quinze ans mais dont la couche d'amidon rivalisait en épaisseur avec celle de sa mère.

— Ma cousine s'est fait engager par le New Theatre. Elle est actrice.

Bien que poudrées, les joues de Mrs Nedel rosirent et elle jeta un regard vers sa fille.

— Actrice ? Seigneur !

Beaucoup de gens, et pas seulement dans le clergé, pensaient encore que la plupart des actrices prenaient des clients la nuit. Au cas où Mrs Nedel partageait cette opinion, je m'efforçai d'éclaircir les choses.

— J'imagine que vous savez que les actrices ne sont pas des prostituées ?

Mrs Nedel émit un son étrange qui rappelait une bouteille que l'on débouche.

— Voyons, ma chère ! On ne parle pas ainsi à Cincinnati. Nous les appelons des femmes publiques, dit-elle en baissant la voix.

Femmes publiques. Je pouvais m'en souvenir.

— C'est moi qui m'occupe des costumes de ma cousine, poursuivis-je après un silence – j'étais fière de mon travail, même s'il avait fini au fond de la rivière.

— Je n'ai absolument aucun talent pour la couture, dit Elizabeth en se beurrant un scone. Maman vous le dira.

— Certainement pas ! Il te faut juste un peu de patience.

— Ça n'a pas d'importance, de toute façon. Miss Justine vient s'occuper de notre garde-robe de printemps chaque année, à Pâques, et elle revient en octobre.

Voilà qui éveillait ma curiosité, puisque faire quelques retouches me semblait la meilleure façon de gagner de l'argent.

— Combien payez-vous Miss Justine ?

Elizabeth rougit, ce qui la fit brièvement ressembler à sa mère.

— On ne parle pas si franchement d'argent ici, dit Mrs Nedel d'un ton hésitant. Peut-être que c'est différent à New York.

Ça n'était pas si différent, j'avais tout simplement oublié.

— Je me demandais juste comment acheter nos billets pour Saint-Louis.

Mrs Nedel tendit la main vers la confiture, l'air pensif. Après un silence, elle dit :

— Nous lui donnons vingt centimes par jour.

La pièce s'assombrit. Je vis par les trois grandes fenêtres que de lourds nuages s'amoncelaient à l'horizon. Vingt centimes ! Ce n'était presque rien.

— C'est parce que le Kentucky n'est pas loin, expliqua Elizabeth. Beaucoup de gens emploient des esclaves, alors les couturières blanches ne sont pas très bien payées.

— Des esclaves ? En Ohio ?

— Non, bien sûr que non. Mais vous voyez, si quelqu'un a de la famille de l'autre côté de la rivière, il peut parfois leur emprunter un de leurs esclaves pour la journée. Une fois par mois nous prenons Minnie, la petite de ma tante, pour nous aider à retourner les matelas. Et si besoin, elle retouche aussi mes robes.

Se prêter des esclaves ? Je n'avais jamais entendu parler d'une chose pareille.

— Et Minnie, vous la payez ?

— Elle n'a pas l'habitude de gagner de l'argent, répondit Elizabeth.

— Nous lui donnons à manger, bien sûr, ajouta Mrs Nedel en tamponnant quelque chose sur sa robe.

Je repensai au petit esclave que j'avais vu sur le *Moselle.* Vingt centimes par jour, ce n'était pas beaucoup plus qu'un repas pour tout salaire. À ce rythme, je ne m'en sortirais pas. Mrs Nedel essayait toujours d'essuyer la tache sur la robe, et claqua la langue avec impatience.

— Si c'est de la confiture, dis-je, je peux la nettoyer avec un peu de potasse.

— De la potasse ?

— Et un linge propre.

— Je n'étais pas au courant que l'on pouvait… Mais c'est vrai que vous devez vous y connaître, à force d'aider votre sœur. De la potasse, oui, je dois en avoir dans le cellier. J'irai vérifier après manger.

Une averse s'abattit brusquement sur les vitres en crissant comme les griffes d'un chat.

— Vous savez, dit Mrs Nedel en élevant un peu la voix, je crois que j'ai une vieille robe qui devrait vous aller. Et en parlant de cela, j'ai un chemisier taché sur le devant, peut-être que vous pourriez aussi y jeter un œil ? J'hésite à le jeter alors que c'était mon préféré autrefois…

Mrs Howard m'avait invitée chez elle cet après-midi, et Mrs Nedel, très satisfaite de mon travail, m'y emmena en calèche. En me retrouvant à nouveau devant la porte cochère, j'étais consciente que la pluie avait rehaussé l'odeur de jambon qui imprégnait mes vêtements et mes cheveux, mais je ne pouvais pas y faire grand-chose. Donaldson me débarrassa du parapluie que m'avait prêté Elizabeth, et Mrs Howard elle-même me fit passer dans le salon, en disant que Constance se sentait bien mieux et se joindrait à nous dans un moment.

— Nous prendrons le thé ici, dit-elle en ouvrant les portes coulissantes.

Apparemment, j'avais le droit de sortir du couloir, cette fois-ci.

Les murs du salon étaient recouverts d'un papier peint représentant des laitières à la traite sur fond bleu pastel. Mrs Howard attira mon attention sur le linteau de cheminée, sculpté entièrement au canif, disait-elle, n'était-ce pas incroyable ? La maison elle-même avait plus d'un siècle et, après l'avoir achetée, les Howard avaient découvert des soies de porc dans les plafonds à l'étage.

— C'est ce qu'ils utilisaient à l'époque pour renforcer le plâtre. Voilà comment on se retrouve avec un plafond poilu !

Elle me sourit. Avait-elle fait une plaisanterie ?

— Un plafond poilu ?

— Oui, à cause des soies de porc, expliqua-t-elle.

Elle me fixa pendant quelques instants, comme si elle attendait quelque chose.

— Oubliez ça, finit-elle par dire. Écoutez, May, je voulais vous parler sérieusement de votre cousine. Nous avons eu une idée très intéressante l'autre soir. Asseyez-vous, je vous en prie – non, prenez plutôt ce fauteuil, il est plus confortable. Il faut que je vous expose notre projet.

Je préférais les chaises droites, mais je pris place près de la fenêtre, sur le fauteuil bas en cuir qu'elle m'avait désigné. Le salon se trouvait dans la tourelle, autour de laquelle poussaient d'épais buissons de pachysandres. Par la fenêtre, je les voyais s'agiter dans le vent.

Mrs Howard prit un petit livre marron sur une table adjacente et en sortit une lettre qui servait de marque-page. Elle la déplia et la parcourut des yeux jusqu'à trouver le passage qu'elle voulait me lire : quelques phrases sur la faiblesse morale de ceux qui possédaient des esclaves, et sur l'absurde logique de ceux qui les soutenaient dans le Nord.

— L'homme qui a écrit cela appartient à ma propre association, dit-elle en ôtant ses besicles. La Société de l'Ohio pour l'abolition de l'esclavage et le progrès de l'humanité. Je suis tout à fait certaine que sans le péché d'avarice, l'esclavage aurait été aboli avant même l'époque de Noé. C'est cela, le péché qu'il nous faut combattre à Cincinnati : l'avarice, oui, l'avarice et l'ignorance. Très peu de gens ici savent vraiment ce qu'implique l'esclavage. La vie horrible que mènent ces malheureux, les pauvres petits bébés que l'on enlève à leurs mères avant même qu'ils aient l'âge de sucer leur pouce, arrachés à leur giron !

Son propre giron semblait enfler à chacun de ses mots, et elle me jetait régulièrement des regards sévères comme si j'étais sur le point de faire une remarque déplaisante. Je ne pensais pas être la proie d'une moralité arriérée ou d'un manque de logique mais, après tout, j'avais passé l'essentiel de ma vie dans le Nord. Je cessai vite d'écouter et me concentrai sur ses deux dents du bas, celles qui étaient de travers. Elles apparaissaient et disparaissaient avec le mouvement de ses lèvres.

— Et Constance serait parfaite, acheva Mrs Howard.

— Parfaite pour quoi ?

— Pour promouvoir notre cause. Elle a l'habitude de parler en public, elle sait faire porter sa voix et, bien sûr, elle est belle comme un cœur. Je me suis rendu compte que cela avait son importance.

— Vous voulez que Constance fasse des discours ?

— Pour notre société, oui. Nous irions de ville en ville pour leur asséner la vérité, mais en douceur. Constance ferait cela très bien, vous ne trouvez pas ? Et bien sûr, nous la paierions. Enfin, je la paierais.

Je me dis d'abord que cela nous épargnerait d'aller à Saint-Louis, et ensuite que Constance n'aurait pas à accepter ces rôles de matrone qu'elle détestait. Mrs Howard me regardait attentivement.

— Qu'en dit Constance ? demandai-je.

— Elle est d'accord, bien sûr ! Elle gagnerait bien plus qu'au théâtre. Et elle peut garder ce métier aussi longtemps qu'il lui plaira, ou jusqu'à ce que l'esclavage soit enfin aboli dans ce pays. Si elle se débrouille bien, elle pourrait vite se retrouver au chômage.

J'aperçus à nouveau ses dents tordues.

— Que va-t-elle porter ?

— De jolies robes sages. Toutes de la meilleure qualité, bien sûr.

— Et où vais-je trouver le tissu ?

Mrs Howard me jeta un regard, puis joignit les mains derrière son dos comme un homme et se planta face à moi.

— May, je serai franche, puisque je sais que vous aimez aller droit au but. Il n'y a pas de place pour vous. Vous ne voudriez pas prendre la parole en public, n'est-ce pas ? Et Constance n'aura plus besoin de costumes, ni de quelqu'un pour l'habiller. Le peu d'aide qu'il lui faudra encore, je suis plus qu'à même de le lui apporter. Mais ne vous faites pas de souci : je sais que les choses ne sont pas faciles pour vous en ce moment. Je suis prête à vous financer le voyage pour rentrer chez vous. C'est tout naturel. Vous venez de New York, c'est bien cela ?

— Non, d'une petite ville près de Toledo.

— Si proche d'ici ! Il n'y aura vraiment pas de problème pour vous payer le billet. Et vous pourrez enfin cesser de coudre pour Constance. Seigneur, vous devez en avoir plus qu'assez, vous l'avez suivie pendant des années, n'est-ce pas ? C'est votre chance de devenir complètement indépendante, j'en suis convaincue.

Sa voix devint aussi résolue qu'un train à vapeur gravissant une côte.

— Un tel changement ne pourra que vous profiter, j'en suis certaine. Mon oncle Jacob disait toujours que le changement guérissait l'âme, et il avait raison, bien qu'il se soit trompé sur absolument tout le reste, car il avait des esclaves, vous voyez. C'est pour cela que je connais si bien leur condition. Je les regardais travailler quand je rendais visite à mon oncle : toujours aux champs, toujours courbés en deux. Oncle Jacob, paix à sa petite âme, était aussi ignorant qu'avare. Mais Constance a tant de charme que je suis persuadée qu'elle aurait même pu convaincre quelqu'un comme lui. Quant à vous, May, vous n'aurez plus besoin de vos épingles ni de vos aiguilles, vous n'aurez plus à attendre le tomber de rideau, comme vous avez dû si souvent le faire…

J'essayai de me redresser dans mon siège, mais il n'était pas fait pour ça. Mon regard se porta au-delà de Mrs Howard, sur les laitières du papier peint, qui étaient très mal représentées : leurs robes étaient trop guindées et leurs rubans ridicules. Ses arguments étaient comme ce papier peint, idéalisés et faux, et si elle s'était tue l'espace d'un instant j'aurais pu contrer chacune de ses déclarations ; mais toujours semblable au train à vapeur, elle ne s'arrêtait jamais, et je sentis que j'étais en train de perdre le débat sans même y avoir participé.

— Je ne veux pas que les choses changent, dis-je.

— … une vie passée dans les coulisses, si je peux vous emprunter cette métaphore, poursuivit Mrs Howard qui n'avait pas l'air de m'avoir entendue. Mais à présent, vous allez pouvoir voler de vos propres ailes. Une nouvelle vie ! Je vous envierais presque.

Quelle nouvelle vie s'imaginait-elle ? J'avais grandi dans une ferme près d'une ville si petite qu'elle n'avait même pas d'arrêt de diligence. Chacun y faisait ses propres vêtements. Un bruit soudain me fit tourner la tête : Constance venait d'ouvrir les portes coulissantes. Elle portait la même robe blanche que la veille, avec un châle vert pâle. Son bandage avait disparu. Mrs Howard discourait toujours sur ma nouvelle vie, et l'espace d'un instant je crus que Constance allait l'interrompre – *oh, non, voyons, May restera avec moi, bien sûr !* Mais elle ne me regardait pas ; elle regardait Mrs Howard d'un air docile, prête à se laisser modeler. Elle s'avança dans la pièce et se redressa pour se grandir d'un pouce, comme le lui avait enseigné un acteur de New York.

Mrs Howard se tourna vers elle sans même reprendre sa respiration. Elle ne me laisserait aucune ouverture pour me défendre.

— Je viens d'expliquer notre petite affaire à May. Pas d'inquiétude, je vois bien qu'elle comprend parfaitement quelle chance ce sera pour vous et pour notre cause, et surtout pour elle-même – une chance d'être enfin seule, ajouta-t-elle en se retournant vers moi. Vous m'avez toujours semblé d'une remarquable indépendance d'esprit.

Même lorsque je pus enfin me retrouver seule avec Constance, les choses ne se passèrent guère mieux. Mrs Howard lui avait demandé de me montrer son « charmant jardin » maintenant qu'il ne pleuvait plus.

— Pendant ce temps-là, je vais dire à Mr Salter de préparer les chevaux pour ramener May chez elle, avait-elle précisé comme s'il s'agissait d'une grande faveur.

Apparemment, elle ne comptait pas m'offrir une chambre pour la nuit, pas même une invitation à dîner.

Le jardin n'avait rien de charmant. Nous étions en avril et il venait de pleuvoir, si bien que tout était couvert de boue et sentait les feuilles pourries. Tout en marchant aux côtés de Constance entre les haies taillées et les citronniers en pot, je me mis à protester contre l'idée de Mrs Howard.

— Je n'ai rien à y gagner. Mrs Howard l'a dit elle-même. Tu t'imagines que je vais rentrer à la maison ?

Constance dit que non, bien sûr, personne ne m'obligeait à rentrer chez moi.

— Mais tu dois bien t'en rendre compte, ce sera bien mieux que d'aller de ville en ville en n'y restant que six semaines ou un mois. Je me fais vieille, je ne peux plus être actrice.

— Tu n'as que trente ans !

— Vingt-neuf. Mais ma grenouille, souviens-toi de ces petites vieilles. Qui veut jouer ce genre de rôle ?

— En tout cas, c'est bien la première fois que tu t'intéresses à l'esclavage.

Ce que j'aurais dû dire, c'est qu'elle ne s'était jamais intéressée à autre chose qu'à elle-même.

— Flora peut se montrer très persuasive, répondit-elle.

Elle avait levé les yeux vers l'arrière de la maison, qui était magnifique vue d'ici : ses moellons étaient si parfaitement ajustés qu'elle semblait taillée dans un rocher unique, jailli du sol, sur lequel on aurait simplement gravé quelques lignes. Mais ce n'était plus à Mrs Howard ni à sa maison que je songeais : c'était à Jasper Sinclair, feu le mari de Constance. Lorsqu'il était arrivé dans notre petite ville, on ne voyait que lui avec ses habits soigneusement coupés, son chapeau bien brossé et la montre à gousset en or qu'il consultait constamment, comme s'il avait des rendez-vous à ne pas manquer même au fin fond de l'Ohio. Je ne pense pas que Constance l'aimait, mais elle avait été heureuse avec lui, sans aucun doute. Peut-être que l'amour ne faisait pas partie de ses priorités. Peut-être qu'elle s'était tout simplement montrée pragmatique. C'était dans notre nature à toutes les deux. Nos mères étaient sœurs, après tout.

À l'étage, Mrs Howard apparut à la fenêtre, comme une pleine lune coiffée d'une perruque. Savait-elle que nous pouvions la voir ? Elle y resta longtemps.

— Elle a un goût exquis, poursuivit Constance, et elle veut conserver cette maison dans son état d'origine. Elle a même restauré le clavecin de l'ancien fermier, même si personne ne sait en jouer. Et elle fait venir de la véritable marmelade tout droit d'Angleterre.

— Pourquoi avoir chez soi un instrument dont personne ne peut jouer ? protestai-je tant cela me semblait absurde.

— Allons, ma petite grenouille. Ce serait si agréable de s'installer enfin quelque part, tu ne trouves pas ? *Zoals het klokje thuis tikt, tikt het nergens,* ajouta-t-elle en néerlandais.

L'horloge sonne toujours mieux chez soi. Constance était très douée en langues, et elle avait beaucoup parlé néerlandais avec son beau-père, si bien qu'elle y avait recours dans les moments d'émotion.

— Viens donc manger avec nous demain, dit-elle en repartant vers la maison, Flora aura le temps de commander un bon dîner.

Ça m'avait tout l'air d'une promesse en l'air pour se débarrasser de moi, et je sentis mon sang battre à mes tempes. J'étais comme une enfant que l'on envoie jouer ailleurs sans explication. Lorsque Constance ouvrit la porte de derrière, je lui dis que je ferais le tour par l'extérieur pour retrouver Mrs Howard devant la maison.

— Très bien, alors à demain.

Elle m'embrassa rapidement sur les joues avant de me quitter, comme soulagée d'avoir fini notre tête-à-tête. Elle gagnerait plus à suivre le plan de Mrs Howard, ça n'allait pas plus loin.

Après quelques minutes à patienter devant la porte close, je la rouvris lentement. Les gonds étaient bien entretenus, parfaitement fonctionnels, et tout à fait silencieux, comme tout le reste chez Mrs Howard.

Je m'avançai à pas rapides sur l'épais tapis, en me dirigeant vers l'avant de la maison. Je croisai deux bonnes, dont une avec une pile de draps, mais elles ne parurent pas s'étonner de ma présence ; elles étaient trop bien formées pour cela et se contentèrent de baisser les yeux avec un petit signe de tête. Elles avaient autre chose à faire – et moi aussi. Je voulais en savoir plus. Guidée par le bourdonnement ininterrompu de la voix de Mrs Howard, je m'approchai du salon dont les portes coulissantes étaient entrouvertes. Debout dans le couloir, en tournant ma bonne oreille vers elle, je l'entendis dire :

— May est tout à fait convaincue, j'en suis certaine.

Une porte se ferma ailleurs et m'empêcha d'entendre la réponse de Constance. La voix tonitruante de Mrs Howard s'éleva à nouveau.

— Ma chère, je vous assure, j'en suis bonne juge.

— Mais que va-t-elle faire ? Elle ne pourra pas gagner sa vie toute seule.

— C'est bien pour cela que je la renvoie dans votre famille.

De quelle famille parlait-elle ? Il ne nous restait plus que la mère de Constance, ma tante Ann, une recluse aigrie qui mangeait un œuf dur au petit déjeuner et un œuf à la coque au souper, en sautant le dîner pour faire des économies.

— Elle vit dans votre ombre depuis des années, poursuivit Mrs Howard. Une telle dépendance, ce n'est pas sain, ni pour elle ni pour vous ! Grâce à moi, vous allez enfin prendre un nouveau départ.

Pour la seconde fois ce jour-là, je repensai au petit esclave que j'avais vu sur le *Moselle,* debout derrière la chaise de sa maîtresse, et mes joues s'enflammèrent. *Je ne suis pas une domestique,* pensai-je avec colère. *Je n'ai pas passé toutes ces années dans l'ombre de Constance, et je pourrais très bien gagner ma vie toute seule.*

— Elle est très immature pour son âge, dit Constance.

— C'est bien dommage. Sa mère l'aura trop gâtée, et vous aussi, d'ailleurs. Mais c'est l'occasion pour elle de grandir un peu. Ah, les chevaux sont là. Elle devrait être dans l'allée, mais je ne la vois pas.

Je ne tenais pas à les espionner davantage, et je sortis par la grande porte en la claquant derrière moi. Je me moquais bien qu'elles sachent que j'avais tout entendu. Mais Mrs Howard, sans doute trop habituée au va-et-vient de son personnel, sortit quelques minutes plus tard en me demandant si l'attente n'avait pas été trop longue.

— Je ne suis pas la domestique de Constance, lui dis-je.

Mais même cela ne suffit pas à la faire rougir. Elle suivait son plan avec obstination. J'avais oublié le parapluie d'Elizabeth Nedel, qu'elle me tendit.

— Bien sûr que non, vous n'êtes pas une domestique. Plutôt une assistante ! Et vous l'avez très bien assistée toutes ces années. Allons, au revoir, très chère, dit-elle en ouvrant la portière de la calèche.

Le vent se leva et lui souffla au visage, mais elle ne s'en tint pas moins droite. Cette femme était un morceau de bois, comme son serviteur Donaldson.

— À demain. Nous dînerons tôt, vers six heures.

Ce soir-là, après le souper, je pris avec moi dans le salon la robe en tartan que m'avait confiée Mrs Nedel pour la recoudre entièrement, dans l'espoir de me recentrer sur moi-même. En l'espace d'un après-midi, j'avais été écrasée et remodelée par Mrs Howard, qui avait fait de moi la cousine impuissante de Constance, sa domestique, une couturière sans existence propre. Elizabeth s'était assise près de moi et s'essayait sans grande conviction à une broderie assez élaborée.

Tout en défaisant les coutures, je me repassais le petit discours de Mrs Howard. Je ne voulais pas rentrer chez moi pour vivre avec tante Ann. Comme je butais sur une couture plus solide, j'empruntai à Elizabeth une aiguille suffisamment solide pour extraire le fil du tissu. Sous chaque manche se trouvait un soufflet qu'il me faudrait recouper avant d'en lisser les plis. À force de me concentrer sur mon travail, je parvins à atténuer le souvenir de Mrs Howard, dont la voix me harcelait comme un moustique. Il y avait quelques théâtres à Cincinnati ; peut-être pourrais-je y trouver du travail.

Lorsque la pendule sonna huit heures, Elizabeth s'approcha du piano, augmenta la lumière et se mit à feuilleter ses partitions. Quelques minutes plus tard, Mrs Nedel nous rejoignit et Elizabeth s'assit au clavier pour jouer une mazurka. Elle s'y prenait très mal, ratait des notes et accélérait tellement le tempo que je ne pouvais presque plus le supporter.

— Et puis zut ! dit-elle en s'arrêtant soudain, dégoûtée. J'ai complètement oublié ce morceau-là.

— Ma chérie, surveille ton langage, lui reprocha posément Mrs Nedel. D'ailleurs, c'était très joli, ce que tu nous jouais.

Elle s'était assise à la place d'Elizabeth et examinait sa broderie. Au bout d'un moment, elle récupéra l'aiguille et se mit à y ajouter quelques points. Je me demandai si elle avait tout brodé elle-même.

— Vous jouez du piano ? me demanda Mrs Nedel.

Lorsque j'acquiesçai, elle m'implora de leur jouer quelque chose. J'avais appris étant petite ; plus tard, dans les théâtres où se produisait Constance, il m'était arrivé de remplacer des pianistes malades. J'étais devenue très douée pour lire une partition. Au milieu de la mazurka, la porte du salon s'ouvrit sur Mr Nedel.

— Ah, je me disais bien que ça ne pouvait pas être notre Lizzie, dit-il en entrant dans la pièce. Pas assez d'erreurs.

Son journal à la main, il s'assit au bout du canapé et me pria de continuer. Après la fin du morceau, Mr Nedel me remercia de « lui avoir offert ce plaisir ». C'était un homme assez mince, plus que Mrs Nedel. Ses yeux, sa bouche et son nez étaient parfaitement symétriques, quoique étrangement resserrés au centre de son visage. Il portait une veste sombre de bonne coupe qui me fit repenser à son nom, Nedel. Avec ses longs doigts, il aurait fait un bon tailleur. Mais à l'évidence, inspecter les imports de whisky était plus lucratif.

Tandis que je me remettais à ma robe de tartan, Mr Nedel me demanda si j'avais avancé dans mes projets, tout en m'assurant avec le sourire que je pourrais rester aussi longtemps que je le souhaitais, si je voulais bien leur jouer du piano tous les soirs. Mais quand je lui dis que je comptais chercher du travail dans les théâtres en ville, ses yeux semblèrent se rapprocher encore plus l'un de l'autre, et il fronça les sourcils.

— Je croyais que vous voyagiez avec quelqu'un ? Une amie, ou peut-être votre sœur ?

— C'est ma cousine. Elle est chez Mrs Flora Howard.

— Ah oui, l'abolitionniste. J'ai rencontré son mari il y a quelques années ; il avait fait fortune dans le papier. Je me demande ce qu'il dirait s'il savait à quoi sert son argent. Mais bien sûr, dit-il en élevant la voix comme si j'avais exprimé mon opinion, il n'y a rien à faire pour décourager ces gens-là. Certains essaient même de voler des esclaves qui ne sont pas à eux pour les libérer ! Ici, on les pend pour ça. Nous n'avons guère de clémence pour les voleurs. Je trouve personnellement que la pendaison est trop douce, mais je suppose que je suis un peu vieux jeu.

Je me mis à découdre les soufflets, ce qui demandait beaucoup d'attention.

— Je ne dis pas que j'approuve l'esclavage, poursuivit Mr Nedel. Mais laissons ces misérables à leur place et continuons nos affaires tranquillement. Tout le monde sait bien que si l'on abolissait l'esclavage, c'est toute l'économie du Sud qui s'effondrerait, et alors que deviendrions-nous ?

— C'est bien normal, puisque vous employez des esclaves vous-même, dis-je en tortillant mes ciseaux sous le fil pour desserrer les coutures.

Mr Nedel s'étrangla.

— Nous n'avons jamais eu d'esclaves ! L'Ohio est un État libre.

— Je parlais de Minnie.

Le soufflet n'était pas facile à découdre avec des ciseaux. Je tendis la main vers l'épaisse aiguille d'Elizabeth et me rendis compte que Mr Nedel me fixait d'un air presque outragé. Il était tout rouge. Mrs Nedel et Elizabeth, qui semblaient bien plus pâles, nous jetaient des regards anxieux.

— Mais je me trompe peut-être ? dis-je.

Mr Nedel se leva.

— Ce sont des affaires de famille… entre nous… nos arrangements privés… Vous êtes donc abolitionniste, vous aussi ? dit-il avec un regard assassin.

— Mon chéri, elle vient de New York, dit faiblement Mrs Nedel.

Je compris que je l'avais offensé et tentai de m'excuser.

— Je ne voulais pas dire qu'elle était votre esclave. C'est vrai que vous ne la payez pas. Mais vous lui donnez à manger, ce qui est très gentil de votre part, sans aucun doute.

— Du sarcasme, à présent ? s'écria Mr Nedel.

— Non, je ne suis jamais sarcastique...

— Ça suffit !

Mr Nedel ouvrit la porte et sortit du salon en coup de vent, en laissant son journal ouvert sur le divan. Les flammes des lampes vacillèrent, et lorsque la lumière revint, je vis qu'Elizabeth étudiait ses partitions avec une attention inhabituelle. La colère de Mr Nedel flottait encore dans la pièce et semblait la vider de son air. Il y eut un long silence. Si seulement je savais dire ce qu'il fallait, au lieu de ce que je pensais !

Enfin, sur le coup de la demie, Mrs Nedel nous souhaita une bonne nuit et s'en fut bien vite, Elizabeth avec elle. Leur domestique Molly vint éteindre les lampes, en laissant allumée celle qui était près de moi. J'aurais voulu lui parler, mais son visage ressemblait à une porte close. Après son départ, la pièce assombrie me sembla bien plus grande, et la place que j'y occupais bien plus petite.

Le journal de Mr Nedel était toujours là. J'y trouvai des réclames pour quelques théâtres, l'un sur Columbia Street et l'autre sur Third Avenue and Vine. Je pourrais sans doute trouver une chambre à louer non loin de là. L'idée de partir m'attristait. Je m'étais déjà habituée à Mrs Nedel et Elizabeth, et même à l'odeur de jambon dans mes cheveux.

4

Le théâtre Columbia se trouvait pile au milieu de la rue du même nom. C'était un grand bâtiment blanc qui ressemblait à un temple de la Grèce antique, et dont le rez-de-chaussée était occupé par un bureau de tabac. Le ciel s'était éclairci après l'averse de la veille, mais une odeur minérale flottait encore dans l'air. Je traversai la rue en m'efforçant d'éviter les porcs en liberté qui fourraient leur groin partout et semblaient décidés à me bousculer. Constance serait bien surprise d'apprendre que j'avais trouvé mon propre travail. Immature pour mon âge ! C'était ce qu'elle avait dit ! Ma poitrine brûlait encore chaque fois que je m'en souvenais.

La veille, j'avais regretté ma boîte à couture perdue, mais ce jour-là je déplorais surtout la disparition de tous les costumes que j'avais créés au fil des ans, toutes ces robes, ces corsages et ces capes que j'avais si soigneusement pliés dans la grande malle verte de Constance, qui avait fini au fond de la rivière. La plupart des costumes de théâtre sont horribles, souvent bricolés avec des épingles, et sans aucun souci de véracité historique. Mais j'avais eu un guide, *La Mode à travers les âges*, de Walter Daugherty, qu'une habilleuse anglaise à la retraite m'avait donné à New York. Toutes les références nécessaires étaient là, depuis les uniformes de l'armée suisse jusqu'aux robes italiennes du XVe siècle. Même lorsque les critiques d'une pièce étaient mauvaises, elles ne manquaient jamais de louer la voix vibrante de Constance et ses magnifiques costumes. Je suis intimement convaincue qu'un costume recherché ajoute beaucoup à la justesse du jeu. Mais comment prouver mes capacités ?

Il n'y avait pas de collecte d'ordures à Cincinnati : on les jetait simplement dans les rues pour les cochons, si bien qu'une certaine quantité de détritus s'était amoncelée devant le théâtre. Mais les marches en pierre avaient été récemment lessivées, et un homme nettoyait le papier peint de l'entrée à l'eau et à la terre de pipe. Lorsque je lui demandai où je pouvais trouver le directeur, il m'indiqua l'auditorium du menton sans interrompre son travail.

J'ouvris la lourde porte qui menait aux sièges. La pièce était sombre et sentait la laine humide, et deux acteurs étaient en train de répéter sur les planches. Après quelques secondes, j'aperçus le directeur assis au troisième rang. Il était si petit que je le pris d'abord pour un enfant. Il avait une planche sur les genoux, sur laquelle se trouvaient du papier et un encrier.

— Mr Kreuger ?

Il tourna la tête, éternua, puis éternua encore. Sa barbe rousse était terriblement foisonnante, comme pour prouver qu'il était bien adulte. Après un troisième éternuement, il cria aux acteurs de faire une pause et se moucha bruyamment.

— Rhume des foins, expliqua-t-il.

— Je cherche du travail, dis-je depuis l'allée. Je suis couturière. J'ai été employée au Park Theatre de New York pendant plusieurs années, entre autres. Mon dernier travail était au Third Street Theatre, à Pittsburgh.

Mr Kreuger me regarda de haut en bas.

— Ici les acteurs s'occupent eux-mêmes de leurs costumes.

C'était souvent le cas, même à New York. Nous avions beaucoup de retard sur l'Angleterre où les habilleuses prenaient en charge tout le spectacle. J'aurais beaucoup aimé faire ce genre de choses, mais bien sûr je ne pouvais pas m'offrir un billet pour traverser l'Atlantique.

— Ce n'est pas tout ce que je sais faire. Je peux aider les danseuses de ballet à mettre leurs chaussures, et les actrices à se changer entre les actes. Et je joue du piano, je sais lire et transposer les partitions.

— Et combien prenez-vous ?

— Deux dollars par semaine.

J'y avais réfléchi – et Constance en obtenait souvent cinq. Mais il me rit au nez, ce qui le fit encore éternuer.

— Je n'ai pas deux dollars à vous donner, pas même cinq centimes. Ils disent qu'ils vont me faire fermer boutique cette semaine.

Il devait parler de ses créanciers.

— Ils disent tous ça, répliquai-je en lui tendant mon mouchoir propre.

Son expression s'adoucit et il le prit en me remerciant, ce qui m'encouragea.

— J'ai vu de la lobélie dans le parc au coin de la rue, dis-je. C'est souverain contre le rhume des foins, vous devriez essayer.

— Vraiment ?

— Il suffit de réduire les racines en poudre et d'en mettre un peu dans son thé. Mais c'est un puissant diurétique, mieux vaut faire attention.

Il me regarda étrangement. Sans doute n'avait-il pas compris.

— Si vous en prenez trop, vos intestins pourraient être très affectés, expliquai-je.

Son visage devint très rouge et il replia vite mon mouchoir. Je décidai de lui dire tout ce que je savais sur la fleur, au cas où quelque chose pourrait lui être utile.

— En revanche, la lobélie ne peut rien contre la syphilis, contrairement à ce que certains pensent.

— Quoi ? Mais je ne suis pas syphilitique !

— Eh bien, certaines personnes le sont, dis-je, surprise par sa véhémence.

Il rougit encore plus et me rendit mon mouchoir.

— Je n'ai pas de travail pour vous et je suis en pleine répétition. Si vous voulez faire des histoires, allez au saloon !

Je n'eus pas plus de succès avec les deux directeurs suivants, alors que j'avais essayé d'impressionner le deuxième avec mon expérience du monde du théâtre : ne jamais poser de chapeau sur le lit ou de chaussures sur une coiffeuse, pas de plumes de paon et pas de costumes jaunes…

— Les acteurs sont très superstitieux, et j'ai vite compris qu'il ne sert à rien de les traiter comme des gens logiques.

— Ah oui ? Eh bien, je suis acteur moi-même, et ma logique me dit que je n'ai pas besoin d'une couturière.

Et il m'avait renvoyée sur le trottoir avec les cochons.

Deux heures avaient sonné, et j'avais faim. Je me dirigeai vers la rivière, où les marchands et les bateliers achetaient leurs repas aux vendeurs ambulants qui circulaient sur la jetée. L'atmosphère était assourdissante avec tous ces gens qui criaient leurs prix, marchandaient entre eux ou hurlaient des ordres aux Noirs qui déchargeaient les bateaux. Un homme qui fumait une pipe au tuyau long comme son avant-bras vendait des petits pains roulés au seigle. Je m'adossai à un baril pour manger le mien et contemplai la rivière que le vent couvrait de ridules. Un vieux voilier sonna la cloche pour annoncer son départ. En s'avançant, il me laissa voir un petit bateau plat à deux étages amarré derrière lui, peint en blanc avec des moulures vertes assorties à son pavillon où figuraient les mots « Théâtre flottant » en belles lettres.

Un bateau-théâtre ? Curieuse, j'achevai mon petit pain et je m'avançai le long de la jetée pour voir cela de plus près. L'air sentait le sel, mais l'Ohio est une rivière d'eau douce – l'odeur venait d'un vendeur de pop-corn ambulant. Jeune et assez beau, les cheveux noirs, il portait un uniforme qui ressemblait à un pyjama rayé.

— Pop-corn ! Pop-corn à la minute ! criait-il avec un épais accent irlandais.

Autour de lui se tenait un petit groupe de nourrices avec des landaus d'osier, qui lui glissaient des regards en coin tout en mangeant leur pop-corn dans des petits sachets à rayures rouges et blanches. Je les contournai et le *Théâtre flottant* m'apparut plus clairement : c'était une barge étroite qui devait faire cent pieds de long et sur laquelle on avait posé une sorte de maison, comme deux boîtes empilées. Le vent déplia à nouveau le drapeau vert.

Helena & Hugo et leur Théâtre flottant

Deux silhouettes se trouvaient sur le pont inférieur, à la poupe du bateau. L'une d'elles était peut-être Hugo, mais en me rapprochant je vis que la deuxième n'était certainement pas Helena : c'était Thaddeus Mason, un sachet de pop-corn à la main.

— Ohé, May ! cria-t-il en me voyant, comme s'il répétait un rôle de marin.

Il n'avait plus le bras en écharpe. L'autre homme se retourna lorsque je m'avançai sur la passerelle. Comme Thaddeus, il avait les cheveux longs, mais les siens étaient sombres, et il faisait une demi-tête de plus que lui. Un ruban noir entourait son chapeau de paille, et il avait roulé ses manches de chemise jusqu'aux coudes. Thaddeus me présenta. L'homme toucha son chapeau et répondit avec un accent anglais.

— Capitaine Hugo Cushing.

— May était avec moi sur le *Moselle,* dit Thaddeus.

Allait-il nous présenter ainsi partout où il allait ? Mais il m'apprit que la sœur d'Hugo s'était également trouvée là-bas.

— Vous vous rappelez la chanteuse au dîner ? Helena Cushing du *Théâtre flottant* ? Malheureusement, elle n'a pas eu autant de chance que nous, poursuivit Thaddeus en ôtant son chapeau.

Je fixai Hugo en essayant de trouver quelque chose de gentil à lui dire. Je me souvenais d'elle, avec sa robe rose, debout dans la lumière.

— Le capitaine l'avait embarquée comme chanteuse, dit-il. On faisait souvent ça pour gagner quelques dollars de plus. Elle devait descendre à Fulton. J'allais larguer les amarres pour la retrouver quand tout a explosé.

— Oh, c'est… c'est vraiment triste…

Je ne savais pas quoi dire, mais Thaddeus intervint pour enchaîner les platitudes, avec beaucoup de conviction et un aplomb impressionnant – c'était « un terrible désastre », « un malheur immense », et le capitaine du *Moselle* « un ignoble personnage ».

— Où allez-vous ? demandai-je à Hugo lorsque Thaddeus se tut. Ou peut-être restez-vous ici ?

Il me regarda d'un air absent.

— Sur ce bateau. Votre théâtre. Où jouez-vous ?

— Oh, eh bien, le long de l'Ohio, bien sûr. On s'amarre chaque jour dans une nouvelle ville pour y jouer le soir, et le lendemain matin, direction la suivante. On descend comme ça jusqu'au Mississippi, en faisant le plus de représentations possible, et l'hiver, on remonte la rivière. J'engage un vapeur pour nous tracter.

En effet, sa barge à fond plat ne pouvait que se laisser porter par le courant.

— Ça va faire quatre ans, me dit-il. Ma sœur et moi avions tout mis en place, mais maintenant…

Il fit un geste désabusé. Comme moi, il avait perdu son ancienne associée.

— Et comme si ça ne suffisait pas, son bateau a subi des dégâts dans l'explosion, ajouta Thaddeus. C'est ce que me racontait le capitaine. Un bout des roues à aubes du *Moselle* l'a traversé comme un boulet de canon.

— En crevant ma pompe de cale au passage, c'est bien le pire. Je ne peux pas la réparer, et il me manque encore vingt dollars pour m'en payer une neuve.

— Combien coûte une pompe ? m'enquis-je.

Il me regarda comme si j'étais idiote.

— Vingt dollars.

— Où est votre troupe ? demanda Thaddeus. Nous pourrions organiser une collecte.

— Ils se sont dispersés en ville. Sûrement en train de boire comme des trous, histoire d'être encore moins utiles. Maudits acteurs. Excusez-moi, ajouta-t-il sans que je sache s'il me parlait puisqu'il regardait la rivière.

De toute manière, je n'étais pas offensée. Durant toutes ces années, j'avais vu quantité d'acteurs se rendre ridicules de bien des façons.

— Je pourrais vous aider à réparer le trou dans la coque, dit Thaddeus en retirant sa veste. Mon père était constructeur de bateaux.

Cela faisait deux mois que je connaissais Thaddeus, et à l'entendre son père avait été acteur, auteur de théâtre, charron, et ingénieur vapeur. Constructeur de bateaux était une première. Hugo Cushing me jeta un regard sévère, l'air d'attendre que je m'en aille pour les laisser travailler, mais je me contentai de réarranger mon châle avant de contempler la rivière à mon tour. Un vapeur passa en crachant de lourds nuages noirs, et quelques secondes plus tard ses remous atteignirent le bateau d'Hugo.

Un théâtre, me disais-je. Un emploi potentiel.

Mais si la matinée m'avait appris une chose, c'était bien que je n'étais guère brillante lorsqu'il s'agissait de plaider ma propre cause. En revanche, tout comme Constance, Thaddeus n'était jamais aussi éloquent que lorsqu'il défendait ses intérêts. J'attendis qu'il eût fini de débattre avec Hugo de la meilleure façon de réparer le trou et, après qu'Hugo fut parti chercher plus de chevilles, je me hâtai de lui parler de Constance qui avait trouvé un nouveau travail, et de ma propre situation.

— La petite Constance qui se pique de politique ? Eh bien, tant mieux pour elle ! Ça ne me déplairait pas d'avoir une généreuse mécène, moi aussi.

Je n'avais pas envie d'en discuter avec lui et me concentrai sur les faits.

— Thaddeus, pourriez-vous m'aider à demander du travail ? Je ne sais pas ce que faisait la sœur de Mr Cushing, mais je serais certainement capable de la remplacer. Sauf pour ce qui est de chanter. La couture, les accessoires, le piano, les comptes – tout cela, je peux m'en occuper.

— Moi-même, j'étais venu lui demander une place, mais je ne suis pas sûr qu'il en ait. Et puis il y a cette pompe. De toute façon, pourquoi restez-vous dans le coin ? À moins que vous n'ayez pas assez d'argent pour partir.

— Ce n'est pas un problème. Fardée a dit qu'elle m'offrirait le billet. Je veux dire Flora. Mrs Howard.

— Fardée ? dit Thaddeus en riant. J'adore ! « Fardée la Folle ». Mais pourquoi ne pas accepter ? Trouver un emploi là où l'on vous connaît, c'est plus facile.

Fardée la Folle. Ça lui allait bien. J'avais l'habitude de recevoir des ordres de Constance, mais Mrs Howard n'avait pas à s'octroyer ce droit. Je me contentai de dire à Thaddeus que je ne trouverais pas de travail chez moi, ce qui était la stricte vérité. Il y réfléchit pendant un moment.

— Combien coûte le billet de retour ?

— Sans doute dix dollars. Mais je vous l'ai dit, je ne veux pas rentrer.

— Non, je songeais à cette pompe.

Avant que je ne puisse lui demander ce qu'il voulait dire, Hugo Cushing revint avec ses chevilles. Il m'avait également apporté une chaise pliante, comme s'il avait fini par comprendre que je n'avais nulle part où aller. Pendant qu'ils travaillaient, Thaddeus lui raconta ses représentations à Pittsburgh, en insistant sur les trois costumes que j'avais réalisés pour Constance, un par acte. Mais il n'aborda le sujet de l'emploi qu'après le retour d'une partie de la troupe d'Hugo. Ils transportaient l'un des leurs, un gros homme manifestement ivre qui s'était tordu la cheville en trébuchant sur un baril de sucre. Mais ils auraient pu s'épargner cet effort : en voyant l'état de son pied, Hugo le renvoya immédiatement. À quoi bon, s'exclama-t-il avec colère, payer un acteur incapable de monter en scène ? C'était l'ouverture qu'attendait Thaddeus. S'étant trouvé une place, il se mit à plaider en ma faveur.

— Pas besoin d'une couturière, lui dit Hugo en reprenant son marteau.

— Couturière ! May est une véritable costumière. Si seulement vous pouviez voir ses créations ! Hélas, ce sont les poissons qui en profitent.

— Mes acteurs s'occupent de leurs propres costumes.

Je me pinçai nerveusement l'intérieur du poignet. Hugo avait envoyé sa troupe dans la coquerie pour y prendre un café fort ; il en tombait des bruits de vaisselle et des rires.

— Je comprends, mais si je peux poser la question, dit Thaddeus en ôtant à nouveau son chapeau, de quoi s'occupait feu votre sœur, en plus de chanter ?

Occupé à clouer une planche, Hugo ne leva pas les yeux. Il avait ôté son chapeau de paille et ses cheveux noirs lui tombaient sur le front.

— Elle jouait du piano, dit-il avec un coup de marteau. Les transitions, les accompagnements, les chansons des acteurs, et le morceau commun à la fin. Elle peignait les décors, elle réparait les accessoires et les costumes, elle fabriquait les affiches et les tickets, elle s'occupait des ventes…

À chaque tâche, son marteau s'abattait plus fort.

— Elle allait en ville nous faire de la publicité, à chaque arrêt. Elle trouvait à qui donner des tickets gratuits, et elle leur en donnait.

— Rien d'impossible pour vous, n'est-ce pas, May ?

— Je peux jouer du piano, mais…

— May vend les tickets comme personne ! coupa Thaddeus. Elle battra des records, vous verrez. Et sa musique est exactement ce qu'il vous faut. Elle a joué dans les théâtres de New York, de Philadelphie, de Pittsburgh…

— C'est vrai, mais je n'ai jamais…

— Et elle peut transposer tout et n'importe quoi ! Je suis bien placé pour le savoir, elle s'en est occupée pour moi plusieurs fois, toujours en un clin d'œil. Aucun problème non plus pour déchiffrer les partitions. Et s'il le faut, elle peut aussi jouer à l'oreille.

Hugo acheva de planter son clou, étudia son pouce pendant quelques instants, puis me regarda avec un froncement de sourcils qui me semblait déjà familier.

— Ah oui ? dit-il. Mrs Niffen sait jouer du piano. C'est une de mes actrices. Mais elle ne sait pas déchiffrer ni transposer la musique.

— Je peux faire les deux, assurai-je avec plus de confiance.

— Mais tout ça ne règle pas l'histoire de la pompe. Et sans ça, impossible de quitter le port.

Il s'essuya les mains sur son pantalon avant de regarder autour de lui en quête d'un autre clou. Thaddeus lui en tendit un.

— Pour ça aussi, c'est votre jour de chance. Si vous l'engagez, May vous fera un prêt.

Hugo se tourna vers moi.

— Un prêt de vingt dollars ?

— Elle les aura demain, assura Thaddeus. Vingt dollars tout rond ! Vous serez en mesure de partir avant la fin de la semaine.

— Eh bien... hésita Hugo qui me regardait toujours.

— Parfait, nous sommes d'accord ! s'écria Thaddeus en remettant son chapeau et en prenant sa veste. Je cours chercher mes affaires. On ne sait jamais, l'autre pourrait dégriser et trouver que sa cheville va mieux.

— De toute façon, il n'entrait jamais en scène au bon moment, dit Hugo. Ce n'était pas vraiment un acteur, il était machiniste quand je l'ai rencontré.

Je descendis la passerelle à la suite de Thaddeus. Le bruit des vaguelettes sur le bateau ressemblait à celui d'un chaton lapant son lait. Je n'étais pas certaine d'être engagée, mais Thaddeus semblait considérer cela comme acquis. Il portait sa veste sur l'épaule et marchait à grands pas dans le sable, l'air très content de lui-même, tandis que je peinais pour rester à sa hauteur. Il se faisait tard ; le vendeur de pop-corn irlandais, les nourrices avec leurs bébés dans des landaus d'osier, tous étaient partis. Après avoir atteint le trottoir, Thaddeus s'arrêta pour m'attendre. Le vent peignait ses cheveux bouclés vers l'arrière.

— Et maintenant, voyons pour cet argent, dit-il.

5

Constance s'extasiait devant la vaisselle de porcelaine blanche, ornée de gerbes de fleurs bleues et d'airelles rouges sur les bords. Selon la tradition qui voulait qu'on m'ouvrît une pièce de la maison par jour, Donaldson m'avait emmenée tout droit dans la salle à manger où m'attendaient déjà Constance et Mrs Howard. Ce soir-là, il portait un autre costume raide et sombre avec des gants blancs amidonnés. Il faisait le service, débarrassait la table et obéissait aux ordres avec une impassibilité d'airain. Lorsque ses yeux rencontraient les miens, j'avais l'impression d'être de retour à l'école, à attendre que l'on m'indique quoi faire. Mais bien sûr, il ne disait rien.

— Charmant ! dit Constance qui examinait son assiette. C'est un motif anglais, n'est-ce pas ? Ça ne peut être qu'anglais.

Je ne pus m'empêcher de remarquer qu'elle avait pris sa voix d'ingénue.

— J'ai acheté ce service juste après la maladie de Mr Howard. J'avais besoin de jolies choses pour me changer les idées. Comme tout le monde, n'est-ce pas ?

Mrs Howard posait sur Constance le même regard qu'elle avait pour sa nourriture. C'était une bonne mangeuse ; elle ne s'en excusait pas et nous enjoignait de faire de même. Donaldson nous servit un poisson blanc dans une sauce blanche, suivi d'un plat de venaison au sirop de pêche. À ceux-là vinrent s'ajouter de la crème anglaise, des concombres, des haricots verts, des fèves au lard, et enfin un plateau de petits pains chauds qu'il plaça au centre de la table.

Les couteaux de Mrs Howard étaient très élégants et parfaitement polis, mais plus décoratifs qu'efficaces pour couper la viande un peu coriace. Manger demandait donc une certaine concentration. Pourtant, chaque fois que Mrs Howard s'adressait à Constance, je ne pouvais m'empêcher de lever les yeux vers elle. Ce soir-là, ma cousine portait une robe gris souris à manches courtes, assez décolletée, et suffisamment simple pour avoir été faite en un jour. Mrs Howard avait-elle embauché une couturière pour elle ? Je fus surprise de me sentir jalouse. Qu'est-ce que cela pouvait bien me faire ? J'avais l'habitude de m'en occuper moi-même, voilà tout. Les candélabres jetaient des ombres mouvantes sur le beau papier peint – des oiseaux rouges occupés à garnir leur nid, cette fois-ci – tandis que je bataillais avec mon couteau émoussé. En dépit du feu dans la cheminée, j'avais froid et j'aurais voulu avoir un second châle pour mes genoux.

Mentir, rien de plus facile, m'avait dit Thaddeus sur le quai. Il suffit de se ménager suffisamment d'espace. Mais je ne voyais pas pourquoi il me fallait mentir à Mrs Howard afin d'acheter la pompe de cale.

— Puisqu'elle me propose de l'argent pour rentrer chez moi, elle sera certainement disposée à m'en donner pour trouver un travail.

— Non, elle veut que vous partiez d'ici, avait contré Thaddeus. Elle veut garder Constance pour elle toute seule. Les femmes abolitionnistes préfèrent les femmes, vous ne le saviez pas ? Elles sont toutes comme ça. Pareil pour celles qui ne boivent jamais d'alcool.

Je n'avais jamais entendu une telle absurdité.

— Écoutez, May, il faut voir les choses ainsi : si Fardée dit non, notre chance s'envole. Il vaut mieux faire semblant d'accepter son offre. Ce n'est qu'un petit mensonge, qui ne saurait en aucun cas entacher votre honnêteté naturelle…

— Ce n'est pas le problème. J'en suis tout simplement incapable. Je ne peux pas mentir.

— Bien sûr que si ! Le mensonge, c'est le propre de l'homme. Rien d'autre ne nous distingue de la bête. Écoutez, il nous faut cet argent. C'est bien vous qui vouliez trouver du travail, non ? Je vais vous montrer comment faire, il suffit de se servir d'un vieux truc d'acteur. Vous connaissez l'alphabet grec ?

— Non.

— Parfait, vous aurez plus de mal à vous en souvenir.

Je ne partageais pas l'opinion de Thaddeus sur les femmes abolitionnistes qui aiment les femmes. Cependant, au dîner, je ne pus m'empêcher de remarquer que Mrs Howard était très rouge et n'arrêtait pas de tapoter la main de Constance. Elle était assise en bout de table, avec Constance à sa droite et moi à sa gauche. La table d'acajou entre nous s'assombrissait à mesure que baissaient les chandelles. Je n'étais pas très douée pour lire les émotions des gens, pas même celles de Constance mais, ce soir-là, toute à ses discussions enjouées sur la vaisselle et la nourriture, elle paraissait heureuse. Je me rappelai les deux femmes qui vivaient avec nous dans la pension où nous avions passé notre premier hiver new-yorkais, Miss Linsome et Miss Bates. *Des Sappho,* m'avait dit Constance. Comme je ne comprenais pas, elle avait poursuivi : *elles s'aiment comme un couple marié.* Pendant que Donaldson débarrassait la table, j'essayai de me remémorer ce que m'avaient inspiré Miss Linsome et Miss Bates. Je me souvins que le chapeau de Miss Linsome m'avait fait forte impression. Il était noir, en peau de phoque, ce qui était assez inhabituel pour un chapeau de femme. Je l'avais trouvé très chic.

— Oh, j'y suis allée une fois ou deux, mais ce sont des affaires d'hommes, disait Mrs Howard qui parlait des théâtres de Cincinnati. J'ai des voisins qui se vantent de n'avoir jamais vu une pièce de leur vie ! Ce qui n'est guère surprenant dans une ville où la loi interdit les cartes et le billard. Saviez-vous que vous pourriez écoper d'une amende de cinquante dollars en vendant un paquet de cartes ?

Elle s'interrompit pour boire une gorgée d'eau. Le dîner touchait à sa fin. Il me faudrait bientôt prendre congé, et je devais régler mon problème avant de partir. Mon seul regret – ou plutôt, l'un de mes nombreux regrets – était que si j'appliquais le plan de Thaddeus, je ne pourrais pas leur dire que j'avais trouvé un travail, alors que j'aurais beaucoup aimé le faire.

— J'ai décidé d'accepter votre offre, Mrs Howard.

Mrs Howard reposa son verre. Il fallait reconnaître qu'elle ne se faisait jamais plus bête qu'elle ne l'était.

— J'en suis ravie, vraiment ravie. Et quand pensez-vous partir ?

Alpha. Beta. Gamma. Delta, récitai-je lentement dans ma tête en fixant le papier peint. Imaginez qu'il s'agit d'une pièce de théâtre, m'avait dit Thaddeus. Apprenez vos répliques à l'avance, et récitez l'alphabet grec dans votre tête jusqu'au moment de parler. C'est comme ça que l'on ment.

— Dès que je pourrai acheter mon billet, dis-je au lieu de ce que je voulais vraiment dire – *Je ne rentrerai pas chez moi, j'ai besoin de cet argent pour réparer le bateau d'un homme qui m'engagera pour faire ce que faisait sa sœur qui est morte sur le* Moselle, *contrairement à Constance et moi qui avons survécu, mais qui avons quand même perdu nos vies d'avant…*

J'avalai ma salive et ajoutai :

— Demain, si possible.

— Splendide. Combien coûte le billet ?

Alpha, beta, gamma…

— Vingt dollars.

Je me préparai à l'entendre dire que c'était absurde, qu'un voyage en diligence ne pouvait pas être aussi cher, et qu'allais-je véritablement faire avec cet argent ? Mais comme le silence s'étirait, je levai les yeux et vis que Mrs Howard regardait Constance avec un large sourire. Constance, elle, me regardait, moi.

— Tu es sûre de vouloir partir ? me demanda-t-elle, sans plus affecter l'ingénue.

— Qu'est-ce que je peux faire d'autre ?

— Elle a raison, ma chère, allons, dit très vite Mrs Howard. C'est de loin la meilleure solution.

— Mais tu n'as sans doute pas besoin de partir tout de suite, reprit Constance avant de se tourner vers Mrs Howard. Cela peut attendre quelque jours, Flora, le temps de me faire une robe ou deux ? De retoucher quelques-unes de tes affaires ? Elle pourra se faire un peu d'argent de poche pour le voyage…

— Oh, si ce n'est que ça, je peux lui donner un peu plus. Cinq ou six dollars, par exemple. Disons vingt-cinq dollars en tout. Je ne vais pas embaucher votre cousine, ma chère Constance, ce serait absurde !

Embaucher Constance ne lui avait pourtant pas posé de problèmes, mais cette ironie sembla lui échapper.

Constance se leva de sa chaise et fit le tour de la table pour venir me prendre dans ses bras en disant « May, May ! », ce qui m'irrita plus qu'autre chose.

— C'est un peu tard pour ça.

— Je sais, je suis désolée…

Elle se recula pour me regarder, et je me rendis compte que je ne pouvais pas détacher les yeux de sa fossette au menton. Sous l'effet d'un jeu de lumière, elle semblait presque en relief, une parfaite petite amande que j'aurais pu cueillir pour l'emmener avec moi.

— Tu ne me détestes pas, dis ?

Je pris le temps d'y réfléchir.

— Non.

— Allons, mes filles, dit Mrs Howard, pas de sentimentalisme. Donaldson !

Il entra avant même qu'elle eût fini de dire son nom, à croire qu'il se tenait prêt derrière la porte, sa main gantée sur la poignée, en attendant qu'on l'appelle. Mrs Howard lui dit que l'on prendrait le dessert dans le petit salon. Je n'ai pas pour habitude de m'imaginer des choses, mais lorsque Donaldson se tourna vers moi, j'eus l'insistante impression qu'il m'avait entendue et qu'il savait que j'avais menti. J'avais l'estomac noué, je me sentais nauséeuse, et j'accordai à peine un regard au dessert qu'il nous apporta dans le petit salon sur un plateau d'argent – un gâteau à la crème avec deux épaisses couches de glaçage.

J'avais un rouleau de billets de banque dans ma poche lorsque vint le moment des adieux. Ils étaient si craquants que je n'aurais pas été surprise d'apprendre qu'une bonne les avait repassés en même temps que son linge, et je les sentis s'écraser lorsque Constance me serra contre elle. Mais même avec cet argent, je ne me sentais pas victorieuse. Au contraire, j'étais encore plus déprimée qu'à l'arrivée. Peut-être que quelque part, j'espérais encore que Constance changerait d'avis sur le tard pour prendre ma défense. Mais tandis que nous attendions les chevaux à la porte, elle se contenta de dire qu'il fallait absolument que je lui donne de mes nouvelles. En la voyant debout dans l'entrée, force était d'admettre qu'elle allait très bien avec cette jolie maison et ces jolis meubles. Mrs Howard devait être du même avis, car son regard s'égarait sans cesse vers elle alors que c'était à moi qu'elle disait au revoir.

La nuit était fraîche, et après m'avoir aidée à monter en calèche, Donaldson me mit une couverture de laine sur les genoux. Puis, à ma grande surprise, il s'éclaircit la gorge. Pendant quelques instants, j'eus l'impression qu'il était sur le point de me dire quelque chose, peut-être même quelques mots de réconfort. Mais il se contenta de refermer la portière, d'en vérifier l'attache, et de faire signe au cocher.

J'aurais pu me retourner pour voir si Constance me regardait m'éloigner par la fenêtre. Mais j'en doutais.

6

Le *Théâtre flottant* était enfin réparé et prêt à quitter Cincinnati. Ce jour-là, je me levai et m'habillai quelques heures avant l'aube. Mrs Nedel ne pouvait pas me servir de petit déjeuner puisqu'il était si tôt que sa vache ne s'était pas encore montrée à la porte de derrière ; elle se contenta donc de me faire don d'un jambonneau et d'une part de quatre-quarts enveloppée dans un papier propre. La nuit précédente, elle avait descendu du grenier un fourre-tout en cuir craquelé, aux anses de corde, dans lequel j'avais rangé mes vêtements et une demi-douzaine de mouchoirs offerts par Elizabeth. Ses initiales étaient brodées aux coins, mais très lâchement, et je n'aurais sans doute aucun mal à retirer les fils. Elizabeth m'avait également trouvé une boîte à cigares vide pour y mettre mon nouveau matériel de couture, que j'avais acheté avec un dollar issu de l'« argent de poche » de Mrs Howard : des aiguilles et du fil, une batterie de cercles à broder, deux tailles de paires de ciseaux, un dé à coudre, une craie pour marquer le tissu, et des épingles. En échange de mes retouches, Mrs Nedel m'avait donné un dollar et vingt-cinq centimes, plus une robe qu'elle ne mettait plus. J'avais dépensé cinquante centimes de ce salaire pour faire réparer la montre de mon père.

Quatre dollars et soixante-quinze centimes, trois robes et mon nécessaire de couture : c'était toute ma fortune.

Lorsque je quittai la maison, il faisait encore nuit. Des étoiles perçaient entre les nuages gris qui se déployaient dans les cieux comme des rouleaux de tissu. Mais la rue était déjà très animée, avec les laitiers, les boulangers, et les quelques commerçants qui arpentaient le trottoir d'un pas vif. La poussière des rues de Cincinnati, qui s'immisçait partout, avait déjà blanchi leurs souliers. Je m'arrêtai au coin de la rue pour laisser passer quelques chariots et vis une affichette clouée au tronc d'un arbre. En y repensant, c'était presque un présage, même si je n'avais rien ressenti sur le moment.

ESCLAVE EN FUITE

Disparu dans la nuit du 22 mars : Jeune Noir bien fait de sa personne, répondant au nom de Philip, aidé par un Blanc de haute taille avec une cicatrice sur la joue droite. On soupçonne ce VOLEUR BLANC de résider à Cincinnati. C'est un CRIMINEL qui bernera d'autres esclaves à moins qu'on ne l'arrête. Si les tribunaux ne se montrent pas vite à la hauteur, c'est au Juge Duchanvre que l'on aura recours !

Un homme qui portait une casquette de feutre grise s'était également arrêté au coin de la rue.

— Ça, au moins, ça impressionne ! Du chanvre, il n'y a que ça pour leur faire entendre raison.

— C'est un juge de Cincinnati ? demandai-je.

L'homme éclata de rire. Comme un espace s'ouvrait entre les chariots, je m'y glissai pour traverser la rue et oubliai bien vite l'affichette. J'apercevais le quai au loin, et l'ombre immense de la rivière Ohio au-delà. C'était le plus important affluent du Mississippi – il le dépassait d'ailleurs en largeur à l'endroit où il s'y jetait, comme je l'apprendrais plus tard.

Peut-être aurais-je dû me montrer nerveuse à l'idée d'embarquer sur un autre bateau si tôt après la destruction du *Moselle,* mais ce genre de chose ne m'atteint pas vraiment. De toute façon, la situation n'était pas la même : d'abord, le *Théâtre flottant* n'était qu'une barge à fond plat. Donc, pas de chaudières et pas d'explosion à redouter. Il descendait le courant, orienté si besoin par une perche, et ne le remonterait qu'à la remorque d'un vapeur. Ensuite, Hugo Cushing se moquait bien de battre des records ou de prendre de vitesse un bateau concurrent ; risquer sa vie (et les nôtres) ne l'intéressait pas. Je n'allais pas tarder à comprendre que le théâtre était toute sa vie. Tout ce qu'il voulait, c'était se rendre à la ville suivante pour y donner sa représentation. Sa troupe était composée de cinq acteurs et trois actrices. Acteur lui-même, Hugo était aussi directeur, gérant, comptable, et propriétaire du bateau. Sa licence de capitaine était valable depuis les sources de l'Allegheny jusqu'au bout du Mississippi. La plupart de ses employés lui donnaient du *capitaine* ou *capitaine Cushing*, mais en mon for intérieur je ne pouvais pas m'empêcher de l'appeler *Hugo,* peut-être à cause du drapeau vert qui battait à la proue. *Helena & Hugo et leur Théâtre flottant,* c'était ce que j'avais remarqué en premier.

Je n'avais pas revu Hugo depuis que je lui avais apporté son prêt de vingt dollars trois jours auparavant. En montant la passerelle, je l'aperçus au bout du bateau, occupé à enrouler un cordage autour d'une énorme bobine, paré à larguer les amarres. Thaddeus et deux autres vaquaient sur le pont, tous dos à moi. Le vent ne s'était pas encore levé, mais le bateau penchait néanmoins, comme un arbre courbé par une forte brise. Je posai mon sac près du guichet où l'on vendait les billets et resserrai mon châle.

Quelques petits vapeurs s'éloignaient déjà en crachant des bouffées de fumée. Le *Théâtre flottant,* en comparaison, ressemblait à deux boîtes clouées l'une sur l'autre. Mais ainsi peint de frais en blanc et vert, il se distinguait des autres barges alignées le long de la jetée, rouillées et fonctionnelles, sur lesquelles étaient arrimés des barils pleins. Le bateau d'Hugo était à mi-chemin entre commerce et plaisance. Sa peinture blanche lui donnait des airs de gâteau glacé, et, comme un gâteau, il lui fallait un peu plus de glaçage par endroits pour masquer ses imperfections. Il comprenait deux ponts, ceints d'étroits passages appelés pontons et percés de fenêtres carrées à intervalles réguliers. Un auvent à rayures blanches et vertes couvrait le porche supérieur à la poupe. L'auditorium et la billetterie occupaient le pont inférieur. Quant au pont supérieur, on y vivait : il comprenait la coquerie, la salle à manger, et les cabines où nous dormions. Je m'apercevrais vite que tout y était arrangé comme dans une boîte à outils, en privilégiant le pratique plutôt que l'esthétique.

Pour l'heure, je me tenais sur le pont inférieur sans oser interpeller les hommes au travail, en attendant une occasion de m'annoncer : *Me voilà, où dois-je aller ?* D'habitude, c'était Constance qui s'en chargeait partout où nous allions, avec le sourire et en y ajoutant une multitude de badinages. Je réarrangeai mon châle et guettai ma chance. Mais personne ne me remarquait. Hugo aboyait des ordres en enroulant ses cordages.

— Leo, n'oublie pas de nous maintenir au milieu de la rivière ! Il y aura plus de fond loin de la ville, mais rappelle-toi qu'on tombera sur un banc de sable d'ici un demi-mile, il faudra serrer à droite. Et maintenant arrime-moi ce cordage. Tu l'as ? Bravo. Minute ! J'entends les cloches !

Cela faisait une semaine que le *Moselle* avait sombré. Le journal avait annoncé que l'église Saint-George sonnerait douze coups à l'aube en hommage aux cent quatre-vingts morts. L'homme qu'Hugo avait appelé Leo enroula un bras autour d'une longue perche fichée dans le fond boueux de la rivière pour nous ancrer sur place, puis ôta son chapeau. Tous se tournèrent vers l'est en entendant les cloches, à l'exception d'Hugo qui fixait l'ouest, sans que je comprenne pourquoi. Son expression s'adoucit tandis qu'il contemplait l'eau.

Avant même que ne s'éteigne l'écho du douzième coup, il se retourna et m'aperçut. Ses traits se durcirent aussitôt.

— Ah, vous voilà, vous. Allez, quittez le pont, on a du travail.

— Où dois-je aller ?

Il hésita pendant une fraction de seconde, puis se renfrogna.

— Dans la cabine d'Helena, j'imagine.

— Et où se trouve-t-elle ?

Mais il s'était déjà détourné, et s'il avait ajouté quelque chose, ses mots m'avaient échappé. Leo lâcha sa perche et s'en alla sonner une petite cloche à la poupe pour signaler notre départ. Hugo était assez grand, mais Leo le dépassait de presque une tête. Sa peau cuivrée luisait déjà de sueur – j'appris plus tard qu'il était métis, fils d'une mère noire et d'un père indien séminole. Il revint à sa perche dont le bateau commençait à s'éloigner, l'extirpa de la vase et nous écarta de la rive avec des gestes sûrs.

— Je vais vous montrer où c'est, dit Thaddeus en s'approchant de moi, une bouteille de pétrole à la main. Laissez-moi juste déposer ça dans l'auditorium.

Cela ne faisait pas même une semaine qu'il vivait sur le bateau, mais il se donnait déjà des airs de vieil habitué.

— Pas de boue sur la scène ! nous cria Hugo. Et ne touchez à rien !

Nous entrâmes par l'arrière de l'auditorium, qui était assez étroit mais tout en longueur. Les murs et la scène elle-même étaient peints en blanc ; Hugo repassait une couche chaque mois. De part et d'autre d'une allée centrale, deux rangées de bancs avaient été clouées devant l'avant-scène, au pied de laquelle s'alignaient cinq ou six minuscules lampes à pétrole. Je n'en avais jamais vu d'aussi petites.

— Il y a de la place pour presque cent personnes, dit Thaddeus en remontant l'allée. Les bancs surélevés en fond de salle sont pour les Noirs libres. La chambre verte est derrière la scène, venez…

Nous grimpâmes les quelques marches qui menaient à la scène avant de la contourner pour accéder à la petite pièce, dans laquelle on avait tassé une quantité invraisemblable de meubles et de coffres. Un sofa et deux chaises droites avaient été poussés d'un côté. Un coin cuisine avait été bricolé à l'autre bout de la pièce : un poêle portable dans une caisse remplie de sable, au-dessus duquel on avait cloué une planche sur laquelle s'alignaient tasses et théières. La bouilloire était à même le sol. Les murs n'étaient que des planches de bois nu, dont le vernis s'écaillait. Quelqu'un y avait punaisé un portrait de l'actrice anglaise Mrs Siddons. Des caisses en bois de toutes les tailles avaient été empilées de chaque côté d'une étroite fenêtre qui donnait sur la rivière sans en laisser voir grand-chose.

Deux femmes étaient assises sur le sofa. L'une était jeune et pâle, assez jolie ; l'autre plus âgée, avec d'épais cheveux blancs rassemblés au sommet de son crâne. Elles étaient en train de répéter leur texte mais s'interrompirent en nous voyant arriver. La deuxième femme était plus jeune que ne le laissait penser sa couleur de cheveux ; peut-être n'avait-elle même pas plus de quarante ans. Elle s'appelait Mrs Niffen.

— Ah oui, enchantée, dit-elle quand Thaddeus me présenta. Mais il faut bien que je vous le dise, j'aurais tout à fait pu reprendre le travail d'Helena en plus du mien. Je l'ai dit au capitaine. J'ai passé mon temps à l'aider l'an dernier, à m'occuper des tickets et des accessoires, sans compter que je me débrouille très honorablement en couture…

— Mrs Niffen est surtout actrice, me dit Thaddeus avec un sourire qui ne semblait pas exprimer que de l'agrément. Son mari, Mr Niffen, prend tous les rôles de maires et de marchands.

— Et il joue du violon ! plaça Mrs Niffen.

Elle avait un nez acéré et de petits yeux ; son visage me faisait penser à une illustration dans un livre d'enfant, qui racontait l'histoire d'un rat très rusé. Sa peau, rose et presque sans ride, contrastait curieusement avec ses cheveux blancs.

— Je suis Lydia Foot, intervint la jeune femme. Mais appelez-moi Liddy !

Elle avait les joues rondes, des yeux tombants et une bouche souriante. Ce contraste lui allait bien. Elle était comme Constance au même âge : jolie, habituée aux premiers rôles, et charmante. Son sourire semblait dire qu'elle avait déjà décidé de bien m'aimer, au contraire de Mrs Niffen dont le front se plissait un peu plus chaque fois qu'elle posait les yeux sur moi. Je fis un pas en avant pour serrer la main tendue de Liddy et trébuchai sur un cageot.

— Attention, dit Liddy. Je ne sais pas pourquoi on garde toutes ces caisses. Quelque chose y moisit, d'ailleurs, mais impossible de savoir quoi.

Mrs Niffen nous assura qu'elle savait exactement d'où provenait l'odeur de moisissure, qu'elle s'en occuperait elle-même au moment opportun, et que de toute manière il y avait toujours quelque chose en train de moisir sur un bateau-théâtre, et l'on ne pouvait jamais être certain de savoir ce dont il s'agissait. Défendre deux points de vue contradictoires ne semblait pas la déranger.

Pendant qu'elle parlait, le plancher bougea sous mes pieds et je sentis mon corps suivre le mouvement. Le vent s'engouffra par la fenêtre entrouverte en nous apportant un puissant relent de vase.

— Eh bien ! Quelle odeur ! salua Thaddeus.

Mon estomac se resserra comme s'il venait tout juste de remarquer ce nouvel environnement. Depuis le début, l'eau n'avait pas cessé de pousser contre le fond du bateau, comme pour le déplacer, et pourtant j'étais restée debout comme sur la terre ferme. Mais le sol n'était pas stable, pas du tout. Le bateau s'engagea dans le courant avec une nouvelle secousse, et je m'appuyai contre le mur en avalant ma salive. Puis je l'avalai de nouveau. Liddy regardait par la fenêtre.

— Ça bouge, aujourd'hui.

Pour des raisons connues d'elle seule, Mrs Niffen décida de me montrer elle-même la cabine d'Helena. La rivière était toujours agitée ; j'avais le cœur au bord des lèvres. Tandis que nous montions l'escalier extérieur, le bateau s'inclina vers l'avant et mon estomac suivit. Le pont supérieur consistait en une suite d'étroites cabines qui s'achevaient sur la coquerie et la salle à manger. Toutes ne s'ouvraient que sur l'extérieur, à l'exception de ces deux dernières pièces qui communiquaient également entre elles.

La cabine d'Helena se trouvait à l'autre bout du bateau, c'est-à-dire à la poupe, juste au-dessus de la billetterie. Mrs Niffen m'ouvrit la porte en expliquant que la cabine mitoyenne était celle du capitaine. C'étaient des pièces très exiguës, qui n'excédaient pas dix pieds de large, mais celle d'Helena était un peu plus grande puisqu'elle était située au bout. À l'intérieur se trouvait une étroite couchette avec deux malles à son pied, ainsi que le mobilier habituel – table de toilette, cuvette ébréchée, petit cabinet en chêne. Les pensions de jeunes filles m'y avaient habituée, mais ici tout avait quelques pouces de largeur en moins. Le porche donnait sur la rivière, et sous l'unique fenêtre se trouvait un seau au bout d'une corde pour que je puisse me remonter de l'eau, comme me l'expliqua Mrs Niffen.

— Je voulais demander au capitaine de nous déplacer ici, Mr Niffen et moi. Cette cabine est la plus grande après la sienne. Après celle du capitaine, je veux dire. Mais j'étais si occupée à prendre la relève d'Helena… Il fallait bien que quelqu'un le fasse, vous voyez, et personne n'est plus utile à bord que moi. Vous verrez vite tout ce qu'on me confie, et avec tout ce travail je n'ai tout simplement pas eu l'occasion de lui en toucher un mot. C'est bien trop grand pour vous ici. Pour une personne seule, je veux dire. Bien sûr, vous n'avez pas encore défait vos bagages…

— Non, dis-je en posant mon fourre-tout.

Ma nausée augmenta lorsque j'ouvris la bouche, et je m'assis bien vite sur le fin matelas. Des bouffées de chaleur m'enveloppaient le corps, chassées par des frissons glacés. Je n'avais jamais eu le mal de mer sur le *Moselle,* mais il était bien plus grand. Le *Théâtre flottant* était si léger que la moindre vague le faisait rouler dans le courant, toujours à l'inverse de mon estomac. J'attendais le départ de Mrs Niffen pour m'allonger, mais elle ne bougea pas.

— Mr Niffen et moi pourrions faire l'échange très rapidement.

— Quel échange ?

— L'échange de cabines, bien sûr.

— Vous voulez changer de cabine ? Pour aller où ?

Ses petits yeux roses de rongeur se posèrent sur moi, et elle fronça ostensiblement les sourcils. Puis elle remarqua la main que je plaquais sur mon ventre. Elle secoua la tête sans avoir l'air aussi consternée qu'elle l'aurait dû.

— Ne me dites pas que vous êtes malade ! Oh, ça ne va pas plaire au capitaine. Vous voulez que j'aille le chercher ?

Alpha. Beta. Gamma. Delta.

— Je me sens très bien, dis-je.

Je me levai pour le prouver, ce qui s'avéra être une très mauvaise idée – mais je m'efforçai d'ignorer mon estomac.

Mrs Niffen croisa les bras puis aperçut quelque chose sur le sol.

— Mais ce sont les appâts de Mr Niffen ! Il les avait prêtés à Miss Helena. J'avais complètement oublié !

Elle ramassa une petite boîte égratignée à la poignée de métal.

— J'en profite pour les reprendre. Oh, et cette petite carafe, Helena m'avait dit un jour qu'elle me la donnerait…

Elle s'empara encore d'une multitude d'objets – un éteignoir, une paire de gants, un livre – en affirmant que je n'en aurais pas besoin, ou qu'ils étaient à elle, ou bien les deux. Le regard qu'elle promenait sur la pièce me rappelait celui des marchands sur les quais, lorsqu'ils inspectaient les contenus des barils. Mon estomac tanguait toujours avec le bateau. Mrs Niffen considérait à présent mes draps, mais j'étais incapable de parler. L'espace d'une seconde, je me crus sur le point de vomir et m'adossai au mur pour avaler la salive acide qui me remplissait la bouche.

Mrs Niffen roula mes draps en clamant qu'elle les avait achetés elle-même à Wheeling. Pour faire bonne mesure, elle y ajouta ma taie d'oreiller. Lorsque son regard se porta sur la couverture, je me hâtai de m'asseoir dessus pour l'empêcher de la prendre aussi.

— Oh, je suppose que je peux vous la prêter jusqu'à ce que vous achetiez la vôtre, dit-elle. Mais que va-t-on faire des malles d'Helena ? Tous ces costumes ? Si j'avais une main de libre, j'y jetterais bien un coup d'œil…

Mais elle n'avait plus de main libre.

— Je crois qu'il y a quelques petites choses là-dedans pour Oliver, le chien de Leo. Lui aussi monte en scène, vous savez. Non, vraiment, il vaudrait mieux les mettre dans ma chambre. Je reviens dans une minute, je vais chercher Mr Niffen qui pourra les transporter.

— Non, dis-je avec précaution après avoir encore avalé ma salive. Non, ça ira.

— Voyons, vous n'allez pas savoir quoi en faire !

— Ça ira.

Elle s'éclaircit bruyamment la gorge.

— Vraiment…

— À plus tard, Mrs Niffen.

Ses yeux se posèrent sur ma main, qui était revenue sur mon ventre, et je l'ôtai bien vite.

— Maintenant que nous sommes partis, on ne devrait pas tarder à sonner le petit déjeuner. Si vous en voulez, ajouta-t-elle avec un froncement de sourcils vaguement satisfait.

Ce que je voulais, c'était m'allonger, mais elle aurait été trop heureuse de me voir malade. Et peut-être aurait-elle appelé Hugo pour lui montrer que je ne pourrais pas travailler sur un bateau ; je ne voulais pas prendre ce risque. Mon indépendance serait finie avant même d'avoir commencé. Mais elle finit par quitter la pièce, sans prendre la peine de fermer la porte derrière elle, et le bruit de ses bottes s'éloigna sur le ponton.

En dépit de ma nausée, les costumes d'Helena avaient éveillé ma curiosité. Au lieu de m'allonger, je m'assis prudemment sur le sol et ouvris la plus petite des deux malles à vêtements. J'y trouvai, sur l'étagère du haut, des mouchoirs, de robes chemisier et des colliers ; il s'agissait sans doute de ses affaires. C'était l'autre malle qui contenait les costumes, en plus d'un peu de matériel de pêche. Parmi eux, des robes quelconques, des manteaux passés de mode aux garnitures à moitié décousues, quelques vestons et pantalons partiellement retouchés, et un tablier blanc orné d'un ruban trop court.

— Helena avait emporté quelques costumes avec elle sur le *Moselle,* puisqu'elle ne savait pas encore exactement ce qu'elle allait chanter. Elle faisait souvent ça.

Hugo était à la porte, son chapeau de paille à la main. Il vint ramasser un gilet à la manche décousue que j'avais mis de côté.

— Ma sœur n'était pas très bonne couturière, dit-il en considérant la manche. Elle manquait de patience, sans doute. Enfin, bref ! Je suis venu voir comment vous vous en sortiez.

Il reposa le gilet. Son ton était formel, plus impérieux qu'accueillant ; mais ses mots n'avaient rien d'agressif.

— Nous ne sommes qu'une petite troupe, mais ici tout le monde est une famille. Pendant trois mois, en tout cas. Si vous avez besoin de quelque chose, tenez-moi au courant.

— Il me faudra plus de fil pour retoucher ces costumes. Je vais devoir entièrement recoudre la plupart d'entre eux.

— Ça ne peut pas être si grave.

— Oh si, rien ne va. Ils sont très mal faits. En plus, ils se ressemblent tous, on ne distingue ni lieu ni époque. Vous vous en êtes vraiment servis sur scène ?

— Les costumes ne sont pas si importants que ça, répondit-il d'un ton plus bourru. Helena disait toujours qu'il suffisait de donner juste assez d'indices aux spectateurs pour qu'ils puissent s'imaginer le reste.

— Pas si importants ? Mais bien sûr que si ! Il faut qu'ils soient fidèles, dis-je malgré le soubresaut de mon estomac comme le bateau penchait à bâbord. Si vous pouvez me donner une liste de vos numéros, je vous dirai ce dont j'aurai besoin…

— Je n'ai pas le temps d'écrire des listes, j'ai un bateau à diriger et un nouvel acteur à former !

— Alors j'assisterai à l'une de vos répétitions pour me faire mon idée…

— Interdit ! Pas de spectateurs pendant les répétitions, trancha Hugo.

En levant les yeux vers lui, je m'aperçus qu'il était devenu très rouge. Son accent anglais était plus prononcé que jamais.

— Au diable ces costumes. Ma sœur a fait du très bon travail !

— Mais…

Je m'efforçai de me lever, ce qui se révéla plus difficile que prévu. Il fallut que je m'appuie sur le lit avant de m'y asseoir. Pendant quelques instants, je ne pus que fixer mes genoux en m'intimant de ne pas vomir.

— Ce qu'il nous faut avant tout, ce sont les billets et les affiches. Vous savez comment faire ? Parfait, alors je vous laisse, dit-il avant même que j'aie pu commencer à réciter mon grec.

Il était en colère. Je n'étais pas sûre de savoir pourquoi. La cloche du petit déjeuner sonna au moment où il allait sortir de la pièce.

— Et mettez-vous un bout de gingembre sous la langue, dit-il. Si vous ne pouvez pas vous rendre utile en bateau, vous ne resterez pas longtemps sur le mien.

Il s'en fut. Sans prendre la peine d'enlever mes chaussures, je me roulai en boule sur ma couchette sans draps. Mes bras étaient glacés, mes joues brûlantes. La troupe sortait sur le ponton pour se rendre dans la salle à manger ; j'entendais leurs conversations et, plus près encore, les goélands qui marquaient leur territoire ou cherchaient à s'accoupler. Leurs cris ressemblaient aux grincements d'une chaise à bascule. Je roulai hors de la couchette pour aller vomir dans le seau. Puis je retournai me coucher et fermai les yeux. La cabine d'Helena – la mienne, à présent – sentait le kérosène, le bois humide, les cendres.

À mon réveil, le soleil inondait mon lit ; il entrait en diagonale par la porte ouverte, en traçant dans l'air une équerre de charpentier. En regardant par la fenêtre, je vis que nous avions accosté dans une petite crique envahie d'herbes hautes où poussaient des érables touffus. Je me sentais mieux, peut-être parce que j'avais pu dormir, ou peut-être parce que nous étions à l'arrêt. Je décidai malgré tout de me rendre à la coquerie pour y chercher du gingembre comme me l'avait suggéré Hugo.

Le cuistot était un homme au teint rougeaud et aux cheveux filasse, poivre et sel. Je n'appris jamais son vrai nom puisque tout le monde se contentait de l'appeler « le chef ». Lorsqu'il n'était pas aux fourneaux, il dormait ; il n'avait pas de cabine, mais s'était installé un hamac dans la coquerie, et ce fut là que je le trouvai.

— Je me lève avant l'aube tous les jours pour faire le petit déjeuner pendant que le capitaine et les autres manœuvrent le bateau, me dit-il en descendant de son hamac. Du coup, je fais la sieste quand je peux.

Il me trouva un bout ratatiné de gingembre et m'en coupa un morceau à l'aide d'un énorme couteau.

— Où sont-ils tous passés ? demandai-je.

— Ils répètent. Tu ne les entends pas ?

Nous levâmes les yeux vers la porte comme si cela allait nous aider à mieux entendre. Je tournai ma bonne oreille vers l'ouverture et parvins à discerner des voix montant du pont inférieur.

— Hugo m'a demandé de fabriquer des billets pour le spectacle. Est-ce que vous savez comment faire ? demandai-je en soulevant le bout de gingembre visqueux avec deux doigts.

Maintenant que j'en avais, je me rendais compte que je n'en voulais pas.

— Allez hop, sous la langue, m'enjoignit le chef avec un signe de tête.

Il ne savait pas pour les billets. Je sortis sur le ponton et jetai le gingembre par-dessus bord avant de retourner vers ma cabine. En chemin, j'aperçus Leo, l'homme à la perche, qui s'était installé une chaise longue sur la rive pour pêcher. Il avait avec lui un petit chien, qui me donna une idée. Une fois dans ma cabine, je fouillai dans la malle d'Helena pour trouver un bout de soie, que j'épinglai sur de la mousseline après y avoir tracé un patron. Mesurer deux fois, un coup de ciseaux – le public adore les animaux qui portent des habits, et je voulais faire un petit jabot bouffant pour le chien. Mrs Niffen avait dit qu'il s'appelait Oliver. Avec un patron, je pouvais coudre ce genre de chose en moins de temps qu'il n'en fallait pour traire une vache.

Avoir une aiguille en main était un soulagement. J'achevai le jabot par un ourlet de chemise – un mince ourlet plié deux fois – avant de le déplier sur mes genoux pour en pincer les plis. J'étais contente de moi.

Leo ne me regarda pas descendre de bateau, mais j'avais l'impression qu'il me voyait arriver malgré tout. Le petit chien tourna la tête vers moi. Une odeur de poisson et de vase se dégageait de la rivière qui lapait la berge.

— Ce doit être Oliver ? dis-je alors que ça ne pouvait être que lui.

Je lui tendis la main. C'était un petit chien aux oreilles dressées, avec de petites taches grises et blanches sur le dos. Comme je n'avais rien à lui donner, il se détourna.

— Je m'appelle May Bedloe, dis-je à Leo en me relevant. J'ai fait un jabot pour Oliver.

— Un jabot, ah oui ?

— Pour le spectacle. Il paraît qu'il monte en scène, lui aussi.

Leo se leva et sortit de son seau à poisson quelque chose qui ressemblait à une longue corde verte et gluante.

— Assis ! dit-il. Saute ! Saute, saute, saute !

Oliver obéissait au doigt et à l'œil. Il faisait un petit tour sur lui-même à chaque saut. Sa queue s'enroulait sur elle-même comme une rognure d'ongle.

Leo lui donna le bout d'entrailles de poisson.

— Moitié chien léopard catahoula, moitié bâtard, le présenta-t-il.

— Est-ce que je peux lui mettre le jabot ? Pour ajuster les lacets à la bonne taille ?

J'enroulai mon œuvre autour du cou épais du chien, puis repliai les extrémités et marquai d'une épingle l'endroit où les lacets devraient être attachés. Ce faisant, je dis, sans regarder Leo :

— Le capitaine Cushing veut que je m'occupe des billets, mais je ne sais pas comment faire. Vous ne sauriez pas où je peux en trouver un vieux, pour le copier ?

— Un vieux billet ? Non, aucune idée. Miss Helena s'en occupait dans la billetterie.

— Comment faisait-elle ?

— Ah ben, je ne sais pas.

Oliver poussa un aboiement pour attirer notre attention. Le jabot glissa vers la droite lorsqu'il s'assit sur son derrière, ce qui fit rire Leo.

— C'est vrai qu'il est mignon avec ça.

— Est-ce que c'était quelque chose de ce genre ? demandai-je en sortant de ma poche un bout de papier que j'avais préparé avant de descendre l'escalier.

Il avait la forme d'un billet d'un dollar, encore qu'un peu plus court, et j'avais dessiné des arabesques sur les bords. Au milieu, j'avais écrit : UNE PLACE. Leo le prit pour le regarder de plus près.

— Il n'y avait pas ces petits dessins tout autour. Et il y avait plus de mots.

— C'est-à-dire ?

Leo retourna le papier et emprunta mon crayon pour tracer une ligne ondulée en haut à gauche, une autre au milieu, et une plus longue en bas.

— Voilà, ça ressemblait à ça.

Les lignes représentaient des mots. Je compris qu'il ne savait pas écrire, et sans doute pas lire non plus.

— Pas de décorations, vraiment ?

Tous les billets que j'avais vus comprenaient des arabesques ou l'emblème du théâtre, comme un haut-de-forme noir. Mais on les imprimait en ville, ils n'étaient pas faits à la main.

— Miss Helena n'avait pas le temps pour ces choses-là.

— Et où trouvait-elle son papier ?

— Sûrement là-dedans, dit-il en indiquant la billetterie du menton.

La billetterie n'était pas fermée à clé, et après m'être accoutumée à la pénombre, je vis qu'elle n'était guère plus grande qu'un placard à balais. Le guichet proprement dit s'étendait vers l'intérieur pour former une petite table, sous laquelle s'alignaient des étagères. J'y trouvai du papier vierge et plusieurs encriers pleins, mais pas de plumes. Je finis par les découvrir dans une boîte posée sur le sol, près de la caisse.

Après avoir placé l'encre et le papier sur le petit bureau, je me perchai sur le haut tabouret et fis glisser mon châle de mes épaules pour me couvrir les genoux. Puis je me mis au travail avec l'exemple de Leo à la main.

Ce soir au crépuscule *20 centimes*

UNE PLACE

Venez voir un spectacle sur l'eau – chant,
musique et numéros comiques

La salle de théâtre et la billetterie étaient mitoyennes, et tout en trempant ma plume dans l'encre, j'entendais Hugo houspiller sa troupe. Cela ne voulait pas forcément dire qu'ils jouaient mal. Les metteurs en scène crient pour mieux se faire comprendre, m'avait dit Constance à ses débuts, et j'avais appris à tourner mon oreille sourde vers ceux qui m'approchaient.

— Il faut vouloir quelque chose, à chaque seconde passée sur scène ! criait Hugo à un malheureux acteur. Dès que vous arrêtez de *vouloir,* le public s'endort !

Une idée soudaine me traversa l'esprit. Si Hugo faisait face à la scène, ce qui était logique pour une répétition, je pourrais m'asseoir sur les marches en haut de salle sans qu'il me voie. *Pas de spectateurs,* m'avait-il dit. Pourtant il fallait bien que je me fasse une idée des costumes nécessaires. Je n'avais fait qu'une douzaine de billets, mais je pouvais sans doute continuer tout en regardant les répétitions, à condition d'être prudente avec l'encrier.

— Qu'est-ce que vous attendez de cette scène, hein ? hurlait Hugo au moment où j'ouvris la porte qui séparait la billetterie de l'auditorium. Mais non, ce n'est pas à moi qu'il faut le dire ! C'est à vous ! C'est pour vous, tout ça !

Quelques acteurs se tenaient sur la scène ; Hugo, comme prévu, tournait le dos aux sièges. Je montai jusqu'au banc supérieur pour m'y installer, en posant l'encre et le papier à côté de moi. Je pris le plumier sur mes genoux comme appui pour écrire. Hugo recula de quelques pas jusqu'aux bancs du premier rang et y posa un pied avant de se pencher en avant.

— Bon, allez-y, continuez.

D'entrée, je compris qu'il s'agissait de la scène du panier à linge des *Joyeuses Commères de Windsor*, très en vogue à l'époque. Thaddeus déclamait en avançant le pied et en tendant le menton.

— *… Mais je vous aime, je n'aime que vous, et vous le méritez.*

— *Je crains que vous ne me trompiez, sir John ; vous aimez Madame Page,* répliqua Liddy.

— *C'est comme si vous disiez que j'aime à me promener devant la porte de la prison pour dettes, que je…* que je… Souffleur ?

— *Que je déteste comme…* l'aida Hugo.

— *Que je déteste comme la gueule d'un four à chats,* acheva Thaddeus.

— D'un four à chaux !

— *Que je déteste comme la gueule d'un four à chaux !* reprit-il avec un large mouvement du bras.

— Stop ! hurla Hugo en grimpant sur le banc. Stop ! Écoutez-moi, tous ! C'est important. Sortez tous, venez ici !

Mrs Niffen sortit des coulisses, suivie d'une jeune fille avec une mince tresse brune et quatre acteurs que je ne connaissais pas encore, même si j'en avais vu certains aider à déplacer le bateau. Le plus petit d'entre eux avait une casquette qui le désignait comme un jeune garçon, mais en dehors de cet accessoire, ils ne portaient pas même un début de costume.

— Vous ne savez pas utiliser vos voix. Aucun d'entre vous, dit Hugo. On ne vous a donc jamais appris l'importance du souffle ? Je vous l'ai déjà dit, pourtant. Non ?

Il y eut un court silence. Hugo se tourna vers l'homme à casquette.

— Pinky ?

— Je… non, ça ne me dit rien, répondit Pinky.

— Il faut respirer par le dos ! C'est ça, le secret !

— Par le dos ? s'étonna Liddy.

— Oui, le dos ! Il y a de la place, là, derrière. Pensez à l'arrière de vos côtes, et puisez-y votre air !

Les huit acteurs le fixèrent sans mot dire.

— Comment ça, capitaine ? finit par demander Pinky.

— Inspirez ! Bien profond ! Depuis l'arrière, depuis le dos ! cria Hugo. Comme ça, regardez.

Il sauta sur scène, avec une énergie telle qu'elle semblait lui sortir des pores, et s'y planta jambes écartées dans une posture guerrière qui me laissait voir son profil.

— Percy Hotspur, dans *Henry IV*. Il vient d'être blessé à mort, il rend l'âme. Imaginez son dernier souffle…

Il prit une longue inspiration qui parut l'étirer dans différentes directions.

— *Ô, Henry ! Tu m'as ravi ma jeunesse !*

Il poursuivit sur quelques phrases sans reprendre son souffle, puis inspira en ouvrant les bras.

— *Oh ! Je pourrais prédire l'avenir, si la pesante et froide main de la mort ne glaçait déjà ma langue…*

Encore une inspiration.

— *Non, Percy, tu n'es que poussière…*

Hugo se tenait toujours aussi droit, mais pendant quelques instants, il parut brisé. Puis, comme remonté par un ressort, il sortit de son rôle et fit face à sa troupe.

— Alors ?

Il y eut un long silence. Puis Mrs Niffen se mit à hocher la tête.

— Mais oui, mais oui, exact ! Je l'ai très bien vu ! Respirer par le dos. Tout à fait.

— Merveilleux, dit Hugo. Puisque vous avez compris, Mrs Niffen, expliquez donc aux autres pourquoi il faut respirer par le dos.

— Parce que... commença Mrs Niffen en regardant les autres, l'air d'espérer un soutien qui ne venait pas. Eh bien, parce que…

Puis elle fronça les sourcils.

— Mais qui est-ce là-haut ? Ce ne serait pas Miss May ? Je n'avais pas vu que vous étiez là. Vous saviez qu'elle était là, capitaine ? Vous n'aviez pas dit que les répétitions étaient fermées au public ?

Hugo se retourna. Je me hâtai de dire :

— J'avais une question sur les billets…

Mais il remontait déjà l'allée à grandes enjambées, l'air suffisamment furieux pour renverser les bancs sur son passage alors qu'ils étaient cloués au sol. Il allait sans doute me crier dessus et je tournai vers lui mon oreille sourde. Mais en arrivant aux marches, il se contenta de me prendre mon papier des mains pour le lever vers la lumière.

— Nom de Dieu, mais qu'est-ce que c'est que cette horreur ? Du gaspillage de papier ! Complètement inutile ! Où est la date ? Même si tout le monde sait que le bateau est en ville pour jouer le soir même, il faut mettre la date ! Et ça ? *Venez voir un spectacle sur l'eau,* dit-il d'une voix sarcastique. Vous plaisantez, j'espère ! Où est l'étincelle ? Il faut enflammer l'imagination des gens ! Pour qu'ils se ruent chez nous ! Vous comprenez, ça ?

— Je pourrais m'occuper des billets, capitaine, dit Mrs Niffen depuis la scène. Ce sera vite fait, bien fait. Et je saurais attirer les foules, personne ne s'y connaît mieux que moi…

Hugo l'ignora complètement.

— Essayez plutôt : *le meilleur des spectacles flottants.* Ou alors : *le meilleur spectacle de l'année.* Ou encore : *le meilleur spectacle sur l'Ohio.*

— Mais c'est vrai ? m'enquis-je.

— Qu'est-ce qui est vrai ?

— C'est vraiment le meilleur spectacle sur l'Ohio ?

— Mon spectacle ne serait même pas capable d'être le meilleur de la rivière, c'est ça que vous me dites ? hurla-t-il.

Le bateau tangua dangereusement comme si la puissance de sa voix avait rompu les amarres. Hugo se mit à nous rappeler, à moi puis aux autres, qu'il avait été formé à Londres, qu'il avait joué à Oxford, qu'il avait dirigé des comédies dans la ville de naissance de Shakespeare, qu'il avait été en scène aux côtés des meilleurs acteurs de sa génération, etc. Je m'aperçus que je fixais son nœud de cravate, en m'étonnant qu'il ne se soit pas desserré malgré ses performances vocales. Je pourrais sans doute me servir de ce tissu pour tailler des ceintures militaires, si besoin. Ayant enfin achevé de lister ses exploits, Hugo me regarda fixement, l'air d'attendre ma réaction.

— Le nom du bateau, dis-je. *Le Théâtre flottant*. Il faudrait l'écrire sur les billets.

— Vraiment ? Le nom du bateau, mais pas la date ?

— Peut-être à côté de la date.

— Et pourquoi donc ?

Il me mettait à l'épreuve, comme il l'avait fait pour Mrs Niffen avec cette histoire de respiration. Je savais ce que je voulais dire, mais je n'étais pas certaine de pouvoir l'expliquer. En l'écoutant déclamer les dernières paroles de Hotspur, un mouvement de rivière avait légèrement soulevé le bateau, et une image m'était apparue : une scène éclairée à la bougie, à l'air libre, portée par le courant. Hugo était là, debout entre les chandelles, et s'adressait au public installé sur une barge voisine. Dans mon imagination, la voix d'Hugo portait jusqu'aux rives, jusqu'aux plaines du Nord et aux collines du Sud. Un théâtre flottant. Bien sûr, une fois le billet acheté, la réalité offerte aux spectateurs serait tout autre.

— Parce que… comment dire… Cela évoque… une certaine image.

Il y eut un court silence. Hugo plissa les yeux. Puis la voix de Liddy s'éleva depuis la scène.

— Je suis d'accord avec May. J'ai toujours aimé ce nom, on dirait un conte de fées. Puisque vous parliez d'attirer les foules…

À dater de ce jour, je considérai Liddy comme mon amie.

Hugo se retourna vers elle. Rougissante, elle prit soudain une grande inspiration et se tordit les bras pour atteindre sa colonne vertébrale du bout des doigts, en essayant, sans doute, de respirer par le dos – un conseil d'ailleurs parfaitement ridicule.

7

Je rencontrai les acteurs et actrices du *Théâtre flottant* peu à peu, toujours en paires, comme les animaux de l'arche de Noé. En premier, bien sûr, il y avait eu Mrs Niffen et Liddy ; et après la répétition, Liddy vint me voir avec la jeune fille à la tresse brune que j'avais vue sur scène.

— Voici Celia Oxberry, dit-elle en entrant dans la billetterie où j'étais occupée à refaire les billets selon les indications d'Hugo. C'est la nièce de Mrs Niffen, nous sommes dans la même cabine. La répétition est terminée, on nous a dit de venir te chercher ! Le chef va nous faire à manger.

Celia était une jeune fille très pâle, si frêle qu'elle semblait ployer sous sa robe de coton. Elle me dit qu'elle avait quatorze ans et qu'elle était là parce que sa mère s'était remariée l'an passé et qu'elle attendait un enfant et que la grossesse se passait mal et que sa nouvelle belle-mère était venue l'aider mais qu'il n'y avait que deux chambres dans la maison alors que c'était une maison toute neuve en pleine ville – tout cela d'une traite en fixant l'angle du plafond. Liddy finit par l'interrompre gentiment.

— Allez, ça suffit, Lili, nous sommes là pour emmener Miss May manger quelque chose.

— Appelez-moi May, dis-je aussitôt – et Celia croisa mon regard l'espace d'un instant, avant de baisser les yeux vers mon épaule.

Il y eut ensuite Jemmy Grieve et Sam Trotter, que nous trouvâmes dans la salle à manger, occupés à dévorer des sandwiches qu'ils avaient faits eux-mêmes avec de la viande froide et le pain frais du chef. Jemmy (James sur l'affiche) me dit qu'il jouait la plupart des antagonistes, comme les banquiers ou les gouverneurs. Il avait une longue moustache, et n'était sans doute pas plus vieux que moi. Sam Trotter était encore plus jeune, avec une préférence pour la comédie ; mais il pouvait lui aussi jouer des méchants, comme il l'avait fait la saison dernière pour remplacer Jemmy qui était malade, en portant pour l'occasion une fausse moustache en crins de mule. Toute la troupe, à l'exception de Thaddeus et Celia, avaient déjà joué sur le bateau l'an passé, et la plupart avaient au moins deux ans d'ancienneté.

— On n'est pas à plaindre, me dit Jemmy. Pas besoin de courir après les diligences en se débattant avec son costume pour circuler de ville en ville. Une saison entière sans dépenser d'argent pour voyager ni pour se nourrir. Je vais vous dire, je me suis fait presque deux cents dollars l'an dernier !

Celia, qui avait commencé à se faire un sandwich comme eux, se rendit compte que Liddy avait beurré son pain et coupait sa viande en tranches. Elle défit aussitôt le sien et tenta de beurrer son pain déjà imprégné de jus de viande. Je me contentai de biscuits salés ; vu l'état de mon estomac, c'était sans doute plus sage.

Les deux acteurs suivants entrèrent en portant un fil où pendaient des poissons. Comme dans un sketch, l'un était grand et l'autre petit. J'avais d'ailleurs déjà vu le petit acteur en scène ; il portait une casquette et Hugo l'avait appelé Pinky.

— Francis Winter, se présenta-t-il avant de lever sa main gauche à laquelle il manquait le petit doigt. Mais tout le monde m'appelle Pinky[1].

— Vous avez eu un accident ? demandai-je.

— Un peu, oui ! Je suis venu au monde.

L'homme de haute taille était le mari de Mrs Niffen. On m'informa plus tard qu'il avait un charme fou lorsqu'il ouvrait la bouche, mais que cela ne se produisait presque jamais. Il ne me dit pas un mot et se contenta d'un signe de tête avant de se mettre à manger. Tous l'appelaient Mr Niffen d'une façon un peu formelle, y compris Mrs Niffen elle-même, alors qu'ils étaient mariés depuis vingt ans. Mr Niffen parlait aussi peu à sa femme qu'aux autres, ce qui n'avait pas grande importance car Mrs Niffen donnait de la voix pour deux.

— Le capitaine économise pour s'acheter un vapeur, me dit Pinky. Les petits sont de moins en moins chers. Si tout se passe bien, on pourrait oublier le Mississippi l'an prochain et circuler le long des petits affluents comme la Monongahela et la Green…

— Et la rivière Kentucky, ajouta Jemmy. On y pêche bien. Il y a trop de monde sur le Mississippi maintenant, je vous le dis.

1. « Petit doigt » en anglais.

— Et toi, May ? me demanda Liddy. Tu es actrice ?

— Moi, monter sur scène ? Jamais.

Peut-être avais-je été un peu trop véhémente, car tout le monde leva les yeux de son assiette. Typiquement, à ce moment-là, Constance aurait dit quelque chose comme « Ne faites pas attention à May, elle dit ce qu'elle pense » ou « May ne s'intéresse pas au théâtre, rien qu'à la couture » mais Constance n'était pas là. J'avais l'habitude de la laisser expliquer mon comportement, mais c'était à moi de le faire désormais.

— Je fais de la couture. Je joue du piano…

Ils attendaient que je poursuive, les yeux fixés sur moi. Mr Niffen, assis à la table voisine, ne s'était pas joint à la conversation. Toujours en train de manger, il lisait son journal. J'aurais voulu être assise à côté de lui ; là, au moins, je n'aurais pas eu à parler.

— On m'a engagée pour faire ce que faisait la sœur d'Hugo avant qu'elle n'explose avec le *Moselle.*

Liddy parut stupéfaite, et elle n'était pas la seule. « Portée sur le littéral », disait aussi Constance lorsqu'elle parlait de moi.

— Oui, tout le monde est au courant, finit par dire Liddy avec douceur. C'était notre amie.

Ils me regardaient toujours, pas méchamment, mais l'air d'attendre quelque chose. Une explication, peut-être ?

— J'ai… Je suis souvent très prosaïque, dis-je. C'est ce que disait ma cousine. Quand je parle, je dis toujours ce que je pense.

Il y eut un court silence, puis Pinky s'esclaffa :

— Alors tu n'es vraiment pas une actrice, ça c'est sûr !

Sam et Liddy se mirent à rire.

— Comment ça ? demandai-je.

— Les gens de théâtre ne sont pas vraiment connus pour leur honnêteté, expliqua Liddy.

— On aurait plutôt tendance à raconter la vérité qui nous arrange, renchérit Pinky en soulevant de nouveaux rires.

— Ou alors ce qu'on croit être vrai, ce qui n'est pas la même chose que ce qu'on pense être vrai ! plaça Jemmy.

Encore des rires. Après ce léger remous de conversation, tout le monde se remit à bavarder gaiement, sauf Celia qui ne disait jamais grand-chose. Liddy avait toujours avec elle un petit sac en tissu, même à table, et son visage prenait de belles couleurs lorsqu'elle riait. Les yeux de Celia s'égaraient sans cesse vers elle. Ceux de Pinky aussi.

— Je trouve Jemmy sur le ponton en train de pêcher, me racontait Pinky (en fixant toujours Liddy) et je lui dis « Ben alors ? T'as pas mis ta perruque ? C'est à toi, il faut y aller ! »

— Je le savais bien, que tu me jouais un tour !

— Ouais, n'empêche que tu l'as vite enfilée, ta perruque !

Ils savaient rire les uns des autres, et ils n'avaient pas pris mes paroles trop à cœur. C'était une bonne chose. Liddy me demanda d'où je venais, et sembla sincèrement intéressée lorsque je lui parlai de ma ferme. Elle me dit qu'elle venait également de l'Ohio, près d'Akron, et me demanda si j'aimais nager.

Lorsque je dis oui, elle m'invita à venir nager avec elle tous les après-midi.

— Je montre à Celia comment plonger, dit-elle. Je pourrais t'apprendre aussi !

Ce soir-là, en allant me coucher, je décidai que j'aimais bien ces nouveaux acteurs. Ils avaient bon caractère et ne semblaient pas trop choqués par ce que ma mère appelait ma nature directe. Peut-être que je n'avais pas besoin de Constance pour expliquer ce que j'étais. Cette pensée, ou peut-être mon repas de biscuits salés, améliora considérablement mon humeur jusqu'au moment où j'ouvris la porte de ma cabine pour y trouver Mrs Niffen, à genoux sur le sol, occupée à fouiller dans la grande malle grise d'Helena.

— Je faisais l'inventaire, dit-elle en prenant son temps avant de se relever.

Il y avait une serrure sur la porte, mais je n'avais pas de clé. Il faudrait que je m'en occupe.

Nous étions amarrés près de la petite ville de North Bend, Ohio. Pas au port de la ville lui-même, mais dans un coude en aval, ce qui coûtait moins cher. L'idée était d'y rester trois jours pour répéter le spectacle avec Thaddeus avant de donner une représentation aux habitants de North Bend. J'avais donc trois jours pour apprêter les costumes.

Vu ce que j'avais trouvé dans la malle d'Helena, je n'étais pas certaine d'y parvenir. Il fallait aussi que j'aille en ville poser des affiches et nous faire un peu de publicité, mais j'en revenais toujours aux costumes : il fallait que je raccourcisse les culottes courtes de Jemmy, que je fasse un veston pour Thaddeus, et que j'arrange la perruque rousse de Mrs Niffen, dont les cheveux étaient tout collés à l'arrière. Pour cette dernière tâche, il suffirait comme d'habitude d'un peu d'huile de cuisson, et je pourrais ensuite ajouter quelques gouttes de parfum pour qu'elle sente bon.

Je n'étais pas encore habituée au bateau lui-même. Au moins, mon mal de mer n'était plus un problème maintenant que nous étions amarrés. Mais tout me perturbait en continu : l'odeur de ma cabine, comme du bois imprégné d'huile de poisson, et le soleil qui au matin venait de la gauche et non plus de la droite comme dans ma dernière chambre, et la texture de la lumière elle-même, réfractée par la rivière qui la colorait d'argent, sans oublier les murs râpeux, sans papier peint ni peinture, pas même à la va-vite comme dans une pension. Et ça n'était que ma cabine. Chaque fois que j'en sortais, j'étais submergée d'autres détails : l'angle du ponton, la peinture blanche qui cloquait sur le flanc bâbord, les marches inégales qui menaient au pont inférieur… Si j'avais pu, je serais restée enfermée à coudre toute la journée.

Mais dès le milieu de matinée, il n'y avait plus assez de lumière dans ma cabine, si bien que je descendais coudre dans l'auditorium qui était très ensoleillé, pour peu que les épais rideaux fussent ouverts. Heureusement, Hugo n'était plus aussi strict sur l'absence de public aux répétitions.

— Mais pas un mot, hein ? Et pour l'amour du ciel, pas d'applaudissements ! Sinon, vous risquez d'applaudir pile quand ils viennent de se tromper, et alors j'aurai un mal de chien à corriger le tir.

Je n'étais pas là pour applaudir, juste pour coudre. Toute à mon travail, j'oubliais tout ce qu'il y avait de nouveau ou de bizarre autour de moi : mon univers se réduisait au bout de mes doigts qui, eux, m'étaient familiers. J'aimais bien cette sensation, qui me rappelait que j'étais toujours la même. Et elle m'aidait à combler le vide près de moi, celui qu'occupait autrefois Constance. Son absence était la plus étrange de toutes ces étrangetés.

Chaque fois que je me disais que j'irais poser des affiches dans une heure, une nouvelle tâche s'imposait à moi avant que l'heure ne se fût écoulée : une cape à laquelle il manquait un bouton, un ourlet décousu, ou Pinky qui avait besoin d'une cravate rouge de toute urgence, et que pourrait-on utiliser pour faire ça ? Si bien que les trois jours devinrent deux jours, puis un seul, et je n'avais toujours pas mis les pieds en ville. Il fallait que j'y aille pour parler à des inconnus, ce qui n'aidait en rien ma motivation.

Le matin du spectacle, je me levai tôt et rangeai dans la sacoche d'Helena les affiches du spectacle, ainsi que les billets gratuits que je devais distribuer. Puis je pris mon petit déjeuner. Puis je raccommodai un bouton sur les culottes courtes de Pinky, et Liddy me demanda de jeter un coup d'œil à son bonnet, et Sam et Jemmy vinrent également me demander quelque chose. Lorsque je descendis enfin la passerelle, il était presque midi, et je venais à peine d'atteindre la rive lorsque j'entendis Hugo derrière moi.

— Allez, May, allons faire un dernier tour en ville.

Je n'osais pas lui dire que ce serait aussi le premier.

Nous remontâmes le chemin que Leo avait dégagé parmi les saules pleureurs. Hugo portait sa casquette de capitaine, et j'avais sur l'épaule ma sacoche pleine d'affiches et de billets. Leo ne savait ni lire ni écrire, mais il savait dessiner, et sur chaque affichette il avait dessiné une femme vêtue d'une longue robe ondoyante, la bouche ouverte comme pour chanter. Sous ses dessins, j'avais écrit :

Le Théâtre flottant
Au coucher du soleil le 5 mai, ½ mile en amont de la ville
Le meilleur spectacle de la rivière

— Voilà, très bien. Et c'est bel et bien le meilleur spectacle, dit fièrement Hugo lorsque je lui en montrai une.

J'étais décidée à ce que les costumes soient eux aussi les meilleurs, et le travail qu'il me restait à faire m'angoissait : coudre des rubans dans les manches de chemise de Jemmy, et ajouter de la dentelle au bonnet de Liddy.

— Certaines de ces petites villes ont un magasin en plus d'une épicerie, poursuivait Hugo. Si c'est le cas ici, il faudra aussi y mettre une affiche.

Il avait enroulé un bout de soie bleue autour de sa canne qu'il balançait en marchant. Sa voix portait sur toute la largeur de la rue, et même si son accent anglais n'était pas très raffiné, il laissait deviner un solide sens des affaires allié à une certaine joie de vivre.

— Il n'y a qu'un magasin ici, Brown's. Vous avez déjà dû y aller… Tenez, montez donc là-haut, dit-il en m'indiquant au nord une colline violette aux airs de nuage, et allez coller des affiches sur les plus grands arbres pour attirer l'attention des fermiers. Ils verront qu'il y a quelque chose là-haut et ils monteront voir ce que c'est. Avez-vous déjà croisé le juge de paix ? Dans ces petites villes, il sert souvent de maire.

J'étais en train de me demander comment j'allais lui cacher le fait que je n'étais pas venue en ville, que je n'avais collé aucune affiche et distribué aucun billet, mais Leo me sauva la mise. Nous l'entendîmes crier derrière nous et il arriva en courant.

— L'un des grands avirons s'est cassé, capitaine.

— Quoi ? Mais qu'est-ce qu'il faisait dans l'eau ?

— C'est réparable, mais je me suis dit que vous voudriez voir.

Hugo tira sur son col avec deux doigts et me regarda en fronçant les sourcils, comme si j'avais cassé l'aviron moi-même.

— Accompagne donc Miss May en ville, Leo, si tu veux bien. Aide-la à coller le reste de ses affiches.

Je le regardai s'en aller avec sa canne sous le bras comme une cravache. Il ne courait pas, mais il dégageait une telle énergie qu'il semblait la puiser dans tout ce qui l'entourait.

— Alors, Miss May, il vous plaît, le bateau ? me demanda Leo en chemin.

Nous étions en train de passer devant la jetée où étaient amarrées plusieurs barges. Des balles de coton avaient été alignées avec soin sur le dock, comme des bouchons. Je répondis que le bateau me faisait surtout l'effet d'une pension. Leo me jeta un regard en coin, puis se mit à rire. Il avait un visage large et intelligent, et les paupières lourdes.

— Amarré comme ça, je suppose que oui. Bon, maintenant, dites-moi la vérité : vous n'êtes pas encore allée en ville, hein ?

Après un moment de surprise, je me souvins qu'il voyait tout le monde aller et venir sur la passerelle.

— Je voulais le faire, mais j'avais toujours quelque chose de plus urgent…

— Alors vous avez du pain sur la planche. Tenez, donnez-moi des affiches, je vais vous aider.

La grande rue était en terre battue. Des maisons en bois, alignées à la suite le long d'un trottoir surélevé, tenaient lieu de magasins. J'étais habituée aux villes du Nord, aux bâtiments de briques et aux rues pavées. Cet endroit me donnait l'impression d'avoir remonté le temps. Le bureau de poste était une cabane de planches. Pourtant, comparée aux villages que nous rencontrerions en aval, North Bend était un modèle de modernité.

L'épicerie était un bâtiment isolé à quelque distance de la route. Un petit auvent rouge surplombait la porte, et à la fenêtre s'affichait un panneau écrit à la main : « Chez Brown ». Leo m'apprit qu'Helena donnait toujours deux billets gratuits à l'épicier, Mr Brown, en échange d'un seau d'eau et d'un peu de farine pour coller les affiches en ville. Il m'attendit sous le porche tandis que j'entrais dans la boutique, bien décidée à en finir avec cette histoire au plus vite. Midi avait sonné et le spectacle commencerait à vingt heures, au crépuscule. Je n'aurais que quelques heures pour finir tous les costumes. Mr Brown, l'épicier, était un homme de haute taille avec une moustache grise si fournie qu'on aurait dit un bout de serpillière. Pendant qu'il emballait des clous dans une boîte en carton pour un client, j'en profitai pour voir s'il vendait de la dentelle blanche, qui me servirait pour le bonnet de Liddy.

— Bonjour, bonjour, dit Mr Brown en m'accordant enfin son attention. Vous n'êtes pas d'ici, dites-moi !

— Non, monsieur, je viens du bateau-théâtre, et je suis là pour vous donner quelques billets gratuits.

— Le bateau-théâtre ! C'est déjà la saison ? Où êtes-vous donc amarrés ? Je ne savais même pas que vous étiez là. Et vous n'êtes pas Miss Helena, ajouta-t-il en m'examinant sans changer d'expression.

— Miss Helena a eu un tragique accident. Je m'appelle May Bedloe, dis-je en tendant la main. J'espérais vous demander…

— Qu'est-ce qu'il lui est arrivé ?

— Elle était sur le *Moselle.*

— Le *Moselle* ? Ce vapeur qui a coulé ? Mais qu'est-ce qu'elle y faisait ?

J'étais la seule cliente et Mr Brown n'était pas pressé. Après avoir tout appris sur l'accident d'Helena, il voulut savoir si j'étais actrice ou chanteuse.

— Je m'occupe surtout des costumes. Et je pose les affiches. Je voulais vous demander un peu de farine et un seau d'eau…

Mais en m'entendant parler des costumes, il se mit à me raconter le spectacle de l'an dernier, et dix autres minutes s'écoulèrent avant qu'il ne me donne enfin de l'eau et de la farine dans un cône en papier.

— Parler, ça, il sait faire, me dit Leo en me voyant ressortir avec mon seau d'eau. C'est pour ça que j'amène pas Oliver, il finit par avoir trop chaud.

Après avoir collé quelques affiches au pinceau sur les poteaux et les clôtures autour de chez Brown, je m'en fus dans la cabane qui servait de bureau de poste pour demander si je pouvais en poser une sur le mur. Je comptais ensuite retourner sur le bateau.

— Miss Helena en mettait aussi sur les granges, me dit Leo. Et faut pas oublier cette colline.

— Je n'ai pas le temps d'y aller.

À notre retour, tout le monde était en pleine répétition, y compris Hugo qui jouait sir Hugh Evans dans la scène de *Falstaff*. Il portait un grand chapeau noir et une cravate verte pour tout costume. Sa chemise de marine et son pantalon ôtaient tout réalisme à son personnage, selon moi ; mais lorsque je lui avais demandé ce matin-là s'il voulait que je lui fabrique quelque chose, il m'avait répondu que son chapeau était bien suffisant. Qu'il ait mis une cravate était déjà une petite victoire.

Ce soir-là, la troupe était trop excitée pour manger (à part Mr Niffen, qui mastiquait son repas avec lenteur et méthode, comme toujours) mais le trac ne les empêchait pas de parler. Le soleil couchant illuminait la salle à manger d'une lumière rasante, et le vent s'était levé en envoyant des feuilles de saules contre les fenêtres. « J'espère qu'il ne va pas pleuvoir », se disaient-ils tous les uns aux autres, « tu crois qu'ils viendront s'il pleut ? » Certains répondaient oui, d'autres non. C'était la première fois qu'ils monteraient en scène avec Thaddeus, et deux nouveaux numéros avaient été ajoutés à la scène du panier à linge. Je dis à Celia que je l'aiderais à se maquiller après manger. Liddy m'avait dit que c'était ce qu'elle préférait. « C'est une figurante, elle n'a pas de répliques, mais elle adore se maquiller quand même. »

Dans la chambre verte, Celia dénicha une boîte de Poudre Blanche Impériale et s'en appliqua généreusement jusqu'à donner à son visage l'aspect et la consistance de la farine de riz. Je lui pris le menton pour lui mettre un peu de khôl avec un cure-dents.

— Toi aussi, May, me dit Liddy avec un rose à lèvres. Viens voir là.

— Je ne fais que jouer du piano, personne ne fera attention à moi.

— Et comment tu le sais ? De toute façon, tu seras sur la scène, il faut te maquiller un peu.

Elle passa le bâton de rose sur mes lèvres, si proche que je sentais son souffle chaud sur ma joue.

— Tes cils sont si longs, j'aimerais avoir les mêmes.

Constance ne me complimentait presque jamais, et certainement pas sur mon apparence. La jolie fille, c'était elle. Liddy avait fini, et je pris un miroir pour me regarder. Pendant ce temps-là, elle entreprit de repasser la robe qu'elle porterait pour la scène de *Falstaff*, tout en me remerciant pour les changements que j'y avais apportés.

— Maintenant, j'ai l'impression de porter un vrai costume ! Bien sûr, je ne me plaignais pas de l'ancien, mais je trouve quand même que ça fait une différence.

— Ma cousine disait toujours qu'un bon costume l'aidait à habiter son rôle.

— Elle avait raison, dit Liddy en souriant.

— Le soleil est en train de passer derrière les arbres ! avertit Celia.

— Tu ferais mieux d'y aller, May.

Après avoir aidé avec les billets, je partis m'installer au piano pour jouer quelque chose pendant que les spectateurs s'installaient – j'avais choisi un air écossais, *O Swiftly Glides the Bonny Boat*. C'était un piano droit, monté sur roulettes pour le déplacer plus facilement. Je n'en avais jamais vu d'aussi petit.

Le spectacle s'ouvrit sur une déclamation poétique par Hugo, suivie d'une gigue au tambour dansée par Mrs Niffen, accompagnée par Mr Niffen au violon. Il y eut ensuite une scène tirée de la farce *'Twas I !* de John Payne. Thaddeus et Liddy chantèrent deux chansons en chœur. Après l'entracte, Mrs Niffen chanta en solo, suivie d'un numéro par Jemmy et Sam qui dessinèrent une histoire sur une grande feuille de papier. Le spectacle s'achevait sur la scène de *Falstaff*, toujours un franc succès, surtout lorsque Oliver le chien dansa autour du panier de linge sale où se cachait Falstaff. Hugo m'avait demandé de jouer « quelque chose d'enjoué » pour accompagner la fin, tandis que chacun allumait sa lanterne pour rentrer chez soi.

J'étais contente de mes costumes, car j'avais tout fini à temps, même le bonnet en dentelle de Liddy. Mais je m'étais trompée en pensant que cela compenserait mon manque d'application pour le reste. Ce soir-là il n'y avait que dix personnes dans l'assistance. Et ce n'était pas à cause de la pluie : les nuages s'étaient dissipés et la soirée avait été belle, quoiqu'un peu fraîche. Non, ils n'étaient tout simplement pas venus. L'un des spectateurs, en voyant qu'il était seul sur son banc, s'était allongé et avait fini par s'endormir, le chapeau sur le visage. Un autre avait éclaté de rire et tapé des pieds à chaque numéro, ce qui ne l'avait pas empêché de partir à l'entracte. J'avais joué du piano jusqu'à la fin comme prévu, même s'il avait fallu que je m'adapte à un abrupt changement de tonalité de la part de Mrs Niffen, qui avait pris son solo trop haut. À l'entracte, un Hugo au visage très rouge m'avait informée que l'on se passerait de la chanson qui aurait dû conclure le spectacle, avec toute la troupe en chœur. Lorsque Oliver avait dansé autour du panier à linge, le spectateur endormi s'était réveillé et lui avait parlé comme s'il s'agissait de son propre chien et qu'ils étaient seuls dans la pièce. « Qu'est-ce que t'as trouvé là ? Un rat ? Qu'est-ce que t'as déniché ? Montre au vieux Joe, allez. »

À vingt centimes le billet, nous avions gagné deux dollars. Un peu moins que ce que nous avions payé pour amarrer le bateau.

Après le tomber de rideau, les neuf spectateurs restants récupérèrent leurs lanternes accrochées au mur et descendirent la passerelle pour regagner la ville. Depuis la fenêtre de l'auditorium, je vis les petits points lumineux s'éloigner tandis qu'Hugo rassemblait sa troupe sur scène pour distribuer quelques remarques.

— Sam, tu es entré trop tard. Il faut que tu sois en scène avant que Jemmy finisse sa réplique.

Son ton était ferme et sa voix forte, mais il ne criait pas.

— Ma petite Celia, il ne faut pas que tu te touches les cheveux sur scène. On le remarque tous, et ça nous déconcentre. Mrs Niffen, choisissez une tonalité et restez-y. Et voilà pour ce soir. Bon travail, tout le monde, bravo.

Nous étions tous d'humeur sombre. Hugo nous fit signe de partir, mais Pinky l'interpella.

— Et la recette, capitaine ?

— Quoi, la recette ?

— On n'a pas fait assez.

— Faites votre travail et laissez-moi faire le mien, dit Hugo d'un ton bourru. Ne vous inquiétez pas pour la recette, je m'en occupe. Vous, restez là.

Ces derniers mots m'étaient adressés.

— Si vous fermez boutique, prévenez-nous, poursuivit Pinky. Et faudra nous déposer près d'une vraie ville, hein ? Pas dans un trou perdu dont on ne reviendra jamais.

— Je ne compte pas fermer boutique, dit Hugo – mais il me regardait comme s'il aurait volontiers fermé la mienne.

Liddy suivit son regard, puis se retourna vers lui.

— Capitaine, j'ai demandé à May beaucoup de retouches sur mon costume, sans doute beaucoup trop, mais elle les a toutes faites, et…

— Je sais, coupa Hugo. Maintenant, laissez-nous.

Ils sortirent tous en file indienne, certains par la chambre verte et d'autres par l'allée. Mrs Niffen prit tout son temps et resta sur le ponton avec Celia sans fermer la porte jusqu'à ce qu'Hugo élève la voix :

— Merci beaucoup, mesdames, et bonne nuit !

Une fois seuls, il me demanda ce que j'avais fait en ville pendant l'après-midi.

— Ce que vous aviez dit. J'ai donné des billets gratuits à l'épicier et j'ai collé des affiches.

— À qui d'autre en avez-vous donné ?

— Qui d'autre ? Personne.

— Et la colline ? Vous êtes montée sur la colline ?

— Je n'ai pas eu le temps.

Un bruit nous fit lever la tête ; la porte de la billetterie s'était ouverte sur Leo et Oliver.

— Je viens me coucher, dit-il.

Il dormait à même la scène, sur un matelas de paille que l'on pouvait rouler au matin. Oliver portait toujours son petit jabot. Je me dis qu'il fallait que je le récupère avant qu'il ne dorme avec.

— Encore une minute, Leo, si ça ne te dérange pas, lui dit Hugo.

Leo s'en fut en sifflant Oliver. Une fois la porte refermée, Hugo se mit à fouiller toutes ses poches pour y trouver quelque chose. Nous étions sur l'avant-scène, et deux petites lanternes brûlaient encore en éclairant un peu son visage. Une boucle de cheveux me tombait dans le cou et je levai la main pour ajuster une épingle, mais Hugo cessa aussitôt de se retourner les poches et me regarda d'un air féroce. Je baissai la main sans toucher à rien. Mais je ne pouvais plus attendre en silence qu'il me crie dessus, pas s'il me fallait aussi rester immobile.

— Les costumes rendaient bien, de là où j'étais, dis-je.

C'était la pire chose à dire, je le compris tout de suite. Je m'étais trop occupée des costumes et j'avais négligé les autres tâches d'Helena – c'était ce qu'il s'apprêtait à me dire, n'est-ce pas ? Mais je ne pouvais pas m'empêcher de continuer.

— Si j'avais une chaînette, je pourrais faire un fermoir pour la cape de Thaddeus. Les lacets se sont défaits pendant qu'il chantait avec Liddy, et il a dû les tenir pendant tout le reste du spectacle. Je voudrais ajouter une mentonnière à la casquette de Pinky, pas trop serrée, et les femmes devraient porter des bonnets pendant la scène de *Falstaff*, même Celia…

Je n'arrivais plus à m'arrêter. Je parlais, parlais, et tout ce que je disais était juste, mais ce n'était pas pour cela que je continuais sans même reprendre mon souffle, comme Mrs Howard. Si je parlais suffisamment longtemps, peut-être Hugo oublierait-il de me renvoyer. Ou peut-être finirais-je par dire quelque chose qui le convaincrait que je n'étais pas si inutile. J'aimais travailler sur tous ces costumes au lieu de ceux de Constance seule. C'était une promotion. Je ne voulais pas partir.

— May, dit Hugo.

— … Et en attachant votre cravate moins serrée, vous pourriez l'enlever et l'agiter pour le salut, dis-je sans le regarder. Le public adore ça. Et…

— May, répéta-t-il en me touchant le bras – et cette fois-ci, je me tus.

Il prit une profonde inspiration et je tournai vers lui mon oreille sourde. Mais à ma grande surprise, il baissa encore plus la voix.

— Il faut trouver les notables en ville et leur donner des billets. Le juge de paix, le shérif, l'homme qui a la plus grande maison... n'importe qui d'important. Si ceux-là viennent, les autres suivront. Et n'oublie pas d'inviter leurs épouses s'ils en ont. Les femmes parlent entre elles. Et ne bâcle pas le collage d'affiches. Il faut en mettre partout. Compris ?

Il fouilla de nouveau ses poches et en sortit un paquet de tabac. J'attendais la suite, mais il n'y en avait pas.

— On est d'accord ? insista-t-il.

— D'accord.

— Leo ! appela Hugo. Tu peux revenir !

Je quittai l'auditorium au plus vite. J'avais les joues rouges d'embarras, et j'aurais voulu me cacher le visage. En montant l'escalier pour regagner ma cabine, j'aperçus un pan de la jupe de Mrs Niffen qui tournait le coin du pont inférieur. C'était bien son genre, d'écouter à la porte pour tout entendre. J'en rougis de plus belle, avec un peu de colère en plus de ma honte.

Je n'avais toujours pas de draps – encore une chose dont j'avais négligé de m'occuper en ville – si bien que je m'enroulai dans ma couverture comme un bébé dans ses langes. Plus tard, j'entendis Hugo monter dans sa chambre. Un grattement de papier s'éleva à travers la cloison : il écrivait dans son journal de bord. Puis ses pas résonnèrent sur le plancher, et sa fenêtre s'ouvrit en grinçant. La mienne était fermée, ce qui ne servait à rien contre l'odeur de vase. J'allais m'y habituer, et par la suite elle finirait même par me manquer ; mais ce soir-là, j'enfonçai mon visage dans mon oreiller qui sentait les plumes et la fumée, ce qui n'était qu'à peine mieux. Mes pensées dérivèrent vers les coffres et les malles de la chambre verte. Liddy m'avait dit qu'on y trouverait peut-être des costumes déchirés et d'autres accessoires. La fenêtre d'Hugo grinça à nouveau, puis ce fut le tour de sa couchette. Mrs Niffen savait sans doute ce que contenaient ces malles, mais je préférais encore briser les verrous au pied de biche que de lui demander de l'aide.

8

Une sensation de mouvement me réveilla le lendemain. Je sortis sur le ponton et me rendis compte que nous avions déjà largué les amarres. Le *Théâtre flottant* descendait le courant. Sur le pont inférieur, Leo luttait avec l'un des avirons de trente pieds de long pour nous maintenir au milieu de la rivière, et Hugo dirigeait le bateau avec une longue rame qui lui servait de gouvernail. Il portait son chapeau de capitaine et un épais manteau doublé de laine avec une grande rayure jaune. J'avais déjà vu bien des marins avec, mais jamais un directeur de théâtre.

— Barre à bâbord ! hurla-t-il.

La rivière avait atteint toute sa largeur à Cincinnati. Depuis, elle n'avait pas cessé de rétrécir, son courant accélérait, et l'eau était aussi brune que de la terre fraîchement labourée. Je vis passer un long bateau à quille ; sur le côté tribord, celui qui me faisait face, trois hommes munis de perches s'activaient pour le propulser aussi vite que possible vers l'aval. Il traversa notre sillage et nous dépassa. C'était grisant d'être là, en pleine vitesse, au vent. Bien sûr, j'étais déjà montée plusieurs fois sur le pont du *Moselle,* mais le mouvement du *Théâtre flottant* était bien plus présent dans mon corps, comme si c'était moi qui le faisais avancer. Je n'étais plus malade. Peut-être que ça n'avait été qu'un effet de l'angoisse.

Trois quarts d'heure plus tard, je n'avais toujours pas bougé, occupée à regarder Leo et la rivière. Hugo attacha sa rame et se mit à monter les escaliers. Il était presque arrivé en haut lorsqu'il mit sa main droite en visière.

— C'est toi, May ? Donne-moi un coup de main, tu veux, va réveiller Jemmy, on va bientôt s'amarrer.

Jemmy sortit de sa cabine en pantalon et chemise de nuit. Nous allions nous amarrer du côté Kentucky de la rivière ce jour-là, et Sam et Pinky arrivèrent de l'autre côté du bateau après avoir attaché la rame tribord. La rive approchait ; Hugo sonna trois coups de cloche.

— Allez, Pinky, prends la garde ! Leo, pointe arrière ! J'ai la pointe avant ! Sam, rapproche-nous ! C'est bon, Jemmy, saute ! Saute, Jemmy, saute !

Jemmy sauta dans l'eau boueuse, une haussière nouée à la taille. Après avoir trouvé son équilibre, il s'avança laborieusement dans la vase jusqu'à pouvoir attraper une branche de saule, et enfin se hisser sur la terre ferme.

— Splendide ! Vas-y, arrime-nous à ce peuplier ! cria Hugo. J'ai sorti l'espar, arrime-nous bien !

Jemmy enroula la haussière autour du tronc épais. Son pantalon et le bas de sa chemise dégoulinaient de boue. Le bateau se tendit vers l'arrière comme un cheval soudain mis à l'attache, et je m'accrochai des deux mains au bastingage en attendant que le tangage s'apaise. Je respirais comme le vent et j'étais pleine d'enthousiasme, électrisée par le talent du petit équipage. Hugo monta l'escalier quatre à quatre jusqu'au pont supérieur et lança un nouveau cordage à Jemmy, qui l'attacha à un autre peuplier avant de s'allonger par terre pour reprendre son souffle.

Une fois le bateau amarré, Hugo s'approcha de moi.

— Bienvenue au Kentucky. Déjà venue ?

Je secouai la tête. Jemmy était toujours étendu sur la rive, un bras sur le visage.

— Il a l'air épuisé, remarquai-je.

— C'est du travail, d'amarrer le bateau. Leo y arrive mieux, mais ça ne pouvait pas être lui aujourd'hui.

— Pourquoi ?

— Il refuse de fouler le sol du Sud. Sa mère était esclave en Californie, tu sais. Elle a fui en Floride avec son frère quand elle était jeune. C'est là qu'elle a rencontré le père de Leo, le Séminole.

— Mais pourquoi cela veut-il dire que Leo ne peut pas débarquer dans le Sud ?

— Je n'ai pas dit qu'il ne pouvait pas. J'ai dit qu'il ne voulait pas.

Nous étions à Jacksonville et, comme la dernière fois, nous nous étions amarrés un peu en aval de la jetée pour économiser quelques dollars. Lorsque la cloche sonna le petit déjeuner, je m'en allai dans ma cabine chercher la sacoche d'Helena avec les affiches et les billets. Je voulais me rendre en ville immédiatement après manger. J'étais décidée à mieux faire mon travail, cette fois.

Mais en revenant vers la salle à manger, j'entendis la voix de Mrs Niffen.

— Je connais bien cette ville, j'y avais une tante, mais c'est vrai qu'elle est morte il y a quelques années de la diphtérie, la pauvre. Je pourrais vendre plus de billets que nous n'avons de sièges, en un tournemain ! Et je ne demande aucun salaire, je sais quels problèmes vous avez eus avec les réparations, la pompe de cale, tout cela sens dessus dessous – bref, je serais ravie de faire ce travail, et je sais que vous seriez très content de…

En ouvrant la porte, je vis qu'elle s'adressait bel et bien à Hugo. Ils étaient assis à une table, et Mrs Niffen poursuivit même après m'avoir vue entrer.

— Oh, May, vous voilà ! Et quelle chance, vous nous amenez les affiches. C'est la sacoche d'Helena, n'est-ce pas ? Je vous en débarrasse. J'étais justement en train de dire au capitaine que je pouvais aller en ville distribuer les billets. En supposant que vous les ayez fabriqués, bien sûr ! Sinon, je peux très bien m'en charger, je sais où est le papier et j'ai de l'encre, donc ça ne vous coûtera pas un sou, capitaine. J'en fais toujours des réserves à Cincinnati, je connais une petite boutique là-bas…

Elle portait un grand tablier blanc sur sa robe, avec une large poche comme une femme de fermier, et en sortit un encrier.

— J'en ai toujours sur moi !

Je me demandai ce qu'elle avait toujours d'autre sur elle.

— Je suis certain que Miss May s'en sortira très bien, lui dit Hugo.

— Ça ne vous coûtera pas un sou, pas un seul, répéta Mrs Niffen.

Elle tendit la main pour que je lui donne la sacoche. Je fixai Hugo avec une certaine angoisse. Quelle que soit sa décision, il me faudrait m'y plier, mais mon cœur se serrait déjà dans l'attente d'une réprimande.

— Merci beaucoup, Mrs Niffen, mais je suis certain que Miss May s'en sortira parfaitement bien, répéta-t-il.

Il empocha un petit pain et un œuf dur avant de se lever de table.

— Il faut que j'aille payer les frais d'amarrage. Si tu veux, on peut aller en ville ensemble, me dit-il.

Je pris moi aussi un œuf dur et lui emboîtai le pas.

— Pourquoi Mrs Niffen veut-elle faire le travail d'Helena ? lui demandai-je une fois dehors, après avoir récupéré de l'eau et de la farine dans la coquerie pour poser quelques affiches avant d'aller en ville.

— Pour le salaire en plus, à coup sûr.

— Mais elle vient de dire qu'elle le ferait pour rien.

— Oh, ça. Non, ça ne veut rien dire, j'ai déjà vu ce genre de truc. Quelqu'un qui propose de vous rendre service, et qui revient vous voir plus tard en ayant terriblement besoin d'argent…

Nous descendîmes la passerelle avant de nous frayer un chemin parmi une véritable jungle de noyers d'Amérique pour atteindre la route. Hugo me donna le bras pour escalader la pente boueuse qui giclait sous nos bottes. Je faillis glisser et il m'agrippa plus fermement le coude. Je ne marchais pas du bon côté, avec mon oreille sourde tournée vers lui, parce que je craignais qu'il ne se mette en colère en repensant au spectacle de la veille. Même s'il n'avait pas crié, il pouvait encore le faire. Mes pensées revenaient sans cesse aux coffres verrouillés avec leurs vieux costumes, que je ne savais pas comment ouvrir. J'aurais voulu lui parler de quelque chose pour le distraire, mais je ne voulais pas ramener la conversation sur les costumes. Pour une fois, je m'efforçais de faire montre d'un peu de stratégie. C'était très désagréable, un peu comme la couverture de crin que l'on m'avait donnée au sortir de la rivière avec Giulia.

— Je voulais vous demander si ma cabine avait une clé, dis-je en trouvant enfin un sujet de conversation. La porte a une serrure, mais pas de clé.

— Pour quoi faire ?

Je le dévisageai sans comprendre le sens de sa question.

— Pour fermer la porte à clé.

Il changea son seau d'eau de main et agrippa une branche pour se hisser enfin sur la route. Puis il me tendit la main pour m'aider. Son contact était aussi impersonnel que s'il avait été en train de déplacer n'importe quoi d'autre, comme son bateau. Cela me convenait très bien. Constance s'efforçait toujours de bousculer les émotions de ses compagnons ; elle aurait certainement trouvé quelque chose de provocant à dire, ou suggéré qu'Hugo l'avait amenée ici dans le seul espoir de lui prendre la main. J'étais toujours très gênée quand elle faisait cela. Après m'avoir tirée sur la route, Hugo me lâcha et se mit à racler ses bottes sur l'herbe. Je fis de même.

Un bruit lui fit lever la tête.

— Ah, les voilà, dit-il comme si nous étions venus là pour attendre quelqu'un.

Je suivis son regard. Quatre petits garçons traversaient la prairie à dos de poney, les pieds hors des étriers. Ils venaient vers nous.

— B'jour, m'sieur. Vous v'nez du bateau-théâtre ? demanda le plus grand après avoir arrêté son cheval.

Il avait un nez épaté au milieu d'un visage brûlé par le soleil, et de longs cheveux couleur paille. Son accent du Kentucky était si marqué qu'il me fallut un moment pour en démêler ses mots.

— Un peu, qu'on en vient ! Le capitaine, c'est moi, dit Hugo en lui tendant la main.

Le garçon la serra avec l'air de le regarder de très haut, même si son poney était si petit qu'ils étaient presque à la même hauteur.

— Et vot' chapeau d'capitaine, il est où ? demanda-t-il avec suspicion.

— Je l'ai laissé sur le bateau. Tu es un grand garçon, dis-moi. Quel âge tu as, douze ans ?

— Presque.

— Presque dix ans, oui ! cria un autre qui était pratiquement la copie conforme du premier avec son nez écrasé et ses cheveux jaunes, quoique plus petit.

— Formidable, formidable. Et quelles belles montures vous avez là ! Si vous allez au bateau, mon cuisinier vous donnera des carottes pour elles. Profitez-en pour demander à mon bon vieux Leo de vous montrer le pont. Mais d'abord, attendez un peu, laissez-moi voir…

Hugo fouilla ses poches et en sortit une poignée de bonbons entortillés dans du papier.

— Vous préférez ça aux carottes, les garçons, pas vrai ?

Les poneys tendirent le cou, mais il passa la main au-dessus de leurs têtes pour donner les bonbons aux garçons, un par un. Une multitude de remerciements s'éleva du petit groupe, mais pas avant d'avoir déballé les bonbons pour se les fourrer dans la bouche, là où on ne pourrait plus les reprendre. Les petits papiers blancs tombèrent en pluie sur l'herbe, et les poneys baissèrent la tête pour les flairer.

— Alors, vous venez voir le spectacle ce soir ? demanda Hugo.

— J'espère bien !

— Oui m'sieur !

— Papa a dit peut-être !

Le quatrième, la bouche pleine, se contenta de hocher la tête.

— Et ça va être du beau spectacle. Je vous présente Miss Bedloe, c'est elle qui fait les costumes, on n'a jamais vu mieux ! Des capes, des robes, elle peut tout faire. On a de la chance de l'avoir !

Je le regardai avec surprise, sans savoir s'il était sincère ou si cela faisait partie de son numéro.

— Dites-le bien à vos parents. Vingt centimes pour eux, seulement dix pour vous. Et si vous arrivez un peu en avance, vous pourrez essayer mon chapeau. J'en vois certains parmi vous à qui il ira très bien.

— Sûrement pas toi, Jackie ! cria le blond à son petit frère, qui essaya de le pousser par terre.

Puis, d'un seul coup, les poneys détalèrent au galop dans l'herbe. Leurs cavaliers les maîtrisèrent avec une nonchalance de lord anglais pour les pousser vers la rivière ; arrivés au bout de la prairie, ils jetèrent les rênes sur l'encolure sans prendre la peine de les attacher, et dévalèrent la pente à grands cris vers le bateau.

— Vous vous promenez toujours avec des bonbons dans les poches ? demandai-je à Hugo.

— Leçon numéro un : ne jamais sous-estimer le pouvoir des enfants. Avec un peu de chance, ceux-là harcèleront leurs parents toute la journée pour venir voir le spectacle.

Les enfants, les épiciers, les postiers, et le juge de paix s'il y en avait. Comment Helena avait-elle jamais trouvé le temps de faire autre chose que distribuer des billets ? Pas étonnant que les costumes aient tous eu cet air bâclé. Mais je n'en dis rien à Hugo, qui sifflotait joyeusement en plissant les yeux contre le soleil.

C'était la première fois que je mettais les pieds au Kentucky – et au Sud tout court, d'ailleurs, sans compter Baltimore. Comme nous approchions de Jacksonville, j'aperçus quelques silhouettes à la peau noire sur la route et dans les cours de ferme : des esclaves qui travaillaient pour leurs maîtres. Je les dévisageai avec curiosité. Toutes sortes de rumeurs m'étaient parvenues à Cincinnati au sujet des esclaves du Sud. Certains disaient qu'ils étaient tous enchaînés, d'autres au contraire qu'on les traitait très bien, d'autres encore que le mouvement abolitionniste n'était qu'une stratégie anglaise pour détruire l'Amérique. Ayant vécu dans le Nord toute ma vie, je n'en avais pas vu beaucoup. En arrivant en ville, nous vîmes une affiche qui pendait à un arbre.

Pour tout ESCLAVE songeant à traverser la rivière
ATTENTION !
Les Yankees ne sont pas vos amis et vous enverront à Cuba dès l'arrivée – si vous échappez à la noyade !

Quiconque l'avait mis là ne s'était pas servi de colle ; on avait simplement embroché le papier au bout d'une branche morte comme sur un crochet à viande. Hugo vit que je lisais l'affiche.

— Mieux vaut ne pas se mêler de toutes ces histoires d'émancipation. La plupart du temps, ça déclenche une bagarre. Les gens sont sanguins par ici, crois-moi. Il va te falloir plus de colle pour celui-là, ajouta-t-il en me voyant poser une de nos affiches sur l'arbre d'en face.

Deux esclaves, dont je ne parvins pas à voir le visage, se servaient d'une essoreuse dans un jardin. Nous dépassâmes sur la route une grande femme noire, sans doute esclave elle aussi, qui menait une chèvre attachée par une corde, en la grondant lorsqu'elle essayait de s'arrêter pour manger quelque chose sur le bord de la route. Sa voix ferme mais douce et son dos très droit me rappelaient quelqu'un. Ma mère, compris-je quelques pas plus loin. Je l'avoue, je ne sais pas à quoi je m'attendais. Je suppose que, comme Hugo, je me disais que ce n'étaient pas mes affaires, mais celles de gens organisés, comme Mrs Howard et sa Société pour l'abolition de l'esclavage et l'amélioration… non, le progrès… je n'arrivais pas à me souvenir de ce nom à rallonge.

Nous posâmes des affiches tout autour de la place – pour que les gens les voient d'où qu'ils arrivent, m'expliqua Hugo. La grand-rue comprenait surtout des magasins en bois, mais aussi quelques cabanes en planches comme à North Bend, coincées çà et là entre les maisons. La colline au loin était couverte de champs et de vergers. Jacksonville était typique des petites villes de rivière ; elle se maintenait grâce à ses fermes – « plantations » était un peu trop grandiloquent en l'occurrence – et plus récemment grâce au commerce fluvial. L'épicier eut droit à quelques billets gratuits. En ressortant, une vieille femme blanche avec un panier au bras examina soigneusement notre prospectus au travers d'une paire de lorgnons jaunis, comme si elle comptait bien y dénicher une inévitable faute d'orthographe.

— On pose le dernier ici et on rentre, dit Hugo devant le bureau de poste.

— Et le juge de paix ? Il faut lui donner des billets gratuits.

— Bravo, tu t'en es souvenue, dit Hugo en riant. Je n'aurai pas besoin de te renvoyer à l'usine de verre.

Je le fixai avec stupeur.

— C'était une plaisanterie, me dit-il.

— Je sais. Mon père faisait la même.

— Ah oui ? Bon, allez, je m'en vais trouver le juge. Tu n'as qu'à t'occuper du bureau de poste. Après leur avoir donné leurs billets gratuits, tu demandes si tu peux poser l'affiche dehors. Et n'oublie pas de sourire !

Je ne devais pas avoir l'air très sûre de moi, car il ajouta :

— Étire les lèvres et montre les dents, c'est simple.

Le bureau de poste était un bâtiment étroit, avec un magasin de produits secs à l'étage. Derrière le guichet, quelques hommes et un jeune garçon triaient le courrier. Ils s'éclairaient avec des lampes à huile dont le parfum flottait dans la pièce en se mêlant à celui du papier, et à une odeur qui me faisait penser à l'intérieur d'un chapeau. Personne n'était au guichet. Un carton taché avait été appuyé contre un livre à la reliure de toile : *Mr Mundy revient dans dix minutes.* Pas de date ni d'heure.

En attendant Mr Mundy, j'examinai les affichettes déjà présentes au mur. Jacksonville n'était pas grande, mais proposait plusieurs conférences ce soir-là : « *La Nature secrète du Soleil,* par l'astronome John Findlay, venu d'Édimbourg en Écosse, qui fera roussir du tabac pour démontrer que le Soleil n'est autre qu'une lentille faite de glace » et « *Les Rites du couronnement*, pour quiconque s'intéresse au sacrement de la nouvelle reine d'Angleterre, Victoria ». Mais rien sur l'esclavage ou son abolition.

— Constance ne viendra pas faire ses discours ici, dit une voix derrière moi.

C'était Thaddeus qui venait d'entrer, un journal roulé à la main et une pomme à demi mangée dans l'autre. Il était toujours en train de manger, comme un jeune garçon en pleine poussée de croissance. Il commençait à avoir un peu de ventre et s'efforçait de le cacher sous sa chemise, mais je l'avais bien vu pendant les essayages pour son costume. Comment savait-il que je cherchais Constance parmi les affiches ?

— Elle n'oserait pas donner une conférence dans le Sud, poursuivit-il. Les gens d'ici la pendraient à un arbre. Tenez, la semaine dernière, cet homme qui avait nourri une fuyarde ? Ils l'ont abattu par-derrière. Regardez ça...

Il m'indiqua une affichette que je n'avais pas lue, et qui réclamait la capture d'un fuyard appelé Hamp. Au contraire des affiches dessinées par Leo, celle-ci avait été imprimée par des professionnels, avec une main à l'encre noire pointant vers la récompense en gras : deux cents dollars.

— *Peau sombre, environ six pieds de haut, portant une veste en molleton, sait jouer du violon,* lut Thaddeus à haute voix. *Récompense pour toute information ou capture. Quiconque ayant aidé le fugitif sera pendu.*

Il prit son journal sous le bras et mit son trognon de pomme dans sa poche, avant de me demander une affiche qu'il colla par-dessus.

— Vous avez le droit de faire ça ? demandai-je.

— Il faut avoir un peu le sens des affaires, May. C'est pile le bon emplacement. Et maintenant, on s'en va.

— Je ne peux pas, il faut que je donne ces billets au receveur, dis-je.

— Ah oui ? Faites voir.

Les billets à la main, il s'approcha du guichet et regarda autour de lui. Puis il cogna sur le bois.

— Hé, petit !

Le jeune garçon qui triait le courrier s'approcha en trottinant, le visage et les mains barbouillés d'encre d'imprimerie. Thaddeus lui demanda s'il connaissait le receveur des postes.

— Vous voulez dire mon papa ?

— Ton papa ! Excellent ! Oui, Mr Mundy, ton papa. Viens donc voir là. Tu as des poches ?

Le petit garçon fit le tour du comptoir et tapota ses poches comme pour montrer combien il en avait.

— Tiens-en une ouverte bien grand, tu veux ? J'ai un cadeau pour toi.

Le jeune garçon examina Thaddeus comme pour déterminer s'il était ami ou ennemi. Il portait des culottes courtes boutonnées aux genoux, avec des chaussettes grises aux mailles assez lâches, et des bottines en cuir qui étaient si grandes qu'elles devaient appartenir à son père. Mais elles étaient en cuir de bonne qualité, très souple, et je comprenais pourquoi il les portait tout de même. Il vida l'une de ses poches – cailloux, canif, lacet en cuir – et la tint ouverte de l'index et du pouce pendant que Thaddeus y faisait descendre deux billets avec un long sifflement.

— Et hop ! Deux billets gratuits pour tes parents. Bon, maintenant, à toi. Tu aimes la danse ? Beaucoup de danse au programme, ce soir. Et je chante deux chansons avec la plus jolie dame du monde. Elle a des fossettes et des anglaises dorées !

Le petit garçon me regarda comme s'il essayait de me métamorphoser pour correspondre au tableau peint par Thaddeus.

— Pas moi, dis-je. Je joue du piano.

Puis je me souvins des instructions d'Hugo et ouvris un peu la bouche pour montrer mes dents.

— Et plein de bonnes blagues, et une scène épatante à la fin, qui te fera beaucoup rire. Tu aimes les chiens ? Dans notre spectacle, on a le meilleur acteur de la rivière, et il est canin.

— Il est quoi ?

— C'est notre chien ! N'oublie pas de donner ces billets à ton papa dès que possible. Tu as des frères et sœurs ?

— Non monsieur, juste moi. Ma mère a eu beaucoup de soucis et pensait qu'elle ne pourrait pas avoir un bébé mais je suis l'ange que lui a envoyé le Bon Dieu, dit-il très sérieusement, les mains dans le dos.

— Et pour te remercier, ils te font travailler ici ? le taquina Thaddeus.

— Mon papa dit qu'il ne pourrait pas s'en sortir sans moi, dit le petit garçon toujours très solennel.

Thaddeus fit une pause pour considérer cela, puis reprit avec plus de sérieux.

— C'est ce qu'a dit ton papa ? C'est bien, c'est vraiment très bien. Comment tu t'appelles, mon petit ?

— Charles Mundy.

— Je vais te donner un billet gratuit à toi aussi, Charles Mundy. Hein, qu'est-ce que tu en penses ? Si je fais ça, tu n'oublieras pas de dire à tous tes amis et à leurs parents de venir ? Juste dix centimes pour les enfants, dis-leur. Tu pourras leur montrer ton billet. Mais le tien est très spécial, juste pour toi.

Thaddeus me jeta un coup d'œil. Je fouillai dans ma sacoche pour un sortir un nouveau billet, mais lorsque je le lui tendis, le petit garçon ne fit pas un geste pour le prendre.

— Et de la magie ? demanda-t-il.

— Comment ça, de la magie ?

— Il y a des tours de magie dans votre spectacle ?

Thaddeus lui fit un grand sourire. Il avait des dents très blanches.

— Bien sûr ! fit-il en étirant les syllabes. Les meilleurs tours de magie de tout l'Ohio ! Tu sais en faire ?

Charles Mundy me prit le billet et le glissa soigneusement dans sa poche sans plier le papier rigide.

— J'en connais un, mais il me faudrait du crin de cheval et un peigne.

Thaddeus récupéra son journal sur le comptoir et le fit claquer sur sa cuisse d'un air espiègle.

— Surtout, ne grimpe pas aux arbres avec ces trésors dans ta poche, hein ?

— Non, monsieur, répondit Charles Mundy avec sérieux.

Une fois dans la rue, je me tournai vers Thaddeus.

— Pourquoi lui avoir dit que nous avions des tours de magie ? Ce n'est pas vrai.

— May, May, qu'est-ce que je viens de dire ? dit Thaddeus en montrant de nouveau ses dents blanches. Le sens des affaires ! Vous ne voudriez pas avoir aussi peu de monde que la dernière fois ! Et de toute façon, il m'a bien plu, ce petit Charles Mundy. Solennel comme tout ! Je n'ai jamais été comme ça. Je riais même quand ma mère me courait après pour me faire couper du bois. Et est-ce que ce n'est pas épatant de dire ça à son fils ? *Je ne pourrais pas m'en sortir sans toi.* Vraiment remarquable. Je vais vous dire, si j'avais un fils, c'est exactement ça que je lui dirais. May ! Vous n'auriez pas un crayon ? Il faut que je le note !

Je me demandais s'il écrivait lui aussi ses mémoires, comme la plupart des acteurs de ma connaissance. Ils disaient toujours « Je mettrai ça dans mon livre » ou alors « Ça, c'est une histoire qu'on imprimera un jour ! ». En quelque sorte, maintenant, c'est moi qui écris mes mémoires. Mais je n'ai que mes souvenirs pour me guider, car cet après-midi-là, comme la plupart du temps, je n'avais pas de crayon sur moi. Je ne me rendais pas compte que je vivais des choses dignes d'être préservées ; je n'en pris conscience que longtemps après. Lorsque j'avais un crayon en main, c'était toujours pour marquer du tissu. Si bien que Thaddeus dut se contenter de retirer son chapeau et de se gratter le crâne, juste au-dessus de l'oreille, comme pour graver ce souvenir en lui.

La rivière s'enflammait sous le soleil couchant, et depuis mon tabouret derrière la guérite, je vis nos premiers spectateurs arriver.

Leo avait descendu la passerelle, et un par un des hommes et des femmes y grimpèrent, tous endimanchés, une lanterne éteinte à la main en prévision du retour. Je prenais leur argent, déchirais le papier rigide de leurs billets gris et leur rendais le talon comme souvenir. Un homme offrit de payer sa place et celle de sa femme avec un sac de farine de maïs. Hugo était en haut de la passerelle pour accueillir les gens ; en me voyant hésiter, il cria en faisant rouler les syllabes sous son accent anglais :

— Splendide ! Bien sûr, monsieur, aucun problème ! Et merci à vous !

La queue s'allongeait. La nuit allait être bonne, me dis-je, le cœur battant, et j'avais raison. Près de soixante personnes s'assirent sur les bancs. Il n'en restait que quelques-uns d'inoccupés à l'arrière. Mrs Niffen chanta sans changer de tonalité, et la chaînette qui fermait la cape de Thaddeus la tint parfaitement en place. Bien sûr, tout n'était pas parfait. Même avec sa mentonnière, la casquette de Pinky était trop grande pour lui et cachait parfois son visage – il était si expressif, c'était dommage, il aurait plutôt fallu mettre cela en valeur – et je me rendis compte que la cravate de Mr Niffen n'était pas appropriée à son rôle de commerçant. Mais dans l'ensemble, ce fut un merveilleux spectacle. Tandis que je jouais du piano pour accompagner le départ des spectateurs, je les entendais encore rire et se répéter certaines répliques. Lorsqu'ils furent tous partis, je roulai le piano hors du passage puis je m'en allai dans la billetterie récupérer le long sac de soie qui contenait la recette ; le remettre à Hugo chaque soir avant qu'il ne monte dans sa cabine faisait partie de mon travail.

Quelques personnes s'attardaient encore sur la berge. Leurs lanternes se balançaient dans la nuit, et quelques enfants avaient grimpé aux arbres. La fatigue amplifiait leurs rires jusqu'à l'hystérie. Le vent peignait l'herbe haute. J'avais mal aux doigts après avoir tant joué du piano, mais je me sentais bien, et le sac était agréablement pesant. Je passai la cordelette autour de mon poignet pour m'étirer les mains en pliant et tendant les doigts. Un pianiste de New York m'avait appris ces exercices. Puis j'entendis la voix d'Hugo.

— Comment ? Qui t'a dit ça ?

Je le distinguais à peine, juste devant moi, debout près d'un petit garçon et un homme de haute taille en costume sombre. L'enfant se retourna, et à la lumière de sa petite lanterne, je vis que c'était Charles Mundy. Je m'approchai avec un sourire, avant de m'immobiliser en voyant ses joues brillantes de larmes. Il me pointa du doigt.

— C'est elle qui me l'a dit !

Je commençai à dire que ce n'était pas vrai, car je comprenais maintenant de quoi il s'agissait, mais Hugo m'interrompit.

— Ah, très bien, May, la recette. Ouvre le sac, tu veux ?

Il y glissa la main et sortit trois pièces de cinq centimes. Il en donna une au petit garçon et une autre à l'homme, qui devait être Mr Mundy ; puis il fit apparaître la troisième sous son propre chapeau, dans la poche intérieure de sa veste, et enfin dans l'une des bottines trop grandes de Charles Mundy. Il reprit la pièce de Mr Mundy, qui la retrouva aussitôt dans sa main. Le petit garçon souriait, et lorsque Hugo se mit à tousser en recrachant une pièce, il alla même jusqu'à éclater de rire.

— Celle-là, tu peux la garder, dit Hugo en essuyant la pièce sur son coude avant de la lui donner. Ce que j'ai déjà mangé, je n'en veux plus !

De l'autre main, le petit garçon prit celle de son père, mais la lâcha bien vite pour courir retrouver sa mère qui discutait avec d'autres femmes sous un arbre. Elle se baissa pour examiner la pièce qu'il lui montrait. Puis, en balançant sa petite lanterne,

Charles Mundy s'élança devant ses parents, sans être le moins du monde gêné par ses grandes chaussures. Tous les enfants, je l'ai remarqué, savent trottiner pour exprimer leur joie, qu'importe ce qu'ils ont aux pieds.

Hugo se retourna vers moi. J'aurais voulu lui dire que ce n'était pas moi qui avais parlé de magie, mais il fut plus rapide.

— Ne fais jamais de promesses que tu ne peux pas tenir, May. Il faut que le public puisse nous faire confiance. Ça fait partie de notre travail, de leur donner ce pour quoi ils ont payé. Tu comprends ? C'est ça qui les fait revenir chaque année. Je sais que tu n'as pas encore l'habitude, mais il faut faire mieux que ça. Je ne m'étais pas rendu compte que tu t'y connaissais si peu. Il faut faire mieux que ça.

Il secoua la tête, l'air déçu, et mon cœur se serra. Je voulais lui dire que ce ne n'était pas moi, mais je me sentais écrasée par l'impression que cela n'y changerait rien. C'était une autre fausse note de ma part. Et Hugo risquait de me répondre ce que je commençais déjà à penser : que j'aurais dû démentir les propos de Thaddeus.

Les habitants de Jacksonville se mirent à gravir la berge en levant leurs lanternes. Du coin de l'œil, je vis de la lumière filtrer de la coquerie, puis de la salle à manger : quelqu'un allumait les lampes à huile. Les acteurs devaient avoir faim, et ils allaient sûrement s'asseoir ensemble, avec du pain et de la viande froide, pour revenir sur le spectacle, discuter de ce qui avait marché ou non, chacun ayant son avis là-dessus, en parlant de plus en plus fort pour se moquer d'abord d'un spectateur au rire particulier ou à la toux malvenue, puis d'eux-mêmes. Seul dans l'auditorium, Leo passerait le balai sur la scène avant de se coucher.

— Est-ce que vous voulez que je m'en aille ? demandai-je à Hugo.

Tout mon corps se raidit comme pour m'ancrer sur place malgré ma question. Dans la faible lumière de la lune, je ne pouvais pas voir l'expression de son visage. Il me faudrait certainement prendre un vapeur pour rentrer à Cincinnati. Ou une chambre sur une barge. Mais il me laisserait certainement rester jusqu'au matin…

— Que tu t'en ailles du bateau ? demanda-t-il. Pourquoi ? Tu veux partir ?

— Non. Je ne veux pas.

Il se tut un moment. L'espace d'un instant, je sentis sur mes épaules un terrible poids. Mais il se contenta de dire :

— Alors tout va bien. Tu as fait quelques erreurs, voilà tout. Ça arrive à tout le monde. Mais j'ai remarqué une chose, May. Tu prends notre spectacle au sérieux. Je m'en suis rendu compte hier soir, en voyant avec quelle attention tu avais observé ce qui marchait ou non – à propos des costumes, bien sûr, les capes qui se défont, ce genre de choses. Je n'y avais jamais vraiment réfléchi, pour être honnête, et ça m'a surpris. Tu t'y connais bien plus qu'on ne le pense, pour ce qui est de monter un bon spectacle. Et ça compte plus pour moi que quelques erreurs.

Il y avait beaucoup de douceur dans sa voix.

— Oui, je le prends au sérieux, dis-je.

J'étais trop secouée pour sourire, mais je me rappelais ce qu'il m'avait dit et j'entrouvris les lèvres pour montrer les dents. Une expression fugace passa sur son visage, trop rapide pour être identifiée. Il prit mon bras pour revenir vers le bateau.

— Ne t'inquiète pas, May, tu apprendras vite. De toute façon, il faudrait que je te rende tes vingt dollars, et je ne les ai pas. Mais passe-moi ce sac, je vais te donner une part de la recette de ce soir. Comme ça, je commence à rembourser ma dette.

9

Je m'habituai vite à la routine du *Théâtre flottant*. Hugo et Leo se levaient bien avant l'aube pour déplacer le bateau avant que le vent ne se lève, et le chef cuisinier se réveillait plus tôt encore pour faire du café très noir et des beignets en forme de muffins qu'il roulait dans du sucre brun. Une fois les amarres larguées, Hugo allait se poster à la proue, vêtu de son manteau couleur craie avec une rayure jaune. Il y buvait son café dans un pot en émail blanc muni d'un couvercle, de la taille d'un petit seau, et criait des ordres à son équipage.

J'aimais bien me lever tôt pour les voir manœuvrer. J'allais d'abord me chercher un beignet et je le mangeais sur le pont supérieur, pour ne gêner personne. On m'avait appris que les longues rames qui flanquaient le bateau s'appelaient des avirons. Leo en maniait une à lui seul tandis que Pinky s'occupait de l'autre avec l'aide de Sam ou Jemmy. Hugo dirigeait le bateau depuis la proue, à l'aide d'une rame plus courte appelée jaugeur. « Pli de Jupon ! Trou de Chouette ! » hurlait-il parfois lorsque le bateau approchait d'un banc de sable. Je ne savais pas trop s'il essayait d'avertir l'équipage, ou s'il aimait tout simplement crier ces noms. Son accent anglais sonnait comme un coup de tonnerre. C'était la quatrième fois qu'Hugo descendait la rivière Ohio, et il pouvait jauger sa profondeur rien qu'à la couleur de l'eau. Il comptait à haute voix les chicots, ces arbres morts partiellement submergés, et en notait le nombre après chaque voyage dans son journal de bord, un gros carnet relié de cuir.

En le voyant mener son bateau, je me demandais si ça n'était pas qu'un autre rôle pour lui, le capitaine avec son grand manteau et son jargon de rivière. Mais il me semblait parfois que descendre la rivière chaque matin était ce qu'il aimait le plus. Il avait toujours un exemplaire du *Navigateur* en poche, avec toutes les informations nécessaires sur les bancs de sable, les ports, les chenaux et les criques, sans parler des villes et villages que l'on pouvait trouver en descendant l'Ohio, avec une liste de leurs commerces : selleries, filatures, fonderies, brasseries… J'aimais sentir le bateau tanguer et rouler le long de la rivière ; et j'aimais regarder les gens s'y affairer dans la lumière bleutée de l'aube et observer les barges en partance pour La Nouvelle-Orléans, qui transportaient de la graisse de porc, des boutons, du thé, de la mélasse ou des clous, les vapeurs qui passaient avec leur cargaison fermement arrimée au pont, ou leurs passagers endormis ; et notre petit bateau plat au milieu de toute cette agitation, toujours bon dernier.

Le *Théâtre flottant* larguait les amarres vers trois heures du matin et avait souvent déjà atteint sa nouvelle étape à l'heure où se réveillaient les acteurs. Le petit déjeuner était servi jusqu'à neuf heures, le déjeuner à midi, et le souper sur le coup de cinq heures. Si tout se passait bien, nous donnions une représentation le soir, puis nous descendions la rivière le lendemain matin jusqu'à l'arrêt suivant, ce qui prenait quatre ou cinq heures. Le bateau ne s'arrêtait que dans les villes assez grandes pour permettre un public nombreux. On jouait d'un côté comme de l'autre de la rivière, Ohio ou Kentucky, mais au nord comme au sud toutes les petites villes se ressemblaient : une longue jetée humide et des bâtiments en bois alignés face à l'eau, parmi lesquels des tavernes avec une chambre ou deux à louer, des entrepôts, des fournitures de bateau, et parfois une fabrique de tabac. Partout les mêmes hommes assis dans leurs carrioles sur la grande piste poussiéreuse menant à la jetée, dans l'attente d'un chargement ou d'un déchargement. La piste remontait la berge jusqu'à atteindre la ville proprement dite, qui n'était souvent guère plus qu'un pâté de maisons. Depuis mon balcon sur le pont supérieur, j'apercevais souvent des fermes et des vergers au loin, séparés par des claies, et quelques ruisseaux qui serpentaient vers la rivière.

Chaque matin, après le petit déjeuner, j'allais en ville avec Leo ou Hugo ; au bout de quelques semaines, Hugo m'estima prête à y aller seule. Dans l'après-midi, si le temps s'y prêtait, je nageais dans la rivière avec Liddy. Fidèle à sa parole, elle m'apprenait à plonger, ainsi qu'à Celia.

— Pousse sur tes orteils, Lili. Fais comme elle. Tu as un don pour ça, May !

C'était aussi l'heure où Leo pêchait, installé sur la rive avec Oliver, et après avoir nagé je les rejoignais parfois pour m'occuper des costumes. Leo était aussi attaché à la pêche que je l'étais à la couture ; nous nous ressemblions beaucoup sur ce point. La plupart du temps, nous passions des heures en silence, ce qui nous convenait très bien, mais il lui arrivait aussi de me parler de son enfance en Floride. « Le marais commençait juste derrière la maison. Peut-être que c'est pour ça que je préfère être sur l'eau. » Je lui demandai de m'apprendre comment attraper, nettoyer et vider un poisson.

— Sûre que ça ne vous dérange pas ? dit-il en enroulant ses longs doigts fins autour d'un couteau à filet avant de glisser la lame entre les ouïes. Certaines dames, ça leur plaît pas trop, ces choses-là.

Mais ça ne me dérangeait pas. J'avais l'habitude de dépiauter des lièvres avec ma mère pour le ragoût. Mon père, même appuyé sur une canne, était bon chasseur. Leo parlait lentement et me regardait toujours dans les yeux, ce qui avait d'habitude le don de me mettre mal à l'aise, mais pas avec lui.

— Tenez, prenez le couteau et essayez sur cet éperlan, dit-il en plaçant la lame sous les ouïes. Allez-y, c'est vous qui faites la suite.

Il connaissait le nom de tous les poissons et de toutes les barges. Mais Hugo avait dit vrai : Leo ne quittait jamais le bateau s'il était amarré sur la rive sud. Il pêchait depuis le pont au lieu de s'asseoir sur la berge. Les villes du Sud auraient pu sembler identiques à celles du Nord, mais il y avait bel et bien quelques différences. Je ne vis jamais de véritable vente d'esclaves, mais j'aperçus un jour, en face d'un petit hôtel, des blocs de pierres faits pour exposer les hommes et femmes mis aux enchères ; ils étaient si étroits que je peinais à imaginer comment un adulte pourrait s'y tenir debout. Je vis aussi un jour un esclave que l'on menait en prison. Son maître paya cinquante centimes pour le faire fouetter, en punition de je ne sais quel méfait, pendant que des jeunes Blancs se battaient à la fenêtre pour mieux voir.

J'étais témoin de toutes ces choses, mais sans comprendre ce qu'elles impliquaient vraiment. Avec le recul, je me demande si changer de vie n'est pas comme plonger dans l'eau : cela nous bouche les oreilles, nous ferme les yeux, et l'on ne retrouve toute sa capacité de perception qu'après un certain temps d'adaptation. J'étais en train d'apprendre un nouveau métier et une façon de vivre en société qui m'était jusqu'alors inconnue ; la plupart de mes pensées s'orientaient vers cet effort. Avec Constance, nous avions souvent loué des chambres dans des pensions de famille, mais sans jamais vraiment nous mêler aux pensionnaires. Même en passant beaucoup de temps au théâtre, nous mangions souvent chez nous pour faire des économies. Et si d'aventure Constance sortait manger avec l'un de ses admirateurs ou d'autres acteurs, je restais seule dans notre chambre, en me contentant souvent de chocolat pour le souper, et je me couchais quand je voulais.

Sur le *Théâtre flottant,* tout le monde prenait ses repas aux mêmes heures, comme une grande famille, et le dimanche nous alignions les tables pour manger tous ensemble. La loi nous interdisait de travailler ce jour-là, si bien que personne ne se pressait pour finir et les conversations s'étiraient pendant des heures.

— Voilà tout ce qu'il faut savoir sur une barge, dit Hugo un dimanche en buvant son café.

Le chef avait préparé une tarte aux noix de pécan, d'un aspect un peu irrégulier, et il s'en était servi une belle part.

— Garder le bateau dans le courant tant que possible, éviter les coupures de méandres, et ne jamais s'amarrer là où la rive s'est effondrée. Et voilà ! Maintenant, vous pouvez tous être capitaine ! Qu'est-ce que tu en dis, May ? Ça fait longtemps que tu nous regardes déplacer le bateau, je sens que la carrière te tente.

— Oh, capitaine Cushing, personne ici n'est à votre niveau, dit Mrs Niffen en fronçant les sourcils. Même si j'étudiais vingt ans la rivière, j'en saurais toujours moitié moins que vous !

— Ça ne fait que deux ans que Leo est là et il s'y connaît déjà mieux que moi, rétorqua Hugo. Mais bon, si je me concentre, j'arrive encore à descendre la rivière. On n'a toujours pas coulé, touchons du bois !

Il fit un grand sourire à Mrs Niffen qui le lui rendit en beaucoup moins large, en se demandant visiblement s'il plaisantait ou non. Contrairement à moi, elle ne l'avait jamais vu au petit matin, avec son pot à café et son manteau qui battait au vent. Il dirigeait le lourd bateau d'une seule main et l'orientait dans le courant sans faillir.

— Mais vous avez votre licence, n'est-ce pas ? demanda-t-elle d'une voix malaisée.

— Naturellement ! Bon, bien sûr, n'importe quel idiot peut s'en procurer une, il suffit de savoir lire…

Mrs Niffen rit faiblement et regarda son mari qui lui fit un clin d'œil. Il ne parlait pas beaucoup mais il était très doué pour s'exprimer par gestes.

Après avoir passé trois semaines sur le bateau, je me sentais bien plus à l'aise. Nous étions à la mi-mai ; le *Moselle* avait coulé fin avril. Je n'avais pas eu de nouvelles de Constance, ce qui n'était guère étonnant puisque je ne lui avais pas écrit pour lui dire où j'étais. Parfois, elle me manquait, surtout le matin, à l'heure où je préparais autrefois le thé en la regardant faire ses exercices vocaux. Mais même cela finit par se dissiper ; j'avais tant à faire sur le bateau et en ville. Chaque nuit, Hugo me donnait une part de la recette, en général dix centimes, pour continuer à rembourser mes vingt dollars. Nous avions souvent beaucoup de public, ou au moins suffisamment pour justifier notre étape.

Je n'avais qu'un seul souci : Mrs Niffen. Cela faisait deux fois que je la surprenais dans ma chambre, en train de fouiller mes affaires. La seconde fois, elle avait la montre de mon père à la main ; ce jour-là, je l'avais laissée près de mon lit pour aller me baigner dans la rivière tôt le matin, avec Celia et Liddy. (« Prépare-toi à avoir très froid, May ! »)

— C'est fou que ce que cette montre ressemble à celle de Mr Niffen. Il me semblait bien qu'il l'avait prêtée à Helena…

Elle ne me la rendit pas tout de suite, et j'avais la certitude qu'elle l'aurait empochée si j'étais revenue ne serait-ce que deux minutes plus tard.

— Des nouvelles de cette clé ? demandai-je à Hugo après manger ce soir-là.

— Quelle clé ?

— Celle de ma cabine. Mrs Niffen n'arrête pas d'y entrer quand je ne suis pas là.

— Oh, ne t'inquiète pas, Mrs Niffen est inoffensive. Enfin, la plupart du temps, admit-il. C'est juste qu'elle a tendance à vouloir ce qu'ont les autres.

Il se mit à rire, mais je ne voyais pas ce qu'il y avait de drôle.

— Je ne trouve pas ça inoffensif, dis-je.

Le lendemain, l'État de l'Ohio fit place à l'Indiana. Sur la rive sud, c'était toujours le Kentucky. Nous ne serions pas en juin avant une bonne semaine, mais les grandes chaleurs étaient déjà là. Après notre séance de natation quotidienne, je me dis que je pourrais réarranger la chambre verte pour y mettre les malles d'Helena, qui étaient toujours tassées contre ma couchette. Mais chaque fois que j'en parlais à Hugo, son visage se transformait en un masque rigide et il se détournait en disant « Oui, oui, il faut que je m'occupe de tout ça ». Ce n'était sans doute pas exactement un mensonge, mais après l'avoir entendu pour la troisième fois, je compris que si quelqu'un finissait jamais par s'en occuper, ce ne serait pas lui.

Hugo et Helena étaient très proches, m'apprit Liddy. « Ils ont monté ce théâtre ensemble. Il n'a sans doute pas encore le courage de ranger ses affaires. »

Si bien que ce jour-là, les cheveux encore mouillés, je longeai le ponton pour entrer dans la chambre verte par la porte de derrière, afin de voir si je pouvais y faire un peu de place. Mais dès que j'y entrai, je me rendis compte que la pièce peinait à contenir ce qui s'y trouvait déjà. Changeant d'idée, je décidai d'ouvrir quelques-unes des caisses pour voir ce qu'il y avait dedans, en espérant y trouver des choses qui me seraient utiles pour les costumes et les accessoires. Peut-être que je pourrais alors consolider certaines piles pour gagner de l'espace.

Toutes les caisses sauf deux pouvaient s'ouvrir sans clé. À l'intérieur, comme annoncé, s'y trouvaient beaucoup de tissus moisis, que je me mis à trier en deux piles : ceux que je pourrais recouper pour en faire des corsages (Liddy), des capelines de matrone (Mrs Niffen) ou des vestes tapageuses pour le méchant (Thaddeus), et ceux qui étaient irrécupérables et qu'il ne restait plus qu'à jeter. Il n'y avait pas de chapeaux, et surtout rien qui m'aurait permis de fabriquer une canne, ce qui me décevait beaucoup. En dépit du hublot qui perçait le mur du fond, la chambre était sombre et étroite comme un placard, et me rappelait la petite pièce où mon père rangeait le nécessaire à l'entretien de la laiterie.

En ouvrant une autre porte pour laisser entrer un peu de lumière, j'entendis une voix qui venait de l'auditorium. La chambre verte se trouvait juste derrière la scène et possédait une porte à chaque bout, l'une ouvrant sur le côté cour et l'autre sur le côté jardin ; c'était là que les acteurs attendaient d'entrer en scène – les coulisses, en quelque sorte, même si on y avait encore moins d'espace que dans un cercueil à la verticale. Je sortis voir qui était là.

C'était Hugo, debout sur la scène, face à un public imaginaire.

— Sur le vieux continent, disait-il en forçant son accent, la magie se faisait dans la rue…

Il s'interrompit et tourna la tête ; je devais avoir fait du bruit.

— Qui est là ? C'est vous, Mrs Niffen ? Venez voir là une minute, si ça ne vous dérange pas.

En m'avançant sur la scène, je m'aperçus avec une certaine surprise que les rideaux de velours aux fenêtres avaient été fermés pour masquer la lumière du jour. Six petites lanternes formaient un cercle dans lequel Hugo avait disposé une chaise et un guéridon, sur lequel se trouvaient un mouchoir et un verre d'eau. Il se tenait là, éclairé par la faible lumière, la main sur le dossier de la chaise tournée vers le public.

— May ! Je croyais que c'était Mrs Niffen. Non, non, reste là, c'est encore mieux. Assieds-toi sur cette chaise, tu veux ? Il faut que je travaille mon petit discours. Toute cette histoire avec le fils du postier m'a donné envie de retenter ce numéro, mais je m'en sors mieux avec un volontaire.

Je vis qu'il avait enfoncé quelques mouchoirs en coton dans les manches de sa chemise, pour qu'ils volent au vent quand il bougeait les mains. De la soie ferait meilleur effet, me dis-je.

— Je ne suis pas une volontaire, dis-je en ôtant le torchon que j'avais sur les épaules à cause de mes cheveux mouillés. Vous m'enrôlez de force.

Il me fit un petit sourire, rien de plus qu'un mouvement du menton. En m'asseyant sur la chaise, je sentis l'odeur du mélange de soude et d'ammoniaque dont Leo se servait pour nettoyer les lanternes enfumées. Je n'étais jamais montée sur scène devant un public, imaginaire ou non, et j'étais bien contente de n'être pas vraiment face à un rang d'hommes qui toussaient et crachaient et tapaient des pieds s'ils aimaient le spectacle, et huaient s'ils ne l'aimaient pas. Dans les théâtres de New York, le public était toujours à une certaine distance des acteurs mais, sur le *Théâtre flottant,* cette frontière n'était tracée que par les bonnes manières, et elles n'y suffisaient pas toujours. J'avais mis ma robe marron toute simple, que je n'aurais laissé aucune des actrices porter sur scène, car elle ne ressortait pas sur les boiseries.

Hugo trouva une pièce derrière mon oreille, comme il l'avait fait quelques semaines auparavant avec Charles Mundy.

— Sur le vieux continent, la magie se faisait dans la rue, reprit-il. Fais semblant d'être surprise.

Je fis semblant d'être surprise.

Il montra la pièce au public imaginaire, puis en fit apparaître deux autres, avant de les coincer dans son poing. Je savais ce qu'il comptait faire, un vieux tour appelé la Pièce sauteuse, que j'avais déjà vu plusieurs fois. Il cachait au public une quatrième pièce dans le creux de sa main. Après un moulinet qui rata un peu son effet – les mouchoirs en coton étaient décidément d'un tissu trop grossier –, Hugo laissa tomber l'une des pièces dans sa poche et enveloppa les deux autres dans le mouchoir posé sur la table.

— Pendant la saison, à Londres, on invitait souvent les magiciens chez soi pour un divertissement privé. Mon propre père fut un jour invité chez lady Margaret de Kent, et il tira un doublon espagnol de son corsage.

Il déplia le mouchoir pour y révéler les trois pièces. Il en mit une dans sa poche, puis se palpa la jambe et la retrouva dans sa botte. Il la remit dans le mouchoir avec les autres, avant de le secouer pour montrer qu'il ne cachait plus rien.

— Vous devez vous dire que c'était le sommet de l'impertinence, trouver une pièce dans le corsage d'une lady !

Il me prit la main pour la secouer, et une pièce tomba de ma manche pour rouler sur la scène.

— Lady Margaret était bien de cet avis. Elle fit expédier mon père en Amérique par voie de mer.

Il me secoua encore la main ; une autre pièce tomba au sol.

— Si bien que me voilà, exerçant mon art en Amérique, tout cela parce que mon père ne savait pas sortir ses pièces d'endroits convenables…

Il me donna le mouchoir. Lorsque je l'ouvris, il contenait les trois pièces. Je le levai pour le montrer aux bancs vides, et Hugo s'applaudit lui-même.

— Votre père a été envoyé ici par lady Margaret de Kent ? demandai-je tandis qu'il rangeait le mouchoir dans sa poche.

Il décala la table d'un pouce vers le fond de la scène, la considéra un instant, puis sauta de la scène en deux enjambées pour juger l'effet de loin, avant de revenir d'un bond pour la déplacer de nouveau. Il bougeait comme les farfadets des contes de mon enfance, passant par ici et repassant par là, d'un pas sautillant, bondissant.

— Non, bien sûr que non. Mon père n'a jamais mis les pieds en Amérique. C'est juste ce que je raconte pour mon numéro. Lady Margaret de Kent n'existe pas.

— Comment ? dis-je en rougissant. Tout ça n'était qu'un mensonge ?

— Non, je te l'ai dit, ça fait partie de mon numéro.

— De votre numéro…

J'avais l'impression qu'une boule de chaleur malsaine irradiait entre mes côtes. J'avais eu tellement honte en voyant pleurer le petit Charles Mundy, alors que je n'avais même pas menti moi-même ; je m'en voulais de n'avoir pas rectifié un mensonge. Mais voilà qu'Hugo racontait des histoires sans l'ombre d'un remords.

— Dire que votre père a été envoyé ici par une lady anglaise qui n'existe pas, dire à un petit garçon qu'il y a des tours de magie dans le spectacle, où est la différence ?

Malgré ma véhémence, Hugo se contenta de me jeter un coup d'œil avant de partir vers les fenêtres.

— La différence, May, c'est que mon numéro est une fiction et que l'audience le sait très bien. Quand quelqu'un m'achète un billet, nous passons un marché : j'essaie de lui faire croire quelque chose qui n'est pas vrai, et lui essaie d'y croire.

Il ouvrit les rideaux de velours et en noua soigneusement les cordons, comme s'il amarrait son bateau à un arbre. La lumière du soleil se répandit en vagues obliques sur la scène.

— Vous dites n'importe quoi.

— Non, May, je t'assure que non, dit Hugo en allant ouvrir les rideaux suivants. Pense à ce que tu ressens quand tu es dans le public. Au début, tu es consciente d'être assise sur un siège en velours, ou sur un banc en bois, ou juste debout devant la scène, mais quoi qu'il en soit tu es là, avec d'autres gens qui ont payé comme toi pour assister au spectacle, et tu les as regardés un peu, tu as vu ce qu'ils portaient, à qui ils parlaient, tout ça, peut-être même que tu as essayé d'écouter leurs conversations… Peut-être que tu en connais certains, mais même si tu ne connais personne, tu sais que tout le monde vient du même endroit et parle la même langue, etc. Puis la cloche sonne et les acteurs montent en scène et la pièce commence. Disons qu'elle se passe dans la campagne, en Italie ou dans un autre pays lointain. Pendant quelques secondes, pendant les premières répliques, tu es toujours toi-même, et la ville où tu habites est juste derrière les portes. Mais ensuite, assez vite si les acteurs sont bons, quelque chose se passe et hop ! Tu bascules dans la campagne italienne. Et voilà. Tu oublies tout des gens autour de toi, parce qu'il n'existe personne d'autre que les acteurs sur la scène, et il n'existe pas d'autre monde que celui qu'ils mettent en scène pour toi. Tu t'es plongée dans la fiction. Et ensuite, est-ce que tu as l'impression qu'on t'a menti ? Non. Peut-être que la pièce t'a plu, peut-être que non, mais ce n'était pas un mensonge… plutôt un genre de fenêtre. Et tu étais complice. Tu voulais regarder par la fenêtre, et c'est ce que tu as fait.

Le farfadet s'était effacé devant le directeur de théâtre, doublé d'un professeur. Il y avait onze rideaux de chaque côté de la pièce, et ils étaient si lourds de poussière qu'il n'en avait ouvert que cinq. Mais personne ne remarquerait la poussière après le crépuscule, surtout si la pièce les avait hypnotisés au point d'oublier jusqu'à l'existence des rideaux, des fenêtres et du bateau, comme Hugo voulait m'en convaincre. Mais était-ce vraiment possible ? Ça ne m'était jamais arrivé.

— Je ne suis jamais dans le public. Je suis toujours en train d'aider dans les coulisses.

— Oui, je sais, bien sûr. Quand tu ne travailles pas, je veux dire, dit-il en allant à la fenêtre suivante.

— Je ne vais jamais au théâtre quand je ne travaille pas. Je n'ai jamais fait partie d'un public.

Hugo se figea, puis se retourna vers moi.

— Tu veux dire que tu n'as jamais vu une pièce de théâtre depuis la salle ?

— C'est ça.

— Mais pourquoi ?

Pourquoi ? C'était une bonne question. Je n'aimais pas rester assise trop longtemps sans m'occuper les mains, c'était une réponse parmi d'autres. J'aurais aussi pu lui dire que je n'en avais tout simplement pas envie. Hugo me regardait comme si ma réplique se trouvait déjà inscrite sur mes traits. À l'étage, la cloche sonna le souper.

— Pourquoi pas ? dis-je enfin, sur la défensive, en voyant qu'il attendait toujours ma réponse.

Hugo fronça les sourcils, puis se mit à rire et secoua la tête.

— C'est quand même drôle, de passer sa vie avec des acteurs sans jamais voir une seule pièce…

— Est-ce que vous vous intéressez aux costumes ? À la couture ?

— Ce n'est pas la même chose.

— Ah non ?

La cloche sonna encore. J'étais de mauvaise humeur, parce que je n'avais pas eu le temps de fouiller la chambre verte, et parce que Hugo était un hypocrite, malgré tous ses beaux discours sur le mensonge – mais surtout parce qu'il savait maintenant que je n'aimais pas le théâtre. Je n'étais pas certaine de comprendre pourquoi cela me dérangeait autant. Peut-être parce que je voulais garder mon travail, et que le théâtre était très important pour lui.

— Tiens, regarde, dit-il au lieu de me répondre.

Il revint vers moi pour me montrer ses trois pièces avant de les dissimuler dans sa main.

— J'ai faim, dis-je impatiemment. Ils vont manger toute la tarte.

— Pour travailler dans mon théâtre, il faut connaître certaines choses. La première, c'est la *suspension consentie de l'incrédulité*, dit-il avec son plus bel accent anglais. Tu as déjà lu du Coleridge, May ?

— Non.

Il fit à nouveau apparaître les pièces derrière mon oreille, dans une de ses poches, puis dans l'autre.

— Nous voulons croire aux histoires qu'on nous raconte. Nous utilisons notre imagination pour ça. C'est inévitable. Toi, tu sais bien que je n'ai pas trouvé cette pièce dans ta paume, dit-il en me serrant la main. Mais la voilà ! Et ton imagination te le confirme. Et c'est merveilleux, d'arriver à y croire quand on sait que ce n'est pas vrai !

— Ma cousine disait toujours que je n'avais aucune imagination.

— Si nous pouvons croire en quelque chose de faux, alors tout devient possible. Et lorsqu'on est surpris, on est heureux de l'être, au lieu d'avoir peur. Et toi, tu le sais bien, May : il y a toujours une surprise à la fin.

Il s'approcha de moi pour plonger la main dans ma poche, si près que je pouvais sentir le baume odorant qu'il se mettait dans les cheveux, une odeur épicée qui évoquait le goût d'un pays lointain, si lointain que je ne pourrais jamais l'atteindre, même en bateau. Ses doigts trouvèrent la poche de ma robe, s'y glissèrent, et l'espace d'un instant je sentis son bras tiède pressé contre le mien. Puis il sortit quelque chose de ma poche et fit un pas en arrière.

— Regarde ce que j'ai trouvé.

C'était une longue clé en laiton. Celle de ma cabine, devinai-je. Et, je l'avoue, en la voyant, je ne pus retenir une exclamation de surprise et de joie.

— Elle était dans ta poche depuis le début, me dit-il.

Pendant mes voyages aux côtés de Constance, j'avais reçu toutes sortes de clés : des lourdes clés en fer, des clés fines comme des épingles à cheveux, des clés qui ouvraient des loges ou des chambres de pension ou des placards à accessoires. Ma mère gardait toutes ses clés sur un même anneau qu'elle transportait dans un panier. Elle avait utilisé les mêmes presque toute sa vie. Les miennes changeaient selon les saisons de théâtre. Certaines directrices de pension ne nous donnaient qu'une seule clé pour une chambre à deux lits, et l'une d'elles ne nous en avait pas donné du tout. « Nous sommes des gens respectables, avait-elle dit, tout comme vous, j'espère. »

Cette nouvelle clé me procurait un plaisir inhabituel, et une fois à table, je me surpris à revivre le moment où Hugo me l'avait donnée. J'étais stupéfaite par cette joie presque physique qui me fourmillait encore dans tout le corps, et je n'arrêtais pas de l'interroger comme on tâte une dent douloureuse, même si je n'avais pas mal du tout, au contraire. Il s'était souvenu que je voulais cette clé, il l'avait cherchée, il l'avait trouvée, et il me l'avait donnée d'une façon surprenante, pour m'amuser, pour me faire plaisir. Je savais bien que ce n'était pas de la magie, mais j'étais contente quand même. Je m'étais assise à ma place habituelle, entre Liddy et Celia, mais je n'arrêtais pas d'effleurer la clé au travers du tissu de ma robe.

— Tu n'as pas faim, May ? me demanda Hugo depuis l'autre côté de la table.

Je le regardai dans les yeux, en essayant de déterminer s'il avait aimé me donner la clé autant que j'avais aimé la recevoir. Liddy était en train de raconter qu'un jour, en jouant Juliette, elle avait été si prise par son rôle qu'elle avait bel et bien bu le poison (de l'encre noire) au lieu de faire semblant, et pendant qu'elle parlait, Pinky la regardait avec intensité. J'avais remarqué que ses yeux brillaient chaque fois qu'il les posait sur elle, et il devait sans doute apprécier le prétexte d'une longue histoire pour la dévisager. C'était vrai qu'elle était jolie, avec ses yeux un peu tombants et son joyeux sourire. Elle avait toujours sur elle un petit carnet jaune qui contenait des lettres qu'elle lisait parfois sous la table. Des lettres d'amour ? me demandai-je. Les joues de Pinky se coloraient chaque fois qu'il la voyait en lire une. Ses oreilles étaient un peu décollées, mais il était bel homme, avec un nez fin et droit, et des yeux bleu myosotis qui se plissaient aux coins lorsqu'il souriait, comme un Irlandais.

— Moi, je pense qu'il vaut mieux ne pas être trop familier avec soi-même, quand on est acteur, dit-il après la fin de l'histoire de Liddy. Chaque soir, il faut dire ses répliques comme si c'était la première fois. En sentir l'émotion, chaque soir.

— Ce nouveau style, ce qu'ils appellent le style américain… Là, il y a beaucoup d'émotion, remarqua Jemmy.

— Du bruit, dit Sam en secouant la tête.

Sam était presque au niveau de Mr Niffen : il parlait, mais très peu, et jamais plus d'une syllabe à la fois. Thaddeus se lança sur le sujet.

— Mais c'est ça qui marche ! Donner de l'importance à ses mots et désorienter le public ! Edwin Forrest et les autres, ils ne se contentent pas d'y aller pas à pas, ils y mettent de la force, de l'énergie ! Vous savez, je l'ai rencontré, Forrest…

— Moi, je trouve qu'ils vont trop loin. Tout ça, c'est du vent ! intervint Hugo en faisant de grands gestes avec sa part de tarte, si bien qu'il envoyait des miettes partout.

— Ça retient l'attention, quand même, dit Thaddeus.

— Au prix de la beauté de la langue ! insista Hugo avec une nouvelle envolée de tarte. Je trouve que ça parle trop fort pour être de l'art.

— Vous voulez une fourchette, capitaine ? demanda le chef qui rapportait du café.

— Non, non, laisse. Je viens d'une famille de fermiers dans le Nord. Du côté de Sheffield. On mange tous notre tarte comme ça.

C'était sans doute une plaisanterie, car nous avions beaucoup discuté à force d'aller en ville ensemble, et je savais que ses parents étaient tous deux acteurs à Londres. Mais Mrs Niffen se pencha vers lui.

— Comme vous avez raison, capitaine ! Avant, les tartes étaient comme les sandwiches, vous savez. Une belle tradition. Le repas du cantonnier. Nous devrions tous faire pareil.

Elle déclara que, désormais, elle mangerait toujours sa tarte avec les doigts, et nous encouragerait tous à l'imiter.

— N'est-ce pas, Celia ? dit-elle à sa nièce. Nous mangerons avec les doigts comme ces braves fermiers de… de Neffield.

Celia, qui, au contraire de sa tante, n'avait pas fini sa tarte, posa sa fourchette en rougissant. Hugo lui fit un clin d'œil. Très satisfaite d'elle-même, Mrs Niffen s'essuya la bouche du coin de sa serviette et dit qu'il lui fallait maintenant « vaquer à son ménage », une phrase qu'elle prononçait toujours avant de quitter une pièce mais que je n'avais jamais comprise puisque Leo était l'homme à tout faire sur le bateau. C'était lui qui vidait les cendres de nos poêles chaque matin, lui qui passait le balai, lui encore qui nettoyait les barils d'eau potable.

Je laissai une minute s'écouler après son départ, puis je me levai à mon tour. Au bout du ponton, comme je l'avais soupçonné, Mrs Niffen se préparait à entrer dans ma cabine. Elle me regarda approcher comme si elle ne faisait rien de mal, en gardant sa main sur la poignée.

— J'ai perdu un livre, je me disais qu'il était peut-être dans la cabine d'Helena, dans l'une de ces malles…

Je sortis la longue clé de ma poche et l'insérai dans la serrure. Le mécanisme n'était pas grippé, comme on aurait pu s'y attendre sur un bateau soumis au vent et à l'humidité, et tourna avec un *clic* des plus satisfaisants.

Mrs Niffen regarda la clé, puis releva les yeux vers moi avec surprise. Les nuits se faisaient tièdes, et l'humidité faisait boucler au front ses cheveux gris argent. Son visage était encore plus rose que d'habitude.

— Maintenant, c'est ma chambre, lui dis-je. Et votre livre n'est pas là. Il n'y a rien à vous là-dedans, Mrs Niffen.

Je tournai la poignée en appuyant sur la porte du plat de la main pour vérifier qu'elle était bien verrouillée, puis je remis la clé dans ma poche et je repartis vers la salle à manger, en laissant Mrs Niffen plantée là.

Quelques jours plus tard, Hugo nous annonça au petit déjeuner qu'il voulait changer de spectacle d'ici le milieu de l'été, au moment d'atteindre l'endroit où l'Ohio se jetait dans le Mississippi, pour monter une pièce en trois actes.

— Je ne crois pas que quelqu'un ait déjà fait ça sur un bateau.

Il s'était levé de table pour nous parler après avoir tapé sa cuillère contre son verre pour attirer notre attention. La moitié droite de ses cheveux était complètement hérissée, sans doute parce qu'il y avait trop passé les doigts, et il s'était mis à marcher à reculons tout en parlant, vers les fenêtres. Il me faisait de nouveau penser à un farfadet.

— Nous serons les premiers ! Une vraie pièce en trois actes, là, sur l'eau ! Éveiller l'Amérique profonde au meilleur de l'art dramatique !

Il faisait maintenant écran à la lumière du jour, qui semblait irradier de ses membres plutôt que de la fenêtre. Une pièce en trois actes ! Je me mis à songer à tous les nouveaux costumes qu'il nous faudrait.

— Nous n'avons qu'un mois environ, alors il faudra répéter chaque matin. Après, ce n'est pas du Shakespeare, ajouta-t-il en regardant Thaddeus. Pas de grands discours. Il ne faut pas perdre de vue notre public : des fermiers et des commerçants qui veulent s'évader un peu. Mais vous pourrez quand même vous immerger dans un rôle.

— C'est toute l'idée ! s'écria Thaddeus qui semblait enfler de satisfaction.

— Et il nous faudra toute une nouvelle ligne de costumes, poursuivit Hugo en se tournant vers moi.

C'était déjà ce que j'avais en tête, mais lorsque ses yeux rencontrèrent les miens, tout mon sang sembla affluer au bout de mes doigts. J'aurais voulu m'y mettre tout de suite.

— Avez-vous choisi une pièce ? demandai-je.

Hugo avait un script à la main, écrit sur de grandes feuilles reliées en toile cirée. Il l'agita comme un drapeau en guise de réponse.

— *The Midnight Hour,* annonça-t-il. *Ruse contre ruse,* en français.

Deux des fenêtres derrière lui étaient ouvertes, et j'entendis un bateau à vapeur souffler comme le ferait une vieille dame à travers ses lèvres pincées pour exprimer son mécontentement. Hugo nous faisait un large sourire. Son enthousiasme se propageait dans la pièce, à croire que quelqu'un nous tapait un par un sur l'épaule. Les acteurs et actrices semblaient tout aussi excités que lui, sauf Mr Niffen qui n'avait exprimé son attention qu'en posant son journal.

Pinky tourna vers Liddy un regard presque affamé.

— J'ai déjà vu cette pièce, dit-il à Hugo. On va bien s'amuser. Qui jouera le marquis ?

— Ce sera Thaddeus. Et Mr Niffen jouera Sebastian. Liddy sera Julia, bien sûr, et je ferai le Général.

Les oreilles de Pinky semblèrent s'affaisser de déception, mais Liddy était absolument rayonnante.

— Quelle merveilleuse idée ! Mais le public ne va-t-il pas finir par s'ennuyer ? demanda Mrs Niffen qui, fidèle à son habitude, joignait le compliment au reproche, si bien qu'il était impossible de savoir lequel était sincère.

— C'est une comédie, lui dit Hugo. Et c'est très court.

Il sautilla sur place en nous dévisageant les uns après les autres jusqu'à s'arrêter sur moi.

— Qu'est-ce que tu en dis, May ? Tu crois que tu auras assez d'épingles pour nous monter une nouvelle garde-robe en deux ou trois semaines ?

Je me sentis sourire, malgré cette histoire d'épingles.

— Je peux essayer.

Nous nous étions amarrés à Listerville, Indiana ; à la première occasion, je m'en allai en ville avec Liddy acheter du tissu. Celia nous suivait, un peu en retrait, et lisait un livre en marchant. Un grand vent soufflait depuis la rivière et les feuilles s'agitaient en tous sens sur les arbres – comme pour échapper à une conversation, dit en plaisantant Liddy. Elle était de bonne humeur, comme nous tous. La perspective de cette nouvelle pièce, avec tous ses nouveaux costumes, me rendait joyeuse et impatiente. J'allais suivre la production de A à Z, et je voulais tout commencer en même temps. Hugo m'avait donné la liste des personnages : le Marquis, le Général, la jeune ingénue, etc. La plus facile serait l'ingénue, jouée par Liddy.

— Une couleur pastel, bien sûr, disait Liddy. Pour une jeune fille. Pourquoi pas un grand chapeau ? Est-ce que la pièce se passe en été ?

— Non, il ne faut pas cacher ton visage. Celia, fais attention !

Celia venait de trébucher dans la poussière sur une racine. Je tendis la main pour attraper le livre. C'était un fin volume de cuir au titre frappé d'or, que je lus à voix haute.

— *Chansons de la rivière.*

Liddy se détourna ; j'eus l'impression qu'elle rougissait.

— Tiens, qu'est-ce que c'est ? dit-elle très vite.

Un petit garçon noir était assis sous un grand platane, au coin de la place du village. Il devait avoir six ou sept ans, et tenait une boîte en carton boueuse sur ses genoux.

— Le Bon Dieu en boîte ! cria-t-il en nous voyant. Venez voir le Bon Dieu en boîte ! Juste un centime !

En nous voyant approcher, il nous fit un sourire qui découvrit l'espace autrefois occupé par ses dents de devant ; deux petits bouts d'ivoire blanche commençaient à percer sa gencive. Il était pieds nus et portait une chemise trop grande pour lui, aux manches roulées. Les yeux brillants, il nous regardait avec sympathie.

— J'aimerais bien voir à quoi il ressemble, le Bon Dieu, dit Liddy en ouvrant son sac pour lui donner un centime.

Il prenait soin de garder une main sur le couvercle.

— Faut vous pencher pour voir, m'dame, lui dit-il.

Nous nous agenouillâmes sur l'herbe et le petit garçon souleva le couvercle de quelques pouces. À l'intérieur se trouvait un minuscule crapaud couleur sable, avec quelques brins d'herbe et un petit caillou gris.

— C'est Dieu, ça ? demanda Liddy tandis que Celia glissait un doigt dans la boîte pour essayer de faire bouger le crapaud.

— Le Bon Dieu, corrigea le petit garçon. Vous avez remarqué comment que sa couleur est pas habituelle ? Et regardez bien, là, ces petits points rouges sur son dos. Il porte chance avec ça.

Un homme d'âge mûr s'approcha soudain de notre petit groupe agenouillé. Pas bien grand, il avait des habits de bonne facture et une longue moustache aux pointes cirées. Un journal roulé sous le bras, il avait l'attitude de celui qui pense avoir la science infuse.

— Le Bon Dieu en boîte, monsieur ? hésita le petit garçon. Un centime pour voir…

L'homme se pencha et ouvrit la boîte sans payer pour regarder à l'intérieur.

— Qu'est-ce que c'est que ça ? Une grenouille ? Tu as pris l'argent de ces dames pour leur montrer une grenouille ? Alors qu'elles pourraient en voir plus d'une vingtaine si elles descendaient au ruisseau ! Rends-leur cette pièce tout de suite !

Il avait un accent du Sud alors que nous étions au nord, en Indiana. Le petit garçon ouvrit la main et l'homme lui reprit la pièce d'un centime, mais ne la rendit pas immédiatement à Liddy.

— Je suis désolé, mesdames. Il faudrait faire fouetter ce garçon. Je le ferais moi-même si j'avais un fouet sur moi.

Il sortit son journal roulé comme s'il se disait que cela pourrait faire l'affaire.

— Pensez donc ! Faire payer les gens pour voir une grenouille !

Je regardai Liddy sans trop savoir quoi faire. Son visage prit un air buté. Elle se releva, reprit son centime et le rendit au petit garçon.

— C'est une grenouille dans une boîte, dit-elle. Oui, je pourrais en voir vingt au ruisseau, mais je n'en avais jamais vu dans une boîte.

L'homme rentra le menton d'un air surpris, puis devint rouge de colère. Celia et moi nous étions relevées pour soutenir Liddy.

— Ce n'est pas comme ça que vous allez lui apprendre à travailler honnêtement ! s'écria-t-il d'une voix puissante.

Liddy l'ignora et se tourna vers le petit garçon.

— Pourquoi est-ce que tu l'appelles le Bon Dieu ?

Il la regarda anxieusement, l'air de se demander s'il devait dire quelque chose, et se leva en serrant la boîte contre sa poitrine.

— Parce qu'il bondit partout…

— Allez, fiche-moi le camp ! dit l'homme avec brusquerie en le poussant du bout de son journal. Et ne reviens pas jouer des tours aux gens, c'est compris ?

Le petit garçon détala dans la rue en tenant la boîte à bout de bras devant lui comme un plateau. Une fois loin de nous, se sentant sans doute en sécurité, il ralentit le pas et se mit à trottiner.

Mais l'homme au teint rouge n'en avait pas fini avec nous.

— Si vous vous imaginez lui avoir rendu service, vous vous trompez. C'est déjà assez dur de leur rentrer l'idée d'un travail honnête dans le crâne. Voilà ce qui arrive quand on les affranchit ! Fichus libéraux, fichus abolitionnistes. À cause de femmes comme vous…

— Vraiment, ce sont les femmes qui ont écrit les lois des États libres ? demanda Liddy, aussi rouge que lui.

— Ne faites pas la maligne ! Les hommes deviennent mous, avec vous. Comme s'ils fondaient au soleil.

Un peu comme les bouts de sa moustache, me dis-je. Avec la chaleur, elle commençait à prendre un air huileux. Liddy lui tourna le dos d'une façon exagérée et théâtrale. Après nous être suffisamment éloignées pour n'être pas entendues, elle dit :

— Vous vous rendez compte ? S'en prendre à un enfant. Un petit garçon qui ne fait de mal à personne.

Le vent nous souffla au visage l'espace de quelques instants, et Celia prit la main de Liddy. Contrairement à sa propre tante, Liddy s'occupait beaucoup de Celia. Chaque nuit, avant la représentation, nous nous rassemblions toutes les trois dans la chambre verte pour enfiler nos costumes, nous maquiller, et nous demander à quel genre de public nous aurions affaire cette nuit-là. Elle et Celia m'accueillaient toujours comme si elles m'attendaient, et je ne pouvais m'empêcher de comparer cela aux façons de Constance, sa jalousie, ses piques mesquines et son habitude de me tenir à l'écart. Je m'étais toujours dit que cela ne me dérangeait pas car, à l'époque, je ne pensais pas avoir envie de me mêler aux autres. Mais j'aimais beaucoup ces moments partagés avec Liddy et Celia avant le spectacle. Liddy ne se montrait jamais mesquine avec personne, et je comprenais Pinky qui guettait sa chance avec elle. Ce n'était pas juste parce qu'elle était jolie. Elle avait bon cœur, et je l'admirais pour cela. Je n'avais pas été étonnée d'entendre Liddy prendre la défense du petit garçon.

Mais elle aussi était jeune. Le temps d'arriver à la boutique, elle avait déjà oublié l'homme à la moustache cirée. Elle se mit à rire, peut-être à cause du vent, ou peut-être en songeant à sa nouvelle robe, et balança sa main jointe à celle de Celia.

— Voyons s'ils ont du tissu rose, dit-elle. Une belle ingénue toute rose…

Thaddeus avait toujours une aussi haute opinion de lui-même, et il vint me voir ce soir-là avec quelques idées pour son costume, parmi lesquelles « tout ce que vous avez de brillant sous la main ». Une cape dorée, par exemple. À l'époque où il donnait la réplique à Constance à Pittsburgh, il portait un haut-de-forme avec une plume rouge, et je songeais à le reproduire à l'identique pour *Ruse contre ruse.*

— Je croyais que la pièce se passait en Espagne, dis-je.

— En France ou en Espagne, ça n'a pas d'importance.

Je n'étais pas d'accord. Cela avait son importance. Si la pièce se passait en Espagne, il lui faudrait des habits espagnols.

— Le principal, c'est qu'on me voie bien, poursuivit-il, comme avec votre cousine. Les costumes de Constance étaient toujours bien mieux que les… que les nôtres.

J'étais presque sûre qu'il avait failli dire *que les miens.* Il me jeta un regard curieux.

— D'ailleurs, vous n'avez pas de nouvelles ?

— Aucune. Rappelez-vous, elle pense que je suis rentrée chez moi.

— Ah bon ? Ah oui, c'est vrai.

J'étais stupéfaite de voir qu'il avait oublié nos manigances si vite. Telle Constance ou la cigale de la fable, Thaddeus ne pensait qu'au moment présent. Mais, telle Constance là encore, ses jours de jeune premier étaient comptés. Il se dégarnissait et prenait du ventre. Je décidai de lui faire une cape aussi brillante que possible.

Mais une semaine plus tard, je tombai bel et bien sur une affichette qui parlait de Constance, en des termes inquiétants qui me plongèrent dans la confusion. Sans être très active dans ma recherche, j'avais continué à parcourir dans les bureaux de poste les petites annonces des conférences à venir, ce que j'avais commencé à faire en attendant Mr Mundy à la poste de Jacksonville. Hugo faisait maintenant répéter ses acteurs sans public, et m'avait strictement interdit l'accès à l'auditorium, ce qui ne me dérangeait pas puisque je consacrais chaque jour un peu de plus de mon temps à chercher des tissus et des accessoires.

L'affichette était à Birchfield, Indiana, où nous nous étions amarrés par un matin chaud et humide. Une semaine de pluie avait fait monter le niveau de la rivière, et les pacaniers formaient sur la rive une vraie muraille de fraîches feuilles vertes. En arrivant en ville avec Hugo, j'entendis le tonnerre gronder dans le lointain. Il me prit le bras, ce qui était devenu une habitude. Nous devions souvent remonter des rives boueuses ou des chemins glissants pour atteindre la route qui menait en ville, et son appui m'aidait à garder l'équilibre, ce que j'appréciais même s'il nous fallait marcher assez près l'un de l'autre. Ce jour-là, Hugo sentait le bois fraîchement coupé, et je lui demandai s'il était en train de réparer le bateau. Il me répondit qu'il fabriquait quelques accessoires avant de changer abruptement de sujet, comme si c'était un secret ; et je découvris plus tard que tel était le cas.

— Dis-moi, May, comment es-tu devenue si douée en couture ? Tu aurais dû voir ma sœur lutter avec son aiguille…

Je lui parlai de ma mère qui n'avait même pas besoin d'une règle pour que ses ourlets restent droits, et de mon père qui mettait tant de soin à la confection de ses meules de fromage. Ma famille était perfectionniste.

— Pour faire du fromage, il faut l'être, perfectionniste. Et patient, aussi, dit Hugo.

Nous commencions à bien connaître nos passés respectifs, et j'aimais bien qu'il me questionne là-dessus, ce qui me surprenait. Jusqu'alors, je m'imaginais être quelqu'un d'assez réservé, comme ma mère. Maintenant que j'y songe, peut-être n'avais-je jamais vraiment eu l'occasion d'apprendre à connaître quelqu'un – un nouveau voisin, un nouveau client… J'avais vécu seule avec ma mère, paisiblement, et après sa mort, j'avais vécu seule avec Constance. Et je commençais à me rendre compte que Constance avait toujours fait des pieds et des mains pour me tenir à l'écart des autres. Comme sur le *Moselle,* elle se moquait de moi et changeait de sujet si je commençais à attirer l'attention.

Notre premier arrêt se fit au bureau de commerce de Birchfield pour payer nos frais d'amarrage. C'était un petit bâtiment entre le bureau de poste et la sellerie, avec un toit en tôle ; il y faisait encore plus chaud qu'à l'extérieur. Tandis qu'Hugo payait, je m'en fus lire les petites annonces épinglées au mur du fond, surtout parce que cela me rapprochait de la fenêtre ouverte.

— Le bateau-théâtre, c'est ça ? dit l'employé souriant en tendant un stylo à Hugo pour avoir sa signature. Ma femme et moi, on vient vous voir tous les ans. Vous avez toujours le chien ?

Le tonnerre gronda encore, et je vis que la plupart des affichettes avaient été repliées par le vent. J'en dépliai quelques-unes ; la première vantait les mérites de l'huile de baleine, l'autre proposait du linge marron en solde. En retournant la troisième, je vis quelques mots écrits en gras et en majuscule.

CONSTANCE VERTU,

L'abolitionniste.

Je m'étais préparée à trouver une telle affiche, je l'avais même activement cherchée, mais une onde de choc brûlante me traversa comme si je venais de découvrir quelque chose de complètement inattendu. Écrit en lettres aussi grandes qu'un cigare à demi fumé, son nom prenait un air menaçant, et la suite ne fit que me choquer davantage. Ce n'était pas une réclame pour sa conférence, comme je l'avais d'abord imaginé, mais un appel aux armes.

CONSTANCE VERTU,

L'abolitionniste.

Cette actrice *new-yorkaise,* l'invertueuse CONSTANCE VERTU, donnera *demain soir* une conférence dans la salle de réunion Quaker à Viola, Indiana. C'est là une bonne occasion pour les amis de l'Union de *faire dégager Vertu* ! Un bon nombre de patriotes ont rassemblé une cagnotte de 50 $ qui sera remise en récompense au premier qui atteindra cette charmante dame en pleine face avec le fruit ou le légume de son choix ! Voilà qui devrait lui apprendre ce qui arrive à ceux qui nous envahissent et tentent de rallier les nôtres à une cause injuste ! Mes amis, restons vigilants !

En relisant l'affiche, je fus prise d'une vive douleur dans mon oreille sourde. « Invertueuse » – était-ce seulement un vrai mot ? Et Constance ne venait pas plus de New York que d'ailleurs, même si ce titre lui plairait sûrement. Le vrai problème, c'étaient les « fruits ou légumes au choix ». Je devais au moins l'avertir de ce qui se tramait, si possible. Combien d'hôtels y avait-il à Viola, Indiana ? Il devait également y avoir des chambres à louer. Une lettre lui parviendrait-elle à temps ?

— Très bien, merci, dit Hugo derrière moi.

J'entendis des pièces tomber sur le comptoir. Je me hâtai de prendre l'affichette et de la plier pour la glisser dans ma poche.

— On arrivera à Green River dans quelques jours, dit Hugo en sortant. C'est un bel endroit, et on y a toujours beaucoup de public. On est quel jour, demain, le 2 juin ? Mais dis donc, c'est ton anniversaire, May, non ?

— C'est le 3 juin.

— Ah oui, c'est ça.

Hugo avait un dossier dans la billetterie avec tous nos noms, nos adresses hors-saison, nos anniversaires, et les noms de nos proches en cas d'urgence.

— Dans deux jours, donc. Dimanche. Ça m'arrange bien, ça, tiens. C'est même parfait.

Je ne l'écoutais pas vraiment ; je pensais toujours à Constance.

— Où va-t-on demain ? demandai-je. Viola ?

— Soit Viola, soit de l'autre côté de la rivière, à Beswick. Je n'ai pas encore décidé.

Son accent anglais rythmait ses mots en staccato, en appuyant une syllabe sur quatre, comme s'il crachait des balles de fusil. Devant nous se dressait le pavillon du *Théâtre flottant,* qui s'agitait comme un mouchoir. Le vent avait forci, et une masse de nuages sombres s'avançait au-dessus de la rivière.

Alpha, beta, gamma, delta.

— J'ai toujours voulu aller à Viola, dis-je.

— Ah oui ? Et pourquoi ça ?

Je connaissais aussi peu Viola que les autres petites villes de bord de rivière, et je cherchai une idée qui pourrait la distinguer des autres.

— Mon amie est née là-bas, dis-je.

— À Viola ? Je croyais qu'elle n'existait que depuis dix ans, cette ville, non ?

Je ne répondis rien. Le premier mensonge n'était pas le plus dur ; c'était celui qui venait ensuite. Je commençais à m'en rendre compte.

Hugo sortit son mouchoir et se le passa sur le visage, puis ôta son chapeau de paille pour s'éponger le front et la nuque, avant de replier le bout de tissu en un carré humide qu'il fourra dans sa poche. Puis il remit son chapeau.

— Enfin, pour moi, c'est du pareil au même, dit-il en me souriant. Va pour Viola.

10

Le lendemain matin, je me levai avant le lever du soleil, avant même qu'Hugo et Leo ne commencent à déplacer le bateau vers Viola. Une fois vêtue, je descendis dans le noir jusqu'à la chambre verte où l'on rangeait deux fers creux pour le repassage, comme des tortues métalliques dans leur carapace. Liddy et Celia attendaient toujours le dernier moment pour repasser leurs costumes, juste avant de se maquiller, parce que Liddy voulait que ses robes soient du plus bel effet, et Celia adorait l'odeur de l'amidon chaud.

J'étais de bonne humeur, car la nuit dernière avait été notre meilleure recette jusque-là : soixante-douze billets vendus, à des adultes pour la plupart. Au premier rang, cinq frères qui se ressemblaient tous avaient ri de bon cœur à toutes les blagues, en répandant à chaque fois une forte odeur d'oignon. Ils avaient tous le visage rond et le nez large, et celui du milieu se frappait le genou à la fin de chaque numéro. C'était un homme jovial avec un gros rire qui avait l'air d'être enchanté par absolument tout ce qu'il voyait. Après le salut final, pendant que les autres spectateurs sortaient en file par les allées, il s'approcha du piano pour me dire un mot.

— Jamais entendu quelqu'un jouer aussi bien sorti d'Akron, dit-il. Vous prenez des cours ?

— J'en ai pris, oui.

Il tenait son chapeau à hauteur de poitrine. Il commençait à perdre ses cheveux, mais les avait soigneusement peignés en y traçant des lignes clairement visibles.

— Eh bien, j'en sais assez pour dire que vous vous débrouillez très bien, insista-t-il. Je m'appelle Joe Alton. Mes frères et moi, on détient un tiers des bateaux du coin. Alton Frères, on commence à nous connaître ! On exporte des moules vers La Nouvelle-Orléans, ils en font des boutons. Tenez !

Il sortit un petit paquet en papier de la poche de sa veste, pas plus gros qu'un poing d'enfant, et me le donna.

— Voilà un échantillon. De boutons, pas de moules ! dit-il en se remettant à rire, ce qui le rendit tout rouge. Vous êtes encore là demain ? Ça vous dirait, une petite balade avec moi le long de la rivière ?

Je lui dis que nous ne serions pas là demain et il me sourit tout de même.

— Alors, l'an prochain. N'oubliez pas, Joe Alton ! Alton Frères, Bateaux et Boutons.

Une fois dans la chambre verte, je nourris le feu et mis les blocs de fer à chauffer sur le poêle. Puis j'allumai la lampe à pétrole et j'examinai les boutons offerts par Joe Alton. Ils étaient blancs, lisses et nacrés. J'avais décidé de les coudre sur ma plus belle robe, celle en soie bleu sombre à pois blancs, l'une de celles dont Mrs Nedel m'avait fait don. Les boutons étaient de la même couleur que les pois et je les trouvais très chics. On aurait dit de petites perles plates.

Par la fenêtre, je voyais les cieux sombres où scintillaient des rubans d'étoiles, comme des broderies réalisées par quelqu'un qui aurait perdu tout sens de la symétrie. Le long de la rivière, près du *Théâtre flottant,* s'étaient amarrés deux ou trois bateaux pêcheurs de moules. Ils n'étaient pas plus gros qu'une barque, et des cordes étaient tendues de la poupe à la proue comme pour y mettre son linge. D'autres cordes y pendaient, pour mettre à sécher les moules pêchées dans la rivière. Secouées par le vent, elles faisaient un agréable bruit de carillon qui me parvenait aux oreilles tandis que je cousais les boutons. Après avoir fini, je m'en fus examiner mes blocs de fer, qui étaient brûlants. J'en pris un pour le glisser dans le fer à repasser en fonte, puis je pulvérisai un peu d'amidon sur ma robe avant de me mettre à l'ouvrage.

À la lumière de la lune, je vis quelques pêcheurs de moules se mettre à l'eau ; c'était sans doute marée haute. Mon fer à repasser refroidissait ; je remplaçai le bloc par un nouveau bien chaud, et remis l'ancien sur le poêle. Quelques minutes plus tard, j'entendis Hugo appeler à voix basse Leo, qui avait installé comme d'habitude son matelas sur la scène.

— C'est l'heure, mon ami.

Après avoir repassé ma robe, je la plaçai avec soin sur le dossier de la chaise avant de déboutonner celle que je portais. J'entendais Hugo lancer des instructions depuis le ponton ; le bateau se mit à s'éloigner de la rive, en marche arrière. Je fis glisser ma vieille robe avant d'enfiler la nouvelle par le haut et d'attacher un par un les petits boutons de nacre qui commençaient à la taille. Ils étaient doux comme de la soie, et je n'en avais jamais eu d'aussi petits. Les toucher m'enchantait. Je m'en fus tâter le col laissé sur la planche à laver – c'était mon plus beau col en dentelle que j'avais lavé la veille avant d'aller au lit. Il était sec ; je le boutonnai en m'observant dans le grand miroir fixé derrière la porte.

Mon visage était très pâle, et exprimait un certain malaise. Je souris comme pour réconforter mon reflet.

— Eaux tortueuses, droit devant ! cria Hugo.

Cela signifiait qu'un grand nombre de bancs de sable se trouvaient sur notre route, et qu'il faudrait les contourner en zigzags. Je tirai une chaise pour m'asseoir à la fenêtre, avec mon châle sur les genoux et une couverture sur les épaules. Le bateau tangua et roula en évitant les bancs de sable, et j'aperçus par la fenêtre la rive sud, puis la rive nord, puis le Sud de nouveau, où les arbres poussaient jusque dans l'eau.

Je m'assoupis sans m'en rendre compte. À mon réveil, il faisait grand jour, et je sentais le bateau lutter contre le courant tandis que Leo l'amarrait. Nous étions arrivés à Viola. Liddy, en chemise de nuit, se trouvait debout près de moi. Ses longs cheveux étaient rassemblés en une tresse désordonnée.

— May ! Ne me dis pas que tu as passé la nuit ici ?

— Oh ! dis-je avec confusion. Non, non.

— Qu'est-ce que tu fais ?

Je cherchai mon châle des yeux ; il m'avait glissé des genoux. Liddy le ramassa pour me le donner.

— J'ai un rendez-vous, dis-je. À Viola. Je voulais y aller dès que possible, j'ai dû m'endormir.

— Tu vas voir un homme ? Non, laisse, tu n'es pas obligée de me le dire, ajouta-t-elle en me voyant hésiter.

Je ne sais pas pourquoi je lui cachais que c'était ma cousine. Je voulais montrer à Constance que j'avais une nouvelle vie, mais si elle montait à bord du *Théâtre flottant,* ou si quelqu'un comme Liddy m'accompagnait, j'avais peur de redevenir celle qui ne savait pas parler aux épiciers ou distribuer des billets. Celle qui n'existait que dans l'ombre de Constance, comme l'avait dit Mrs Howard. Je me levai, secouai la couverture que j'avais sur les épaules et la pliai sur le dossier du canapé en disant que je reviendrais bientôt.

— D'abord, viens voir ici une seconde, tu veux ? fit Liddy.

Elle me plaça devant le miroir et se tint près de moi. Son visage semblait doux, encore endormi, et je me mis à songer à ma mère, à son doux visage et ses doux bras, qui n'avaient fait que s'adoucir avec l'âge. Liddy prit le pot de baume à lèvres sur l'étagère et se servit d'un petit pinceau pour m'appliquer un peu de couleur. Pas autant que ce qu'elle mettait elle-même pour entrer en scène, mais un peu tout de même.

— Fais ça, dit-elle en pinçant les lèvres avant d'ouvrir la bouche avec un bruit de bouchon de champagne.

Je l'imitai.

— Oui, c'est mieux comme ça. Ça te va bien, me dit-elle. Et de la poudre ? Rien qu'un peu ?

En me voyant hocher la tête, elle prit la houppe et la passa sur mon nez, mes joues et mon cou, avant de reculer d'un pas pour me laisser le miroir.

— Et voilà. Tu es très jolie, May.

Personne ne m'avait jamais dit ça. N'était-ce que de la gentillesse de sa part ? Je n'étais pas sûre. Elle alla récupérer son sac jaune sur le canapé ; je ne l'avais pas remarqué, mais c'était sans doute pour cela qu'elle était descendue. Les secrets ne dérangeaient pas Liddy, puisqu'elle en avait elle-même. Elle serra le sac contre son ventre.

— Quand tu entres dans une pièce, dit-elle, pousse ta poitrine en avant et rentre le menton. Ça te rendra plus sûre de toi.

La petite ville de Viola avait été bâtie très près de la rivière, apparemment sans se soucier des inondations de printemps. J'allai à l'écurie publique demander où se trouvait l'auberge, en raclant le talon boueux de ma botte sur le pavé. On me dit qu'il y en avait deux : l'une était juste de l'autre côté de la rue – j'aurais dû remarquer l'enseigne – et l'autre un peu plus loin, près des magasins.

Il n'y avait pas de Mrs Howard à l'auberge la plus proche. La deuxième, le White Crow, faisait partie d'une rangée de bâtiments conçus pour ressembler à de petits manoirs, mais qui abritaient pour la plupart des boutiques spécialisées. Cet endroit me semblait à même de plaire à Mrs Howard, car il donnait une impression de luxe mais ne coûtait certainement pas trop cher – je le supposais, du moins, car le petit hôtel n'avait pas d'écurie. J'entendais des poules glousser à l'arrière.

À l'intérieur se trouvait un homme qui somnolait dans un fauteuil près de l'escalier. Ma seule peur était de tomber sur Mrs Howard, que je n'avais aucune envie de voir. Mais il fallait courir le risque. Lorsque je fermai la porte derrière moi, l'homme se réveilla en sursaut et me regarda comme s'il s'était endormi en m'attendant. Il portait un manteau de velours bleu aux boutons de cuivre, un pantalon bleu, et des chaussures à ruban – dans le genre « valet de pied égaré », une expression que j'avais entendue dans la bouche d'un acteur pour en décrire un autre.

— Oui, oui, dit l'homme en se levant, que puis-je pour vous ?

— Je cherche l'aubergiste, demandai-je même si j'étais sûre de l'avoir trouvé.

L'homme me fit une courbette – encore quelque chose que Mrs Howard devait apprécier.

— William Whitlock, se présenta-t-il.

Il sourit, cligna des yeux – il était homme à cligner des yeux – et s'approcha d'un étroit bureau pour prendre un stylo et tourner une page du registre.

— Dans mon ancienne auberge, qui a brûlé depuis, je dormais au pied de l'escalier, vous voyez, au cas où quelqu'un se mettrait en tête de s'éclipser pendant la nuit. C'était une ville moins tranquille qu'ici, les clients n'étaient pas aussi respectables, c'est presque une bonne chose qu'elle soit partie en fumée. Puis mon beau-frère m'a loué cet endroit pour un bon prix. Mais j'ai pris l'habitude, vous voyez, et maintenant si je ne suis pas assis dans un fauteuil, je ne dors pas. Votre nom ?

— Je ne veux pas de chambre. Je cherche Mrs Howard de Cincinnati et son amie Constance Vertu. Je suis la cousine de Miss Vertu.

Il releva les yeux pour me regarder, en prenant en compte la qualité de mon sac et de mon châle, et me confirma qu'effectivement ces dames dormaient ici. Fallait-il qu'il aille toquer à leur porte ?

Alpha, beta, gamma.

— Non merci, je dois d'abord aller faire quelques courses. Je repasserai plus tard, ce n'est pas la peine de les déranger. Je voudrais leur faire la surprise.

Il lécha ses lèvres déjà humides, peu enclin à me laisser partir.

— Vous êtes sa cousine ? Vous devez être si fière ! C'est une grande oratrice, Miss Vertu. Elle nous a fait une petite démonstration, à moi et ma femme, dans la salle à manger. Elle vient de New York, mais ça, vous devez le savoir, ha ! Elle dit que c'est là qu'elle a appris le métier.

Il baissa la voix.

— Bien sûr, en tant que commerçant, je ne dois pas prendre parti. Beaucoup de gens viennent du Kentucky pour leurs affaires, et passent la nuit ici. Mais entre vous et moi, je suis de votre côté.

Il n'arrêtait pas de cligner des yeux. Il me donnait plutôt l'impression d'un homme prêt à se ranger du côté de son interlocuteur du moment. Ses petits yeux étaient très proches de ses oreilles, et il ne maîtrisait que trop bien l'art de s'auto-congratuler. Je me détournai pour partir et il s'éclaircit la gorge.

— Vous ne m'avez pas dit d'où vous venez. New York, c'est ça ? Comme Miss Vertu ? Vous avez bien dit que c'était votre cousine ?

— En fait, nous venons toutes les deux d'Oxbow, dans l'Ohio, dis-je sans me fatiguer avec mon grec.

En face de l'auberge se trouvait une petite cour adjacente au maréchal-ferrant, dont personne ne se servait. Je déployai mon châle sur une souche grossièrement taillée et m'y installai pour surveiller la porte, à l'ombre du bâtiment. Des clientes ne cessaient d'entrer et de sortir de la poissonnerie qui jouxtait l'auberge, et j'espérai que Mrs Howard avait trouvé une chambre de l'autre côté du bâtiment : Constance était très sensible aux odeurs. Sa conférence était à vingt heures ce soir-là ; peut-être allions-nous perdre une partie de notre public en sa faveur. Elle allait certainement s'étonner de me voir ici plutôt qu'à Oxbow. Quels mots choisirait-elle ? J'avais hâte de lui dire que j'avais trouvé un travail et que je faisais ma vie. Quel genre de travail ? demanderait-elle. Devrais-je me vanter d'être toujours dans le théâtre, ou valait-il mieux avoir un peu de tact puisqu'elle n'était plus actrice ? Je ne savais même pas si cela lui manquait. Mais je pouvais très bien me représenter sa surprise initiale, qui se sublimerait en approbation. *Je suis impressionnée !* Peut-être irait-elle jusqu'à me dire cela. Je ne l'avais jamais impressionnée, en dehors de ce que j'avais fait spécifiquement pour elle – lui coudre une nouvelle robe, ou nous trouver une meilleure place en diligence. *Je suis impressionnée.*

Mais rien de tout cela n'arriva. Après avoir patienté presque trois quarts d'heure, je vis Mrs Howard quitter l'auberge, vêtue d'une grande robe jaune d'œuf, avec un petit sac assorti au poignet. Elle s'immobilisa un moment pour remonter la rue des yeux. J'eus alors la surprise de voir son serviteur muet, Donaldson, qui traversait la rue pour la rejoindre. D'où sortait-il ? Il l'attendait, tout comme moi. Je me demandai s'il m'avait repérée et s'il allait communiquer cette information à Mrs Howard. Peut-être avait-il sur lui une plume et un encrier, voire une ardoise. Il était si étrange, cependant, que j'aurais volontiers cru à une explication surnaturelle, comme l'art ancien de lire et d'envoyer des messages dans le vent.

Donaldson prit le sac de Mrs Howard et la suivit le long de la rue. Il avait au coude un étroit parapluie noir, comme la canne d'un gentleman.

— Oh, mais vous venez de rater Miss Howard ! dit William Whitlock en clignant des yeux lorsque je revins dans l'auberge.

Cette fois, il était assis à son bureau. Il tira le bout de sa langue rose pour lécher ses lèvres humides, comme une grenouille ou un jeune garçon. Je lui dis que ce n'était pas grave.

— Et tout à l'heure, excusez-moi, j'ai oublié de vous demander votre nom, si ça ne vous embête pas…

Je commençais à me dire qu'il mentionnerait très certainement ma visite à Mrs Howard lors de son retour, mais c'était un risque à prendre. De toute façon, qu'est-ce que cela pourrait bien me faire ? Je précédai Whitlock sur les marches grinçantes. Des tableaux de chevaux cabrés et d'hommes en manteaux rouges pendaient au mur, peut-être pour plaire à la clientèle du Kentucky dont il avait parlé. Il m'introduisit le long du couloir à l'étage, éclairé par une lampe trapue posée sur une table tout aussi trapue, tout comme les portes qui la flanquaient. Whitlock s'arrêta devant l'une d'elles et se pencha en touchant presque la serrure de ses lèvres humides.

— Une visite pour vous, Miss Vertu ! cria-t-il. Miss Jasper Sinclair !

Car c'était le nom que je lui avais donné – l'ancien nom d'épouse de Constance. Je m'étais dit que cela éveillerait sûrement son intérêt. Il y eut un froissement de tissu, puis j'entendis la voix bien entraînée de Constance claironner :

— Qui cela ?

— Miss – Jas – per – Sin – clair ! s'époumona Whitlock au travers de la serrure.

Quelques instants plus tard, Constance ouvrit la porte. Elle avait une robe de chambre en soie couleur mandarine et une expression stupéfaite. En me voyant, elle haussa les sourcils d'un air dramatique.

— May !

Elle ne put que me fixer pendant un moment. Ses cheveux étaient lâchés, et elle avait le visage très rose ; je devais l'avoir surprise au beau milieu de ses flexions de genoux, auxquelles elle se livrait chaque matin pour rester souple. Je ressentis un bonheur ancien, datant de mon enfance, presque aussi vieux que moi. « Et si nous allions voir ta cousine Constance aujourd'hui ? » me demandait ma mère, et nous parcourions le mile et demi qui nous séparait de la ville. J'avais tellement hâte d'arriver que je m'en souviens avec précision, au moins autant que de la petite robe bleue que j'aimais beaucoup porter, avec sa poche en forme de gland.

— Bonjour, Miss Vertu ! dit Whitlock en reculant d'un pas.

À l'évidence, il était sous son charme, comme tant d'autres. Les instructions de Liddy me revinrent en mémoire : je gonflai la poitrine et rentrai le menton en entrant dans la pièce. Elle était plus agréable que prévu, avec un tapis rouge et vert de bonne qualité, un fauteuil confortable près de l'une des fenêtres, et un guéridon noir sur lequel attendait un petit déjeuner fait d'une miche de pain et d'un bol de cerises, couleur d'hématomes.

Constance semblait toujours profondément surprise. La ceinture de sa robe de chambre pendait sur sa hanche comme un serpent. Elle ne portait pas de pantoufles. Elle rendit très cordialement son salut à Whitlock et lui ferma la porte au nez.

— May ! répéta-t-elle en se tournant vers moi. May !

Ma poitrine se dégonfla lorsqu'elle me prit dans ses bras. Ses cheveux lavés de frais sentaient le citron et le foin. La porte qui menait à la chambre était ouverte et j'y vis deux lits défaits, collés ensemble. Les colliers de Mrs Howard étaient pendus à la tête de lit. Constance avait toujours gardé la chambre à coucher pour elle seule du temps où nous habitions ensemble ; je devais me contenter d'un sofa ou d'un canapé dans l'autre pièce.

Elle recula d'un pas pour mieux me voir.

— Ne me dis pas que tu as des ennuis !

— Non, non, ne t'inquiète pas.

— Comment es-tu arrivée ici ? En vapeur ?

— En quelque sorte, oui. Enfin, ce n'était pas un vapeur, mais un bateau à fond plat.

Sa gorge découverte et ses pieds nus me perturbaient.

— Tu vas attraper froid, lui dis-je.

— Un bateau à fond plat ? Mais pourquoi ? demanda-t-elle en ignorant ma remarque.

— Une barge. Pour descendre la rivière, dis-je sans savoir comment revenir à ce que je voulais dire. J'ai trouvé un travail. Sur un bateau.

À ma grande surprise, elle éclata de rire.

— Ça y est, te voilà docker !

— Bien sûr que non. J'ai été engagée comme couturière. Costumière, à vrai dire. Ça et d'autres choses. Vendre des billets, coller des affiches… listai-je en retrouvant mon vieux besoin de dire l'exacte vérité.

— Quoi ?

— C'est un bateau-théâtre.

— Un bateau-théâtre ? Sur la rivière ? répéta-t-elle en penchant la tête sur le côté.

— Nous sommes amarrés en ville. J'ai vu une affichette qui parlait de ta conférence.

— Vous êtes arrivés dans cette petite ville perdue ? Pile en même temps que moi ? Mais quelle coïncidence, dit-elle avec un lent sourire sceptique.

— Eh bien, en fait…

Je repensai à la façon dont j'avais manipulé Hugo pour venir ici, mais elle dut se dire que je cherchais une explication plausible, car elle pencha la tête et son sourire se fit entendu et plein d'indulgence. Elle ne me croyait pas.

— Oh, May, May. Tu as fait tout ce chemin pour venir me voir. Imaginez-vous ça !

— Je ne suis pas venue d'Oxbow. Je t'assure, je travaille sur un bateau-théâtre. Je m'occupe des costumes. Nous sommes en train de monter une pièce en trois actes…

— Alors là, tu viens d'avouer que tu te payais ma tête ! Ces bateaux de rivière ne donnent que des petits spectacles, un peu de chants et de danses, jamais de pièces complètes !

Voilà maintenant qu'elle me faisait la leçon. Le ton de sa voix signifiait clairement qu'elle savait tout ce qu'il y avait à savoir sur les bateaux-théâtres de rivière, et que je n'y connaissais rien. Était-il vraiment plus facile de croire que j'avais fait le voyage depuis Oxbow juste pour l'entendre discourir, plutôt que d'accepter qu'on m'ait engagée comme couturière ?

— C'est la vérité, m'obstinai-je.

— Oh, May, je m'en moque, je suis juste contente de te voir ! Et quelle chance de te voir arriver pile au moment où j'ai besoin de ton aide ! Mrs Howard ne sait pas coudre, chuchota-t-elle d'un ton de conspiratrice. Nous confions sans cesse nos vêtements à des couturières… Et justement, la nuit dernière, ma jolie robe de soie grise s'est déchirée quand je l'ai enlevée. C'est sous le bras, ça ne se voit pas, mais si tu pouvais…

Mes joyeuses retrouvailles s'étaient envolées. Je promenai mon regard sur la pièce pour reprendre contenance, mais elle ne m'était pas assez familière.

— Je ne suis pas là pour faire ta couture. Je suis venue te parler de ça, dis-je en lui montrant ce que j'avais trouvé à Birchfield.

— Qu'est-ce que c'est ?

Elle se mit à sourire en lisant l'affichette.

— Oh, là, là, dit-elle en secouant la tête, presque rieuse.

Elle releva les yeux sur moi, puis termina sa lecture et éclata de rire pour de bon. J'étais stupéfaite.

— Constance, ce n'est pas une plaisanterie ! Ces gens veulent te faire du mal !

— Oui, oui, je sais. C'est un petit jeu dangereux. Oh, May, tu devrais voir ça ; ces discours se transforment parfois en un vrai spectacle. Tous ces hommes qui hurlent ! Et plus je reste calme, plus ils détestent ça. Flora dit qu'elle n'a jamais vu quelqu'un d'aussi serein que moi. Ça nous fait toujours rire ensuite.

— Ça te plaît, qu'ils te crient dessus et qu'ils te jettent ce qu'ils ont sous la main ?

— Ils ne cherchent pas vraiment à me blesser, ils visent mes vêtements. Mais vraiment, May, ces hommes-là ! Si tu pouvais les voir… Mais tu connais leur genre. Ils vous harcèlent de leurs petits commentaires perfides, et ils s'outragent lorsqu'on leur rend la pareille. Ah ça, ils se sentent en droit de vous tirer dessus, mais ils n'accordent que celui d'esquiver leurs balles ou de saigner ! Ils disent que je m'attaque à leurs principes, mais ils n'imaginent pas un seul instant que je puisse en avoir, moi aussi. Je ne suis qu'une actrice new-yorkaise, à leurs yeux.

— Et tu en as, des principes ?

— Bien sûr ! Flora m'a tant appris. Je n'imaginais pas à quel point la situation était grave, par ici. Ils prétendent que leurs esclaves sont heureux, mais c'est faux ! Ils disent qu'au moins ils ont du travail, de quoi se nourrir, un foyer… Mais savais-tu qu'un esclave ne peut même pas empêcher l'éclatement de sa famille ? Il n'est même pas libre de rester avec sa femme, et ses enfants peuvent être vendus à tout moment.

— C'est horrible.

J'étais sincère en disant cela, mais je voyais bien que Constance songeait toujours aux hommes blancs qui assistaient à ses conférences.

— Bien sûr, ils ne viennent que pour la bagarre. Tous debout au fond avec les mains dans le dos, comme si je ne savais pas qu'ils cachaient des fruits écrasés ! Et mes robes, alors là… May, tu as bien de la chance de ne pas savoir dans quel état elles se retrouvent. Tu n'aimerais pas ça du tout, dit-elle en riant de nouveau.

Ces débats houleux avec une foule d'hommes… Cela ne devait pas être si éloigné d'un numéro de charme. Constance avait toujours adoré charmer les gens. Et j'étais bien placée pour savoir qu'elle ne supportait pas qu'on la prenne de haut. Sa réaction, cependant, me déplaisait beaucoup. Je pensais qu'elle prendrait la menace au sérieux, et qu'elle me remercierait pour l'avoir mise au courant. Mais elle se contenta de plier l'affichette en souriant et de la glisser dans la poche de sa robe de chambre.

— Je la collerai dans notre album.

Puis elle me dévisagea comme en attendant la suite, mais il n'y en avait pas. C'était tout ce dont j'avais à lui parler. Elle me fit un autre sourire.

— En tout cas, qu'est-ce qu'il fait chaud en ce moment ! Tu ne trouves pas ?

Je me sentis encore plus découragée. Elle me parlait comme si je n'étais qu'une lointaine connaissance, croisée par hasard dans la rue. Peut-être une ancienne collègue qu'elle était plutôt contente de revoir, à qui elle commencerait par donner de ses propres nouvelles. Leur départ de Cincinnati remontait à trois semaines, me dit-elle. Flora rédigeait les discours de Constance et réservait les salles de conférences, tandis que Donaldson les conduisait de ville en ville, « en tournée », comme disait Constance. Tout en parlant, elle s'approcha de la fenêtre pour remonter le store, qui semblait de piètre qualité. La brume du matin se dispersait, et la rue se remplissait de charrettes. C'était une tâche importante, d'éduquer les gens sur les conditions de vie des esclaves, me dit-elle en regardant dehors. Puis elle ajouta une chose à laquelle je repensai beaucoup par la suite.

— Tu ne peux pas t'imaginer la vie qu'ils mènent, ces pauvres gens.

Encore une fois, ce ton détaché, comme si elle pensait à autre chose en disant cela, et je me demandai s'il ne s'agissait pas d'un bout de son discours. Elle s'assit au guéridon et se coupa une tranche de pain. En la dévisageant, elle me sembla moins jeune qu'avant ; elle ne contractait plus ses traits pour faire illusion, et n'avançait plus la mâchoire pour se faire des lèvres pleines. Son visage était plus relâché, ses joues de pêche un peu affaissées. À côté d'elle si alanguie – la ceinture de sa robe de chambre était toujours à demi défaite –, j'avais l'impression d'être un oiseau en panique, qui serait entré sans le faire exprès par la fenêtre ouverte et ne savait plus comment ressortir. J'attendais quelque chose de Constance, sans savoir quoi. Peut-être que je voulais simplement l'entendre reconnaître que je m'en sortais très bien sans elle. J'étais indépendante, j'avais un travail, je voyageais, comme elle. Mais elle n'en croyait rien. Cela ne correspondait pas à l'idée qu'elle se faisait de moi, et cette idée était prioritaire. La colère me réchauffa la poitrine.

Constance étala un peu de marmelade sur son pain avec le dos d'une cuillère, saupoudra le tout de sucre, et me le tendit. Flora était allée examiner les sièges de la salle de conférences, me dit-elle. Elle se coupa une autre tranche de pain et la couvrit également de marmelade et de sucre.

— Je suis tellement contente que tu viennes m'écouter ce soir, dit-elle en mordant à belles dents dans sa tartine. Viens en avance pour t'asseoir au premier rang !

Je ne viendrais pas l'écouter – je ne pouvais pas, puisque je jouais du piano pour le spectacle – mais tenter de lui expliquer n'aurait servi à rien. Le soleil traversa soudain la fenêtre, ce qui mit en évidence les taches sur le tapis, et je regrettai d'avoir accepté la tranche de pain parce qu'il me faudrait maintenant la manger avant de pouvoir partir. Liddy m'avait appris comment entrer dans une pièce, mais pas comment en sortir. Je pris une petite bouchée de pain, mais la marmelade me râpa désagréablement le palais. Du sucre et de la marmelade, c'était ce que Constance aimait sur ses tartines, mais je préférais du beurre et rien d'autre. Moins d'un mois auparavant, Constance s'en souvenait encore.

11

Après la mort de son deuxième mari, la mère de Constance, ma tante Ann, s'essaya au théâtre sans grand succès. Elle gagnait assez pour vivre frugalement avec sa fille, mais ne pouvait rien mettre de côté. Cependant, lorsqu'elle finit enfin par prendre sa retraite, ce n'était pas à cause de son médiocre talent – qui pouvait toujours servir, m'expliqua Constance, du moment que sa beauté suivait – mais plutôt à cause d'un scandale ayant éclaté pendant une pièce. L'une des actrices, pas même la vedette, avait soulevé sa robe au-dessus du genou en venant saluer le public en bord de scène.

Cela s'était produit à Bristol, en Angleterre, et après cette exhibition dévergondée, la police avait annulé la pièce et le directeur avait reçu une amende. En France, l'on pouvait exposer ses chevilles en certaines circonstances, m'avait expliqué Constance, voire aller jusqu'au genou, mais seulement devant un public masculin. Ce n'était pas le cas en Angleterre. En Amérique, l'amende aurait été plus sévère, et l'actrice arrêtée.

La première fois qu'elle m'avait raconté cette histoire, j'étais encore petite et nous jouions ensemble dans la rivière Tiffin. La deuxième fois, c'était lors de son premier soir, alors qu'elle tremblait de nervosité, soudain terrifiée à l'idée de monter sur scène. Mais cette fois-là, elle me dit : « Ce n'était pas quelqu'un d'autre. C'était ma mère qui avait soulevé sa robe. Je crois qu'elle avait un peu perdu la tête. Oh, la pièce était de toute façon mauvaise, mais elle avait oublié quelques répliques ce soir-là, et un homme au premier rang lui avait jeté un bout de pain à la tête comme à un singe dans la rue. C'est ce qu'elle m'a dit plus tard, qu'elle s'était sentie comme le singe d'un marchand de rue. »

Pendant les mois passés à l'entraîner pour la scène – flexions des bras, exercices vocaux, respirations nasales pour mieux rire sur scène, etc. –, nous avions toutes deux supposé que Constance s'en sortirait mieux que sa mère. « J'ai plus de courage », c'est ce que disait Constance ; pour ma part, j'estimais qu'elle était plus franche et qu'elle aimait être au centre de l'attention, deux grandes qualités chez une actrice. Mais j'appris alors que la médiocrité n'était pas sa seule ennemie ; il lui faudrait peut-être surveiller sa tendance à la rancune, comme sa mère. Constance dit que sa mère avait toujours su qu'elle n'était pas très douée.

De toute façon, ce soir-là, il était trop tard pour s'en préoccuper. Nous étions dans sa loge, qui avait la taille d'un placard à balais avec quelques bouts de feutre en guise de tapis. Alors qu'elle achevait son histoire sur tante Ann en m'étreignant les mains (les siennes étaient glacées), un petit garçon aux airs de vaurien avait passé la tête par la porte. « Pauline ! »

C'était le nom du rôle que jouait Constance. « C'est à toi ! » Constance n'avait jamais entendu dire cela.

— À moi ? Qu'est-ce qui est à moi ?

— De monter sur scène, tiens !

Il avait patienté derrière la porte. Constance me tenait toujours les mains.

— Et si je fais quelque chose d'épouvantable ? avait-elle murmuré. Je ne peux pas rentrer vivre avec maman à Oxbow !

Tante Ann vivait toujours à Oxbow et s'était faite plus bizarre encore avec l'âge. Elle ne mangeait que des œufs et avait pour la postière du village une méfiance si profonde que c'en était presque de la haine. Pendant les dernières années de la vie de ma mère, nous avions vécu dans la maison voisine, avec une haie en commun, qui était devenue une autre source d'irritation pour tante Ann (trop taillée, ou pas assez).

— Tu ne vas rien faire d'épouvantable, avais-je dit à Constance. Tu n'as jamais rien fait d'épouvantable.

Mais aujourd'hui, en traversant les rues de Viola, en passant devant l'écurie publique et la cour remplie de paille pour sortir de la ville par une route poussiéreuse (j'étais trop énervée pour retourner directement vers le bateau), c'était moi qui me sentais assez furieuse pour soulever ma robe en public. Pour la première fois depuis que j'avais entendu cette histoire, la fausse version d'abord lorsque j'étais petite et la vraie bien plus tard, je comprenais ce qu'avait ressenti tante Ann. Elle avait fait tout ce travail – apprendre son texte, monter sur scène, s'exposer au public – mais, au lieu de recevoir des louanges, elle avait reçu un bout de pain en pleine figure. Bien sûr, Constance ne m'avait rien jeté au visage, mais j'étais blessée par son désintérêt pour mes exploits. Elle n'y croyait même pas. Combien de fois s'était-elle moquée de moi parce que je ne savais pas mentir ? Et pourtant, elle ne me croyait pas lorsque je lui disais que j'avais trouvé un travail sans elle, que j'étais indépendante comme elle. Bien plus indépendante, d'ailleurs, car je n'avais aucune Mrs Howard pour m'aider.

La route serpentait jusqu'à un creux de terrain et rétrécissait jusqu'à n'être plus qu'un chemin caillouteux. Je songeais à faire demi-tour lorsque j'entendis un chant lointain. Au détour de la route, je vis quatre ou cinq hommes alignés dans un champ : des Noirs, qui portaient des chapeaux de paille aux bords incroyablement larges, et qui sarclaient le sol pour cultiver je ne sais quoi. Des Noirs libres. Ils chantaient un *spiritual* sur Noé ; l'un d'eux avait une voix si grave qu'il le prononçait « Noreh ».

Noreh s'est construit un bateau
En bois de noyer
Deux par deux viennent les animaux
Pour y embarquer

Après avoir achevé le dernier couplet, ils recommencèrent au début. Et pourquoi pas, après tout ? J'avais fait exactement la même chose face à Constance dans cette auberge. Toujours la même chanson. Je restai là pour les écouter et vis l'un d'eux – assez grand, le chapeau troué – se servir de l'eau au seau d'une jeune fille qui venait d'apparaître, sortie d'une petite cabane au bout du champ que je venais juste de remarquer. Je me demandai s'ils y vivaient tous et comment ils pouvaient tenir là-dedans. *Tu ne peux pas t'imaginer la vie qu'ils mènent,* m'avait dit Constance. Mais elle, en était-elle capable ? Sans réfléchir, je m'avançai vers eux.

— Avez-vous été esclave ? demandai-je à l'homme.

Dans ma hâte, j'avais oublié de le saluer. Je fus surprise de voir de la frayeur dans ses yeux. Il s'essuya soigneusement les mains avec un mouchoir avant de tirer un papier plié de sa poche. À force d'y rester toute la journée, le papier avait jauni et semblait aussi doux que du tissu.

— Non, madame. Notre père a payé pour sa liberté avant qu'on naisse. Vous voyez, c'est marqué là.

Il me tendit le papier, mais je secouai la tête.

— Je voulais juste savoir comment c'était. De vivre ainsi. Mais je suppose que vous ne le savez pas.

Nos regards se soutinrent avec intensité l'espace d'un moment, puis il détourna les yeux. Pour la seconde fois ce matin-là, je me sentis frustrée par un échange qui n'allait pas au fond des choses. La jeune fille se tenait toujours près de lui, une timbale de fer-blanc à la main, le seau dans l'autre. Après quelques secondes de silence, elle agita sa timbale.

— Un peu d'eau, madame ?

Je hochai la tête, ce qui parut la surprendre, mais elle se hâta de remplir la timbale pour me la donner. Je la remerciai et bus une gorgée ; l'eau était tiède, avec un goût de mousse des bois. Je lui rendis la timbale.

— Vous venez du bateau-théâtre ?

Elle avait la même expression que l'homme, crainte et curiosité mêlées de fatigue à force de se tenir debout sous le soleil brûlant. Sa conclusion n'était que pure logique ; ils ne devaient pas souvent croiser d'inconnus.

— Oui. Le spectacle a lieu ce soir au coucher du soleil.

Une idée me traversa soudain l'esprit.

— Je peux vous donner quelques billets gratuits, si vous en parlez autour de vous. Le bateau est sur la jetée. Mais vous devez déjà le savoir.

La jeune fille et l'homme échangèrent un regard, puis il tourna les yeux vers moi.

— On a le droit de venir ?

— Sur les bancs du fond, oui.

Je lui tendis deux billets. Il les regarda un long moment avant de les prendre. Pourquoi ne pas donner de billets gratuits aux Noirs libres ? me disais-je. Eux aussi pouvaient nous amener des clients.

— Ça ne coûte que dix centimes pour s'asseoir au fond. Nous acceptons aussi les paiements en patates douces, en pêches… ce que vous avez sous la main. C'est une entreprise familiale, le directeur l'a montée avec sa sœur. Et n'oubliez pas d'en parler à vos amis !

La jeune fille prit l'un des billets pour l'examiner. Sa robe était faite d'un tissu floral bleu et blanc, si décoloré que je ne savais même pas de quelles fleurs il s'agissait. Elle était trop courte pour elle, mais elle était propre et bien repassée. Étaient-ils frère et sœur ? Mari et femme ? Les pieds nus de la jeune fille étaient étroits et charpentés comme un bateau. Ses doigts, eux aussi, étaient longs et fuselés, et elle me proposa de nouveau la timbale mais je secouai la tête.

Ce soir-là, les bancs du fond étaient pleins pour la première fois, et je me demandai si Hugo allait en faire la remarque. Je repérai la jeune fille, mais pas l'homme ; peut-être n'était-il pas venu avec elle, ou peut-être ne l'avais-je pas reconnu en habits du dimanche. À vingt heures, l'heure de la conférence de Constance, je ne pus m'empêcher de penser à elle, sur scène, face au public qui la bombarderait de fruits et légumes de leur choix. Mais il était temps pour moi de jouer la mélodie d'introduction, et je m'efforçai de ne plus penser à elle, ni à l'état de sa robe. Je jouai une version accélérée de *The Wolf Is Out* ; dans les coulisses, Hugo hochait la tête en rythme. Il aimait les chansons qui allaient vite.

— Beaucoup de public, ce soir, hein ? me dit-il après le spectacle, en me donnant ma part de la recette.

Il ne mentionna pas spécialement les bancs du fond bondés, mais j'étais tout de même contente.

Le lendemain était un dimanche. Le bateau ne bougeait pas le dimanche, et tous à bord faisaient la grasse matinée avant de s'occuper comme ils le voulaient. J'aimais bien m'asseoir sur la berge avec Leo pour coudre, mais je m'installais parfois dans la salle à manger s'il pleuvait ou s'il y avait trop d'insectes. Mrs Niffen, vêtue de sa plus belle robe noire et d'un chapeau de paille décoré de fleurs en tissu, s'en allait toujours en ville dans l'espoir de trouver une messe à laquelle assister, accompagnée de Celia et Liddy. Mr Niffen travaillait son violon, ce qui était son excuse pour ne pas les accompagner, du moins jusqu'à ce que la chevelure blanche de sa femme ait disparu à l'horizon. Puis il s'allongeait à l'ombre sur la rive avec son chapeau sur les yeux pour faire la sieste. Hugo s'asseyait avec Leo et moi, canne à pêche en main, ou vérifiait les comptes au frais dans la billetterie.

Mais, ce jour-là, les acteurs ne semblaient pas aussi détendus que d'ordinaire un dimanche, et si Mrs Niffen enfila bel et bien sa belle robe noire, elle ne partit pas à l'église avec Celia et Liddy. Peut-être à cause de la chaleur, qui pesait sur mes épaules comme une tonne de briques invisibles. L'air était immobile, le ciel sans nuages, et le soleil y brillait comme une pièce d'argent. C'était mon anniversaire. Je me demandais si Constance s'en souviendrait.

Ma colère de la veille était un peu retombée, mais je m'irritais vite lorsque mes pensées s'égaraient trop longtemps vers elle. J'avais décidé de ne pas retourner en ville – Constance devait de toute façon déjà être partie – mais je me retrouvai tout de même en train de sortir mon sac pour compter mon argent. Il me fallait du fil bleu, et je manquais aussi de blanc. Puis je me rappelai que l'on était dimanche et que tout était fermé. Je rangeai mon sac. Je me demandai ensuite si Oliver n'aimerait pas qu'on le promène un peu. Il dormait sous l'auvent de la billetterie, dans un étroit rectangle d'ombre.

— Oliver ! Oliver, on va se promener ?

Il ne bougea pas d'un pouce.

Hugo surgit de l'autre côté du bateau, rouge de chaleur, les manches roulées. Il vit le châle que j'avais au bras et me demanda si j'allais quelque part, avant de poursuivre sans attendre ma réponse.

— Je dois écrire quelques lettres ; tu voudrais bien faire les comptes de la nuit dernière ? Et pendant que tu y es, tu pourras vérifier mes calculs pour la semaine. Ça ne te dérange pas de prendre le livre de comptes dans ta cabine, par contre ? J'ai besoin de la billetterie.

C'était l'une des tâches d'Helena, tenir le livre de comptes, mais c'était la première fois qu'Hugo me la confiait. Peut-être qu'il commençait à me faire confiance. Mrs Niffen s'était accoudée au bastingage, comme si elle espérait profiter d'une brise de rivière avant de partir à l'église. Je m'attendais à ce qu'elle s'exclame qu'elle adorait les chiffres et qu'elle ne demandait qu'à aider, mais elle se contenta d'arranger ses cheveux blancs en plissant les lèvres. En me retournant vers Hugo, j'eus l'impression qu'il venait de lui faire un clin d'œil. Il sortit aussitôt un mouchoir pour se frotter les yeux.

— Maudits insectes, on ne sait plus quoi faire pour s'en débarrasser. C'est comme s'ils visaient le visage, hein ?

Il se comportait bizarrement, mais ce ne fut que quelques heures plus tard que je me mis vraiment à soupçonner que quelque chose ne tournait pas rond, lorsque j'abandonnai un instant les livres de comptes pour prendre une tasse de thé. La salle à manger était vide, et il n'y flottait pas l'odeur habituelle de café et de pain chaud. Je retournai dans la coquerie :

le chef n'était pas dans son hamac, et le poêle était froid comme la pierre. Un léger malaise s'empara de moi, et pour la première fois depuis que j'avais embarqué, le souvenir du *Moselle* me traversa l'esprit. Mais, en allant à la fenêtre, je vis que tout allait bien : notre bateau était toujours amarré à la jetée, au même niveau que les quillards et barges à fond plat qui s'alignaient après nous. Si nous avions commencé à couler, je l'aurais senti. J'essuyais mes mains moites sur ma robe.

Hugo apparut soudain dans la salle à manger.

— May ! Te voilà ! Et si on allait faire un tour ?

— Un tour ? Il est bientôt treize heures, non ?

C'était l'heure à laquelle nous mangions le dimanche. Je regardai la montre de mon père. Il était presque treize heures trente.

— Il y a quelques pruniers en amont, dit Hugo en me laissant le précéder sur le ponton. Je voudrais aller cueillir des fruits pour le chef. Il va faire une tarte aux…

— Aux prunes ?

— Oui, voilà !

Au bas de l'escalier, il me prit le bras pour me diriger vers la passerelle avec un peu plus d'énergie que nécessaire. J'avais l'impression d'être un cheval qu'on emmène au marché et ça ne me plaisait pas. Je tentai de retirer mon bras.

— Où sont-ils tous passés ? Où est le chef ? Le poêle est froid.

— Oh, ils font la sieste, ils font tous la sieste !

— Mais que se passe-t-il là-dedans ?

Du bruit montait de l'auditorium, comme si quelqu'un déplaçait mon piano. L'une des roues tenait mal, et je ne laissais personne d'autre que Leo ou moi s'en charger.

— Non, ce n'est rien, attends ! s'exclama Hugo.

Mais j'avais déjà ouvert la porte pour entrer dans l'auditorium. Lorsque mes yeux s'accoutumèrent à la pénombre, j'eus la surprise de voir Liddy sur scène dans sa robe d'ingénue pour la pièce en trois actes, que je venais de finir la nuit dernière. Elle aidait le chef à déplacer mon piano. Je ne l'avais jamais vue monter en scène.

— Qu'est-ce que vous faites ? leur demandai-je.

Liddy se retourna au moment où Thaddeus, lui ussi vêtu d'éléments du costume que je venais de lui faire, entrait en scène. Je regardai Hugo pour qu'il m'explique. Il plissa les yeux, puis se décida à sourire et ouvrit grands les bras.

— Joyeux anniversaire ! dit-il.

— Quoi ?

— Joyeux anniversaire ! C'est ton anniversaire aujourd'hui, n'est-ce pas ?

— May ! s'exclama Liddy en descendant de la scène. Tu vas voir ce que nous t'avons préparé ! Assieds-toi, assieds-toi ! Non, là, au premier rang. Pile au milieu. Tu nous as surpris en train de nous préparer, mais ce n'est pas grave, tu es juste arrivée un peu trop tôt.

— Trop tôt pour quoi ?

— Ton spectacle d'anniversaire !

Cela demanda quelques minutes d'explications : ils allaient jouer leur nouvelle pièce pour moi. Ou plutôt les deux premiers actes. Une représentation d'anniversaire, juste pour moi.

— Helena et moi, on se donnait toujours des spectacles d'anniversaire en grandissant, me dit Hugo. Le plus drôle, c'était d'empêcher l'autre d'assister aux répétitions. Ou d'essayer de découvrir où elle répétait, quand c'était mon anniversaire qui arrivait.

Il souriait largement, très content de son petit tour.

— Nous avons répété tous les matins pendant que tu étais en ville. Quand je n'avais pas besoin de Liddy et Celia, elles y allaient avec toi pour être sûres que tu prendrais tout ton temps.

Je n'étais toujours pas certaine de comprendre. Un spectacle d'anniversaire ? Tout le monde me souriait. Je ne m'étais jamais vraiment préoccupée de mon anniversaire, et toute cette attention me gênait, mais me plaisait aussi, un peu. Après la mort de ma mère, la plupart de mes cadeaux d'anniversaire avaient été offerts par Constance, des petites choses dont elle n'avait plus besoin, comme du parfum ou un châle, le plus souvent avec quelques jours de retard – un jour, elle m'avait même offert un châle que j'avais cousu pour elle. Une sensation chaude et presque liquide se répandit en moi, comme si j'avais bu un peu trop de vin d'un coup.

Après que Liddy m'eut guidée jusqu'à mon siège, Hugo se leva pour présenter brièvement la pièce – Thaddeus jouerait le rôle d'un jeune marquis espagnol, amoureux de la fille d'un général – puis il sauta de la scène sans plus d'efforts qu'un chat.

— Jemmy jouera le Général à ma place pour que je puisse me faire une idée de l'ensemble. Et comme ça, je te tiendrai compagnie, dit-il en s'asseyant près de moi.

Je sentais la tiédeur de son épaule, et quelque chose d'autre, qui semblait émaner de toute sa personne – pas une odeur, pas un contact, mais une aura qui s'étendait au-delà de son corps, comme tous les hommes de spectacle. Il tourna les yeux vers moi et me sourit à nouveau. Peut-être anticipai-je alors le plaisir de la pièce à venir, peut-être était-ce juste à cause de la surprise elle-même – quoi qu'il en soit, je lui souris en retour. Un vrai sourire, pas juste un effort pour montrer les dents.

Thaddeus entra en scène vêtu du pourpoint vert que je n'avais achevé que le matin même, et j'étais contente de voir que les rubans marron que j'y avais cousus donnaient l'illusion d'un tissu rayé, comme prévu. Il parada quelques instants sur la scène en regardant autour de lui, accompagné de son serviteur, Mr Niffen. Puis il entama sa réplique.

— *Voici ma patrie, la ville qui m'a vu naître, et en dépit de mon attachement à la capitale – chère Madrid ! – il est naturel que je m'y plaise, et mon dessein est de m'y fixer pour toujours.*

— *Ah, mon Seigneur,* dit Sebastian joué par Mr Niffen, *vous venez ici pour hériter d'un oncle millionnaire. Mais si je n'étais pas amoureux, et si l'objet de ma passion n'habitait pas ici, je ne saurais m'y plaire.*

— *Tope-là, Sebastian ; sur ce sujet, nous voici égaux.*

— *Comment cela, mon seigneur ?*

— *Tu es amoureux, tout comme moi.*

Mr Niffen, ou plutôt Sebastian, lui refusa sa main.

— *Certes, monsieur,* dit-il avec fierté, *mais cela ne suffit pas à nous rendre égaux, même en amour. Vous serez toujours d'une plus haute condition que la mienne, car je ne pourrai jamais aimer plus d'une femme. Cependant, j'ai su que votre Seigneurie en avait aimé seize, et toutes en même temps...*

J'éclatai de rire.

— *Et toutes si bien,* poursuivit Sebastian, *qu'il était impossible de savoir laquelle emportait votre faveur !*

Ce qui me fit rire encore. Les deux acteurs reculèrent vers le fond de la scène et se mirent à se disputer, bien que l'un fût maître et l'autre serviteur. Quelques fenêtres étaient ouvertes côté bâbord, et un vent chaud nous apporta les familières odeurs d'algues, de boue, de poisson, et celle de l'écorce humide des troncs qui pourrissaient lentement dans l'eau. Assise au tout premier rang, les genoux couverts d'un châle et les mains croisées par-dessus, je regardais le spectacle. Au début, mes doigts s'agitaient un peu, cherchant quelque chose à faire ; et naturellement, j'examinais chaque costume qui m'apparaissait en scène pour la première fois d'un œil critique. Mais, après quelques minutes, je cessai d'y penser. La perruque de Mrs Niffen était de travers, mais elle l'arrangea sans doute dans les coulisses car là encore, je l'oubliai vite.

Peut-être qu'en effet il était curieux que je n'aie jamais assisté à une pièce de théâtre. Depuis les coulisses, ma place habituelle, on voyait les acteurs abandonner leur personnage en quittant la scène, puis l'endosser à nouveau pour y retourner ; on voyait les lacets qui fermaient l'arrière de leurs costumes, et les cheveux manquants sur certaines perruques ; on voyait même leurs postillons lorsqu'ils déclamaient leurs répliques, si bien que l'on n'oubliait jamais que tout cela n'était qu'une illusion. Moi, en tout cas, je n'avais jamais réussi à l'oublier. En attendant Constance derrière la scène, un verre d'eau et un mouchoir à la main – elle avait souvent très chaud sous les feux de la rampe –, je voyais l'intensité qui s'emparait des acteurs, sans jamais l'éprouver moi-même. Je partageais leurs coulisses sans jamais les rejoindre sur scène ; peut-être était-ce ce décalage qui m'empêchait d'y croire. Ou peut-être m'employais-je si bien à anticiper les désirs de Constance que je ne faisais pas suffisamment attention au spectacle lui-même.

Je n'en sais rien. Je sais seulement que là, sur ce banc, en regardant Thaddeus se métamorphoser en amoureux et en entendant Mr Niffen déclamer ses répliques comme si tout ce qu'il souhaitait au monde était de parler pour être entendu – alors que je savais pertinemment que rien n'était moins vrai –, quelque chose en moi s'ouvrit pour les laisser entrer. C'était comme l'avait dit Hugo. Je voulais savoir la suite, et pendant ce temps-là je ne pensais à rien d'autre.

Jemmy jouait le Général à la place d'Hugo, et Pinky apparut habillé en vieille femme, dans le rôle d'une servante nommée Cecily, vêtu d'une longue robe très laide aux allures de chemise de nuit (ce n'était pas l'une de mes créations) et une charlotte démodée.

LE MARQUIS : *Cet air sévère que vous prenez contraste avec votre physionomie naturellement douce…*

CECILY (Pinky, ronchonnant d'une voix haut perchée) : *Vos cajoleries ne me séduiront point. Je suis laide et vieille à présent, et méchante par-dessus le marché, Dieu merci !*

Cette dernière réplique nous fit rire tous les deux, Hugo et moi, et lorsque je le regardai il me fit un clin d'œil. Je ne savais pas pourquoi c'était si drôle de voir un bel homme déguisé en femme laide, mais l'effet était réussi. Tout le monde était là, même Leo qui monta sur scène à la fin du deuxième acte pour déclamer de sa belle voix grave, en regardant ses chaussures :

Ainsi s'achève notre cadeau
Pour notre amie, Miss May Bedloe
On voulait jouer la fin pour son plus grand bonheur
Mais on n'a pas eu le temps de l'apprendre par cœur.

J'applaudis à m'en faire mal aux mains, pleine d'une fierté qu'Hugo ressentait aussi, je le savais. Je n'aurais jamais soupçonné à quel point Liddy, Thaddeus et Mr Niffen – les trois acteurs principaux de la pièce – étaient doués. Hugo était content d'eux, lui aussi. Nos applaudissements forcirent, mais pour une fois, je n'en détournai pas ma bonne oreille. Cependant, les acteurs ne nous regardaient pas pendant le salut ; ils fixaient le haut de la salle, un sourire professionnel aux lèvres. Je me dis que c'était sans doute quelque chose qu'on leur avait appris : saluer le dernier rang. Mais Hugo se retourna, puis cessa d'applaudir et se leva d'un coup. Je m'arrêtai en même temps que lui, mais les applaudissements se poursuivirent et j'entendis la voix d'une femme mûre, assurée, aussi fière que n'importe quelle actrice :

— Bravo ! cria Mrs Howard.

Constance était assise près d'elle, et souriait en applaudissant, elle aussi. Elles ne portaient pas de chapeau, et Constance avait plié son châle sur le banc. Elles avaient l'air parfaitement à leur aise là-haut au tout dernier rang, le dos droit, l'air souverain. Quand étaient-elles entrées ? Mrs Howard portait une robe d'un mauve si riche que je n'aurais pas été surprise de trouver une cape d'hermine sur ses épaules, ou une ceinture en maillons d'or à ses larges hanches. Mais lorsqu'elle se leva, je vis que ce n'était qu'une robe comme les autres. Constance se leva à son tour. Pourquoi étaient-elles venues ? Hugo se mit à remonter l'allée vers elles, et je le suivis. À son dos raide, je le devinais en colère.

— Qui êtes-vous ? demanda-t-il d'une voix forte et rude, celle d'un Anglais sans manières. Que faites-vous sur mon bateau ? Il n'y a pas de spectacle aujourd'hui ! Le public n'est pas autorisé à assister aux répétitions ! De quel droit ?

Il poursuivit dans la même veine tandis que Mrs Howard venait à sa rencontre dans l'allée, suivie par Constance, jusqu'à nous retrouver tous les quatre face à face. Une odeur d'église émanait de Mrs Howard, faite de livres de cantiques poussiéreux, de bois trop huilé et de transpiration. Elle attendit patiemment qu'Hugo ait fini sa diatribe, avec aux lèvres un sourire fin mais provocant, qui semblait vouloir affirmer sa supériorité alors même qu'on la réprimandait. Il pouvait bien dire ce qu'il voulait, elle avait un coup d'avance – voilà ce que signifiait ce sourire. De temps à autre, Constance regardait Mrs Howard comme une jeune mariée sondant les réactions de son époux.

— Eh bien ? acheva Hugo. Pourquoi êtes-vous ici, hein ? Vous n'avez rien à dire ?

Ce fut Constance qui prit la parole en premier.

— Je suis venue voir May, bien sûr ! C'est ma cousine. Quelle pièce charmante. Vous devez être Mr Cushing, le directeur ? C'était un très bon spectacle, vraiment excellent. J'ai été actrice moi-même, May vous l'a sans doute dit…

Elle en parlait comme si cela remontait à plusieurs années, et non quelques semaines. Elle tendit la main à Hugo.

— … Je sais reconnaître un travail de qualité.

— Capitaine Cushing, corrigea Hugo sans lui prendre la main.

Sans qu'il me regarde, je sentis son attention se tourner vers moi.

— Ce n'est pas moi qui les ai invitées, dis-je. Je n'ai même pas envie qu'elles soient là.

— Enfin, voyons, May ! s'écria Constance en riant. Excusez-la, elle est très directe.

Elle s'était adressée à Hugo avec un regard charmeur que je connaissais bien, mais Hugo recula d'un pas comme s'il était plus proche de moi que cette intruse qui se disait ma cousine.

— Vous n'avez pas besoin de m'expliquer qui est May, dit-il d'un ton tranchant.

— Elle est venue nous voir hier, dans notre chambre…

— Mais pas pour vous inviter ici ! insistai-je. Je t'en ai à peine parlé. Tu ne voulais pas l'entendre.

— Pas l'entendre ! Mais bien sûr que si, voyons. Je suis ravie de te voir travailler dans un théâtre.

Elle darda sur moi un autre regard familier : *tais-toi, maintenant.*

— Bon, eh bien, vous l'avez vue. Merci et au revoir, dit Hugo.

Constance rougit. Je ne savais pas si elle était surprise par ces reproches, ou par le fait qu'Hugo ne se laisse pas prendre à son charme. Mrs Howard décida de prendre la main.

— Constance a parfaitement raison, c'était un spectacle amusant. Pour une pièce de théâtre, bien sûr. Un divertissement bien sympathique.

Comme d'habitude, son charme à elle avait des relents d'insulte. Elle prit une profonde inspiration comme pour se lancer dans l'un de ses longs discours, mais Hugo lui coupa l'herbe sous le pied.

— C'est dimanche, aujourd'hui. Je pourrais recevoir une amende pour avoir donné un spectacle le dimanche. Comment osez-vous entrer ici et vous asseoir comme si de rien n'était ?

— Cher monsieur, dit Mrs Howard en parlant plus fort que lui, nous avons laissé de l'argent à la billetterie, sur le comptoir, bien plus qu'il n'en faut pour deux billets, et…

— Vous avez laissé de l'argent ? interrompit Hugo. Vous avez payé pour le spectacle ? Mais on pourrait me fermer la boutique pour ça ! Vous n'êtes donc pas au courant ? Pas juste une amende, ils m'obligeraient à fermer ! On est dimanche ! Vous ne savez donc pas qu'on est dimanche ?

— Bien sûr, que je le sais. Nous étions à l'église ce matin, j'ai dit au révérend que nous comptions vous rendre une petite visite… et vous savez, l'intérêt de quelqu'un comme moi, voilà qui ne pourra que donner un peu de respectabilité à votre…

Elle regarda autour d'elle, et je vis comme par ses yeux à quel point l'auditorium était étroit. Certains bancs n'avaient pas été cloués bien droit.

— … Votre charmante petite compagnie, acheva-t-elle.

— Vous l'avez dit au *révérend* ?

Hugo fit un pas en arrière, et l'espace d'une seconde je crus presque qu'il allait la frapper. Mon cœur battait à tout rompre. Je ne l'avais jamais vu si rouge. Il enjamba les bancs et alla à la fenêtre ouvrir un rideau pour regarder dehors.

— S'il le dit au shérif… Vous n'êtes vraiment qu'une idiote !

Mrs Howard, je crois, ne s'était jamais fait traiter d'idiote de sa vie. Elle mit quelques secondes à en absorber l'impact, et j'observai avec beaucoup d'intérêt la façon dont le mauve de son corsage semblait se répandre vers le haut pour lui colorer la gorge, puis les joues. Une veine se mit à battre à sa tempe et sa bouche s'ouvrit lentement comme un bébé sur le point de se mettre à hurler.

— Espèce de malotru ! aboya-t-elle.

Mais Hugo avait été formé au Covent Theater Garden et n'eut aucun mal à crier plus fort.

— Dehors !

Je regardai Constance sans trop savoir quoi ressentir, mais en essayant de ne pas rire. Je ne trouvais pas vraiment ça drôle. Ou peut-être un peu quand même. Constance me fixa avec colère comme si tout était de ma faute, ce qui n'était pas le cas.

— Eh bien, May ! Tu pourrais nous défendre !

— Vous défendre ? Vous avez mis en danger toute la troupe. Toi, plus que les autres, tu devrais le savoir.

Je pensais à sa mère, et elle s'en rendit compte. Elle rougit à son tour, furieuse.

— Personne n'ira s'imaginer que nous constituons un public ! Nous n'étions que deux ! À moins que ce ne soit la taille habituelle de votre audience !

Elle me lança cette dernière pique par-dessus son épaule comme elle se détournait pour partir, en saisissant si brusquement son chapeau que ses rubans rouges s'envolèrent vers le haut avant de retomber. Je voulais lui rappeler que c'était elle qui avait choisi Mrs Howard. Ce chapeau qu'elle agitait était neuf, sa robe était neuve, et elle était bien potelée après tous ces bons repas pris dans la belle vaisselle de Mrs Howard. Moi, je me nourrirais ce soir de bouillon préparé avec ce qu'avait attrapé Leo la veille – un poisson noir et épineux. Je m'en souvenais car je l'avais vidé pour lui. Mais le bouillon ne me dérangeait pas. En fait, j'aimais ça. J'aimais bien être du côté des vainqueurs, et Hugo, décidai-je, avait gagné.

Mrs Howard referma la bouche et mit son chapeau, mais son visage était toujours marbré de violet, et elle semblait presque mortifiée – autant qu'elle pouvait l'être, en tout cas. Elle enfonça une longue épingle dans son chapeau d'un seul coup, comme un jouteur attaquant à l'aveugle, puis dirigea son regard féroce vers moi.

— May, pourrais-je vous dire un mot ?

Chaque syllabe était comme un autre coup d'épingle.

— Oh… dis-je, sur le point de refuser.

— Ça ne prendra qu'un instant. J'ai des nouvelles de votre famille.

Hugo lui lança un regard noir, et elle leva le menton pour le lui rendre avec les intérêts en partant. Je n'avais plus de famille, à part tante Ann et quelques cousins allemands que je n'avais jamais vus, mais la curiosité l'emporta et je la suivis après un moment d'hésitation, sans oser regarder Hugo.

Les nuages filaient au-dessus de la rivière, comme ils le font parfois. Quelques oies picoraient le sol en bas de la passerelle, et Constance les regardait depuis le pont, son chapeau à la main. Elle ne se retourna pas pour me regarder. C'était la marée basse.

— Pars donc devant, ma chérie, lui dit Mrs Howard. Donaldson nous attend sur la route.

Je regardai Constance, qui me tournait toujours le dos. Son col était tordu, et pas très propre. Je savais combien il me serait facile de retomber dans mes vieilles habitudes, m'occuper de ses vêtements et me dire qu'ainsi je faisais partie d'un monde : le sien. C'était ce qui m'était arrivé la veille, mais ce jour-là, sur le bateau d'Hugo, je me sentais plus forte. J'étais plus heureuse dans ma nouvelle vie, une vie que Constance ne pourrait jamais m'offrir, et que je n'avais même pas eu conscience de désirer avant les événements de l'été.

— Au revoir, May, dit Constance d'une voix tendue en me regardant enfin. J'espère que tu viendras à l'une de mes conférences. Je t'enverrai une liste des villes sur notre chemin.

Ses traits étaient durs ; elle était toujours en colère, mais elle faisait un effort et je décidai d'en faire un aussi.

— Celle d'hier s'est bien passée ?

— Une pêche écrasée m'a touchée à l'épaule.

— Ta robe doit être ruinée.

— Oh, je ne vais pas m'angoisser pour l'état de mes vêtements, je ne suis pas superficielle à ce point-là.

Après cette dernière insulte, elle descendit prudemment la passerelle et s'engagea sur le chemin boueux qui s'éloignait de la rivière, en évitant les fientes vert foncé laissées par les oies. Je me retournai vers Fardée, qui enfilait des gants beurre frais. Sans même les boutonner, elle récupéra l'argent qu'elle avait laissé sur le rebord de la billetterie. Quarante centimes, moins que ce qu'elle avait voulu nous faire croire.

— Votre capitaine voulait me donner une leçon, dit-elle en ouvrant son sac pour y laisser tomber les pièces. Eh bien, voilà qui est fait.

Elle se retourna pour me faire face tout en tirant sur son gant. Le cuir au bout des doigts était très sale.

— Cet homme ne vous apportera que des ennuis, May. Dites-moi une chose : où êtes-vous allée en quittant ma maison ? Droit sur ce bateau ?

— J'avais besoin d'un travail et j'en ai trouvé un.

— Cet argent que je vous ai donné, ce n'était qu'un prêt, vous savez. J'attends un remboursement.

Ce n'était pas ce qu'elle avait dit en me donnant l'argent. Je songeai à lui dire que la couleur de ses gants était la plus salissante après le blanc mais, à cet instant, Leo sortit de la billetterie.

— Ça va, Miss May ? me demanda-t-il sans un regard pour Mrs Howard.

Je lui dis que tout allait bien.

— On fait une petite fête là-haut, on vous attend, sourit-il.

Il ignorait toujours Mrs Howard qui s'en rendit bien compte.

— Tout va très bien, jeune homme, merci. *Miss Bedloe* sera à vous tout de suite.

Elle devait trouver que « Miss May » était un peu trop familier dans la bouche d'un homme d'équipage, mais Leo ignora ce reproche ; il toucha son chapeau et repartit à l'intérieur.

— Vous disiez que vous aviez des nouvelles ? m'impatientai-je.

— Oui, je viens de vous le dire, je veux que vous me remboursiez mon prêt.

Rien sur ma famille, donc. Rien d'autre qu'une ruse pour m'attirer dehors.

— Vous m'aviez dit que cet argent était un cadeau.

— Pour vous aider à rentrer chez vous. Ce n'est pas du tout ainsi que vous l'avez utilisé. Je ne sais pas à quoi il vous a servi, mais je voudrais surtout savoir comment vous comptez me rembourser.

Une odeur chaude et farineuse sortait de la coquerie : du gâteau. Un gâteau d'anniversaire. J'entendais des bruits de couverts et de voix. Je savais qu'ils m'attendaient. D'un seul coup, je me trouvai lasse de Mrs Howard, et je la contournai pour atteindre l'escalier.

Elle posa une main sur mon bras.

— Une minute. Où allez-vous comme ça ?

— Chercher votre argent. J'ai presque dix dollars. Je pourrai vous envoyer le reste, à raison de quinze centimes par semaine.

— Quarante semaines, calcula-t-elle. Ça va être long.

Son visage prit un air rusé – ou peut-être l'avait-il depuis le début. Je reculai d'un pas pour éviter son contact. Au même moment, le vent se leva d'un coup, comme souvent sur la rivière, et elle mit une main sur son chapeau, sans cesser de me fixer. Dans la pièce à laquelle je venais d'assister, *Ruse contre ruse,* les personnages pariaient entre eux. « Je parie la moitié de mon domaine contre la moitié du vôtre que j'arriverai à enlever Julia, de son plein gré, ce soir même, pour nous marier », dit le Marquis au Général. L'expression de Mrs Howard, debout contre le vent, ressemblait à celle de quelqu'un qui se prépare à lancer un pari. Je serrai les bras autour de ma poitrine comme pour m'ancrer sur place.

— J'ai une meilleure idée, dit-elle.

12

Il existe un point de broderie appelé le point d'araignée, dont je m'étais un jour servie pour l'un des costumes de Constance. Ce n'est en fait qu'un point arrière compliqué, mais il attire l'œil. Il faut d'abord faire deux ou trois points qui finiront cachés par l'ensemble, puis aligner des fils pour former un cercle, comme les rayons d'une roue. Une fois ces rayons faits – autant que l'on veut –, on les attache tous ensemble au centre. C'est le moment délicat : faire passer un nouveau fil en spirale, au-dessus et au-dessous des rayons, en rangs serrés et réguliers. La première fois que je m'y étais essayée, je m'étais dit en regardant mon œuvre qu'on aurait plutôt dit un genre de soleil doré aux rayons tordus qu'une toile d'araignée. Mais je m'étais bel et bien sentie comme une araignée en le cousant, occupée à tisser ma toile.

Le jour de mon spectacle d'anniversaire, en voyant Liddy entrer en scène vêtue du costume que je venais d'achever, je m'étais dit qu'il manquait quelque chose à sa robe. Et en écoutant Mrs Howard détailler son plan pour que je la rembourse, la solution m'apparut : le point d'araignée.

— Ce sera très facile, pour vous qui descendez la rivière. Personne ne se doutera de rien, disait-elle.

Je ne répondis pas. Son idée me perturbait, et lorsque je suis perturbée, j'ai tendance à penser à quelque chose de complexe pour m'occuper l'esprit. Je visualisai toute une rangée de ces petits soleils, de la taille d'une pièce d'un dollar, sur le large col italien de la robe de Liddy. Mais pour faire un point d'araignée, il me faudrait une aiguille avec une longue tête plate.

— Je vous ferai parvenir notre itinéraire, poursuivit Mrs Howard, et nous discuterons des détails plus tard, en privé.

Elle se tapota le nez pour exprimer l'idée du secret.

— Et si je refuse ? lançai-je comme elle s'engageait sur la passerelle.

— Vous ne refuserez pas, répliqua-t-elle sans tourner la tête. Vous êtes une jeune femme pleine de compassion.

Je n'en étais pas si sûre. Tout comme Constance, je me préoccupais surtout de moi-même. Après le départ de Mrs Howard, je montai à la salle à manger, et le chef apporta un gâteau glacé et deux tartes aux fraises d'anniversaire, avec de la crème fouettée. Hugo fit apparaître une bouteille de vin de mûre et une autre de vin d'abricot, et tout le monde se jeta sur le gâteau et les vins sucrés en discutant de la pièce. Toutes les tables avaient été collées les unes à la suite des autres, et la conversation traînait agréablement. Ç'aurait dû être une bonne soirée, mais je n'arrivais pas à me détendre. J'étais assise tout au bout de notre table géante, et j'avais mal aux tempes comme avec un chignon trop serré. Cela annonçait peut-être une migraine.

— May, faites-nous un petit sourire ! Quelle surprise, hein ? dit Thaddeus en me lançant un regard en biais, comme pour jauger ma réaction. Ça, c'est un cadeau d'anniversaire !

— Je t'ai vue rire, dit Liddy en me serrant le bras.

Son visage rayonnait comme celui d'une petite fille. Je tentai de disperser mes soucis ; je voulais lui dire à quel point j'avais aimé le spectacle.

— Vous étiez tous très bons, dis-je. J'y ai cru jusqu'au bout.

— Alors ça, c'est un vrai compliment, dit-elle riant.

— Mais vous n'étiez pas surprise ? insista Thaddeus, le teint rose à force de boire. Dites-nous au moins que vous étiez surprise. Dites-nous que vous ne l'aviez pas vu venir. C'est le capitaine qui a tout organisé.

— On avait besoin de répéter la pièce d'une traite, de toute façon, dit Hugo d'un ton bourru – mais il y avait un sourire dans ses yeux.

Je les remerciai tous et les assurai que ç'avait été une belle surprise.

— C'est tout ce que ça t'inspire ? dit Jemmy. « Une belle surprise » ?

— C'était très bien. Je me suis amusée.

Je m'étais vraiment amusée, mais ils en attendaient plus.

— J'ai oublié que c'était pour de faux, dis-je en regardant Hugo.

Il me fit un petit sourire, un sourire qui n'était que pour moi, même si tous les autres pouvaient le voir.

Leo apporta un cadeau : une pelote d'épingles en forme de bateau à vapeur.

— De notre part à tous, dit-il. J'ai trouvé ça en ville, il y a quelques jours.

Elle était adorable, de la taille de ma main, en tissu blanc qui se salirait très vite – mais je gardai ce détail pour moi et le remerciai avec toute l'émotion dont j'étais capable, ce qui faisait beaucoup. L'espace d'un moment, en examinant le petit coussin, j'oubliai Mrs Howard.

— Et qu'est-ce que tu as pensé de mon costume, hein, May ? demanda Pinky. Je l'ai piqué à notre chère Mrs Niffen ici présente.

Il mit sa main près de sa bouche et dit dans un murmure parfaitement audible :

— C'est sa chemise de nuit !

— Et qui vous a ouvert mes malles, je me le demande ! répliqua Mrs Niffen en fixant son mari.

Celui-ci, naturellement, continua à manger son gâteau sans même lever les yeux.

— Mais tu sais, dis-je à Pinky, tu ne ressemblais pas vraiment à une femme.

Il éclata de rire comme si je venais de faire une plaisanterie. Son regard s'égarait sans cesse vers Liddy qui ne semblait rien remarquer. Mais je vis qu'elle n'avait pas sorti de lettres de son sac pour les lires sous la table ce soir-là. Elle avait les joues roses et je la trouvais resplendissante. Elle avait l'air content de son jeu et de la pièce. Son visage était ouvert, même si je n'étais pas certaine de comprendre moi-même ce que j'entendais par là. Peut-être qu'elle ressemblait à quelqu'un qui n'avait aucun secret, alors qu'elle n'en manquait pas. Par certains côtés, elle me rappelait Constance ; mais lorsqu'elle me regardait, j'avais l'impression d'être quelqu'un qu'elle apprenait à connaître, plutôt que quelqu'un dont elle avait déjà fait le tour. Pourtant, Constance ne me connaissait pas si bien que ça, et je me remis à penser à Mrs Howard. Enfreindre la loi, était-ce pareil que mentir ? Car c'était bien cela qu'elle me demandait de faire.

Mr Niffen sortit son violon et nous joua un morceau en s'interrompant de temps en temps pour siroter son vin. Une fois à court de vin, il sortit une flasque ; et après l'avoir vidée, il s'assit sur une chaise en étendant ses longues jambes, son chapeau sur les yeux. Mais même avec le chapeau qui lui cachait le haut du visage, je voyais son léger sourire, comme s'il était content de lui-même – peut-être pour avoir mémorisé tant de texte, me dis-je, car il n'avait pas aligné cinq mots depuis la fin de la pièce. Leo avait coupé un petit bout de gâteau qu'il avait mis sur le plancher pour Oliver, puis il avait pris le chien sur ses genoux, et tous deux écoutèrent Mr Niffen jouer du violon jusqu'à ce qu'Oliver lâche un ronflement sifflant. Leo nous dit alors bonne nuit et descendit l'escalier avec le chien. Peu après, Hugo passa un bras autour des épaules de Liddy et dit : « Alors, ce Roméo, quand est-ce que tu nous le présentes ? » Plus tard encore, Celia qui n'avait pas l'habitude de boire du vin, surtout pas deux verres pleins d'affilée, tomba de sa chaise et dut être portée jusqu'à sa couchette par Pinky. Liddy ne fut pas longue à les suivre, et je lui souhaitai bonne nuit même si je ne comptais pas me coucher tout de suite.

— Tu veux nager demain ? demanda-t-elle.

— Bien sûr, si ça te va.

Puis je lui dis une chose que j'avais souvent entendue dans la bouche des acteurs au fil des ans, une remarque insouciante que je n'avais jamais faite moi-même.

— Encore bravo pour ce soir.

J'étais sincère. Il me sembla alors – et je le pense toujours – que cette petite phrase qui m'était tombée de la bouche presque d'elle-même avait, plus que tout le reste, cimenté mon sentiment d'appartenir à leur univers. J'avais entrepris de vivre avec eux sur ce petit bateau – avec eux, pas juste parmi eux – et j'y étais parvenue. Je repensai au moment où Hugo et moi avions applaudi à la fin de la représentation, avant que Mrs Howard ne nous interrompe. Un moment de bonheur. Puis elle avait fait irruption.

Liddy me fit un grand sourire, bâilla, et je la regardai gagner sa cabine. Une fois la porte refermée derrière elle, je descendis l'escalier en silence pour aller à bâbord. De là, j'arrivais de justesse à distinguer, dans la lumière violette, l'autre côté de la rivière. La marée faisait doucement rouler le bateau, et les oies toujours présentes dormaient en contrebas sur l'eau, pressées ensemble en une boule de plumes. D'ici, le Kentucky ne semblait pas loin. Si Hugo se mettait soudain en tête de bouger le bateau, Leo pourrait nous y amener en une demi-heure sur une eau calme. Des clapotis montaient de la rivière – sans doute une petite bête en quête de son dîner – en se mêlant aux grincements des peupliers de Virginie.

— Il va pleuvoir, dit une voix derrière moi.

Hugo vint s'accouder au bastingage, si près que je sentais sur lui l'odeur du vin, du gâteau et du lin humide de sa chemise.

— J'adore cette odeur, dit-il.

Après un moment de confusion – comment pouvait-il savoir que je pensais à sa chemise ? –, je compris qu'il parlait de l'averse à venir. Je laissai mon regard errer sur la rivière.

— Alors, c'était un bon anniversaire ? Ma pièce t'a plu ?

Ma pièce. Son côté possessif me plaisait bien.

— Vous m'avez convaincue, dis-je en parlant du théâtre en général, ce qu'il comprit très bien.

— Je le savais, sourit-il.

Sur le bastingage, nos mains se touchaient presque, ma droite et sa gauche. Des éclats de rire jaillirent soudain de la salle à manger où quelqu'un s'était mis à jouer, très mal, du violon de Mr Niffen. Hugo se retourna vers le bruit et son petit doigt effleura le mien, ce qui me remit en mémoire ce que j'avais ressenti lorsqu'il avait glissé la clé dans ma poche. Comme s'il pouvait lire dans mes pensées, Hugo demanda :

— Alors, cette clé, elle marche ? Plus de cambriolages ?

— Elle fait très bien son travail, dis-je en souriant.

Il rit et posa pour de bon sa main sur la mienne, mais en la retirant si vite que je n'eus pas le temps de me sentir gênée.

— Eh bien, je vais me coucher, May. Je suis bien content que ton anniversaire t'ait plu. Ne prends pas la pluie !

Mon cœur battait étrangement vite tandis que je le regardais remonter l'escalier. Lorsque je me retournai vers le Kentucky, je ne pouvais plus distinguer la rive. J'attendis quelques instants avant d'aller ouvrir la porte de l'auditorium.

Il faisait trop sombre pour y voir, mais je savais que Leo dormait sur la scène avec Oliver près de lui. Même s'il avait éteint toutes les lampes, l'odeur de verre chaud et de pétrole flottait toujours dans l'air.

— Qui est là ? appela Leo d'une voix pâteuse.

Je refermai la porte derrière moi.

— Pardon, je t'ai réveillé. C'est May.

— Vous avez besoin de quelque chose, Miss May ?

— Non. J'avais juste une question à te poser, dis-je avant d'hésiter un moment. Je me demandais… est-ce très difficile de traverser la rivière ? À la rame, je veux dire.

— Comment ça ? En barque ?

— Oui, voilà.

— Pas très difficile. Ça dépend de la marée. Pourquoi ?

Alpha, beta, gamma, delta.

— Juste pour savoir.

— Ne traversez pas à la rame sans savoir nager. Vous savez nager ?

— Oui.

— Bon, c'est bien. Miss May, je dois me lever très tôt demain, il vous faut autre chose ?

— Non, c'est tout. Encore merci pour mon spectacle d'anniversaire, et pour cette jolie pelote.

Il s'était mis à pleuvoir, une grosse averse qui tambourinait à la surface de l'eau. Je me guidai de la main gauche sur la rampe pour monter l'escalier dans le noir, sous la pluie. Il existait une variation du point d'araignée, me rappelai-je, cousu plus lâchement et sans remplissage. Il fallait toujours se servir d'une aiguille de tapisserie pour faire glisser le fil sous les rayons, mais à condition de rester régulier, le résultat ne ressemblerait pas tant à un soleil qu'à un piège.

Je ne trouvai pas d'aiguilles de tapisserie dans la ville suivante – Delmore, qui était côté Kentucky – ni d'aiguilles normales avec un chas suffisamment grand. Le jour suivant, nous revînmes en Indiana, où la chance me sourit davantage. La matinée était chaude et humide, et des nuages bleu craie parsemaient le ciel. Le magasin général se trouvait dans la rue juste après le quai, et la propriétaire dénicha une boîte d'aiguilles de tapisserie dans l'arrière-boutique. Elle rapporta aussi des fils de soie, et l'un d'eux était d'un si beau doré que je fus incapable de résister. Le jaune portait malheur sur scène, mais le doré ne comptait pas.

Quelques affichettes étaient épinglées aux murs mais aucune ne mentionnait d'esclaves en fuite.

— Vous avez beaucoup de fuyards, par ici ? demandai-je en payant.

Elle me lança un regard acéré mais ne dit rien. Elle avait des cheveux fins d'un blond très pâle, et à contrejour – elle se tenait devant la fenêtre, derrière la caisse posée sur un bureau – elle faisait très jeune. Peut-être ne me comprenait-elle pas.

— Des esclaves qui s'enfuient, je veux dire.

Elle pinça les lèvres, ce qui lui donna soudain l'air plus vieux, et referma brusquement la caisse.

— J'avais compris. Vous êtes abolitionniste ?

— Je me posais juste la question.

— Parce qu'on n'aime pas trop les abolitionnistes par ici. On ne pourrait pas se passer de notre clientèle du Kentucky.

Tout comme l'aubergiste, William Whitlock, elle considérait l'esclavage par le prisme des affaires. Je n'étais pas certaine de comprendre la relation entre les deux, et je lui posai la question.

— Ah, les gens comme vous, vraiment… Ce n'est pas compliqué !

Elle gardait ma monnaie à la main et me regardait comme si j'étais attardée.

— Si ces fermiers payaient un salaire à tous ceux qui travaillent dans leurs champs, ils n'auraient plus assez d'argent pour venir ici s'acheter quelque chose. Sans compter que s'ils libéraient leurs esclaves, qui s'occuperait des champs ?

— Qui s'en occupe au Nord ? demandai-je.

— May !

En me retournant, je vis Hugo dans l'encadrement de la porte. Il ne semblait pas en colère, mais il ne souriait pas non plus.

— Tu as tout ce qu'il te fallait ? Je te raccompagne.

Il prit le paquet en papier contenant mes aiguilles et mon fil, et me tint la porte. Je commençais à mieux le connaître, et je m'étais rendu compte que, lorsqu'il s'agitait – en colère, passionné ou inquiet pour son bateau –, son accent anglais se faisait plus prononcé. Lorsqu'il reprit la parole, de retour sur l'étroite route en terre battue, son accent était très fort.

— May, je voudrais te raconter une histoire. Non, non, dit-il en me voyant protester, elle n'est pas très longue, écoute. Quand mon père était jeune, en Angleterre, il a vu des négriers sur la côte de Dover. Ce n'était qu'un petit garçon, il n'y avait pas école, et il ramassait des coquillages sur la plage avec sa sœur, ou quelque chose comme ça. C'est sa sœur qui a vu les bateaux, trois grands bateaux. Ils avançaient contre les vagues, au large, mais assez près pour qu'on les voie bien. Et ma grand-mère lui a dit que c'étaient des négriers qui transportaient des hommes noirs dans leurs cales, plutôt que de l'honnête lin anglais. Mon père lui a demandé : « C'est quoi, de l'honnête lin anglais ? » Et elle lui a répondu que c'était quelque chose qui est fait pour être vendu. Pas comme des gens.

Hugo se mit à fouetter l'herbe haute de sa canne de marche. En contrebas bouillonnait la rivière verte, épaisse comme du lait.

— Mon père n'a jamais oublié ça. Il nous en a souvent parlé, de ces bateaux, à ma sœur et à moi. Ça nous a beaucoup marqués.

— J'étais juste curieuse, dis-je enfin. C'est pour ça que je lui ai posé la question.

— Ces bateaux représentaient quelque chose d'affligeant, je le sais très bien. Quelque chose de singulièrement mauvais – pire, quelque chose d'injuste et d'impie. Un péché, oui, je suis convaincu que c'est un péché mortel. Mais les Anglais ont fini par arrêter la traite des esclaves, tu sais. Interdite par la loi. Et ni ma grand-mère ni mon père n'y étaient pour quelque chose. D'ailleurs, qu'est-ce qu'il aurait pu y faire, lui ? Il n'avait que six ans.

— J'en ai vingt-trois.

— Ce n'est pas nous qui allons changer la loi. Nous sommes là pour divertir les gens qui travaillent dur, tu comprends ? Leur offrir un peu d'évasion. Ils n'ont pas envie de penser aux négriers, pas plus que mon père n'en avait envie.

— Certains en ont envie.

— Ils viennent nous voir pour oublier tout ça. Il ne faut pas s'en mêler.

En lui jetant un regard, je vis qu'il crispait la mâchoire. Nous arrivions aux premiers bateaux le long de la jetée. La plupart étaient déjà vides et attendaient un nouveau chargement. Pour une fois, le *Théâtre flottant* semblait calme et majestueux, pesant sur l'eau.

— Pourquoi t'intéresser à tout ça ? C'est à cause de cette femme ?

Je savais de quelle femme il parlait. Je songeai à mentir et commençai même à me réciter mon grec, puis je changeai d'avis.

— Oui, dis-je simplement.

Hugo s'effaça pour me laisser monter sur la passerelle la première.

— Ne la laisse pas t'entraîner dans ses affaires, May, dit-il avec un accent plus marqué que jamais. Elle ne t'apportera que des ennuis.

C'est exactement ce qu'a dit Fardée de vous, me dis-je en moi-même.

Quelques jours plus tard, je reçus une lettre de Constance à la poste d'Anderson, Indiana. Elle m'envoyait une liste des villes où se tiendraient leurs conférences. La plupart étaient au bord de la rivière Ohio, jusqu'au Missouri.

Je suis désolée que nous nous soyons quittées sur une note amère, mais Flora dit que ce n'était pas de ta faute. Tout cela n'était qu'un malentendu, et lorsqu'on y repense, c'est vraiment ce capitaine Cushing qui avait tort dans l'affaire. Il s'est montré si impoli ! Et il n'a même pas laissé Flora s'expliquer, comme un gentleman l'aurait fait. Prends soin de toi, ma petite grenouille, et saute sur le premier vapeur en partance s'il te mène la vie dure.

Je ne pus m'empêcher de remarquer qu'elle n'avait pas écrit *Je suis là s'il te mène la vie dure.* Fardée avait ajouté un post-scriptum à l'encre marron :

May, nous dormirons au Gladwell Arms à New Paul, Indiana. Puis au Creekside Inn à Roseville. Je suis toujours dans ma chambre à l'heure du thé.

C'était, à l'évidence, une convocation. Mais je ne savais pas ce que j'allais lui répondre. Je n'avais jamais enfreint la loi, et je n'étais pas sûre d'en être capable, même si je l'avais voulu. Alphabet grec ou non, je ne m'imaginais que trop facilement dire quelque chose d'inconsidéré. Je n'arrêtais pas de me dire que c'était idiot de me demander une chose pareille, mais j'avais déjà vu ce qui arrivait lorsque Mrs Howard se faisait traiter d'idiote.

Thaddeus vint me voir alors que je relisais la lettre.

— C'est de votre cousine ? Je dois dire qu'elle avait très bonne mine l'autre jour.

Il avait un pantalon à la main et me demanda si je pouvais le retoucher pour lui.

— Il est devenu un peu serré. J'ai dû manger trop de tarte à la noix de pécan…

Comme Constance, Thaddeus venait me voir dès que quelque chose n'allait pas ; il était incapable de coudre ne serait-ce qu'un bouton, contrairement à Hugo ou Pinky. Pinky allait même jusqu'à réparer lui-même ses chemises déchirées. Nous descendîmes à la chambre verte, où je rangeais mon matériel de couture, et en passant sur le ponton je ne pus m'empêcher de jeter un coup d'œil vers la rivière, comme si Mrs Howard risquait à tout moment d'y surgir en bateau – alors que, jusqu'à preuve du contraire, elle ne se déplaçait qu'en diligence. Thaddeus continuait à jacasser :

— Je me demandais, Constance n'a rien dit sur moi ? Sur mon jeu ? Ah, qu'est-ce qu'on pouvait se moquer des autres acteurs à Pittsburgh ! Vous rappelez-vous la vieille Mrs Goulder ? Elle n'arrivait jamais à faire porter sa voix, la pauvre. Et son frère, myope comme une taupe ! On ne devrait même pas le laisser monter en scène. Enfin, ces vieux acteurs, vous savez comment ils sont. Pas moyen de s'en débarrasser, ni par la carotte, ni par le bâton, comme on dit ! Je suppose que j'en serai bientôt là…

Il n'avait pas l'air de croire un mot de ce qu'il venait de dire. En arrivant à la chambre verte, il me tint la porte.

— Mais le pire, ce sont ceux qui se croient au-dessus de vous. Un acteur de seconde zone ! C'est ce dont m'avait traité l'autre, là, juste parce qu'il avait été la doublure de Kemble… Constance n'avait rien à dire sur la pièce ? demanda-t-il de nouveau, les yeux fixés sur la lettre.

J'avais l'impression que Thaddeus voulait la lire. Ce serait exagérer que d'affirmer que je me sentais en danger, mais je pris bel et bien conscience qu'à présent, moi aussi, j'avais de véritables secrets. Je ne devais montrer cette lettre à personne, en dépit des précautions avec lesquelles elle était écrite ; et après avoir ouvert la boîte à cigares dont je me servais toujours pour ranger mon matériel, j'y glissai la feuille de papier.

— Vous n'êtes pas un acteur de seconde zone, dis-je même si je m'y connaissais assez peu.

Constance s'inquiétait toujours de ce genre de choses, elle aussi, même si les critiques à son égard étaient souvent très bonnes. En y repensant, cela n'avait sans doute fait qu'ajouter à sa hâte d'accepter l'offre de Mrs Howard en m'abandonnant à moi-même. Thaddeus était tout aussi pragmatique. Je me mis à défaire la couture arrière de son pantalon.

— Enfin, au moins, je ne travaille pas aux champs, poursuivit Thaddeus. Ça, je ne pourrais pas le supporter. Un de ces jours, il faudra tout de même que je me trouve une riche et jeune veuve à épouser. Quelqu'un dont feu le mari s'y connaissait en vin… Mais ce qui me plairait vraiment, ce serait de vivre à la campagne, avec une petite fortune et deux beaux chiens de chasse. Quand j'étais petit, j'avais une chienne qui ne me quittait jamais. En tout cas jusqu'au jour où mon père lui a envoyé un coup de pied dans l'estomac. Il était complètement ivre, bien sûr. Elle s'appelait Annie. Il m'arrive encore de rêver d'elle…

Je me demandai ce qu'allait faire Thaddeus à la fin de la saison. Et moi, d'ailleurs ? me dis-je en prenant une épingle sur ma nouvelle pelote pour l'insérer dans la ceinture du pantalon. Mais je ne parvenais pas à m'en inquiéter ; Mrs Howard et son offre prenaient toute la place, ce qui n'aurait pas dû me surprendre de la part d'une femme si grosse – ou, comme le disait toujours Pinky avec diplomatie, « embarrassée de sa chair ».

Mais Mrs Howard dut attendre, car nous nous arrêtâmes dans trois villes du Kentucky de suite, alors qu'elle et Constance ne quittaient jamais le Nord. Elles ne donnaient aucune conférence au Sud, comme l'avait prédit Thaddeus à Jacksonville. Je n'aurais donc pas à prendre de décisions pour le moment.

Le jour où nous arrivâmes enfin à New Paul, Indiana, il était trop tard pour aller voir Mrs Howard, qui était déjà partie. Je passai donc l'après-midi à découper des aloses pour Leo, qui aimait s'en servir d'appâts. Peut-être arriverais-je à éviter complètement Mrs Howard. Mais elle viendrait sans doute à ma recherche, et le *Théâtre flottant* n'était pas dur à trouver, avec toute la publicité que nous mettions en place.

Quelques jours plus tard, nous accostâmes à Carney, Kentucky, une ville mourante ou déjà morte, selon votre niveau d'optimisme, et certainement pas le genre d'endroit où se décide le destin. Pourtant, ce fut exactement ce qui m'arriva.

Aucun petit garçon ne vint nous accueillir. En nous approchant de la ville, nous ne croisâmes que quelques femmes qui faisaient leurs courses, panier au bras. La plupart des magasins semblaient abandonnés, leurs vitres obstruées par des planches. Même le crottin de cheval au milieu de la route était vieux et sec, cuit par le soleil. Le receveur des postes expliqua à Hugo que l'on avait trouvé du charbon dix miles au sud ; avec la ruée sur les banques à l'automne dernier et une mauvaise récolte de tabac trois ans de suite, la moitié des hommes en âge de travailler étaient partis dans les mines. Mais même sans ces explications, j'aurais deviné qu'il ne fallait pas s'attendre à beaucoup de public. La ville me faisait l'effet d'un cadavre : les yeux ouverts mais sans vie.

— Maudit charbon, dit Hugo en sortant du bureau de poste. Ils m'en avaient parlé l'an dernier, mais je ne pensais pas qu'on en arriverait là. Si j'avais un vapeur, nous pourrions remonter jusqu'aux mines et revenir en moins d'un jour. Comment s'appelle leur ville ? Ces mineurs méritent bien un spectacle. Où en sont nos recettes, May ?

— Cent deux dollars et cinquante centimes, moins ce que vous allez dépenser aujourd'hui.

— Si Dieu le veut, je pourrai m'acheter ce vapeur fin août. Mais pas si notre public disparaît dans l'arrière-pays avant !

Nous approchions de quelques bâtiments agricoles et Hugo y posa des affiches, comme s'il espérait atteindre absolument tous ceux qui restaient dans cette ville. Après en avoir collé quelques-unes, il remarqua au loin une grange à tabac perchée sur une ondulation de terrain. Elle semblait à l'abandon depuis au moins quelques années.

— Il faudrait trouver de la peinture et écrire notre nom sur le toit de cette grange, pour que tout le monde le voie. Ça, ce serait une bonne publicité. Peut-être même que les mineurs le verraient.

— Est-ce que le fermier sera d'accord ?

— On lui donnera quelques billets gratuits. D'ailleurs, il aura sans doute de la peinture ou de la chaux.

Des nuages sombres et sinueux déroulaient leurs anneaux au-dessus de nos têtes. Le vent qui se levait plaquait ma robe contre mes jambes, comme pour me retenir. Hugo traversa le champ spongieux où poussait autrefois du tabac. Certains plants luttaient encore pour survivre, malgré leur abandon. Leurs feuilles étroites, qui jaunissaient sur les bords, poussaient plus près du sol que du soleil, et les tiges humides s'ingéniaient à se glisser sous ma robe en mouillant mes bas. La grange à tabac était tout en longueur et penchait sur le côté. Elle semblait de plus en plus délabrée à mesure que nous approchions, et je me demandai pourquoi Hugo ne lâchait pas l'affaire. Mais il était comme moi : après avoir pris une décision, il s'y tenait jusqu'au bout.

— Je ne vois pas de ferme, dis-je.

Hugo fit le tour par l'arrière tandis que j'allais à la porte pour jeter un œil à l'intérieur. La grange avait été bâtie sans fenêtres et n'avait qu'une porte, que l'on avait sortie de ses gonds pour l'appuyer contre le mur. J'ignore ce qui me poussa à entrer, car les poutres du toit étaient à moitié pourries, et les nœuds dans les planches disjointes des murs semblaient autant d'yeux fantomatiques qui me fixaient avec réprobation. Un vieux relent de tabac et de bois mouillé se mêlait à une odeur plus récente, animale.

Si la ville que nous venions de quitter était l'incarnation de la mélancolie, cette grange était celle du désespoir. J'entendis Hugo entrer derrière moi. J'allais ressortir lorsque je remarquai quelque chose dans le fond, une petite structure faite de planches grossièrement taillées, avec des barreaux aux ouvertures. Un genre de cage, mais trop étroite pour un cheval et trop haute pour un cochon. En m'approchant, je vis que des anneaux de fer pendaient à l'une des épaisses solives en bois.

Hugo, qui me suivait, prit une soudaine inspiration.

— Regarde ces fers. Seigneur. C'est une cage à esclaves.

— Quoi ?

— Ils devaient les enchaîner ici en attendant de les vendre sur le marché.

Pendant quelques instants, je me trouvai incapable d'absorber ce qu'il venait de dire. Puis j'y parvins, et une chape glacée s'abattit sur mes épaules tandis qu'un bruit étrange me remplissait l'esprit, comme un balai crissant sur le sol. En y repensant, c'est là qu'a vraiment commencé mon épiphanie. Les fantômes dans les nœuds du bois, les sombres murs pourrissants et sans fenêtres, tous ces détails se solidifièrent en un décor unique. Poser mon regard sur les fers semblait faire de moi le témoin coupable de toute la malfaisance qui avait eu lieu ici. La cellule était trop petite pour s'y allonger ; et les fers étaient si hauts qu'ils ne permettaient peut-être même pas de s'asseoir. Il y en avait une autre paire, plus petite, placée plus bas sur la poutre qui divisait la cellule en deux.

— Pour enchaîner les enfants, dit Hugo.

Le silence qui régnait dans la grange devint soudain insupportable. Les petits fers étaient conçus pour s'ajuster à des poignets minuscules. Les points de rouille qui les émaillaient ressemblaient à du sang séché. Il y en avait une seconde paire de l'autre côté de la poutre. Deux enfants attachés là se seraient retrouvés dos à dos. Je vis sur la terre battue un petit tas de selles humaines, desséchées par le temps, et je songeai soudain au petit garçon noir avec sa grenouille qu'il appelait le Bon Dieu. Je ne voulais pas l'imaginer ici.

Le visage d'Hugo était plongé dans l'ombre. *Vous pensez toujours qu'il vaut mieux attendre que la loi change ?* C'était ce que j'avais envie de lui demander, mais j'avais peur de sa réponse. Il était anglais, après tout. Je ne savais pas si cela suffisait pour qu'il ne se sente pas concerné.

— On dirait qu'ils ne s'en servent plus, c'est déjà ça.

Il tendit la main comme pour me prendre le bras, mais je me détournai. Je ne pouvais plus parler.

En retraversant les champs de tabac, Hugo abattit les plants mourants sur notre passage, à grands coups de canne. Nous n'avions rien peint sur la grange et nous n'avions pas non plus cherché son propriétaire. Je voulais oublier cet endroit, et je marchais devant en écoutant siffler la canne d'Hugo.

Cette nuit-là, comme il l'avait prédit, notre public ne compta qu'une poignée de gens ; huit hommes, six femmes et deux enfants. Les femmes avaient le visage pâle et creusé, mais bien propre, et les hommes s'étaient assis en tenant leur chapeau sur les genoux. Ils le brossèrent du plat de la main à la fin du spectacle, et donnèrent le bras à leur femme. Ils étaient tous fermiers ou commerçants. Peut-être que l'un d'eux était le propriétaire de cette grange. Malgré tout, en dépit même de leur petit nombre, je ne pouvais m'empêcher de me dire que rien ne les différenciait de notre public habituel, au nord comme au sud.

13

Mrs Howard se mit à déballer une étonnante petite boîte couleur bronze – japonaise, me dit-elle – qui contenait un service à thé miniature en argent : une bouilloire de la taille d'un verre à dents, une boîte de thé avec sa cuillère, toutes deux minuscules, deux tasses sans anses, un pot à crème, une théière, et un cache-théière en laine en forme de cottage élisabéthain. Je la regardai sortir chaque article, abasourdie, avec l'impression de jouer à la dînette.

— La théière est une invention anglaise, disait-elle, mais basée sur le pot dont se servent les Chinois pour boire du vin chaud. J'emporte toujours ce service avec moi en voyage.

Nous étions dans la chambre qu'elle avait louée à Kenilworth, Indiana. Constance était à la fenêtre, vêtue d'une belle robe vert forêt, et en me voyant entrer elle s'était écriée : « Oh, ma petite grenouille, comme je suis contente que tu sois venue ! » Une certaine amertume m'avait envahie en l'entendant. J'aurais voulu qu'elle m'accueille ainsi à Viola, mais elle ne l'avait pas fait, et maintenant, c'était trop tard. Je ne lui avais pas rendu son étreinte lorsqu'elle était venue m'embrasser, ce qui n'avait pas échappé à Mrs Howard.

— Mes filles, avait-elle claironné, repartons sur de bonnes bases. Ce qui est fait est fait. Aujourd'hui est un autre jour, et c'est une journée magnifique !

Il faisait très humide, et le ciel était nuageux.

— Bon, voyons voir, où ai-je mis mon petit service à thé ?

Une fois installé sur le guéridon, le service semblait trop encombrant pour tenir dans la boîte japonaise, mais j'avais vu faire Mrs Howard ; je savais donc que c'était possible, en dépit des apparences. D'une façon similaire, Mrs Howard semblait ce jour-là généreuse et amicale, alors que je savais qu'il n'en était rien.

Lorsque Constance descendit chercher de l'eau chaude, je lui demandai :

— Alors, tout cela n'est qu'un stratagème ? Les conférences ? Vous ne faites qu'aider des esclaves en fuite ?

— Un stratagème, non, je n'irais pas jusque-là. Disons plutôt que nous faisons d'une pierre deux coups. Mais c'est une bonne couverture, en quelque sorte, une très bonne couverture.

— Est-ce que Constance est au courant ?

— Bien sûr, voyons. Mais peut-être que j'ai pu exagérer l'importance de son rôle…

Mrs Howard était une femme rusée. Mais cela, je le savais déjà. Elle se pencha en avant, ce qui fit osciller ses chaînes d'argent, et ses yeux bleus s'étrécirent.

— Et maintenant, May, parlons un peu de ce que vous pouvez faire pour nous.

Je ne vous ennuierai pas avec le long préambule que s'accorda Mrs Howard avant d'en venir au fait vingt bonnes minutes plus tard – des histoires où figuraient des esclaves évadés, des fuites en pleine nuit, et Donaldson qui, par deux fois, s'était montré plus malin que leurs poursuivants (en chassant leurs chevaux et en détruisant leurs bottes dans leur sommeil). Elle avait à peine entamé son récit lorsque Constance revint avec l'eau chaude avant de ressortir tout de suite, cette fois avec son panier, pour aller faire des courses. Je bus mon thé dans la tasse miniature de Mrs Howard, qui ne contenait guère plus de trois gorgées, et refusai des biscuits sablés, du raisin noir, la dernière part d'un gâteau aux cerises, et des tranches de truite fumée.

Mrs Howard mangea un peu de tout, ce qui n'avait aucun impact sur son débit de parole. Mais lorsqu'elle ouvrit la bouche pour enfourner un morceau de gâteau plus grand qu'à l'ordinaire, je sautai sur l'occasion pour dire quelque chose.

— Que faudra-t-il que je fasse pour vingt-cinq dollars ?

J'étais fatiguée, et je voulais qu'elle me donne mes instructions pour pouvoir partir.

Mrs Howard déplaça dans sa bouche le bout de gâteau, sans l'avaler.

— Allons, ma chère, ne soyez pas si mercenaire ! On ne marchande pas une bonne action.

— Pourtant, c'est exactement ce que vous m'avez demandé de faire, sur le bateau, lui rappelai-je. Mais si vous avez changé d'avis…

Je me levai, tout en sachant qu'elle n'allait pas me laisser partir comme ça.

— Tout ce que je vous demande, dit-elle à voix basse, c'est de livrer quelques colis pour moi.

— Et ces colis sont des êtres humains, c'est ça ? dis-je sans baisser le ton.

— Chut !

Elle se leva pour aller écouter à la porte, puis l'ouvrit d'un coup. Il n'y avait personne.

— Il faut faire attention, dit-elle en revenant s'asseoir. Ces histoires que je vous ai racontées sont autant d'avertissements. Nous devons surveiller nos paroles.

— Ça m'est assez difficile, je pensais que vous le saviez.

— Ma chère, je vous fais confiance.

— Ce n'est pas une question de confiance.

— Faites passer quelques colis en descendant la rivière, voilà tout. Peut-être seront-ils assez petits. Vous voyez ce que je veux dire.

— Des enfants ? dis-je en songeant aux petits fers dans la cellule. Mais que vais-je en faire ?

— Vous les récupérez au sud, naturellement, et vous leur faites traverser la rivière. Donaldson vous attendra sur la route avec la calèche. Vous le trouvez, vous lui donnez le colis, et c'est tout. Il s'occupera de la suite.

J'avais d'autres questions à lui poser mais une cloche se mit à sonner ; le dîner serait servi au rez-de-chaussée dans un quart d'heure.

— Comment saurai-je que quelqu'un attend que je leur fasse passer la rivière ? demandai-je.

— Je m'arrangerai pour que vous le sachiez.

Elle se leva et se mit à brosser à grands gestes les miettes de pain qui constellaient sa large poitrine.

— Mais où dois-je emmener ma barque ? insistai-je. Et comment savoir où trouver Donaldson ?

— Vous serez mise au courant, le moment venu, dit Mrs Howard en arrangeant ses colliers. Moins vous en savez, mieux c'est.

— Mieux pour qui ?

— Mais pour tout le monde, mon enfant. Aucun de nous ne connaît l'ensemble du puzzle, c'est une affaire de pièces. Et vous êtes l'une d'entre elles.

La cloche sonna de nouveau.

— Où est donc passée votre cousine ? Je me le demande bien. Vous n'allez pas rester pour dîner, bien sûr, je ne pense pas que cette auberge accepte les invités. Et de toute façon, mieux vaut qu'on ne nous voie pas ensemble pour le moment.

Peut-être que cette dernière phrase aurait dû me remonter le moral, mais ce ne fut pas le cas.

Les motifs que je brodais sur la robe de Liddy étaient assez compliqués pour retenir toute mon attention par tranches de dix minutes. Mais lorsque ces dix minutes s'achevaient, ou lorsque je devais m'interrompre pour tirer une nouvelle coudée de fil, ou retourner le tissu pour faire un nœud sur l'envers, ou le lever à bout de bras pour vérifier que les broderies étaient bien droites, mon esprit revenait immédiatement à Mrs Howard et à ses petits « colis ».

D'un côté, je ne voulais pas qu'on m'en dise trop, car si quelqu'un m'interrogeait, ce que je savais risquait de m'échapper, même avec mon grec. Mais d'un autre côté, entreprendre quelque chose sans indications claires me déplaisait foncièrement. Sortir l'aiguille, enrouler le fil autour du point, rentrer l'aiguille. Étape A, étape B, étape C. Voilà des instructions qui me convenaient. Faire une marque sur le tissu au seizième de pouce, coudre un point, mesurer à nouveau ; s'il est bien aligné, tendre le fil et coudre un autre point.

Plusieurs jours s'écoulèrent jusqu'à ce que dimanche revienne. Je passai l'après-midi comme à mon habitude, assise dehors sur une chaise en toile, près de Leo qui pêchait sur la jetée. Hugo avait installé sa chaise à côté de la mienne. Le *Théâtre flottant* était amarré derrière nous, avec sa petite barque attachée à la poupe, que la rivière poussait contre la berge moussue. Je notai que le cordage qui la liait au bateau était noué autour d'un crochet fiché dans l'étrave. Saurais-je défaire ce nœud ? Et surtout, saurais-je le refaire ? La lune me suffirait-elle pour y voir, ou devrais-je prendre une lanterne ? Mrs Howard ne m'avait plus donné de nouvelles depuis notre entrevue à Kenilworth. La fin de l'attente signalerait le début du danger, mais je n'aimais pas vivre dans l'incertitude.

— C'est pour Miss Liddy ? demanda Leo.

Il ôta de l'hameçon un petit poisson brun qui se débattait pour retourner à la rivière, puis le mit dans un seau à part pour que je le vide et le lave lorsque l'envie me prendrait d'interrompre ma couture. Je lui répondis que oui.

— Joli. Ça va lui plaire.

Hugo portait un chapeau à large bord ; il l'orienta de façon à allonger l'ombre sur son visage. Il avait un exemplaire de *Ruse contre ruse* à la main, et sa canne à pêche dans l'autre. Leo prit un ver dans un autre seau et l'escha sur son hameçon, sous le regard curieux d'Oliver.

— Si tout se passe bien, on jouera la grande première à Paducah ou Florence. Ça avance bien ? me demanda Hugo.

Il parlait des costumes. Il s'était mis à s'y intéresser, en allant même jusqu'à me faire des suggestions.

— Je me disais que le Général devrait avoir des épaulettes, pour bien montrer que c'est un militaire, dit-il.

— Je suis d'accord. Et une grande ceinture en tissu, c'est facile à faire.

— Une couleur qui se voit bien. Rouge ou doré.

— Le doré serait assorti à ce que je fais là, dis-je en montrant mes broderies sur le costume de Liddy.

— Va pour le doré.

Hugo examina mes broderies de plus près.

— Superbe. Tu pourrais ajouter un rempli bleu au milieu, ça attirerait l'œil.

Je souris en moi-même. Si Constance s'était autant intéressée à ma couture, je n'aurais jamais cousu de plumes dans ses costumes pour qu'ils la grattent, même quand elle se moquait de moi. J'étais contente qu'Hugo prête attention à mon travail, même si je n'avais pas l'intention de suivre son idée. Un point bleu aurait ruiné ma broderie. Hugo se replongea dans sa lecture ; lorsqu'il penchait la tête en avant, je voyais la ligne bronzée de son cou juste sous ses épais cheveux noirs. Tous les matins, après avoir amarré le bateau avec Leo, il retournait à l'étage pour se laver le visage et les mains et écrire dans son journal de bord, ce qui lui donnait un parfum de talc. Sa mousse à raser sentait bon, elle aussi, riche et sucrée. Il ne se rasait pas tous les matins ; parfois, il attendait le dernier moment juste avant le spectacle, après avoir mangé et fait la sieste, et il me semblait alors que sa barbe naissante avait elle-même une odeur, brute mais pas désagréable, comme des aiguilles de pin. Il était fier d'être un homme de rivière, fier de ses papiers de capitaine, et surtout fier de son théâtre. S'il trouvait que Leo n'avait pas assez blanchi le sol, il s'en occupait lui-même, à quatre pattes. Ces jours-là, il répandait l'odeur citronnée de la chaux.

Je tirai le fil de mon aiguille et défis un point trop serré.

— Vous avez vu que les bancs du fond étaient pleins, cette semaine ? lui demandai-je. J'ai donné des tickets gratuits.

— À des Noirs libres ?

— Je leur ai dit d'en parler à leurs amis et leur famille. Selon mes calculs, notre produit net a monté de 28 % par rapport à la semaine dernière.

Je voulais lui rappeler que j'étais douée en mathématiques, au cas où l'idée lui viendrait de confier les comptes à Mrs Niffen.

— J'espère que tu n'as pas fait ça dans les États du Sud. Les Blancs ne viendraient pas s'il y avait des Noirs dans le public.

— Mais pourquoi ?

Hugo posa sa canne à pêche et s'essuya les mains sur son pantalon. Le texte tomba à ses pieds sur la jetée.

— Je sais. Ce n'est pas juste. Mais c'est comme ça.

Il coinça la canne sous son bras, ramassa le texte et marqua sa page, puis s'assit dessus pour qu'il ne retombe pas et s'affaira avec sa ligne de pêche. Oliver s'était mis à renifler le seau d'appâts et Leo claqua des doigts pour qu'il s'éloigne.

— C'est comment, d'être un esclave ? demandai-je à Leo.

Hugo ajusta sa position dans sa chaise en toile, mal à l'aise.

— Vous savez bien que je ne sais pas, dit Leo.

— Ta mère ne t'a rien raconté ?

Hugo s'agita à nouveau.

— May…

Mais Leo se contenta de hausser les épaules.

— Elle a changé de vie. « Ne regarde pas en arrière », c'est ce qu'elle disait toujours.

Hugo se racla la gorge en sourdine. Il enleva son chapeau ; ses yeux étaient un peu dans le vague et semblaient humides sous le soleil.

— May, écoute, Leo n'a jamais été… Leo est un homme libre, tu sais. Tu ne devrais pas demander ce genre de choses, ni à lui ni à personne d'autre.

— Pourquoi ?

Un vapeur qui passait sur la rivière siffla deux fois. Sa roue à aubes tournait lentement, en faisant jaillir des gouttelettes étincelantes qu'elle ramenait aussitôt dans l'eau. Leo ne voulait pas parler de son passé, je le comprenais bien. Mais, ce jour-là, quelque chose me poussa à continuer. Personne ne m'expliquait jamais ce que je voulais savoir. Peut-être que je ne posais pas les bonnes questions.

— Pourquoi ne vas-tu jamais à terre au Sud ? lui demandai-je après le passage du vapeur.

— À cause des esclavagistes là-bas, dit-il en testant sa ligne. On pourrait m'attraper et me réduire en esclavage.

— Ils ne peuvent pas faire ça ! dit Hugo qui s'agitait de plus en plus. Il y a des lois dans ce pays ! Tu es un homme libre, Leo, tu le sais. Tu es né libre. Non que je veuille te faire débarquer au Sud. Si tu es mal à l'aise là-bas, bien sûr… mais il faut que tu le saches, tu y serais parfaitement en sécurité.

Leo haussa de nouveau les épaules, mais il avait raison. Dix ans plus tard, je lirais dans le journal que l'on tentait de faire passer une loi qui autoriserait les Blancs à faire précisément ce qu'il craignait : attraper un Noir, libre ou non, pour l'emmener en esclavage au sud.

Leo remonta un autre poisson brun, identique au premier, et poussa un juron. Il cherchait un gros poisson-chat qu'il avait vu le matin même.

— Je m'occuperai de les vider dès que j'aurai terminé ce bout-là, dis-je avec un signe vers le seau à poisson.

Leo escha un nouvel appât sur sa ligne.

— Ce poisson-chat est là, je le sais.

Mais Hugo n'en avait pas fini avec moi.

— Je ne comprends pas, May. Ça fait un mois et demi que tu es là, et d'un seul coup, tu t'intéresses aux esclaves ? Pourquoi n'avoir jamais posé ces questions avant ?

— Je ne sais pas. Je suis comme ça.

Ses yeux cherchèrent les miens.

— J'espère que tu ne corresponds pas avec cette femme, l'abolitionniste. C'est une brute, May. Ne la laisse pas te dicter tes pensées. Tu es assez indépendante pour ne pas te soucier d'elle.

— Ce n'est pas qu'elle me dicte mes pensées, c'est qu'elle a lancé ma réflexion. Et maintenant, je ne peux plus l'arrêter.

Hugo s'apprêta à dire quelque chose, puis s'interrompit lui-même. Il enroula sa ligne sans remonter de poisson et regarda le seau sur la jetée.

— Quand tu suis le fil de quelque chose, il faut toujours que tu ailles au bout, dit-il sans lever les yeux.

Était-ce une question ? Je n'en étais pas sûre.

— Et ce n'est pas bien ?

Hugo et Leo échangèrent un regard. Puis Leo évita délibérément de répondre en se concentrant sur sa ligne.

— Non, dit Hugo. Enfin, je ne sais pas. Parfois, oui, peut-être.

J'attendis qu'il poursuive. Il prit une grande inspiration, puis posa sa canne à pêche en jetant un coup d'œil à Leo.

— En fait, je me sens responsable. De vous deux. De tout le monde. Je ne veux pas qu'il t'arrive du mal, May. Ni à personne d'autre. En tant que capitaine, je veux dire. Je me dis que je devrais…

Il laissa s'éteindre sa phrase et regarda deux jeunes garçons qui s'étaient fabriqué un radeau et dérivaient sur l'eau. L'un d'eux s'était coiffé d'un chapeau en papier journal.

— Bon sang, qu'est-ce qu'il fait chaud. Tant pis, je rentre.

Mon point était trop serré, une fois de plus, et tout en le défaisant je me penchai sur mon travail pour dissimuler mon visage, car j'y sentais une expression que je voulais lui cacher. Il avait dit qu'il voulait nous protéger. L'entendre avait fait gonfler en moi un plaisir étrange, comme un ballon d'air chaud. Mais j'étais également consciente de désirer quelque chose d'autre, quelque chose de plus spécifique et qui me serait réservé. J'écoutai ses pas s'éloigner le long de la jetée, puis sur le pont du bateau ; en entendant claquer la porte de la billetterie, je relevai les yeux. Oliver avait déjà pris sa place dans la chaise longue. Leo était toujours là, debout, les yeux fixés sur la rivière, en tenant sa canne à pêche à deux mains. Les arbres morts prisonniers dans les hauts-fonds boueux dansaient sur l'eau, comme dans l'espoir d'une délivrance, mais ils resteraient là jusqu'à ce qu'un employé du gouvernement les note sur sa liste pour que l'on vienne les enlever.

Leo se mit à remonter sa ligne.

— Ma maman me racontait qu'à Noël elle recevait toujours des nouveaux vêtements de la part de ses maîtres. Des chapeaux, par exemple, ou des bottes, ou des chaussures. Et ils lui donnaient de la mélasse, du sucre, et de la farine. Un seau par famille.

Une brise chaude souffla de la rivière en écartant ses longs cheveux. Lorsqu'il les lâchait, il ressemblait plus à un Indien qu'à un Noir. Je lissai sur mes genoux le tissu dont je m'occupais.

— Ça n'avait pas l'air si horrible.

— Quand elle était punie, son maître la mettait dans un sac à patates et la suspendait à un chêne et la frappait avec un bâton. Un jour, elle m'a dit qu'elle préférerait traverser une mer de sang plutôt que de retourner là-bas.

Je levai les yeux vers lui, mais il fixait l'eau vitreuse comme pour y repérer les moustaches du poisson qu'il cherchait. Je ne savais pas quoi dire. Tout comme les menottes dans la cellule vide, il valait mieux ne pas essayer de l'imaginer. Le fond de l'Ohio était sombre et boueux. Les poissons-chats s'y plaisaient. Il devait y faire froid ; c'était facile de s'y cacher.

Je m'approchai du seau pour en sortir un poisson à vider. Au moins, je pouvais l'aider ainsi. Comme je m'agenouillais sur la jetée, Leo dit :

— C'est pas difficile de traverser la rivière à la rame. Ma petite barque tire un peu vers la droite, mais elle fait très bien l'affaire.

En l'entendant, je relevai les yeux vers lui. Connaissait-il mes plans ? Avait-il entendu ma conversation avec Mrs Howard ? Pour la première fois, je songeai qu'il aurait très bien pu rester dans la billetterie après m'avoir dit que les autres faisaient une fête là-haut, au lieu d'aller nettoyer la scène comme il le faisait toujours après un spectacle. Mais s'il était resté là, alors il avait tout entendu. Savait-il ? Son visage était impassible.

14

Je ne me rappelle plus si ce fut cette nuit-là ou la suivante que je commençai à rêver de Giulia, la petite Italienne du *Moselle.* Je sais seulement que c'était quelques jours avant ma première traversée à la rame. Dans mon rêve, Giulia s'agrippait à moi pendant que je nageais vers la rive. Puis quelque chose m'attrapait la jambe et me tirait vers le fond. J'essayais de m'en débarrasser à grands coups de pied, mais j'en oubliais Giulia, et lorsque j'arrivais enfin à me dégager je m'apercevais qu'elle n'était plus là. Pendant que je me débattais, je l'avais lâchée et elle s'était noyée.

Je me réveillai en sursaut, mais les émotions provoquées par le rêve m'enfumaient toujours le cœur. De l'horreur, mais aussi du désarroi, et un sentiment d'échec total. Pourquoi m'étais-je imaginé qu'elle pourrait s'accrocher seule avec ses bras si minces ? Pourquoi ne l'avais-je pas serrée plus fort ? Ce n'était qu'un rêve, mais je me sentais toujours coupable après m'être lavé le visage, une fois habillée, et en passant sur le ponton pour aller déjeuner.

Au fil des jours, les autres s'aperçurent que quelque chose avait changé, malgré mes efforts soutenus pour être comme d'habitude. Le problème, c'était que je ne savais pas comment j'étais, d'habitude. Au contraire des acteurs qui m'entouraient, je n'avais jamais étudié mes propres traits de caractère. Lorsque Pinky me demanda « May, est-ce que tout va bien ? Ça fait un moment que tu ne nous regardes plus amarrer le bateau », je me rendis compte que je me réveillais plus tard qu'avant, à cause des cauchemars que je faisais toutes les nuits, et je résolus de me lever tôt le lendemain. Lorsque Liddy s'exclama « Tu ne manges pas de petit déjeuner aujourd'hui ? C'est la troisième fois ! », je pris une tranche de jambon. Tous les jours, j'attendais que quelqu'un m'apporte une feuille de papier : mes instructions. Je pensai d'abord qu'il s'agirait de Donaldson, puisque c'était lui qui viendrait ensuite récupérer les enfants. Mais il était noir et ce ne serait pas très discret. Peut-être qu'il s'agirait d'un inconnu, quelqu'un que je n'avais jamais vu mais qui faisait partie de leur trafic. Un abolitionniste. Cette deuxième hypothèse s'avéra être la bonne. Je me dis qu'il viendrait peut-être à l'un de nos spectacles, et là encore, je ne me trompais pas.

— C'est ta montre, May ? me dit Hugo. Je l'ai trouvée dans la salle à manger.

Il avait la montre de mon père à la main, avec la chaîne enroulée autour de ses doigts. Je la pris en sentant qu'il me dévisageait. Je ne m'étais pas aperçue que je ne l'avais plus sur moi.

— Tu n'as pas encore le mal de mer, dis-moi ? Ces derniers temps, tu as les traits un peu tirés.

— Non, ça ne m'est arrivé qu'une fois.

J'étais surprise qu'il sache que la montre m'appartenait, et je le lui dis.

— J'avais la même, mais on me l'a volée quand j'étais dans le Surrey. C'est un bel objet.

— Elle était à mon père.

— Ah, le gentleman à l'usine de verre, dit-il en souriant.

Il s'en souvenait, ce qui me surprit à nouveau. Ses cheveux noirs se faisaient longs, et il avait la peau tannée et l'œil vif d'un homme qui a passé les dernières semaines debout sur le pont, en signalant les bancs de sable et en criant des ordres à son équipage. Que dirait-il en apprenant le danger auquel je les exposais, lui et toute sa troupe ? Sans oublier son bateau. Je savais ce qu'il dirait : il cesserait de sourire et me renverrait sur-le-champ, d'une voix marquée par son accent.

Nous n'arriverions pas à Paducah avant plusieurs semaines, et le spectacle était encore constitué de sketches et de chansons que j'accompagnais au piano. Je ne pouvais pas m'empêcher de surveiller le public tout en jouant, en me demandant si l'un des spectateurs me dirait ce soir-là que je devais partir dans le noir chercher des enfants qu'il me faudrait ramener sains et saufs. Je vis quelqu'un qui n'avait pas enlevé son chapeau de cow-boy, comme prêt à quitter la salle à tout moment. Peut-être était-ce lui ?

— Vous avez un temps de retard ce soir ; ça ne vous ressemble pas, me dit Mrs Niffen avec un regard appuyé qui laissait entendre que ses soupçons à mon égard se confirmaient. Vous êtes malade ? Vous voulez que je vous remplace ? Je n'ai qu'un rôle de figurante en deuxième partie, Celia peut prendre ma place.

Je n'étais plus autant sur mes gardes avec elle ces derniers temps, mais cet incident me rappela qu'il fallait que je surveille mes arrières. Si elle en avait l'occasion, elle me remplacerait au piano et partout ailleurs.

— Tout va bien, dis-je.

Je récitais mon grec en boucle, mais je ne savais pas quoi inventer pour justifier mon manque de réactivité. Je lui répétai que tout allait très bien.

Il y avait un homme avec un bouc soigneusement taillé, et un autre qui n'arrêtait pas de se retourner pour regarder derrière lui… C'était peut-être l'un, peut-être l'autre, peut-être n'importe qui. Je tentai de me concentrer sur le piano, mais mes doigts étaient raides comme des os et tout ce que je jouais avait un stupide petit air guilleret, même les morceaux tristes.

— Je voudrais leur faire répéter la nouvelle pièce demain, me dit Hugo après le spectacle en m'aidant à descendre le piano de la scène. Les costumes sont finis, j'imagine. Enfin, je sais bien que tu continueras à les modifier un peu chaque jour. Tu affines ton art, c'est ça ?

Je répondis que je ne considérais pas la couture comme un art. Mais j'étais contente qu'il l'ait remarqué. Il avait roulé ses manches, laissant voir les fins poils noirs sur ses poignets. L'une des roues du piano n'allait toujours pas droit et, en se penchant pour corriger le tir, Hugo pressa brièvement son bras contre le mien.

Après son départ, je mis un peu d'ordre dans mes partitions. L'auditorium était vide, mais la chaleur du public flottait encore dans l'air, comme toujours après un spectacle. Quelqu'un avait laissé tomber un mouchoir en dentelle rose. Je le ramassai avant d'aller dans la billetterie glisser la recette dans le sac de soie qu'il fallait remettre à Hugo.

En sortant à sa recherche, je fus frappée par la moiteur de l'air. Les spectateurs rentraient chez eux. La plupart ne s'étaient pas donné la peine d'allumer leurs lanternes, car la lune était pleine. Quelques-uns s'étaient attardés sur la jetée. Hugo discutait avec un couple au bord de l'eau et, en me voyant approcher, la femme sourit.

— Mon mouchoir ! dit-elle en laissant les deux hommes discuter ensemble. Oh, merci beaucoup.

Elle avait un long cou, un long nez, et de longues anglaises qui sortaient de son bonnet. Sans doute artificielles, et si brillantes que j'avais envie de les toucher pour voir si elles étaient mouillées.

Je lui tendis le mouchoir. Ses doigts touchèrent les miens.

— Vous êtes l'amie de Mrs Howard, n'est-ce pas ? dit-elle à voix basse.

Mon cœur fit un bond, puis s'emballa. Je regardai Hugo, qui se tenait trop loin pour nous entendre. La femme lui tournait le dos, en l'excluant délibérément de notre échange.

— Oui, je suis May Bedloe, dis-je très vite.

Puis je me demandais si j'avais bien fait de lui dire mon nom. Je n'y connaissais rien. Mais ce n'était pas grave. J'aurais sans doute pu dire n'importe quoi tant que cela commençait par *oui.* Elle était là pour m'informer de quelque chose, et non l'inverse.

— Votre colis vous attendra sur l'autre rive ce soir, me dit-elle.

Après la mort de mon père et la vente de la ferme par ma mère, je n'avais plus eu beaucoup d'occasions de sortir la nuit. Cela ne m'était pas non plus arrivé durant mes voyages avec Constance à New York, Boston ou Baltimore. Mais lorsque j'étais petite, quand mon père allait voir ses vaches ou s'occuper de ses fromages, je l'accompagnais à la grange, sous la lumière de la lune. La nuit – être dehors la nuit – ne m'avait jamais fait peur. Dans mon enfance, je m'imaginais qu'elle était plus honnête que le jour, que les buissons, les arbres et ce qui y vivait étaient davantage eux-mêmes la nuit, et que la couleur cendrée de l'herbe était la vraie, plutôt que le vert vif qu'elle affectait pendant la journée. Même la rivière noire qui rugissait en contrebas de la maison était sans faux-semblants. Peut-être que je me sentais spectatrice la nuit, un rôle confortable pour moi. Je me souviens encore du parfum des primevères du soir, qui fleurissent à la nuit tombée.

Après avoir pris place dans la barque de Leo ce soir-là, en attendant qu'elle cesse de tanguer, j'étais hypnotisée par la grande ombre qui suit le départ du soleil, et tous les bruits de la nuit : les cigales, la brise qui se levait, les grincements des arbres. Je leur étais reconnaissante, car ils masquaient le bruit sourd des rames dans l'eau tandis que je m'éloignais de la jetée. Leo avait raison : le bateau tirait un peu vers la droite. L'eau luisait autour de moi comme de la peau de phoque, lisse et noire. Un éclat de lune s'y accrochait parfois et y sombrait aussitôt. Je devais atteindre le milieu de la rivière pour minuit, lancer mon signal et attendre la réponse. C'étaient là toutes les instructions que m'avait données la femme au mouchoir rose. Pas d'étapes A, B et C.

Je ramais vers l'arrière, bien sûr. Des cheminées trapues parsemaient le toit du *Théâtre flottant,* une pour deux cabines – je partageais la mienne avec Hugo. On aurait dit des chapeaux chinois sur des cous sans tête. Je demeurai longtemps capable de les distinguer. Elles semblaient guetter quelque chose. Je tirai sur les rames, encore et encore. Leur bruissement dans l'eau me rappelait celui de ciseaux dans du tissu. Jugeant enfin être arrivée au milieu de la rivière, je fis tourner le bateau pour être face au Kentucky et sortis la montre de mon père.

L'air chaud semblait peser sur mes épaules comme une capeline de feutre. J'attendais que les dernières minutes s'écoulent. À minuit pile, je pris la lanterne que j'avais rangée sous le banc de nage et l'allumai. Puis je comptai jusqu'à soixante et l'éteignis.

La nervosité me faisait transpirer, et ma robe me collait à la peau. La lune ronde comme un melon brillait toujours, suffisamment pour que j'aperçoive la berge sud. Au-delà, rien que des ombres. Je comptai jusqu'à soixante, rallumai la lanterne, puis l'éteignis de nouveau. Toujours pas de lumière en réponse sur la rive. J'entendais le bruit de l'eau contre ma barque. Un poisson creva la surface. Je dérivais avec le courant, et je donnai quelques coups de rame pour corriger le tir. J'hésitais à repartir lorsqu'un lumignon se mit enfin à clignoter sur l'autre rive. Il brûla pendant soixante secondes avant de s'éteindre.

Retournant de nouveau la barque, je pris pour point de repère un grand arbre sur la rive nord. Il me semblait plus ou moins en face de l'endroit d'où s'était élevée la lumière. Je m'en éloignai en ligne droite. Si je n'avais pas été seule, quelqu'un d'autre aurait pu guider ma trajectoire, mais je commençais à avoir mal au cou à force de regarder derrière moi. En sentant ma barque racler le fond, j'étais convaincue d'avoir dérivé. Il n'y avait pas de ville ni de jetée à ce niveau de la rivière, rien pour amarrer un bateau, et les arbres ne poussaient pas assez près du bord. Je n'avais pas le choix : il fallait tirer la barque sur la rive. La lune était masquée par les frondaisons, et le bruit de la coque qui traînait contre les cailloux me sembla horriblement fort, d'autant plus qu'il ne s'accordait pas aux autres bruissements de la nuit.

J'aurais pu crier pour signaler ma présence, mais j'avais entendu dire que la rivière était surveillée la nuit. J'essayais de distinguer le cadran de ma montre lorsqu'un homme sortit d'entre les arbres. C'était là ce que j'attendais, mais je ne pus retenir un haut-le-corps. Il était blanc, seul, avec un grand panier au bras. Sans doute voulait-il vérifier qui j'étais avant de me confier les enfants. Vêtu comme un employé de ferme, il était moins grand que ce que j'avais imaginé et sentait le crottin et le foin.

— Vous êtes l'amie de Miss Howard ? C'est votre bateau ?

J'acquiesçai en baissant la voix d'instinct.

— Tenez, dit-il en me tendant le panier qui contenait un ballot de tissu.

Lorsqu'il ramena le bras vers lui, je vis qu'il avait glissé un long pistolet dans son pantalon.

— Il y aura de la lumière de l'autre côté, une fois sur la rive. Suivez la route pour la trouver.

— Mais où ?

— Quelque part sur la route.

— Quelle route ?

— Je ne sais pas, la grand-route ! dit-il dans un murmure exaspéré en secouant la tête. Ouvrez l'œil, voilà tout.

— Combien d'enfants ? demandai-je.

— Comment ça ?

— Vous voyez bien que la barque n'est pas très grande.

— Juste le bébé.

Je le regardai sans comprendre pendant quelques secondes. Puis je baissai les yeux sur le panier de linge et découvris, en soulevant un pantalon, le petit visage sérieux d'un bébé endormi.

— Je croyais... On m'avait laissé entendre qu'il s'agirait d'enfants.

— Quand on sait qu'il va y avoir un accouchement, on contacte la mère, dit-il en haussant les épaules. Elle nous envoie un message le moment venu. C'est facile de dire que le bébé est mort-né. La plupart des contremaîtres font semblant de ne rien voir, ils veulent surtout que les femmes se remettent au travail. Ou peut-être qu'ils y croient, je ne sais pas. Bien sûr, parfois, ils ne sont même pas au courant de la grossesse, elles arrivent à la cacher.

La tête du bébé était à peine plus grosse que mon poing. Ses cheveux étaient encore mouillés. Lorsque je demandai son âge, l'homme regarda sa montre et répondit : huit heures.

— Ah oui, j'ai failli oublier. Regardez…

Il écarta les vêtements au fond du panier et en extirpa un petit récipient en argile, dont la forme rappelait celle d'un bateau à la verticale coiffé d'une tétine en peau de chèvre. J'en avais déjà vu, une fois à Oxbow et une fois dans un théâtre de New York ; une jeune actrice en avait donné un à son mari pour qu'il nourrisse son bébé pendant qu'elle était en scène. Je me souviens de la petite tête du bébé dans le creux du coude de son père. La laine rugueuse de son manteau devait irriter une peau si sensible, mais le bébé tétait son lait sans s'en formaliser. Il avait fait plusieurs renvois et l'homme avait ri comme à la plus drôle des plaisanteries. Lui n'était pas acteur, mais machiniste et charpentier.

— On appelle ça un biberon, avait-il dit. Le problème, c'est que ça laisse passer l'air, et du coup il rote. Mais c'est mieux que rien, non ?

Après avoir remis le biberon entre les vêtements, l'ouvrier me montra la bouteille de lait qui s'y trouvait. Puis il remit la barque à l'eau pour moi, en s'avançant dans la rivière, et reprit le panier le temps que j'embarque.

— Si on vous pose la question, c'est votre lessive.

— En plein milieu de la nuit ?

Il se retourna vers les arbres. N'importe qui aurait pu s'y cacher pour nous épier. Je coinçai le panier sous le banc avant, à côté de la lanterne. En relevant les yeux, je vis que l'homme repartait vers la rive. La barque de Leo, qu'il ne retenait plus, se mit à tanguer avec le courant. Je remis les rames dans les dames de nage tandis que l'ouvrier levait une main en guise d'adieu, sans se retourner.

Je ramai de toutes mes forces en gardant ma bonne oreille tournée vers le Kentucky. D'épais nuages s'amoncelaient devant la lune, mais l'eau était calme. Nous étions presque au milieu de la rivière lorsque des bruits étranges se mirent à monter du panier, comme un porcelet pris d'une quinte de toux. Je cessai de ramer pendant un instant ; les bruits continuaient. À cette distance de la rive, ils n'étaient pas assez forts pour nous faire repérer, mais nous approchions. Je tâtonnai dans le panier jusqu'à trouver le petit biberon et la bouteille de lait.

Le fond de la bouteille, coincé entre les vêtements, était encore tiède ; mais le haut avait refroidi à l'air libre. J'en versai un peu dans le biberon et tentai de nourrir le bébé dans son nid de chemises et de pantalons. Échec total. Du lait lui coula sur la joue et il pleura encore plus fort en agitant la tête, si bien que je n'arrivais pas à lui garder la tétine dans la bouche. Il fallait que je lui tienne la tête. Je tirai les rames dans le bateau et sortis le bébé du panier. Ses lèvres avaient la couleur d'une framboise très mûre, comme les bonbons que je mangeais enfant. Il fermait très fort les yeux. Ses joues étaient mouillées de larmes, son front lisse et joliment bombé, ses cheveux sombres encore humides, son crâne tout rond. Tout en soutenant sa tête avec précaution, je fis couler un peu de lait dans sa bouche. Il se mit vite à téter à petites gorgées.

Le courant nous emmenait vers l'ouest. Lorsque je relevai les yeux, les nuages avaient complètement occulté la lune et je ne voyais plus rien au nord. La panique me comprima la poitrine lorsque je compris à quel point il serait facile de m'égarer complètement et de me remettre à ramer vers le Kentucky. Je remis le bébé dans le panier avec moins de douceur que je l'aurais voulu, le cachai sous un tissu et rangeai le biberon. La bouteille de lait était vide. La rivière s'était faite plus agitée, et le vent plus fort.

Avant que je ne m'arrête pour m'occuper du bébé, le vent soufflait depuis la droite, je m'en souvenais. En ne ramant que d'un côté, je fis tourner le bateau jusqu'à retrouver cette sensation. La couche nuageuse s'amincit brièvement, juste assez pour laisser transparaître la lune, et en regardant par-dessus mon épaule, j'aperçus une lumière. Ce devait être la lanterne qui brûlait à la proue du *Théâtre flottant*.

Ce n'était pas elle, mais je ramai vers elle jusqu'à ce qu'elle disparaisse, et continuai à ramer dans cette direction en espérant que c'était la bonne. Je tournai si souvent la tête que les muscles de ma nuque étaient en feu, et à chaque coup de rame je sentais les articulations de mon bras gauche jouer comme un pilon dans un mortier. Mais la rive était enfin là et, avec ce qui me restait de force – du moins c'est ce qu'il me semblait sur le moment –, je tirai le bateau au sec, avec le bébé à bord.

Nous avions échoué dans une vraie forêt vierge, humide, verte et foisonnante, grouillante d'insectes affamés. Je pris le panier et me dirigeai vers les arbres. Un nuage de moucherons m'arriva dans la figure en guise de bienvenue, mais je ne pouvais même pas les disperser ; j'avais les mains prises. En baissant les yeux, je vis que le bébé dormait, avec un bras à l'air libre replié sur son visage. On aurait dit un minuscule vieillard, agacé par toute l'agitation autour de lui, essayant de trouver un peu de repos.

Ma bonne oreille était toujours tournée vers la rivière, et j'étais heureuse de ne pas entendre de bruit de voix ou de rames. Mais le *Théâtre flottant* n'était nulle part en vue, ni aucun autre bateau, d'ailleurs. Je me mis à chercher une route, mais je dus m'arrêter après quelques pas, car je m'étais tant fatigué les bras en ramant que je n'arrivais plus à porter le panier. Je le posai au sol et me servis de l'une des chemises pour prendre le bébé en écharpe contre ma poitrine. Lorsque j'étais petite, j'avais vu une Indienne porter son bébé ainsi. À l'époque, je m'étais davantage intéressée aux broderies de perles qui ornaient l'ourlet de sa jupe, et à ses larges pieds nus même en octobre. L'homme à qui avait appartenu cette chemise avait de longs bras, et je lui en étais reconnaissante, car cela me permit de me nouer les manches derrière la nuque. J'enveloppai le bébé dans la chemise et pressai son petit corps tout chaud et tout neuf contre moi. Je plaçai près de lui le biberon et la bouteille vide, puis je ramassai le panier de ma main libre et passai l'anse à mon bras. Il était assez léger ainsi.

C'était juste, mais je pouvais me remettre à avancer.

Il faisait si noir que je ne voyais que le contour de ce qui m'entourait. Les buissons et les hautes herbes qui poussaient sur la rive semblaient s'engloutir dans des ténèbres infinies. Je trébuchai et soutins le bébé empaqueté des deux mains. Son derrière rond pesait dans la chemise comme un ballon. Je remontai une main le long de son dos pour soutenir sa petite tête déjà dure. Puis je vérifiai que le biberon était toujours là. Mais où était la route ?

— Qui est là ? dit une voix profonde.

J'étais si surprise qu'une exclamation m'échappa. Une ombre devant moi se mit à bouger ; c'était un homme de haute taille, portant un chapeau fait de la fourrure d'un animal entier, dont la tête et la queue lui couvraient les oreilles. Dans le noir, je n'arrivais pas à voir si c'était un raton-laveur ou un opossum. Il avait un fusil de chasse cassé au bras, et sur le dos un sac en toile contenant son gibier de la nuit. En s'approchant, il apporta avec lui une odeur de poudre et d'humus.

— Voilà autre chose, c'est une dame. Bien le bonsoir. Qu'est-ce que c'est que vous avez là ?

Sa voix était à la fois amicale et menaçante. Il avait un fort accent du Sud, mais c'était le cas de beaucoup de monde des deux côtés de l'Ohio ; ça ne l'empêchait pas de venir du Nord. Mais je ne pouvais pas prendre le risque

— Un bébé, dis-je. Il est malade.

— Il respire ?

Il avança d'un pas comme pour vérifier lui-même. Il avait des airs de haricot, très maigre avec le cou légèrement tordu. Je ne savais pas s'il y voyait bien sous la lune, mais le bébé était indiscutablement noir, ce dont l'homme risquait de se rendre compte en le regardant de près.

— Je cherche un docteur, dis-je en reculant d'un pas. J'essaie de trouver la route.

— Vous êtes des gens de rivière ? Vous vivez dans un de ces bateaux-cabanes, quelque chose dans le genre ?

Je dis que c'était ça.

— Vous êtes amarrés où ? Pas sur mes terres, j'espère ?

— Je ne sais pas. C'est là-bas, plus loin…

— Faut pas vous en faire, dit-il en riant, on n'est pas sur mes terres.

C'était donc un braconnier.

— Vous êtes tout affolée, dit-il. Fallait pas venir ici sans savoir quelle direction prendre.

Il ôta son chapeau en le prenant par la tête de l'animal et se frotta le front du creux du bras. Puis il remit son chapeau, un peu penché.

— Suffit de continuer tout droit. Une fois sur la route, prenez à gauche. Y aura un échalier sur la droite, et après ça le sentier qui mène chez le docteur.

Il faudrait que je prenne à droite pour retrouver le *Théâtre flottant* et – du moins l'espérais-je – quiconque attendait sur la route pour récupérer le bébé. Mais je le remerciai et repris mon chemin en espérant qu'il s'en tiendrait là. Mais il me suivit à travers les buissons, et au sortir des arbres, une fois sur la route, il tendit le bras vers l'ouest.

— Et voilà, ma petite dame. C'est par là, à environ un quart de mile.

Il ôta à nouveau son chapeau. Je me mis à marcher en sentant son regard dans mon dos. La route prit un virage ; je me dissimulai sur le côté et tendis ma bonne oreille. Sans surprise, j'entendis le bruit étouffé de ses bottes sur la route. Il me suivait. Je remontai le bébé d'un cran et me remis à marcher. Le seul avantage à avoir croisé ce braconnier, qu'importe qui il était vraiment, c'était l'état de terreur nerveuse dans laquelle il me maintenait, et qui m'empêchait de m'écrouler d'épuisement alors que je savais qu'il me faudrait revenir sur mes pas jusqu'à mon point de départ, puis aller encore plus loin pour retrouver le *Théâtre flottant*.

Leo se lèverait vers trois heures pour larguer les amarres. Il fallait que je sois rentrée d'ici là. Je ne savais pas sur quelle distance ma barque avait dérivé vers l'aval. Je faisais de mon mieux pour éviter dans le noir les profondes ornières laissées par les roues des charrettes et les rochers qui se dressaient entre elles comme par un fait exprès. J'avais conscience de tituber, ce qui me rappelait ma couchette bercée par la rivière. Le bébé risquait à tout moment de se réveiller pour réclamer du lait, mais il n'y en avait plus. Mon estomac grondait après tant d'heures passées debout, sans comprendre qu'il aurait dû être fermé pour la nuit.

Puis j'aperçus enfin un mur bas en pierre grise, par-dessus lequel passaient les branches d'un arbre. Cela ne faisait sans doute que quelques minutes que je marchais, mais j'avais l'impression d'avoir mis une heure. Un échalier menait à un sentier, comme l'avait dit le braconnier. En tournant la tête pour orienter ma bonne oreille vers l'arrière, je l'entendis qui marchait toujours sur la route. Un fin glacis de nuages s'étira devant la lune, mais j'aperçus malgré tout, au bout du chemin, un toit qui pointait au-dessus des bras tordus d'une rangée d'arbres fruitiers. Mon plan était de m'approcher de la maison jusqu'à ce que le braconnier ne puisse plus me voir, puis d'attendre qu'il parte.

Mais en m'engageant sur le sentier, je vis que l'intérieur de la maison était illuminé. Derrière les fenêtres aux rideaux à demi tirés se dessinaient deux silhouettes qui circulaient de pièce en pièce, un homme et une femme. En passant à l'avant de la maison, la femme jeta un regard à l'extérieur ; c'était bien ma chance. J'étais certaine qu'elle n'aurait pas dû me voir dans l'ombre. Pourtant, elle s'immobilisa, s'approcha de la vitre et écarta le rideau pour mieux voir.

Je reculai d'un pas et marchai sur une brindille. Un chien que je n'avais pas vu se dressa sur le porche et se mit à aboyer. Le bébé bougea contre moi.

La femme alla à la porte d'entrée pour l'ouvrir.

— Il y a quelqu'un ?

Je retins ma respiration et berçai le bébé, une main sur sa tête et l'autre sous son derrière. Le chien aboyait toujours. Sans voir de corde, je m'aperçus qu'il luttait contre quelque chose ; il devait être attaché au porche.

Un homme fit son apparition une minute plus tard pour calmer son chien. C'était sans doute le docteur : il avait une lourde sacoche à la main. Le bébé se mit à geindre et je me cachai derrière un pommier. La femme retourna à l'intérieur et revint avec un chapeau pour le docteur. Son cheval était attaché dans la cour, déjà sellé.

Je compris qu'il allait descendre le sentier et m'avançai plus loin encore entre les pommiers. À hauteur de taille, les troncs se divisaient en longues branches fines comme des doigts, qui ne suffisaient pas à me cacher. Mais la nuit était toujours très noire et je tentai de rester tout à fait immobile. L'air était moite et collant sous les arbres, comme si la sève sucrée des pommes à venir s'y était coagulée. Mon cœur me battait aux oreilles.

La femme était descendue du porche, et je l'entendais parler au docteur qui montait sur son cheval. Elle n'avait pas le même accent que le braconnier ; le sien faisait plutôt Nouvelle-Angleterre. Je berçai encore le bébé et lui donnai mon doigt à sucer. Le docteur fit partir son cheval au pas et la femme le regarda partir, les bras croisés sur son ventre. Il se tenait très droit en selle et avait une bonne assiette. Le chien se remit à aboyer.

En entendant le cheval prendre le trot, je me remis à respirer. Je ne m'étais pas rendu compte que je retenais mon souffle. Mais la femme s'était tournée vers les pommiers, ses yeux à gauche de l'endroit où je me tenais.

— Il y a quelqu'un ? appela-t-elle à nouveau.

Elle avait une voix de gorge, confiante et sans peur. Une femme éduquée, devinais-je, et qui venait bel et bien de Nouvelle-Angleterre, peut-être de Boston. Je l'imaginai récitant de la poésie devant une classe de jeunes élèves ; aucun d'eux n'aurait osé chahuter sous l'emprise de cette voix. Je jouais de malchance, car pendant qu'elle scrutait les pommiers, le bébé cessa de sucer mon doigt et se mit à pleurer, encore ces faibles sanglots heurtés, comme un petit animal toussant pour déloger quelque chose de sa gorge.

La femme alla sur le porche détacher le chien, puis resta là avec sa laisse à la main.

— Allons, sortez de mes arbres, ordonna-t-elle. Qu'est-ce que vous voulez ? À manger ?

Je pris appui sur l'une des branches tordues. Au toucher, on aurait dit que quelque chose de minuscule en avait pris plusieurs bouchées. Amie ou ennemie ? Je ne le savais pas, et c'était bien le problème.

— Je l'entends, votre bébé, dit-elle.

Elle avait un accent de Nouvelle-Angleterre, me répétai-je, et son mari était docteur. La fatigue me submergea soudain en me battant aux tempes, si fort que j'abandonnai ma méfiance.

Je sortis de sous les arbres. Elle me voyait sans doute comme je la voyais, elle – une silhouette sombre dont les détails se précisaient un peu plus à chaque pas qui me rapprochait de la lumière de la maison. La femme n'était pas grande mais se tenait très droite. Elle se retourna pour ramasser la lampe qu'elle avait laissée à la porte ; elle avait dans le dos une longue tresse un peu défaite par la nuit. Après avoir levé la lampe pour voir mon visage, elle baissa les yeux sur le bébé retenu contre ma poitrine dans sa chemise.

— Vous êtes là pour voir le docteur ?

— Non, madame. Le bébé pleure parce qu'il a faim.

— Alors pourquoi ne pas le nourrir ?

— Il ne veut pas prendre le sein. Est-ce que vous pourriez me donner un peu de lait ? J'ai un biberon.

Il y eut un moment de silence.

— Une minute, dit-elle.

Elle ne me demanda pas si je voulais entrer et n'attacha pas le chien. Lui et moi nous observâmes avec méfiance. Il était plus gros qu'Oliver, le poil ras et marron, et ses aboiements étaient graves et rauques – comme la voix de sa maîtresse. Nerveux, vigoureux et sans doute très rapide, il semblait de ces races faites pour chasser le rat. Je donnai au bébé mon doigt à sucer, mais il ne s'y trompait plus. Je sortis son biberon pour le réchauffer entre mes mains.

Quelques minutes plus tard, la femme revint avec une petite bouteille de lait en verre. Mais en repoussant le pan de la chemise pour voir le bébé, elle s'arrêta. Ses yeux étaient humides et sa petite bouche framboise grande ouverte. D'abord immobile, elle écarta doucement la chemise pour mieux le distinguer. Puis elle recula, le lait à la main.

Pourquoi l'avais-je laissée voir le bébé, après m'être tant méfiée du braconnier ? J'étais fatiguée et je n'avais pas réfléchi assez vite. Et elle avait un accent du Nord. Et son mari était docteur. Ses yeux se posèrent sur moi, puis sur son chien, puis à nouveau sur le bébé. Elle ramassa la laisse du chien. Elle avait un très beau visage, ovale et blanc, avec des pommettes coupantes comme de la glace.

— Partez de chez moi, dit-elle avec calme.

Elle avait trop de maintien pour céder à la colère.

— Je n'ai pas demandé à venir ici, lui dis-je.

— Partez tout de suite.

— Je n'ai rien fait de mal, dis-je en descendant les marches en crabe pour ne pas tourner le dos au chien.

J'avais bel et bien fait quelque chose de mal, mais en cet instant je ne pensais pas aux circonstances qui m'avaient amenée à transporter ce bébé. Je ne pensais qu'au fait de demander du lait à l'épouse d'un docteur. Il n'y avait rien de mal à ça.

Elle me regarda traverser la cour sous les pleurs incessants du bébé, ses doigts très lâches autour de la laisse du chien, comme prête à le relâcher le moment venu. Je n'arrêtais pas de me retourner en m'attendant à le voir à ma poursuite, même une fois la femme et son chien hors de vue après avoir dépassé les pommiers.

Le bébé criait de toute la faible force de ses jeunes poumons. Je n'avais rien d'autre à lui donner, que mon petit doigt à téter. Il l'avait toujours dans la bouche lorsqu'il s'endormit enfin, épuisé à force de pleurs.

Le braconnier avait disparu, Dieu merci. Les arbustes sur ma droite me cachaient la rivière que j'entendais murmurer comme une conversation derrière une porte close. La lune abandonna la lutte et s'engloutit tout à fait dans les nuages. Plus profonde, l'obscurité sembla se faire également plus chaude. Je progressais sur l'accotement, si épuisée que j'étais au-delà de la fatigue, spectatrice, comme mue par des poulies et des leviers. Mon crâne me semblait fait de bois comme celui d'un pantin. En retrouvant enfin le *Théâtre flottant,* je vis qu'une lampe était allumée dans l'auditorium : Leo s'était levé. Mais il n'était pas encore sur le pont, et Hugo non plus. Sur la route, au-dessus de la jetée, se tenait une calèche en bois sombre.

Je m'approchai et le conducteur descendit. C'était Donaldson. Naturellement, il ne dit rien lorsque je lui tendis le bébé et le panier. Le bébé se réveilla et se remit à pleurer, et je dis à Donaldson qu'il avait faim mais que je n'avais plus de lait. Il sortit une bouteille de sous le siège et remplit le biberon ; mais, avant de le nourrir, il prit dans sa poche un petit récipient cylindrique et fit couler une goutte sur son index qu'il mit dans la bouche du bébé. Le tube en verre était enveloppé d'un papier brun que j'avais déjà vu chez l'apothicaire : c'était de l'opium. J'ai depuis appris que c'est une stratégie courante pour faire taire les bébés clandestins, mais à l'époque j'étais stupéfaite, même dans mon état d'épuisement.

Donaldson me jeta un regard éloquent ; mon rôle était terminé. Je savais que je ne reverrais plus jamais le bébé avec ses petites lèvres framboise et la toux de ses sanglots. J'espérais qu'il serait en sécurité, et j'espérais que Donaldson avait assez de lait. En repartant vers le *Théâtre flottant,* j'entendis le grincement des roues qui s'éloignaient derrière moi sur la route. J'allai droit à ma cabine, heureusement sans croiser Hugo ni Leo. Je venais seulement d'ôter mes bottes et de m'allonger sur ma couchette tout habillée lorsque je me rendis compte que j'avais menti à plusieurs reprises cette nuit-là, sans réciter mon grec une seule fois. J'avais menti au braconnier, j'avais menti à la femme du docteur, et je n'y avais même pas fait attention. La peur avait parfois des effets surprenants.

15

À en croire Leo, les garçons en culotte courte étaient la source de tous les maux de la terre. Ils grimpaient aux arbres le long de la rive en voyant arriver notre bateau et se mettaient dans un tel état d'excitation qu'ils criaient, hurlaient et nous jetaient des pommes ; ils essayaient le « chapeau du cap'taine », comme ils disaient, et le faisaient tomber dans la boue ; ils laissaient leurs poneys se soulager en bas de la passerelle, ce qui creusait d'âcres flaques sur le passage des dames. À la tombée de la nuit, ils devenaient pires encore ; ils essayaient de s'infiltrer dans le public sans payer, ou tentaient de leur vendre après le spectacle des élixirs à un sou pour se débarrasser des taches de rousseur, des grains de beauté, ou pour soigner les yeux chassieux. Ils portaient leurs chapeaux à l'envers et avaient le visage aussi sale que les mains. Ils faisaient les quatre cents coups, ils étaient paresseux, irrespectueux, ignorants… Leo avait tout un éventail d'insultes qu'il leur lançait une par une. Parfois, ils s'enfuyaient en courant devant ce colosse, mais pas toujours. On me raconta que l'an dernier, pendant le spectacle, quelques garnements avaient tranché les amarres et le bateau avait dérivé un demi-mile en aval. Le public bon enfant n'avait pas vu d'inconvénient à marcher un peu plus pour rentrer chez lui, mais Leo était furieux.

Il mit donc la disparition de sa barque sur le compte d'une bande de petits vauriens.

— Ils l'ont détachée, ils sont partis faire un tour avec, et ils l'ont abandonnée quelque part. Je me demande juste pourquoi Oliver n'a pas aboyé...

Depuis ma cabine, même avec la porte fermée, je l'entendais en discuter avec Hugo. Nous étions toujours au même endroit qu'hier et Hugo ne voulait pas partir sans la barque. Leo n'avait qu'à louer une mule pour aller la chercher en aval, proposa-t-il. Peut-être qu'elle n'était pas très loin, sur la rive ou coincée dans la boue.

— Comme si je n'avais pas assez à faire aujourd'hui, se plaignit Leo.

— Je sais bien. Mais c'est une bonne barque. Ça retarderait mes projets d'en racheter une.

— Ces gamins sont tous bons à rien. Vous ne devriez jamais leur donner de billets !

— Voyons, Leo, on ne sait même pas lesquels sont responsables, dit Hugo en riant. Tu voudrais que je les interdise tous de spectacle ?

Leo grommela quelque chose que je n'entendis pas.

— J'ai dans l'idée qu'on la trouvera, répondit Hugo d'un ton aimable. On la fera tirer par une mule. Je peux descendre la rivière moi-même si tu n'as pas le temps.

Mais Leo répondit qu'il pouvait s'en occuper. Surtout qu'il faisait très chaud aujourd'hui.

Dans la salle à manger, les acteurs ne semblaient pas vraiment s'intéresser à la barque disparue.

— Peut-être que l'amarre s'est dénouée d'elle-même pendant la nuit, dit Pinky. Vous avez entendu ce vent ?

Il revint aux pancakes et aux œufs que servait le chef. Jemmy, qui versait de la mélasse en spirale sur toute son assiette – même les œufs – éclata de rire.

— Le vent, détacher l'amarre ? Et pourquoi pas un fantôme, hein ? Ou l'un des saules pleureurs sur la rive ? Avec ses longues branches en forme de doigts ?

Pinky ne lui prêta aucune attention et se mit à découper ses pancakes avec le tranchant de sa fourchette.

— Au fait, May, j'y pense. Pour le costume de Cecily, je me sers de cette vieille chemise de nuit. Et si je déchirais un peu l'ourlet ? Est-ce que ce ne serait pas plus théâtral ?

Pinky et les autres s'étaient mis à me consulter sur leurs costumes, jusque dans les moindres détails. Naturellement, rien ne me faisait plus plaisir que d'en discuter avec eux aussi longtemps qu'ils le souhaitaient. Mais ce jour-là, j'étais fatiguée et pleine de remords.

— Ça risque de te faire trébucher sur la scène, lui dis-je. Mais ce n'est pas une mauvaise idée d'ajouter une déchirure. Sur la manche, peut-être.

— La manche ! Bonne idée, très bonne idée. Merci, May. Dis donc, tu ne termines pas ton assiette ?

Leo allait devoir chambouler toute sa journée pour partir à la recherche de la barque, et je me sentais horriblement coupable. Il fallait que je l'accompagne. De toute façon, j'étais la seule à savoir où chercher. Mais je ne savais pas comment le lui dire sans révéler que c'était de ma faute.

Une fois en ville, on nous orienta vers le croque-mort, qui louait parfois sa mule quand il n'avait personne à enterrer. Nous avions de la chance ; il n'était pas à la tâche et nous laissa prendre sa mule pour dix centimes.

C'était une bête grise et trapue, avec de longs cils. Elle servait d'ordinaire à tirer sur une charrette les cercueils jusqu'au cimetière, guidée par le croque-mort et suivie par la famille. Leo et moi la plongions dans la confusion ; elle ne cessait de s'arrêter en baissant la tête, bien consciente que ce n'était pas le chemin du cimetière.

Le croque-mort nous avait indiqué un petit sentier le long de la rivière. Si j'avais su, j'aurais pu éviter bien des ennuis. Je consultai la montre de mon père. Je savais que j'avais marché environ trente minutes la nuit dernière ; c'était mon seul point de repère. Il était encore tôt, mais la tiédeur humide qui montait nous promettait une journée chaude et moite.

— Nous voilà mal engagés, marmonna Leo qui n'arrêtait pas d'ôter son chapeau pour s'essuyer le front avec son mouchoir.

De la rivière émanait une odeur âcre, comme des fleurs pourries dans un vase, et je détournai la tête. La nuit dernière m'avait courbaturé les épaules et le cou, et je n'arrêtais pas de bâiller, même en plein soleil. La mule s'arrêtait tous les trois pas pour tenter de brouter les petites fleurs blanches qui poussaient le long du chemin, puis repartait lorsque Leo lui mettait une claque sur le derrière. Le sentier se rapprochait de l'eau, et nous découvrîmes un bateau-cabane attaché à un peuplier de Virginie. Des vêtements et des draps séchaient au bastingage. Un groupe d'enfants maigrichons jouaient dans l'eau autour du bateau, et Leo grimaça en direction des garçons. Quelques-uns portaient des chemises qui n'étaient guère plus que des sacs avec des trous pour les bras.

— Les garçons nous créent des ennuis, mais les filles sont plus sages, dis-je prudemment à Leo.

Leo émit un grognement qui n'engageait à rien. La mule s'arrêta et il la fit repartir d'une nouvelle claque.

— Et les bébés, poursuivis-je, ils sont…

Qu'étaient donc les bébés ?

— Ils sont mignons, non ?

— J'imagine qu'il y a des gens qui aiment bien les bébés, oui, dit-il.

— Bien sûr, les bébés esclaves… ça fait froid dans le dos d'y penser, n'est-ce pas ?

Avant de partir, j'avais pris deux beignets dans la salle à manger, et je les avais enveloppés dans mon mouchoir pour les mettre dans ma poche. J'en donnai un à Leo, qui prit une grande bouchée.

— Des petits bébés esclaves ? insistai-je en attendant une réponse.

Il enfonça le reste du beignet dans sa bouche, mâcha longuement, finit par l'avaler et s'essuya les mains sur son pantalon.

— Je ne traverserai pas cette rivière avec vous la nuit, dit-il. Et le matin non plus, d'ailleurs.

Je me figeai sur place, les yeux fixés sur lui, mais il tira sur le licou de la mule et continua à marcher.

— Tu es au courant ?

— Seigneur, Miss May, je ne suis pas né d'hier. Maintenant, dites-moi donc où est ma barque.

— Est-ce qu'Hugo est au courant ?

— Je ne lui ai rien dit.

— Mais est-ce qu'il sait ?

— Je ne crois pas, dit Leo en haussant les épaules.

— J'ai besoin d'aide, Leo. Ils me confient des bébés. Je ne peux pas ramer avec un bébé sur les genoux.

— Je ne mettrai jamais les pieds au Sud, vous le savez bien.

J'y avais pensé.

— Et si tu restais sur l'eau ? J'irais sur la rive moi-même et je ramènerais le bébé dans mes bras.

Mais il secouait déjà la tête, avant même que je finisse ma phrase. *Non, non, non.* Mon cœur se serra. J'avais vraiment besoin d'aide, la nuit dernière m'avait au moins enseigné cela, et je savais que je pouvais faire confiance à Leo. Mais il ne voulait pas.

— Le mieux que je peux faire, c'est faire semblant de rien voir quand quelqu'un me pique ma barque en pleine nuit, dit-il. Et après, aller la chercher, par une matinée déjà chaude, en traînant une mule entêtée derrière moi. Mais ça ira pas plus loin.

Il mit encore une claque sur la croupe de la mule.

— Cette chaleur me tuera, lui dit-il. Et toi, ça te plairait bien, hein ? Tu pourrais traîner mon pauvre vieux cadavre derrière toi, faire ton métier. Et maintenant, Miss May, où est mon bateau ?

— Plus très loin, dis-je en sortant la montre de mon père.

Je songeai ensuite à Thaddeus. Je n'avais pas assez discuté avec Mr Niffen pour savoir ce qu'il pensait de l'esclavage – ou de quoi que ce soit d'autre. Pinky et Jemmy étaient plus diserts mais parlaient surtout de leur métier, de la cuisine du chef et du prix des cigares.

Après le rapatriement de la barque, Hugo fit traverser la rivière au *Théâtre flottant* jusqu'à un village côté Kentucky, qui ne nous offrit qu'un public restreint ce soir-là. D'ordinaire, nous serions passés sans nous arrêter dans une si petite ville, mais nous ne pouvions pas faire mieux. En faisant les comptes, je fis le calcul : ma sottise nous avait coûté au moins trois dollars.

Le lendemain matin, ayant comme d'habitude descendu la rivière, nous arrivâmes à Fairview, Indiana, une ville de bonne taille qui comprenait une meunerie, une tannerie, et deux entrepôts face à la rivière. Ici, nous dit Hugo au petit déjeuner, nous pouvions nous attendre à un plus large public, « alors il faudra se bouger un peu ! » – ce qui faisait sans doute référence à la médiocre performance de Jemmy et Sam la nuit dernière.

— Pas facile de faire rire une foule de douze personnes, marmonna Jemmy.

— On jouait devant une salle vide, dit Pinky.

— Yep, approuva Sam, dont la participation se limitait comme d'habitude à une seule syllabe.

Thaddeus ne vint pas prendre son petit déjeuner ce matin-là. Je le trouvai dans sa cabine avec une dose d'huile de ricin et de térébenthine.

— Suis tombé sur une moule pas fraîche hier soir, dit-il. Je vais devoir me consolider l'estomac si je veux tenir debout en scène.

Il était assis au bord de sa couchette, un seau à ses pieds. Il avait ôté ses chaussures, et son chapeau était accroché à l'un des bois d'une tête d'élan empaillée, qu'il avait trouvée dans une boutique de curiosités quelque part en Ohio, et qu'il avait payée assez cher. Elle était si vieille que les yeux avaient été remplacés par des billes jaunes, ce qui donnait à la pauvre bête des airs de jouet d'enfant. Le poil de son cou était si usé qu'il ressemblait à du feutre marron. Elle faisait face à la rivière, l'air de se demander comment la traverser sans corps ni jambes, et selon un certain angle elle semblait vous regarder droit dans les yeux. Je lui tournais toujours le dos.

— Est-ce que je peux vous apporter quelque chose ? demandai-je. Un bout de pain ou quelques biscuits salés ?

Thaddeus gémit. Même malade et en chaussettes, il ne renonçait pas à ses airs de dandy ; il portait une cravate bleu vif.

— Je vous ramène du citron chaud avec du bicarbonate de soude, ça vous fera plus de bien que de l'huile de ricin.

Il gémit de nouveau et se prit la tête à deux mains. À l'évidence, il n'était pas en état de conclure un marché. Tout en l'aidant à s'allonger sur sa couchette, la tête tournée vers le seau, je me souvins combien il était paresseux. Depuis notre départ de Cincinnati, je ne l'avais plus jamais vu donner un coup de main pour déplacer le bateau le matin, sans doute parce qu'il se levait toujours en dernier. La nuit, il s'enduisait le visage de crème comme une femme ; je l'avais découvert en lui rendant visite pour qu'il essaie un veston que je venais d'achever, un jour où il n'était pas encore levé. En le voyant au lit, je me rendis compte qu'il n'y avait guère de chance qu'il accepte de partir en pleine nuit pour accomplir une tâche aussi physique que traverser la rivière à la rame.

— La vie de rivière est trop mouvementée, dit-il en levant vers moi ses yeux humides. Oh, May, ce qu'il me faudrait, c'est une généreuse bienfaitrice, comme celle qu'a trouvée votre cousine. Ou une jeune veuve vivant à la campagne. Vous vous souvenez de ça ? Et deux chiens de chasse… Oh oui, ça me plairait bien…

Ce fut alors que je songeai à le payer. Thaddeus vivait toujours au-dessus de ses moyens et s'en plaignait souvent. Ses habits étaient trop chics pour ses revenus, et il faisait souvent des achats ridicules sur un caprice, comme la tête d'élan.

Après lui avoir apporté son citron chaud avec du bicarbonate, je regagnai ma cabine pour écrire une lettre.

Chère Mrs Howard,

J'espère que vous allez bien. Il me faut plus d'argent. Pourriez-vous m'en envoyer, s'il vous plaît ? Dix dollars feront l'affaire.

Sincèrement vôtre,

May Bedloe

Je ne voulais pas en dire trop. Elle devinerait sans doute ce que je voulais en faire, raisonnai-je. Après l'avoir relue, satisfaite, je fermai l'enveloppe et la glissai dans ma poche pour la mettre à la poste.

Peu après, Hugo m'accompagna en ville. Il n'était pas encore midi, mais les cieux étaient déjà brûlants et immobiles, et il faisait trop chaud pour porter un châle. Je pliai le mien pour le transporter sous mon bras comme un livre. Hugo était de bonne humeur et sifflotait en marchant. Il parlait sans cesse de *Ruse contre ruse* ; la troupe était presque prête.

— Il nous faut une salle comble pour la grande première. Après ça, on sera portés par le bouche-à-oreille. Personne n'a jamais joué une pièce entière sur l'eau. Nous serons les premiers !

Il n'arrêtait pas de revenir à ce petit refrain – notre bateau, le premier à héberger une pièce en trois actes ! – et je voyais bien que c'était ce qui lui plaisait par-dessus tout dans ce projet. Ce matin-là, il sentait la pâte à gâteau ; il avait donné un coup de main au chef dans la cuisine pendant que je discutais avec Thaddeus. C'était une odeur réconfortante. Nous croisâmes deux hommes occupés à clouer des planches sur le squelette d'une maison. Derrière eux se trouvait un majestueux chêne dont le tronc montait jusqu'à cinquante ou soixante pieds avant que n'apparaisse la première branche.

Il était si large qu'il y avait de la place pour trois affiches côte à côte sur son tronc. Pendant que nous étions occupés à les coller, deux hommes qui passaient par là se mirent à nous parler de la famille de ratons laveurs qui vivait dans le creux du tronc. C'étaient un peu les mascottes de la ville qui les appelait, avec affection, les Touffequeue.

— Mrs Touffequeue s'est couchée tard hier soir, elle cherchait des baies, dit le plus grand des deux hommes.

Nous avions beau être en Indiana, ils avaient tous deux un fort accent du Sud. Celui qui avait parlé portait un chapeau de paille au sommet aussi pointu que son long nez.

— Notre bon Dr Early laisse un bol de bouillie de maïs tous les soirs à sa porte de derrière, mais ça n'a plus l'air de lui suffire, à elle. M'est avis qu'une nouvelle portée est en chemin !

Il éclata de rire, ce qui plissa son visage d'un millier de fines rides. Son compagnon hochait la tête d'un air solennel.

— N'oubliez pas le spectacle ce soir ! leur cria Hugo tandis qu'ils s'éloignaient.

J'aperçus alors Liddy sur le trottoir, avec une petite ombrelle lilas que je n'avais jamais vue. Elle donnait le bras à un homme qui se tenait très droit et devait incliner la tête pour entendre ce qu'elle disait. Hugo les avait vus, lui aussi.

— Tiens, lui, je parie que c'est le correspondant de Liddy…

Il avait raison. En nous voyant, Liddy vint à notre rencontre et nous présenta son compagnon, le Dr Martin Early – celui-là même qui donnait à manger chaque soir aux ratons laveurs.

— C'est un honneur ! dit le Dr Early en serrant la main d'Hugo.

Il parlait sans une trace d'accent local. C'était un bel homme, avec des cheveux châtain et de longs favoris. Il avait de très grandes oreilles, mais une coupe assez longue pour les cacher un peu.

— J'ai vu votre spectacle quand vous étiez à Cincinnati le mois dernier, dit-il à Hugo. C'était très bien, vraiment très bien. Trop court à mon goût ! Miss Liddy ici présente vous le dira, j'aurais pu rester encore trois heures sans m'ennuyer une seconde.

Il portait une cravate à rayures et un veston blanc d'où sortait une chaîne de montre. Ses bottes étaient taillées dans un cuir d'excellente qualité, et son chapeau si immaculé qu'il semblait luire de l'intérieur.

— J'ai appris que la troupe avait changé depuis. Mes condoléances pour votre sœur.

Hugo inclina la tête pour les recevoir. J'avais les yeux fixés sur le mouchoir noir qu'il gardait dans la poche de sa veste. Je crois bien qu'il n'avait que celui-là, et il le lavait chaque soir avant de le remettre dans sa poche chaque matin, plié en triangle.

Il y eut un court silence. Puis je demandai au docteur comment il faisait pour garder son chapeau si blanc.

Liddy éclata de rire et me serra le bras avec affection.

— Voici mon amie, May Bedloe. Je vous ai parlé d'elle : notre costumière, rien que ça ! Elle s'intéresse toujours à tout ce qui touche aux vêtements.

— Ah, les ficelles du métier, hein ? Eh bien, voilà le secret : le passer au soufre ! Plusieurs fois de suite, c'est ce qui marche.

Ses yeux sombres se plissaient aux coins lorsqu'il parlait, et il rosissait de plaisir chaque fois qu'il regardait Liddy. Il fit de son mieux pour se montrer agréable, en me posant des questions sur les costumes et en exprimant sa hâte de les voir ce soir-là.

— Je viendrai avec le maire et sa femme, nous dit-il. C'est elle qui aime beaucoup le théâtre, et elle traîne le pauvre homme à Cincinnati au moins une fois par mois. Enfin, « pauvre homme », c'est surtout parce qu'il a le mal de mer, vous savez. Quoique, ils viennent d'acheter une nouvelle calèche, et les routes ne sont pas si boueuses qu'on le dit à cette période de l'année. Mais bien sûr, le maire préfère tout de même que ce soit le théâtre qui vienne à lui. Puis-je vous inviter à prendre le thé ? J'habite à quelques pas d'ici.

Hugo répondit que rien ne lui ferait plus plaisir, ce qui sembla enchanter Liddy. Je songeai à ma lettre pour Mrs Howard dans la poche de ma robe, mais cela pouvait attendre. J'étais curieuse de voir quel genre de maison tenait ce genre d'homme. Son air cosmopolite était peu commun et il parlait comme cet homme politique que j'avais un jour entendu à Philadelphie, avec une voix assurée qui paraissait communiquer ses intentions tout en s'écoutant elle-même. Le Dr Early semblait d'ailleurs sorti tout droit de Philadelphie, avec son chapeau et son veston blancs. Il avait un instinct tout citadin pour s'habiller avec élégance mais sans ostentation. Et pourtant, il avait choisi de vivre dans une ville qui venait à peine de s'établir. Je me demandais bien pourquoi.

Nous quittâmes la grand-place ensemble. Le pont qui passait au-dessus du ruisseau était presque trop étroit pour une calèche. La maison du docteur, située un peu en hauteur au bord d'un champ ras, était en rondins de bois, pimpante et très bien faite, avec des rideaux bleus aux fenêtres. Une fois à l'intérieur, le Dr Early prit l'ombrelle de Liddy ainsi que mon châle et les déposa sur une chaise au très haut dossier, appuyée contre le mur. La pièce principale était assez grande, mais plutôt sombre, car il n'y avait que deux fenêtres d'un côté, et une seule de l'autre. Elle lui servait de bureau, de cuisine, et de cabinet de travail, nous expliqua-t-il. Il avait construit sa maison lui-même, quoiqu'il admît avoir reçu de l'aide pour le toit, et les parquets lui avaient été livrés depuis Cincinnati. La pièce était pleine de tables sur lesquelles reposaient divers spécimens de reptiles et d'insectes sous verre, ainsi que quelques scalpels et un empilement de bols à saignées. Quelques outils pendaient au mur, certains pour la médecine, d'autres pour la cuisine. Une porte fermée, qui devait mener à sa chambre, achevait le tableau.

Assis sur des chaises en rotin, nous le regardâmes tisonner le feu et mettre de l'eau à chauffer pour le thé. Il nous fit patienter avec un large bol de mûres saupoudrées de sucre, en nous encourageant à en prendre, tout en parlant de son métier et d'un nouveau remède qu'il mettait à l'essai, fait de brandy français et de racines d'angélique. Il me faisait penser à un bon chien qui se piquerait de médecine.

Hugo semblait trouver l'endroit intéressant, car il se leva de sa chaise pendant que le docteur s'occupait et se mit à passer de table en table, en examinant longuement chaque spécimen, les mains croisées dans le dos.

— Quelle joie de rencontrer quelqu'un de cultivé, dit-il. Je n'ai pas souvent ce plaisir.

Je ressentis une pointe de jalousie. « Quelqu'un de cultivé » ! J'étais allée au lycée pendant un an, alors que je savais pertinemment qu'Hugo avait quitté l'école en quatrième pour travailler au théâtre de son père.

Le thé était prêt. Le Dr Early dégagea une table laquée des bocaux et des bouteilles qui l'encombraient pour y déposer le plateau à thé et le reste d'un quatre-quarts qu'il avait fait lui-même la veille.

— Je l'ai presque terminé au petit déjeuner, j'en ai peur…

— Délicieux, dit Hugo après l'avoir goûté.

Il fit un clin d'œil à Liddy dans le dos du docteur.

— Je vois que vous n'êtes pas l'homme d'un seul talent.

Le Dr Early essuyait quatre tasses pour y verser du thé. Elles étaient très jolies, rouge et vert, ornées de trèfles et de chèvrefeuille.

— Il ne me faut pas beaucoup de sommeil. Pas plus de cinq heures. Et je vis seul ici, il faut bien que je m'occupe !

Il jeta un regard à Liddy qui rougit, sans que je comprenne pourquoi.

— Il y a bien vos animaux de compagnie, les Touffequeue, lui rappela-t-elle.

Je regardai autour de moi comme pour les apercevoir, mais mes yeux ne rencontrèrent que ceux de verre rouge d'un petit rat musqué empaillé près de la porte. Le docteur faisait-il également de la taxidermie ? Les autres semblaient bien l'aimer, mais je n'étais pas sûre d'être tout à fait de leur avis, sans vraiment savoir pourquoi. Ses manières bon enfant, son humilité calculée, tout cela ne faisait que souligner à quel point il avait réussi. J'avais l'impression que c'était tout à fait délibéré de sa part.

— Alors comme ça, vous voyagez sur l'œil de l'alligator, hein ? dit-il. Qu'est-ce que vous en dites ?

— L'œil de l'alligator ? répéta Liddy.

— Oui, c'est le nom que l'on donne à la rivière Ohio dans les parages. L'État du Kentucky a la forme d'une tête d'alligator, vous savez. On dit des bateaux qui descendent la rivière qu'ils voyagent sur son œil.

— Nous sommes en Indiana, pas au Kentucky, dis-je.

— À un jet de pierre près, dit le Dr Early en riant.

— May aime la précision, expliqua Hugo en me faisant un sourire.

— Elle a bien raison. Je voulais dire qu'ils ne sont pas si différents qu'on se l'imagine. Je viens de Louisville, et j'ai étudié la médecine au Jefferson College à Philadelphie. Ces deux villes ont beau être séparées par des centaines de miles, j'ai trouvé qu'elles se ressemblaient beaucoup. New York, par contre, c'est une autre paire de manches. Toutes les grandes villes sont uniques – New York, Vienne, Londres…

— Moi-même, j'ai longtemps vécu à Londres, dit Hugo.

— Trois ans, précisai-je.

— Tu veux dire quand je dirigeais le Covent Garden Theatre ? Oui, c'est vrai, dit-il en fronçant un peu les sourcils avant de se retourner vers le Dr Early. Mais avant ça, j'ai beaucoup voyagé entre l'Angleterre et l'Amérique avec mes parents. Ils venaient de Londres.

— Je vois ce que vous vouliez dire en disant qu'elle aimait la précision. Il faut se surveiller quand vous êtes là, c'est très bien, me dit le docteur en clignant de l'œil.

Je décidai de me taire. Je commençais à me renfrogner et je regrettais d'être venue. J'avais une lettre à poster, et il fallait aussi que je donne deux billets gratuits à l'épicier. Le thé était riche et les mûres bien sucrées ; je ne savais pas pourquoi mon humeur s'était dégradée. Peut-être la chaleur immobile de la pièce y était-elle pour quelque chose. Comme s'il avait lu dans mes pensées, le Dr Early se leva pour aller ouvrir la porte de derrière, puis traversa la pièce pour ouvrir celle de devant.

— Ce que j'avais surtout en tête en concevant cette maison, c'était d'avoir deux sorties en cas d'incendie.

— Bien vu, très bien vu, dit Hugo.

Le docteur me sourit. Ses dents étaient très blanches, régulières, et acérées.

— Mais j'aurais dû prévoir plus de fenêtres. Il fait vite chaud, n'est-ce pas, Miss May ?

Quel homme obligeant. Il ne me plaisait pas.

Ce fut Liddy qui repéra le piano adossé au mur du fond, coincé entre deux tables basses. L'une était couverte de livres et l'autre d'assiettes, de tasses et de soucoupes, toujours avec ce même motif de trèfles et de chèvrefeuille.

— Pourquoi ne pas nous chanter quelque chose ? demanda le Dr Early en entendant Liddy admirer l'instrument.

— Eh bien, si May veut bien m'accompagner… dit-elle en rosissant.

C'était en effet un très beau piano droit, en bois caramel, aux pieds sculptés en globes et sarments de vignes. Dans cet endroit reculé, sans aucun musicien pour s'en occuper, il devait être complètement désaccordé. Une fois de plus, le Dr Early sembla lire dans mes pensées.

— Je l'accorde moi-même. J'espère qu'il n'est pas trop faux.

Sans savoir pourquoi, j'espérais qu'il était horriblement faux, mais en essayant quelques notes je le trouvai tout à fait convenable. Cet homme savait-il donc tout faire ? Je parcourus du pouce les partitions empilées sur le couvercle. Et ce fut là que je fis ma découverte – alors que je ne cherchais rien de particulier. Là, entre les partitions, se trouvaient des feuillets imprimés, et un malaise familier s'empara de moi en lisant le premier, suivi d'un sentiment de dégoût.

CINQUANTE DOLLARS DE RÉCOMPENSE à qui retrouvera mon Emily, en fuite depuis le 27 mai. Noire de dix-sept ans, déjà femme, peau sombre, voix plaintive. Elle a pris avec elle un calicot noir, une robe bleu et blanc, un bonnet rouge en vichy, un châle blanc à rayures et une paire de pantoufles. Je remettrai la somme ci-dessus à qui la capturera près de la rivière Ohio côté Kentucky, ou SOIXANTE-QUINZE DOLLARS à qui la capturera au nord et me la ramènera.

Quelques mots avaient été entourés : « dix-sept ans », « bonnet rouge », « soixante-quinze dollars ».

Le Dr Early était un chasseur d'esclaves. Voilà sans doute d'où venait l'argent nécessaire pour se procurer ses spécimens ou ses tasses à thé ; ce n'étaient pas ses remèdes aux racines d'angélique ni quelques saignées qui allaient lui rapporter une fortune. Je pris une profonde inspiration et une odeur âcre me submergea, chimique et artificielle, peut-être issue de ses bocaux et bouteilles. Peut-être que l'odeur stagnait dans la pièce depuis le début mais que je ne l'avais pas remarquée avant. Par la fenêtre de derrière, au-delà du champ en friche, je voyais les bois envahis de broussailles. Il avait probablement son propre sentier pour descendre à la rivière. Il devait y aller la nuit et monter la garde jusqu'au matin. Il avait déjà admis qu'il ne lui fallait pas beaucoup de sommeil. Peut-être qu'il s'était fait une cachette, comme un mirador de chasse, où il guettait quiconque traversait la rivière depuis le Kentucky.

— Regarde, dis-je en tendant un feuillet à Liddy.

Sa main, en le prenant, semblait aussi petite que celle d'un enfant. Le lire lui prit un certain temps. Sans qu'elle lève les yeux, elle se mit à rougir. Le Dr Early s'approcha pour voir ce qu'elle avait trouvé. Elle me prit un autre feuillet des mains et donna le suivant à Hugo, sans croiser mon regard ni celui des autres.

CENT DOLLARS DE RÉCOMPENSE à qui retrouvera STEPHEN, ÉVADÉ le 17 septembre dernier. Entre vingt-cinq et trente ans, environ six pieds de haut, couleur cuivre, avec un large front. Il sait lire mais sans doute pas écrire. Sait se servir d'outils ; acheté comme charpen-

tier de gros œuvre. La somme ci-dessus sera remise à quiconque le retrouverait dans un État voisin. Quatre-vingts dollars de récompense si attrapé dans cet État et mis en prison pour que je vienne le récupérer. Le cas échéant, je paierai également pour la capture du voleur blanc qui l'aurait aidé dans cette entreprise, et ferai moi-même justice à cette crapule.

Je fis circuler quelques feuillets de plus, et après en avoir lu trois ou quatre, Liddy regarda le docteur comme si elle essayait de mieux le distinguer – ou comme pour retrouver ce qu'elle voyait en lui dix minutes auparavant.

— Eh bien… dit Hugo dont l'accent anglais étirait les voyelles. Il faut bien dire que… Bien sûr, mon avis là-dessus…

Le docteur souriait toujours, mais son regard avait quelque chose de tranchant.

— Oui, naturellement, c'est un problème local. Une chose que les vôtres ont réglée il y a un certain temps…

Par « les vôtres », il devait parler des Anglais.

— … et comme j'aimerais que ce soit aussi notre cas ! Un sujet pénible, c'est certain. Mais c'est la loi. Que voulez-vous y faire ? Nous n'allons pas enfreindre la loi, n'est-ce pas ? Ma chérie, ajouta-t-il en direction de Liddy, j'ai autant de sympathie que vous pour ces malheureux. À l'origine, c'est pour cela que j'ai offert mes services.

Il se mit à discourir sur la différence entre les conditions de vie au Nord et au Sud, sur le fait que l'esclavage était une chose déplorable, mais que la loi était la loi. Sans compter qu'il se servait de l'argent qu'il gagnait pour aider les malades, qu'ils soient riches ou pauvres. Et d'ailleurs, il traitait très bien les Noirs, poursuivit-il. Certains Blancs les capturaient de façons douloureuses ou humiliantes, mais lui ne prenait jamais de fouet, et il valait mieux que ce soit lui qui les trouve plutôt que quelqu'un d'autre…

Il parlait, parlait, parlait, et j'aurais voulu me boucher les oreilles. Je regardais Hugo avec autant d'attention que le Dr Early regardait Liddy, en essayant de jauger sa réaction. Mais tout comme Liddy, il semblait impassible. Ce devait être bien utile d'être acteur et de pouvoir contrôler ce que l'on exprimait, me dis-je – ce n'était pas la première fois que je me faisais cette réflexion. J'avais terriblement envie de m'asseoir, et lorsque je cédai enfin, je sentis la lettre adressée à Mrs Howard se plier dans ma poche. Je l'avais oubliée. Je la sortis pour la prendre sur mes genoux, en la retournant pour cacher l'adresse, et attendis une pause dans le discours du Dr Early.

— J'ai une lettre à poster, parvins-je enfin à dire. Je dois y aller.

Je remis les feuillets sur le piano, tous sauf celui qui parlait de l'homme appelé Stephen, que j'avais discrètement glissé dans ma poche. Je voulais relire le passage sur le voleur blanc. Arrêtée et condamnée. Était-ce ce qui m'arriverait si le Dr Early me découvrait en train de ramer ? L'angoisse me vrilla la poitrine. Bien sûr que oui. Il y avait cent dollars à gagner.

Une fois dehors, personne ne dit mot. Liddy marchait devant, Hugo et moi derrière. Le silence se prolongea durant la traversée du champ, puis du pont en bois qui menait en ville. À l'approche du tronc qui abritait les Touffequeue, je vis qu'il était vide. La grand-place était déserte et les volets des maisons fermés pour tenir le soleil à distance.

— Pourquoi m'as-tu montré ces affiches ? demanda soudain Liddy d'une voix pleine de colère, après avoir dépassé l'arbre.

J'étais stupéfaite. Était-elle fâchée contre moi ?

— Je ne sais pas. Je pensais que tu voudrais les voir.

— Je ne veux pas ! Je ne voulais pas ! Ça ne te regarde pas, et moi non plus !

Croyait-elle vraiment à ce qu'elle disait ou tentait-elle d'y croire ? Je n'étais pas certaine. Hugo nous regarda l'une après l'autre.

— Vous savez, ce n'est pas un sujet facile... commença-t-il avec prudence.

— Martin n'a pas enfreint la loi ! interrompit Liddy, les traits tendus par la fureur.

— Tu trouves qu'il agit de façon honorable ? demandai-je.

— Tu l'as entendu ! S'il ne le faisait pas, d'autres le feraient, et avec bien moins de compassion !

Nos chemins se séparèrent devant le bureau de poste, et je regardai Hugo et Liddy repartir vers le bateau sans moi. D'un seul coup, je me sentis lasse de Mrs Howard et de tout ce qui lui était associé. Liddy était mon amie. Je ne savais pas ce que je faisais, ni pourquoi je le faisais. J'avais commencé par apprendre à mentir, et voilà que je me retrouvais dans l'illégalité. Je ne savais plus quoi penser, mais cela ne m'empêcha pas de poster la lettre pour Mrs Howard en espérant qu'elle me ferait parvenir de l'argent avant de m'envoyer à nouveau traverser la rivière à la rame.

Cette nuit-là, je rêvai que j'étais sur le *Théâtre flottant* avec Giulia. Il coulait, mais nous restions dans l'auditorium sans bouger, comme clouées au sol. Je savais qu'il fallait que je lui fasse quitter le bateau, mais j'étais apparemment incapable de sortir de la pièce. Les murs s'inclinaient ; le plancher penchait sous mes pieds. Je me dis que bientôt l'eau traverserait la fenêtre et que nous pourrions sortir par là.

Liddy se mit à m'éviter dans les jours qui suivirent. À deux reprises, elle se leva pour quitter la salle à manger en me voyant entrer, en laissant la deuxième fois une côte de mouton à peine entamée dans son assiette. Je compris qu'elle prenait ses repas plus tôt que d'habitude. Nous n'allions plus nous baigner le matin, et la pauvre Celia s'asseyait avec Leo et moi sur la rive, en regardant tristement la rivière. Elle fit la grimace lorsque Leo lui proposa d'apprendre à remonter un poisson, si bien que je lui donnai une chute de tissu, une grosse aiguille et un peu de fil à broder pour qu'elle passe le temps.

Mrs Niffen, qui avait remarqué notre éloignement, fit de son mieux pour tirer profit de la situation, comme d'habitude. Chaque fois qu'elle me croisait, elle s'assurait de mentionner le nom de Liddy, et sautait sur toutes les occasions de me demander si je l'avais vue. Je n'avais jamais rien d'autre à lui répondre que *non.* Après la troisième ou quatrième fois, elle remarqua d'un air entendu :

— Tiens, mais cela fait un moment que vous n'avez pas vu Liddy ! Je commence à me demander si vous ne vous seriez pas disputées !

Elle savait tout de l'affaire, c'était évident dans la façon dont elle se comportait.

Alpha, beta, gamma.

— Non, répondis-je.

Ses lèvres s'étirèrent pour former le genre de sourire qu'aurait dessiné un enfant, deux lignes courbes qui se rejoignaient aux extrémités, comme un bateau. Ses dents et son nez pointu lui donnaient l'air d'un renard ; seuls ses cheveux blanc crème déparaient le tableau.

— Dieu merci, dit-elle. Vous êtes si proches, toutes les deux.

À l'évidence, elle sous-entendait le contraire, et ma poitrine se serra encore d'un cran. Liddy était mon amie. Je n'en avais jamais eu beaucoup, si bien que j'étais ignorante des règles qui régissent disputes et réconciliations. À supposer qu'elles existent – j'espérais que c'était le cas.

Le lendemain, je m'en allai coudre dans la salle à manger plutôt que sur la berge au côté de Leo ; il y faisait plus frais. Je m'assis près de la fenêtre qui donnait sur la berge de… Quel était le nom de la ville ? Je m'y étais rendue le matin même, avec mes affiches et mes billets, et j'avais déjà oublié. Nous avions traversé tant d'endroits en si peu de temps qu'ils commençaient tous à se ressembler, avec leurs entrepôts aux façades plates, leurs chantiers navals, leurs chariots attelés patientant près de la jetée sur la route en terre battue. Le Nord et le Sud eux-mêmes étaient presque identiques. La répartition des gens d'un côté ou de l'autre de la rivière semblait arbitraire, et ils pouvaient la traverser sans que cela bouleverse leur vision du monde. Certains absolvaient la pratique de l'esclavage, d'autres non, mais tous s'en accommodaient, pour ce que j'avais pu en voir. Seuls des gens détestables, comme Mrs Howard, pouvaient se montrer assez brutaux pour faire changer les choses. Et c'était une brute, il n'y avait pas de doute là-dessus. Était-ce donc la seule façon d'améliorer le monde ? Brutaliser les gens ? C'était bien ainsi qu'on le faisait empirer, après tout.

Après avoir achevé le dernier point d'araignée sur le costume de Liddy, j'étalai le corsage sur la table propre pour mieux le voir, en me disant qu'il me faudrait descendre le repasser, même si cela ne me faisait pas très envie, avec cette chaleur. Au même moment, Hugo passa la tête dans la salle à manger, m'aperçut, et s'avança jusqu'à la porte de la coquerie.

— Qu'est-ce qu'il y a au menu, aujourd'hui ?

J'entendis le chef lui répondre que l'on mangerait des beignets de maïs et du hachis.

— Excellent, dit Hugo avant de venir observer le costume décoré que j'avais étalé sur la table. Dis donc, je vois que c'est fini…

Il se pencha pour mieux voir les petites broderies.

— Ça rend très bien. Tu as bien eu raison de ne pas ajouter des points bleus.

J'étais surprise qu'il s'en souvienne. Il recula d'un pas et se frotta les mains, qu'il avait grises de poussière ; il venait certainement de remettre du bois pour le feu dans les cabines. Cela voulait dire qu'il était entré dans la mienne, et je me demandai soudain ce que j'avais fait de la lettre de Mrs Howard, qu'un petit garçon m'avait délivrée ce matin-là, et qui contenait dix dollars. Je comptais m'en servir pour payer Thaddeus afin qu'il m'aide à traverser la rivière. Il ne fallait plus rien laisser traîner, je devais m'en souvenir.

— Tu n'as pas vu Liddy ? me demanda Hugo.

— Pourquoi est-ce que tout le monde me demande ça ? m'irritai-je.

— Oh, May, ne le prends pas mal. Ce n'est pas facile. Se rendre compte que quelqu'un que l'on estime, un homme comme lui, avec de l'éducation, un docteur… c'est d'autant plus dur pour Liddy, puisque c'était son bon ami. Il faut la comprendre. Vous êtes amies, toutes les deux.

— C'est elle qui ne me parle plus, lui fis-je remarquer.

— Ça ne va pas durer.

Mais qu'en savait-il ? Je me pris à penser qu'il serait facile d'insérer une petite plume dans le costume de Liddy, comme je le faisais avec Constance lorsqu'elle me vexait. Mais je ne voulais pas faire ça. Je touchai son costume en lissant le col du bout des doigts. « J'ai le cerveau dans les doigts », avait coutume de dire ma mère, parce qu'elle touchait toujours ses travaux. Mais elle avait tout le temps les idées claires, et elle savait distinguer le bien et le mal. Je me rappelais son horreur lorsqu'un faux agent immobilier avait tenté de vendre des lopins de terre au Missouri qui ne lui appartenaient pas. Personne n'en avait acheté, Dieu merci, mais un shérif était arrivé en ville le jour suivant, à sa recherche, et nous avait révélé le subterfuge.

— Mais pourquoi chercher à nuire aux autres comme ça ? À des inconnus qui ne lui ont fait aucun mal ? avait demandé ma mère à mon père.

— Pour l'argent, avait-il répondu. De l'argent facile.

— Eh bien, il finira en prison, avait-elle conclu, mais nous n'avons jamais su si cette prédiction s'était vérifiée.

De l'argent facile – c'était cela que voulait le Dr Early, lui aussi. Ce qu'il faisait ne dépassait pas les limites de la légalité. Était-ce pour autant plus honorable ? Cette question me donnait mal à la tête.

— Vous ne trouvez pas, vous, que c'est mal, ce que fait le Dr Early ? demandai-je à Hugo.

— Je trouve ça méprisable, dit-il en décroisant les bras. Méprisable. Mais qu'est-ce que je peux y faire ? J'ai mes propres affaires à gérer.

Mon irritation enfla de nouveau et je tournai vers lui mon oreille sourde.

— Tout le monde dit la même chose.

Je pris mon costume et descendis l'escalier, bien décidée à le repasser aujourd'hui même, et tant pis s'il faisait chaud.

16

D'emblée, Thaddeus se montra très excité par toute l'affaire, sans doute parce qu'elle l'attirait personnellement sur plusieurs plans. Il y avait d'abord la furtivité de la chose, et bien sûr le frisson du secret. L'idée de jouer un rôle dans la vraie vie semblait également lui plaire, comme Hugo avec son manteau de grosse laine et son vocabulaire de batelier. Tous deux s'enthousiasmaient vite pour toute activité susceptible de combiner le théâtre et la vie réelle – peut-être tous les acteurs étaient-ils ainsi, incapables de résister au jeu. Je doute que Thaddeus se soit jamais vraiment intéressé au sort des bébés.

— À quand la prochaine sortie ? demanda-t-il à voix basse en s'accoudant au bastingage.

Nous étions sur le pont supérieur. Si quiconque passait en dessous, je le verrais. La fraîcheur du petit matin s'évanouissait dans l'air, même si un peu de brume s'attardait sur l'eau. Leo avait fini de nous amarrer moins d'une heure auparavant, et l'essentiel de la troupe était encore en train de prendre son petit déjeuner. J'avais attendu Thaddeus devant sa cabine.

Côte à côte devant la rambarde, nous regardions passer un flot presque ininterrompu de barges et de vapeurs. Thaddeus avait à la main l'une des pièces de monnaie envoyées par Mrs Howard et ne cessait de la frotter du pouce.

— Je ne sais pas, dis-je. Je ne le découvre qu'à la dernière minute.

— Et comment le découvre-t-on ?

— La dernière fois, une femme s'est attardée après le spectacle. C'est elle qui m'a mise au courant.

— Elle était dans le public ?

— Peut-être qu'ils changeront d'approche la prochaine fois.

— Ils pourraient quand même vous avertir un peu plus tôt, dit Thaddeus en observant un *snag-boat* occupé à nettoyer la rivière de son bois mort.

Le capitaine portait la casquette bleue officielle du gouvernement. Il était blanc, mais son équipage était composé de Noirs. Certains se servaient de longs crochets pour orienter les rondins détrempés à la surface de l'eau, et les autres les hissaient à bord. Le capitaine avait les mains croisées dans le dos et les laissait faire tout le travail. Peut-être que je commençais à tout voir en noir et blanc.

— Ce sont des nouveau-nés, dis-je à Thaddeus. Ils ne préviennent pas beaucoup à l'avance.

Thaddeus ôta son pied du bas de la rambarde. Ses boucles blondes semblaient presque blanches en plein soleil, et de fines rides lui marquaient les yeux. J'eus une vision soudaine de ce à quoi il ressemblerait une fois vieux.

— Et si nous nous faisons prendre ? demanda-t-il.

Je songeai à l'affichette décriant le voleur abolitionniste.

— La prison, ou pire. Une amende, en tout cas.

— Je n'ai jamais été en prison, me dit Thaddeus comme si l'idée l'excitait au lieu de l'effrayer.

Le *snag-boat* disparaissait au coude de la rivière dans un ronflement de chaudière. L'eau était un peu plus propre, mais pas beaucoup.

— Il y a une boussole dans la chambre verte, dit Thaddeus qui pensait à haute voix. Juste un accessoire, mais ça pourrait nous être utile. À condition qu'elle marche encore.

À cet instant, Liddy sortit de la salle à manger. Elle hésita en me voyant, puis s'approcha de nous sur le ponton. Je la vis gonfler la poitrine comme en entrant dans une pièce. Thaddeus rangea discrètement son argent dans sa poche.

— May, je veux que tu saches que j'ai rompu mes liens avec le Dr Early, commença-t-elle d'une voix tendue. Donc tu n'as plus à t'en faire pour ça.

— Tu as rompu ?

Elle portait sa plus vieille robe et ne s'était pas brossé les cheveux. J'étais soulagée qu'elle me parle à nouveau, mais elle n'avait pas l'air d'aller bien.

— Parce qu'il était chasseur d'esclaves ?

— Oui, c'est à cause de ça. Je ne peux pas rester avec quelqu'un qui pourchasse des hommes et des femmes...

— Et des enfants, dis-je sans réfléchir.

— Ne me fais pas la leçon ! dit-elle en détournant les yeux.

— Ce n'est pas ce que je… non, je sais bien que… Liddy…

Je me tus. Il fallait absolument que je trouve les bons mots, mais je ne savais pas lesquels chercher. Je tentai de me rappeler ce que disaient les autres pour clore une dispute. Étions-nous en train de clore notre dispute ? J'espérais que oui. Constance disait souvent « J'ai été si bête ! » mais cela ne fonctionnerait sans doute pas dans les circonstances actuelles, et de toute façon j'étais presque sûre qu'elle n'était jamais sincère en disant cela. *J'ai eu tort. Je n'avais pas compris. J'espère que tu peux me pardonner.*

Je voulais simplement retrouver l'amitié de Liddy.

— Je suis désolée, tentai-je.

Mais ça n'était pas vraiment ça non plus.

— Désolée ? Toi ? Pourquoi ?

— J'aurais voulu ne jamais trouver ces affiches, dis-je avec tout mon cœur.

Ses traits se détendirent un peu.

— Je sais. Oh, May… De toute façon, ça ne change pas grand-chose. Je suppose que j'aurais fini par le découvrir… Enfin, bien sûr que je l'aurais découvert.

Je repensai à ce qu'avait dit Hugo.

— Un homme comme lui, et quelqu'un que tu aimais bien… C'était un choc.

Liddy acquiesça. Les coins de sa jolie bouche s'affaissèrent un peu plus. C'était quelqu'un d'entier, d'honnête, d'ouvert ; elle n'avait aucun mal à jouer les ingénues. J'avais l'impression qu'une telle épreuve n'aurait jamais dû lui arriver. Personne n'aime les histoires où l'innocence se brise.

— Est-ce que nous sommes redevenus amies ? lui demandai-je anxieusement.

Elle me tendit la main, puis se ravisa.

— Je sais que tu n'aimes pas qu'on te serre la main. Disons que nous venons de le faire, d'accord ?

Thaddeus nous regardait d'un air amusé, les pouces dans les poches, comme si nous étions sur scène pour le divertir.

— Je suis sûre que Pinky écrit de très jolies lettres, suggérai-je.

Liddy rougit et Thaddeus éclata d'un rire peu charitable.

— Allez, au suivant !

— Ça te ressemble bien de dire ça, rétorqua Liddy.

C'était bon signe. Elle n'était pas brisée ; elle apprenait la vie, voilà tout. Qui pouvait prétendre éviter les ennuis sur cette terre ? Constance s'était accrochée à ses rôles d'ingénue bien trop longtemps, ce qui l'avait plutôt desservie qu'autre chose. Je sentais qu'il y avait là une leçon que j'aurais dû saisir, mais sur le moment, elle m'échappa encore.

Deux nuits plus tard, je reçus mes nouveaux ordres. Cette fois-ci, j'étais en poste à la billetterie. Le message était enroulé à l'intérieur d'un billet d'un dollar.

Ce soir. Signal minuit quinze.

Je le fixai un moment sans comprendre. Fallait-il que j'envoie un signal ou que j'en reçoive un ? Le temps que je relève les yeux, celui qui me l'avait donné – un homme, c'était tout ce que j'avais remarqué – était déjà parti sans attendre sa monnaie. Lorsque Celia vint prendre le relais, j'étais si troublée que je faillis m'en aller en emportant les billets à vendre. Mais une fois assise au piano, mes mains suivirent leur partition habituelle, et le spectacle se déroula sans accroc. De fait, le public applaudit si fort et tapa tant des pieds que Liddy et Thaddeus revinrent sur scène pour une chanson impromptue.

Quand vous avez l'amour enfoncé dans le cœur
Et que vous soupirez après une bel' fille
Le temps n'avance plus qu'avecques
des béquilles
Comme il va lentement ! Hélas ! Quelle
douleur[1] *!*

C'était une vieille ballade, qui du reste ne m'avait jamais plu. Comment le temps pourrait-il se servir de béquilles ? Le temps, ce n'était que le temps. Mais le public adorait. Tout en chantant, Thaddeus regardait Liddy comme si elle était l'unique source de son bonheur, et elle le lui rendait bien. Ils étaient si convaincants ; cela m'émerveillait. La chanson était très lente, et j'essayais d'accélérer le rythme pour arriver à la fin. Hugo se tenait dans les coulisses de l'autre côté ; il fronça les sourcils et tendit le menton vers moi comme pour dire « Qu'est-ce que tu fais ? Garde le tempo ! » Mais je voulais que le spectacle s'achève.

Lorsque Thaddeus vint me confier son costume pour que je le repasse, comme tous les soirs, je le mis au courant du message. Il s'illumina à un tel point que je craignis qu'on lui ne demande s'il avait reçu une bonne nouvelle. Pinky fit d'ailleurs une remarque de

1. « When Love Gets You Fast In Her Clutches », Thomas Morton, *The Children in the Wood,* 1795.

ce genre en arrivant quelques minutes plus tard, son propre costume à la main.

— Qu'est-ce qui se passe, mon vieux ? Une mignonne à toi dans le public ?

— Il y a toujours une mignonne dans le public, répliqua Thaddeus. Allez, viens boire un verre. Un Irlandais m'a vendu une pinte de rhum de Jamaïque aujourd'hui. Il dit qu'il en prend toujours quelques caisses en voyage, pour payer ses repas.

— Pas bête, dit Pinky. Le cours du rhum battra toujours celui du dollar.

J'avais peur que Thaddeus boive trop ou reste trop longtemps avec Pinky. Mais lorsque je me rendis à sa cabine un peu avant onze heures, il m'attendait, assis sur sa couchette et parfaitement sobre. Il portait une cape et un chapeau sombre un peu aplati, ses bottes à la main. Dans son autre main se trouvait la boussole prise dans la chambre verte. Une excitation enfantine se lisait sur son visage.

— Au fait, je me demandais, dit-il à voix basse tandis que nous descendions la passerelle. C'était pour ça que vous vouliez travailler sur ce bateau ? May Bedloe, abolitionniste de l'ombre ?

— Chut !

Nous n'étions pas amarrés à une jetée mais à un bosquet d'arbres, et la barque se trouvait sur la rive. Elle n'était pas attachée aussi soigneusement qu'avant ; je n'eus aucun mal à desserrer le nœud. Mais la vraie surprise survint une fois sur l'eau, lorsque je découvris sous le banc de proue un sac en papier qui contenait une pomme et un sandwich au jambon. Je souris devant ce geste. *Leo,* me dis-je.

Mais comment savait-il que je prendrais la barque ce soir ?

Thaddeus dégagea ses coudes de sous sa cape noire et se mit à ramer vers l'arrière. Le son des cigales s'éteignit à mesure que nous nous éloignions de la rive. L'eau clapotait régulièrement contre la barque. J'avais dans ma poche un petit flacon brun de morphine, que j'avais acheté quelques jours plus tôt, au cas où j'en aurais besoin pour le bébé. Une fois suffisamment loin du bord, j'allumai la lanterne sur mes genoux. Mon estomac s'était resserré sur lui-même, tout comme mon cœur, mais il ne semblait y avoir personne à part nous. Malgré tout, je ne pouvais m'empêcher de penser au Dr Early et à d'autres comme lui, guettant l'occasion de se faire un peu d'argent facile. Personne ne répondit à mon signal.

— Direction la rive, dit Thaddeus après une minute. Nous attendrons là-bas.

— Nous sommes censés attendre jusqu'au signal.

— J'en ai assez de ramer sur place.

Il consulta la boussole, en tapotant le verre pour faire bouger l'aiguille, puis se remit à ramer vers le sud. En approchant du Kentucky, il se mit à tester la profondeur de l'eau avec une rame.

— Ça y est, dit-il en touchant le fond.

Il ramena les rames à bord et prit les deux bonbonnes dont Leo se servait comme ancres – il suffisait de les remplir d'eau, de les boucher, puis de les laisser couler. La barque tanguait un peu sur ces amarres. Thaddeus sortit un cruchon de bière de sa poche intérieure, fit sauter le bouchon et m'en offrit. Je pris une longue rasade puis le lui rendis, et déchirai le sandwich en deux pour le partager avec lui.

— Maintenant, dites-moi la vérité, May, dit-il après avoir pris une bouchée. Vous teniez tant à travailler pour le capitaine Hugo. C'était pour ça ? Pour pouvoir descendre et remonter la rivière, en faisant traverser des esclaves ?

— Bien sûr que non. On me fait chanter.

— Du chantage ! rit-il avant de saluer cela d'un sifflement. Mais dites donc, May, nous avons plus en commun que je ne croyais.

— Pourquoi ? Vous aussi ?

— Non, non. Vous n'êtes pas une femme de principes, c'est tout. Je m'en doutais.

— J'ai des principes.

— Sans doute, sans doute, dit-il en reprenant de la bière.

— Je ne mens jamais, lui rappelai-je.

— Ça n'est pas un principe, c'est une contrainte. Auriez-vous pensé vous-même à faire ce genre de chose ? C'est toute la question.

Je n'avais rien à répondre. La lumière de la lune se fragmentait à la surface de l'eau, pâle comme un linceul. Toujours pas de signal, et pas un bruit excepté ceux de la nuit. La dernière fois, tout s'était passé très vite. Après quelques instants, Thaddeus prit un cordage et se mit à travailler ses nœuds.

— Ça faisait longtemps que je n'avais pas ramé la nuit, dit-il.

Cette phrase me remit quelque chose en mémoire.

— Thaddeus, votre père était-il vraiment constructeur de bateaux ?

— Non, dit-il en riant. Pourquoi ?

Je lui rappelai comment il avait aidé Hugo avec son bateau au premier jour.

— Vous lui avez dit que votre père construisait des bateaux. Je vous ai aussi entendu raconter qu'il était auteur de théâtre…

— J'ai dit beaucoup de choses de mon père, mais c'était juste un fermier. Il cultivait surtout de l'avoine. Il pêchait un peu, aussi, et il m'emmenait parfois avec lui sur la baie de Chesapeake. Seigneur, ce que je détestais ça. À dix ans, j'avais déjà décidé de me vouer aux beaux-arts.

Je pouvais sans peine l'imaginer assis derrière la grange avec une feuille de papier et un bout de crayon.

— Je parie que vous écriviez des poèmes.

— J'ai fini par me rendre compte que j'arrivais mieux à jouer les lignes des autres qu'à écrire les miennes, dit-il en haussant les épaules. Mon père n'a pas attendu pour me dire que je n'avais aucun avenir dans la poésie. Bien sûr, il n'aimait pas non plus le théâtre. Vous savez, j'ai vraiment aimé lui annoncer que je voulais être acteur. Il a dit que je ne pourrais pas le décevoir davantage. Je lui ai répondu qu'il n'avait encore rien vu.

— Vous avez dit ça à votre père ?

— Bien sûr ! Si vous nous aviez vus, vous n'auriez pas cru que nous étions de la même famille. Il avait un nez incroyablement long. À la mort de ma mère, j'ai été élevé par mes sœurs. Elles étaient quatre, et elles me gâtaient tout le temps. Mais lui, non. Il disait que je le décevais constamment.

Mais il me racontait tout cela d'un ton léger, comme s'il ne s'embarrassait jamais du plus petit soupçon de rancœur. Puis il acheva sa bière et s'essuya la bouche sur sa cape. Les cigales étaient de nouveau très bruyantes maintenant que nous étions près d'un rivage, et notre petit bateau se soulevait sur l'eau. La houle avait forci depuis notre départ. En levant les yeux, je vis des nuages venir de l'est.

— De la lumière ! dit Thaddeus.

Je tournai la tête et vis la lueur d'une lanterne l'espace d'un instant avant qu'elle ne s'éteigne.

Il fut décidé que Thaddeus resterait à bord tandis que je partais chercher le bébé. Tout comme la dernière fois, un homme blanc en tenue de ferme sortit des arbres, un panier au bras – mais ce n'était pas le même ; celui-ci était plus grand et fort que le précédent. Comme la dernière fois, le bébé dormait, mais lorsque je l'éclairai, son petit visage semblait moins gonflé que l'autre.

— Née hier, me dit l'homme. Ça n'a pas été une partie de plaisir de la cacher toute la journée. Heureusement, elle n'a fait que dormir. Sans ça, on nous aurait découverts tout de suite. Mon patron pense que je suis parti boire, alors il faudra que je sente l'alcool en rentrant.

Il devait parler du maître de ferme pour qui il travaillait. Je vérifiai que le biberon et le lait se trouvaient dans le panier, puis je le pris d'un bras en relevant ma jupe de l'autre afin de regagner le bateau. Mes bottes s'étaient imprégnées d'eau et ne se débarrasseraient pas de sitôt de leur odeur de vase.

Thaddeus prit le panier pendant que je montais à bord et ne put s'empêcher de remarquer à quel point le bébé était petit. Je lui dis que le précédent l'était encore plus.

— J'aime bien les bébés, vous savez, dit-il. Ils ne cachent jamais rien. Ils en sont incapables.

La façon dont il regardait le panier me donnait envie de le crosire. Une fois installée, il me rendit le panier et vérifia les rames avant de faire demi-tour.

— Le temps se gâte, dit-il entre deux coups de rames.

En regardant la rivière, je vis que l'eau était encore plus agitée que lorsque j'étais partie chercher le bébé, alors que cela n'avait pris que quelques minutes. Le courant nous entraînait trop à l'ouest et donnait à Thaddeus du fil à retordre. L'effort lui donnait chaud, et il s'arrêta de ramer pour ôter sa cape. La main géante du vent nous poussa aussitôt vers l'aval comme si elle n'attendait que cela. À l'est, j'aperçus quelques éclairs fourchus, minuscules dans le lointain. Le vent m'arracha mon bonnet et me souffla les cheveux dans les yeux. Les cieux se faisaient chaque seconde plus menaçants.

Le bébé dormait toujours. Malgré tous les efforts de Thaddeus, nous allions autant vers l'ouest que vers le nord. Je coinçais le panier du bébé pour m'asseoir près de lui, en agrippant l'une des rames des deux mains. Après quelques coups de rame, Thaddeus se mit à compter à haute voix pour que nous puissions nous coordonner.

— Un… et deux. Un. Et deux. Oui, comme ça, May.

Ensemble, nous fîmes de notre mieux pour rejoindre la rive. Le ciel était très sombre à présent, et l'orage se rapprochait, mais la pluie ne nous avait pas encore atteints. De temps à autre, le vent baissait comme pour reprendre sa respiration, et nous éclaboussait la poitrine et la figure en repartant. Une bourrasque fit tanguer la barque si dangereusement qu'une vague s'écrasa à l'intérieur par le côté.

— May, le seau ! cria Thaddeus.

Je trouvai le seau, fis passer les appâts de Leo par-dessus bord, et me mis à écoper l'eau tandis que Thaddeus reprenait les deux rames. La barque m'apparaissait soudain beaucoup trop petite, et bricolée avec des planches d'une fragilité absurde. Elle allait se renverser et couler, ou bien se disloquer entièrement. La petite était toujours dans son panier coincé sous le banc de nage. Pendant que je m'assurais qu'elle allait bien, une nouvelle vague inonda le bateau, et je m'agenouillai sur le fond pour me servir du seau comme d'une pelle. Je ne voyais plus le *Théâtre flottant,* ni quoi que ce soit sur la rive. Mais, en relevant la tête une seconde fois, j'aperçus une lumière qui vacillait en s'allumant, peut-être sur l'un des bateaux de pêche aux moules. Quelqu'un qui cherchait quelque chose dans la tempête.

— Je n'arrive pas à lire la boussole ! cria Thaddeus contre le vent.

— Je vois une lumière ! Allez un peu plus à droite !

Il n'y avait plus que quelques pouces d'eau au fond du bateau. Je revins l'aider à ramer. Mes épaules s'étaient engourdies, et le dos de ma robe était trempé. Je tremblais de peur et de froid, et j'espérais que le bébé allait bien. Je voyais son panier, toujours droit sous le banc, mais clapotant dans l'eau. Allait-elle se mouiller ? Je n'arrêtais pas de tourner la tête pour voir où nous en étions.

— Trop à gauche ! criai-je.

— Un, et deux ! Un, et deux !

Il s'enrouait à force de hurler. Quelques éclairs se ramifièrent encore au-dessus de nous.

— C'est le *Théâtre flottant* ! m'écriai-je.

— Quoi ?

Une lanterne était allumée à la fenêtre de la billetterie. *Leo.* Il avait sans doute vu par la fenêtre que le temps se gâtait. Je me demandai s'il allumait toujours une lanterne sous la pluie pour signaler la présence du bateau, ou s'il l'avait mise là pour nous. Thaddeus et moi sautâmes hors du bateau ; j'avais le panier à la main, et lui l'amarre. Le bébé s'était enfin réveillé et pleurait. Je sortis la petite bouteille d'opium de ma poche tandis que Thaddeus traînait le lourd bateau trempé sur la rive. Tout en laissant le bébé sucer la goutte d'opium sur mon doigt, je vis Donaldson descendre la berge si vite qu'il manqua tomber, ce qui ne fut pas la moindre de mes surprises ce soir-là ; je ne l'avais jamais vu faire quelque chose d'aussi peu digne. Mais il ne fut pas long à retrouver son équilibre et à prêter main-forte à Thaddeus. Ses vêtements étaient si empesés qu'ils bougeaient à peine au vent, et il ne portait pas de chapeau. Il était trop loin pour que je discerne ses traits, mais je pouvais les imaginer sans peine – sévères et respectables, même après un dérapage sur une rive boueuse. Un serviteur qui accomplissait sa tâche sans se plaindre.

Quant à moi, ma robe était complètement trempée. Mes bras et mes mains tremblaient de fatigue. Je n'arrivais même plus à tenir le panier droit. J'aurais pu grimper jusqu'à la route pour m'asseoir sur la marche de la calèche, mais je sus tout de suite que même cela représenterait un trop grand effort, si bien que je restai là où j'étais, giflée par le vent. Une fois la barque amarrée, Donaldson vint prendre le panier et remonta avec précaution le long de la berge pour rejoindre la route, en tenant l'anse d'une main et en agrippant une branche basse de l'autre afin de se hisser vers le haut. La pluie s'était enfin mise à tomber lorsque Thaddeus et moi remontâmes la passerelle avec un bruit d'éponge mouillée à chaque pas. Lorsque la lampe de la billetterie éclaira le visage de Thaddeus, je m'aperçus avec surprise qu'il semblait extatique.

— Quelle équipe nous faisons ! s'exclama-t-il une fois à l'abri, en secouant derrière lui sa cape trempée.

Je ne comprenais pas sa réaction mais je n'avais aucune envie de rester là pour en discuter. Il pleuvait pour de bon, à présent, si fort que j'avais l'impression d'entendre une cavalcade au-dessus de nos têtes. Le pont en bois rendait un son distinct et plus articulé. Les gouttes s'affaiblirent un moment comme pour guetter un signal, puis rassemblèrent leurs forces et s'abattirent en un torrent furieux. Je relevai l'ourlet de ma robe trempée et montai les marches quatre à quatre. Je ne voulais qu'une chose : me débarrasser de ces vêtements mouillés pour me glisser sous les couvertures. La pluie tambourinait si fort contre le bateau que je n'arrivais plus à penser, ni à avoir peur. Je m'enveloppai dans ma couverture comme dans un linceul et me laissai tomber à l'envers sur ma couchette, les pieds sur l'oreiller. J'étais trop épuisée pour changer de sens. Mes bras et mes épaules étaient endoloris, et je m'étais tant tordue sur place que mon épine dorsale me faisait mal. J'enfonçai mes pieds sous l'oreiller pour les réchauffer et m'endormis en moins de deux minutes, alors même que le bateau tanguait et grinçait dans la tempête.

C'est une chose de flotter sur l'eau, lorsqu'elle est lisse comme un drap qu'une main divine semble gentiment secouer de temps à autre, en envoyant une vague unique à sa surface avant de l'aplatir de nouveau. C'en est une autre d'entendre un homme vous demander, en hurlant pour se faire entendre au-dessus du vent, d'écoper l'eau qui s'amasse au fond d'une barque agitée par l'orage. J'étais sûre d'une chose : j'avais bien fait d'enrôler Thaddeus. Je n'aurais pas su maîtriser la barque seule dans la tempête ; elle se serait renversée et nous nous serions noyés, le bébé et moi. Traverser la rivière à la nage avec un enfant dans les bras – ç'aurait été trop demander que d'accomplir cela une seconde fois. Cette nuit-là, mon cauchemar fut si intense que je fus tirée du sommeil par mes propres gémissements d'impuissance. Pourtant, en ouvrant les yeux, j'étais incapable de vraiment me rappeler ce dont j'avais rêvé.

Il était encore tôt, mais je ne voulais pas me rendormir. Comme je sentais le bateau avancer sur l'eau, je m'habillai et m'enveloppai dans deux châles avant de sortir sur le ponton. Le soleil n'était pas encore levé, et le ciel portait toujours les traces de la tempête. Mais il avait cessé de pleuvoir, et l'air était immobile. Hugo était sur le pont inférieur, juste au-dessous de moi, avec sa petite tasse en émail. Il souleva le couvercle, souffla sur son café puis but une gorgée. Il cria je ne sais quel ordre à Jemmy ou Leo, puis se saisit du jaugeur. La tempête avait laissé derrière elle plus de chicots et de bois mort que jamais dans l'eau, ce qui n'empêcha pas un vapeur de nous dépasser à bonne allure, une lampe à la proue et une autre à la poupe. Un autre suivait déjà.

L'air glacé du petit matin traversa mes deux châles pour s'insinuer entre mes omoplates. Après la petite barque, le *Théâtre flottant* me semblait plus solide que jamais, mais la terreur de la nuit dernière me collait à la peau comme de la gaze humide. J'avais besoin de poigne, d'une confiance qui pour l'heure me faisait défaut. Une fois certain que le bateau se trouvait où il le voulait dans le courant, Hugo reposa le jaugeur ; je m'en fus prendre quelques beignets dans la salle à manger et descendis l'escalier pour le voir.

Je lui dis bonjour et lui proposai l'un des beignets. En regardant vers la poupe, je vis la barque de Leo qui nous suivait au bout de son amarre, comme d'habitude.

— Je ne m'attendais pas à te voir ce matin, dit Hugo.

Je tournai vivement les yeux vers lui, inquiète. J'avais effectivement très peu dormi ; pourvu qu'il ne sache pas pourquoi.

— Comment ça ?

— On ne te voit plus trop sur le ponton, ces jours-ci. Je me disais que le charme était peut-être rompu.

— Quel charme ?

Il me fit un sourire.

— Je parlais de l'excitation de voir le bateau quitter la berge. Peut-être que ce n'est pas le bon mot non plus. Il faut se surveiller quand on te parle, hein ? J'aime bien que tu me gardes dans le droit chemin.

— Je ne me suis pas lassée de vous regarder déplacer le bateau, dis-je.

Mais je ne pouvais pas lui expliquer pourquoi je ne me levais plus pour le voir, ni pourquoi je m'étais levée aujourd'hui. En entendant que je faisais des cauchemars, il me poserait sûrement encore plus de questions.

Hugo s'appuya à mes côtés sur la rambarde tout en dégustant un autre de mes beignets. Des reflets d'un violet profond s'étendaient sur l'eau, annonçant l'arrivée du soleil, et l'air avait une saveur de rosée, un goût minéral. J'avais oublié à quel point j'aimais sentir sur mon visage la brise que rencontrait le bateau en descendant la rivière. Celle-ci était de plus en plus encombrée ; de lourds vapeurs qui crachaient leur fumée dépassaient des bateaux à fond plat et de longues barges remplies de barils. Je me sentais proche d'eux, ainsi à leurs côtés au petit matin, tous en route vers l'ouest, espérant y trouver fortune et beau temps.

Je me souvins du premier jour que j'avais passé sur le *Théâtre flottant.* Il me semblait remonter à des années.

— Pourquoi avez-vous regardé vers l'ouest à Cincinnati ? demandai-je à Hugo.

— Comment ?

— Lorsque les cloches de la ville ont sonné en hommage aux victimes du *Moselle,* tout le monde s'est tourné vers l'est pour regarder le soleil se lever. Mais vous vous êtes tourné vers l'ouest.

Même de profil, je vis que ses traits se contractaient. Il regardait toujours la rivière.

— Pour ma sœur, répondit-il enfin. Pour Helena.

La brume se levait. J'apercevais une île étroite près de la rive d'en face. Peut-être était-ce un banc de sable. J'attendis qu'il poursuive.

— Helena adorait voyager vers l'ouest. Et elle détestait rentrer.

Il m'expliqua que les villes presque désertes et pratiquement incultes ne la dérangeaient pas. Pas de théâtres, pas de bibliothèques, pas une seule tasse de thé digne de ce nom de Pittsburgh à Saint-Louis…

— Mais elle adorait ça. La vie sur la rivière, c'était son bonheur. Elle observait les oiseaux, elle pêchait sur le ponton… Chaque été, elle faisait un concours avec Leo. C'était à qui attraperait le plus gros poisson-chat. Ils pariaient toujours la même chose : un dollar.

Elle était en train d'apprendre à tirer au fusil, et en août dernier elle avait tiré trois canards en vol ; ça n'était pas fair-play, disait-elle, de les abattre sur l'eau. Son rêve était d'acheter un petit cottage dans la campagne pour y passer les hivers avec Hugo, au lieu de prendre une chambre d'hôtel à Pittsburgh. Ils économisaient pour cela.

— Je croyais que vous vouliez acheter un petit vapeur ?

— Oui, c'est vrai. Le vapeur d'abord. Avec un vapeur, nous aurions pu donner deux fois plus de spectacles, et donc gagner deux fois plus d'argent. Six semaines pour descendre l'Ohio, six semaines pour le remonter. Il n'y aurait eu qu'à changer de spectacle en arrivant à Cairo, au moment de faire demi-tour. Ou remonter l'Illinois, pourquoi pas ? On comptait bien faire quelques incursions dans la rivière Wabash, la White et la Green...

Il avait une ombre de barbe qui s'épaississait un peu sur le menton.

— C'était votre rêve, à vous aussi ? Un cottage à la campagne ?

Leo cria à Jemmy de prendre appui contre la rive. Hugo leur jeta un coup d'œil mais n'ajouta rien. Le bateau commençait à prendre de la vitesse.

— Sans doute pas, non, finit-il par dire. Mais ça ne me déplaisait pas pour autant. C'était une bonne idée. Nous connaissions quelqu'un à Golconda, un éleveur de chevaux qui n'habitait pas loin de la ville, et qui venait assister à notre spectacle tous les ans. Je me demandais s'il n'y avait pas quelque chose entre Helena et lui... Je lui ai écrit pour lui dire ce qu'il s'est passé, bien sûr. Edward Case, c'est son nom. Il n'a pas répondu. Peut-être que je m'imaginais des choses. Mais peut-être qu'elle aurait fini par s'installer avec lui, ou avec un autre. Quant à moi, eh bien, ce que je voulais vraiment, c'était fonder un petit théâtre quelque part, avec une troupe permanente. Jouer de vraies pièces en trois actes. Mais un théâtre qui ferait face à la rivière, tu sais, pour que les passagers des vapeurs puissent venir nous voir.

— Et pour qu'Helena puisse pêcher, dis-je.

— Et pour qu'elle puisse pêcher.

Une bourrasque de vent traversa la rivière et vint agiter son manteau en laine ; on aurait dit qu'il haussait les épaules.

— Enfin, bref, acheva-t-il.

Il n'y avait rien d'autre à dire.

Je n'avais aucun mal à me représenter Helena, car elle ressemblait à Hugo dans mon esprit, toujours en mouvement, toujours pleine d'énergie : à la chasse aux canards, à la pêche, en train de rire avec Leo. Je me souvenais de quelle vigueur elle avait mise dans sa conversation avec le violoniste, après avoir fini de chanter sur le *Moselle.* Quant à moi… lorsque j'étais à ma couture, j'étais si immobile qu'on aurait pu me ranger dans une boîte. Je n'ai jamais vraiment souhaité devenir quelqu'un d'autre. Pour être franche, même en cet instant, je n'y songeais pas. Mais je voyais très bien comment l'énergie d'Helena pourrait attirer un homme – un homme comme Edward Case. Tout comme l'énergie d'Hugo m'attirait, moi.

Cette pensée me prit par surprise. Mais à peine formulée, je sus que c'était la vérité. C'était quelque chose que j'aimais vraiment chez lui. J'aimais son intensité à vivre, et le grand soin qu'il prenait de son bateau. J'aimais les boucles brunes qui lui tombaient sur le front, et son odeur boisée, et ses yeux en amande, et son accent qui se faisait plus prononcé lorsqu'il s'agitait – j'étais submergée de détails et mon cœur battait plus fort contre mes côtes. En baissant les yeux, je m'aperçus que je me pinçais l'intérieur du poignet, ce que je n'avais pas fait depuis longtemps.

Hugo s'était tourné vers l'aval, c'est-à-dire vers l'ouest. L'espace d'un instant, je me contentai de fixer l'arrière de sa tête. Sans savoir pourquoi, j'avais envie de le toucher. Je voulais lui dire : *je suis en train d'enfreindre la loi. J'ai peur. J'ai besoin d'aide.* Ma capacité à me retenir de tout avouer montrait à quel point j'avais appris durant ces courtes semaines.

— Tiens, mais qu'est-ce qu'elle fait debout si tôt ? dit Hugo.

Il venait d'apercevoir Liddy, dont les cheveux étaient toujours noués en une tresse lâche dans son dos, debout sur le pont supérieur, face à la rivière. Elle leva le bras pour saluer quelqu'un. Hugo et moi suivîmes son regard. Un petit vapeur rouge et noir était en train de passer, et je vis un homme sur le pont, face à Liddy, qui répondait à son salut. Le vapeur siffla trois fois. Au troisième coup, l'homme ôta son chapeau et l'agita. C'était un chapeau d'un blanc éclatant.

— C'est le Dr Early, dis-je.

17

Tout le reste s'est déroulé en moins d'une semaine. Plus tard, en regardant un calendrier, il m'a fallu vérifier plusieurs fois les dates ; je n'arrivais pas à y croire. Parfois, la vie se déroule lentement, et parfois elle file comme sur un rouet actionné par une femme de grand talent, mais dont la bienveillance ne nous est pas forcément acquise. Ma poitrine s'était glacée pendant toute cette semaine, je m'en souviens. Malgré mon acharnement à élaborer un plan qui nous permettrait à tous de nous en sortir – enfin, presque tous – je sentais que toute l'ingéniosité du monde serait inutile contre l'emballement de ce rouet. La conclusion de toute cette histoire ne serait en définitive qu'une question de chance, bonne ou mauvaise. Mes efforts n'y changeraient rien.

Ce qui ne m'empêcha pas d'essayer.

Le petit vapeur du Dr Early l'avait déposé dans un port plus couru que celui où nous avions apponté ce jour-là, quelques miles en aval. Il lui fallut donc louer un cheval pour nous retrouver – ou, plus précisément, pour retrouver Liddy, qui eut tout le temps d'arranger ses cheveux, de prendre son petit déjeuner, et de nous raconter ce qui s'était passé.

Il avait décidé d'arrêter la chasse aux esclaves, et elle s'était réconciliée avec lui. Il lui avait envoyé une lettre deux jours auparavant, à laquelle elle n'avait pas répondu. C'était pourtant une très belle lettre (« Je n'ai pas pu m'empêcher de la lire une fois le sceau brisé »). Puis, à sa grande surprise, il était venu assister à notre spectacle de la veille (« Vous ne l'avez pas vu ? Il était assis au fond de la salle ») et s'était montré très chagriné par son duo amoureux avec Thaddeus, même en sachant parfaitement qu'il n'y avait rien entre eux. Il l'avait attendue à la sortie, et elle avait accepté de venir marcher avec lui le long de la rivière, et le Dr Early lui avait juré ses grands dieux qu'il ne s'approcherait plus jamais d'un esclave si c'était ce que voulait Liddy, et qu'il ne voulait plus jamais la quitter. En bref, il l'avait demandée en mariage.

— Je ne l'avais pas vu dans le public, dis-je.

Mais je me souvins que j'étais très nerveuse à la perspective de ressortir cette nuit-là, et que j'avais très peu levé les yeux de mon clavier.

— Ah bon ? Moi, je n'ai vu que lui !

Ses yeux brillaient. Nous nous étions rassemblés dans la salle à manger pour écouter son histoire, et Liddy sortit timidement sa main de sous la table pour nous montrer sa bague.

— Mais c'est une perle ! Et une grosse ! s'écria Celia qui trépignait d'excitation.

Deux petits diamants encadraient la perle ; ils scintillèrent lorsque Liddy agita la main.

Le chef nous versa à tous un doigt de whisky pour l'occasion, même à Celia. Tandis qu'il remplissait mon verre, je levai les yeux vers Hugo qui était assis de l'autre côté de la table, au bout. Il souriait, comme tout le monde – sauf Pinky dont le visage ressemblait à du papier froissé.

— À Liddy ! dit Hugo en levant l'épaisse tasse à café blanche dans laquelle on lui avait servi le whisky. À ton futur, et à ton bonheur !

Le Dr Early arriva peu après sur un grand cheval rouan, vêtu d'un costume couleur paille et coiffé de son chapeau immaculé. Jemmy et Sam remontèrent la berge pour aller voir le cheval tandis que Mrs Niffen, Celia et moi accompagnions Liddy à la rencontre du docteur. Pour ma part, j'étais curieuse de voir s'il tenterait d'expliquer ses actions – et si oui, comment. Il avait apporté un cadeau à Liddy : un sac de cuir souple qu'il avait acheté, nous dit-il, à un Indien qui s'installait entre deux énormes chênes pour vendre ses produits.

— Il les range directement dans le creux des troncs. Bien tassé, bien compact. Ça ne me surprendrait pas d'apprendre que c'est aussi là qu'il dort.

Jemmy et Sam s'en allèrent après avoir examiné le cheval, tandis que le Dr Early détachait le cadeau de Liddy de la selle. Le sac, fait en peau de daim martelée et cousu avec les tendons teints en bleu de l'animal, était très joli. Mais la surprise était à l'intérieur : un minuscule raton-laveur, pas plus gros que sa main.

— Un des petits de Mrs Touffequeue, expliqua-t-il à Liddy.

Il lui tendit le raton laveur, une main sous son ventre.

— Je l'apprivoiserai pour toi. Ce sera ton animal de compagnie.

— C'est adorable, dit Liddy, rougissante, en prenant le petit animal.

Je ne pus m'empêcher de remarquer qu'elle s'était changée après le petit déjeuner et qu'elle avait ajouté un ruban vert pomme dans ses cheveux.

— Pour marquer ce jour, dit-il.

Elle rougit encore plus et passa le raton laveur à Celia, qui avait très envie de le prendre dans ses bras. Le Dr Early semblait encore plus grand et large d'épaules. Il écoutait Celia admirer les petites pattes et la petite queue de l'animal. J'attendis qu'elle s'interrompe pour prendre la parole.

— Donc vous ne faites plus la chasse aux esclaves ?

— Eh oui, c'est bien fini, tout ça, dit-il en regardant Liddy.

— Pourquoi avez-vous changé d'avis ?

Cette fois-ci, il se tourna vers moi, en souriant. Liddy leva également les yeux ; il se rapprocha d'elle.

— En me rendant compte que j'étais en train de perdre cette femme remarquable, j'ai compris que tout ce qui m'importait était de renoncer à ma casquette de célibataire. Rien d'autre.

Je levai les yeux vers son chapeau blanc ; il s'en aperçut et se mit à rire.

— Je vous aime bien, May. Vous êtes très directe. Et j'espère que je pourrai vous convaincre de m'accorder votre amitié en retour.

— Celle de Liddy ne vous suffit pas ?

Son sourire décrut, mais il se reprit vite et éclata de rire comme si j'avais fait une plaisanterie.

— Oh, docteur Early, nous vous aimons tous beaucoup, dit très vite Mrs Niffen. Vraiment beaucoup. Et nous sommes tous très heureux pour Liddy. Mais personne n'est plus heureux que moi ! Je suis la plus heureuse de toutes. Comme je le dis toujours à Mr Niffen, personne n'est jamais plus heureux que moi de voir un couple se réconcilier. Personne n'en retire plus de joie !

— Eh bien, je vous surclasse peut-être dans le cas présent, dit le Dr Early.

— Non, non, il n'y a aucun doute, insista-t-elle sans vraiment écouter ce qu'il disait, c'est bien moi la plus heureuse !

Elle toucha l'une des poches qu'elle avait sous les yeux du bout d'un doigt, comme pour vérifier si elle pleurait, ou pour s'y encourager.

— Liddy est comme une fille… Non, pas une fille, je ne suis pas si vieille ! Disons, comme une jeune cousine pour moi. Ma jeune cousine préférée.

— Comment allez-vous faire pour arrondir vos revenus ? demandai-je. Vos patients, vos soins expérimentaux… maintenant que vous n'attrapez plus les gens pour de l'argent…

— Oh, je trouverai toujours un moyen de gagner des sous, ne vous en faites pas pour ça.

— Vous pourriez faire des gâteaux et les vendre.

Il y eut un court silence. Mrs Niffen et Liddy me regardaient d'un air horrifié. Celia était la seule qui n'écoutait pas, fascinée par le petit raton laveur.

— Je me souviens de votre quatre-quarts, il était très bon, dis-je.

Liddy éclata de rire.

— Ah, voilà, May plaisantait, tout simplement !

— Oui, comme c'est drôle, un homme aux fourneaux, renchérit Mrs Niffen.

— Beaucoup d'hommes sont pâtissiers, dis-je.

Le Dr Early cala le bras de Liddy sur le sien et contempla le ciel, l'air libre de tout souci. Le soleil lui-même semblait percer les nuages pour lui.

— Nous pourrions aller marcher un peu, avant qu'il ne fasse trop chaud ?

— Quelle bonne idée ! dit Mrs Niffen. Je cours chercher mon châle.

Comme elle repartait vers le bateau, le Dr Early et Liddy échangèrent un sourire. Même moi, je voyais bien qu'ils voulaient rester seuls. Celia, pendant ce temps, tenait toujours le petit raton laveur. Il ne devait avoir qu'un jour ou deux. N'était-ce pas trop jeune pour être enlevé à sa mère ?

— Eh bien, May, répondit le Dr Early d'un ton professionnel lorsque je lui posai la question, selon mon expérience, mieux vaut les prendre le plus tôt possible et les nourrir nous-même. Cela crée un lien, vous voyez. Sans mère, ce petit sera bien plus facile à apprivoiser. Il ne saura pas comment être sauvage.

Je repensai aux enfants d'esclaves auxquels j'avais fait traverser la rivière. Je ne voyais pas qui ou quoi sur cette terre pourrait se porter mieux sans mère. Je le dis au Dr Early qui se contenta de sourire comme si je venais de manifester mon ignorance.

— Comment allons-nous l'appeler ? demanda Liddy en caressant le nez du petit raton laveur.

Il était remarquablement docile – peut-être sous le choc d'avoir été arraché à sa mère et transporté dans un sac. Je n'aurais pas voulu d'une créature sauvage avec de telles griffes comme animal de compagnie, mais Liddy semblait aux anges.

— Moustache ? suggéra Celia. Rayure ?

Je me rendis compte que j'observais toujours le Dr Early. Il me rendit mon regard d'un air décontracté. Ses traits n'étaient plus acérés comme ils l'avaient été la dernière fois, dans son cottage. Il faisait tout ce qu'il pouvait pour se montrer agréable, ce qui me rappelait un peu Thaddeus. Celui-ci dormait toujours dans sa cabine. Il avait raté tous les événements de la matinée.

— Pourquoi pas « Fripouille » ? dis-je.

Le Dr Early me fit son plus beau et blanc sourire. Il était si propre sur lui qu'il était difficile de se rappeler qu'il était docteur, qu'il s'occupait de gens fiévreux, de plaies putrides, qu'il plaçait des sangsues aux bras nus des gens, des bandages sur leurs blessures suppurantes. Ce jour-là, comme toujours, il semblait s'être récuré des pieds à la tête. Mrs Niffen redescendit la passerelle avec son châle, prête à partir. Le Dr Early lui tendit son autre bras.

— Fripouille, dit-il. J'aime ça.

Un raton laveur sur son bateau n'était pas pour plaire à Hugo, qui obligea le Dr Early à laisser Fripouille attaché dehors pendant le spectacle ce soir-là. La pauvre petite créature semblait nerveuse et griffait le sol, mais le Dr Early se contenta d'en rire.

— Lorsque le capitaine t'aura oublié, je reviendrai te mettre dans ma poche, lui dit-il.

Mais lui-même l'oublia complètement, comme tout le monde. Le lendemain, il vint avec nous jusqu'à l'arrêt suivant et annonça qu'il comptait nous accompagner quelque temps, ce qui sema en moi les premières graines de l'angoisse. S'était-il débrouillé pour découvrir ce que je faisais la nuit ? Allait-il me suivre ? Je m'inquiétais sans doute pour rien. Mes craintes n'avaient rien de logique. Ce n'était que ma mauvaise conscience qui me taraudait. Enfreindre la loi – enfreindre n'importe quelle règle – n'était pas dans ma nature. Autant faire exprès de coudre un ourlet tordu. Mais maintenant que je m'étais mise à suspecter le Dr Early, je ne pouvais plus m'arrêter.

Pinky était le seul à partager ma réticence, mais dans son cas, ça n'était que de la jalousie. Ce soir-là, le Dr Early s'assit au premier rang, son blanc chapeau sur les genoux. Il s'en servait pour battre la mesure à chaque chanson et, après le spectacle, il s'attarda pour voir Liddy, qui descendit de scène en costume pour venir lui parler. J'étais bien contente de ne pas devoir sortir en barque cette nuit, même par une belle soirée d'été comme celle-là. Je ne faisais pas confiance au Dr Early.

Lorsque l'auditorium se vida enfin, je rangeai mon piano contre le mur puis sortis prendre l'air, seule sur la rive. La nuit était tiède ; le parfum vert des arbres touffus qui poussaient au bord de l'eau se mêlait à celui de la vase. Notre public était toujours là, avec ses lanternes. Ils se racontaient les derniers potins et riaient entre eux. Dans l'obscurité, je vis des femmes en cercle qui ressemblaient à un bosquet d'arbustes ; elles frémissaient en riant.

Personne ne m'avait remarquée, et pour la première fois depuis des semaines, je me sentis misérablement seule. J'aurais voulu pouvoir me confier à quelqu'un, comme Hugo ou Liddy. Je ne voulais pas aller voir Thaddeus, parce que je ne voulais pas l'inquiéter ; et s'il changeait d'avis ? S'il refusait désormais de m'aider ? Quant à Leo, il avait été clair sur le fait qu'il ne voulait rien savoir. Un poème que m'avait appris ma mère me revint en mémoire. *Allen gehört, was du denkst ; dein eigen ist nur, was du fülhest.* Ce que tu penses appartient à tous ; ce que tu ressens n'appartient qu'à toi.

Leo se tenait à quelques pas de moi, les bras croisés sous ses larges épaules, surveillant de près quelques garçons en culottes courtes qui jouaient sur la rive ou grimpaient aux chênes ombrageant le bateau. Deux d'entre eux, plus audacieux que les autres, s'approchèrent de la passerelle et tirèrent un peu sur le nœud avant que Leo ne les chasse. Sa colère les excita comme des puces et ils riaient toujours en montant aux arbres, secouant les branches sur leur passage.

J'entendis la voix d'Hugo au-dessus des rires.

— La grande première se tiendra à Paducah. Vous pensez nous suivre jusque là-bas ?

— Je compte bien vous suivre jusqu'au Mississippi avant de faire demi-tour.

Mon estomac se contracta. C'était la voix du Dr Early. En tendant l'oreille, je finis par repérer d'où elle venait : deux silhouettes au bord du quai, à un jet de pierre. Hugo était plus grand et parlait avec plus d'autorité. Ils faisaient face à l'eau. Je vis un filet de fumée qui s'élevait devant eux et me rendis compte qu'ils fumaient chacun un cigare. L'odeur du tabac flottait jusqu'à moi.

— Ce sera dans trois arrêts, lui dit Hugo. Après ça, nous la jouerons tous les soirs en descendant le Mississippi.

— Rappelez-moi, comment s'appelle la pièce ?

— *Ruse contre ruse.* Elle avait encore beaucoup de succès il y a peu à Londres.

— J'ai hâte de voir ça. Ah, la voilà…

Une silhouette en robe longue – Liddy – s'approcha d'eux.

— J'ai détaché Fripouille, dit-elle. Tu as amené quelque chose pour le nourrir ?

J'entendis la voix de Leo derrière moi, très bas.

— Pas correct, vraiment, de capturer une bestiole sauvage comme ça, alors que c'est même pas pour la manger.

Il vint se tenir près de moi et nous regardâmes ensemble la rivière, ainsi qu'Hugo, Liddy et le Dr Early au bord de l'eau. J'étais d'accord avec lui, et je le lui dis.

— Il a fallu que j'attache Oliver à l'intérieur, dit Leo. Ça l'excite à un point… Écoutez-le…

J'entendis un glapissement monter du bateau.

— Pauvre bête, dis-je.

— Dites au capitaine qu'il faudra que le docteur emporte cette bestiole avec lui en partant.

J'acquiesçai.

— Et encore une chose. Un homme est venu me voir pendant que vous étiez encore à l'intérieur. Ils en attendent un autre demain à minuit.

— « Un autre » ?

— Il a dit que vous sauriez ce que ça voulait dire.

Je me retournai vers lui si vivement que ma botte glissa sur les graviers boueux, et Leo me rattrapa par le bras.

— Comment a-t-il su qu'il pouvait te parler ?

Il se donna une pichenette sur la joue.

— À votre avis ?

— Mais… il ne sait même pas où nous comptons aller demain !

— C'est la première chose qu'il m'a demandée.

— Leo…

— Et pour moi, ça s'arrête là. Maintenant, bonne nuit, Miss May. Il faut que j'aille m'occuper d'Oliver. N'oubliez pas d'en parler au capitaine.

L'espace d'un instant, je crus qu'il parlait de la nuit à venir, puis je compris qu'il était revenu au raton laveur. Sa haute silhouette s'éloigna dans l'ombre. En arrivant aux chênes, il leva la tête et cria « Bouh ! » de sa voix la plus forte. Des rires haut perchés tombèrent des branches.

— Rentrez chez vous, maintenant, il est tard, cria Leo aux garçons dans l'arbre. Allez, descendez, je vous regarde.

Cette nuit-là, deux chouettes qui se répondaient me tinrent en éveil, et lorsque je parvins enfin à m'endormir, mes rêves étaient pires que jamais. Je n'arrêtais pas de perdre Giulia, encore et encore, chaque fois d'une façon différente. Lorsque je me rendormais, j'essayais à nouveau de la sauver mais je n'y arrivais jamais. Je finis par abandonner la lutte et allumai une chandelle pour lire un livre.

En sentant le bateau quitter la rive, je m'habillai pour sortir sur le ponton. Il faisait étrangement chaud pour une heure si matinale. La brume à la surface de l'eau remontait le long des flancs du bateau. Il n'y avait aucun signe de Liddy ; quant au Dr Early, il avait loué une chambre en ville. Il comptait nous rejoindre à l'arrêt suivant à cheval.

Notre déplacement ce matin-là fut rapide, mais pénible. À peine nous étions-nous éloignés de la berge que nous tombâmes dans une mauvaise zone : la rivière devint soudain très peu profonde et parsemée de bancs de sable. Au moins, Jemmy et Sam n'avaient aucun mal à prendre appui sur le fond pour nous garder dans le courant. Je restai sur le pont supérieur pour ne gêner personne.

— Battery Rock ! Battery Rock ! cria Hugo en se précipitant vers son jaugeur.

Leo devait savoir ce que cela signifiait car il orienta le bateau vers un autre bras de rivière. La brume se levait ; je vis apparaître un monticule rocheux qui s'avançait sur une langue de terre, perpendiculaire au sol. Tous sauf Hugo se tournèrent pour le regarder. On aurait dit la muraille d'un énorme château sorti du sol, et je m'attendais presque à voir des gobelins nous sauter au visage.

— Mais qu'est-ce que vous fichez ? On n'est pas en croisière de plaisance ! À vos postes ! hurla Hugo à l'adresse de Sam et Jemmy.

Le sol s'aplanissait en entrant dans l'eau et resta ainsi, à moitié submergé, sur presque un mile. Puis une autre forteresse naturelle apparut sur la rive nord : une falaise de calcaire, lisse et droite, avec des strates horizontales qui ressemblaient aux rayures d'un animal. Elle devait faire près de cent pieds de haut. Sur son sommet plat poussait un bosquet de petits cèdres rouges, et j'apercevais leurs racines qui pendaient dans les fissures, comme pour chercher à se nourrir dans les profondeurs du roc. Plusieurs oiseaux de proie tournaient au-dessus des arbres. L'air matinal semblait trop tiède pour cette scène : la brume qui s'enroulait autour des rochers et les lourdes plumes sombres des oiseaux suggéraient un climat plus rude. En aval, le mur de calcaire était percé d'une sombre caverne en forme de trou de serrure. Un vieil homme et deux chiens se tenaient devant sa gueule béante. Les chiens sautaient pour attraper quelque chose que l'homme agitait hors de leur portée. J'étais suffisamment proche de la rive pour distinguer son manteau élimé, et le poil jaune et sale des limiers qu'il tourmentait ainsi. Le bateau prit de la vitesse, puis ralentit de nouveau ; les aboiements des chiens semblaient accompagner le mouvement. En tournant vers eux mon oreille sourde, je vis que les lourds oiseaux noirs nous suivaient.

Je fus alors la proie d'une sensation étrange – comme si nous venions d'entrer dans un monde obscur et secret. Nous étions collés à la berge nord ; l'autre rive se rapprocha comme dans un goulet d'étranglement. La rivière elle-même semblait faire remonter toujours plus de vase à la surface. Je vis passer quelques chênes d'une blancheur d'os. Ils étaient morts, mais montaient toujours la garde. Hugo décida de s'arrêter là. Tandis que Leo amarrait le bateau, la brume vint boucher le ciel comme un ruban de gaze malpropre.

Mais le temps que tout le monde se lève, une heure plus tard, les oiseaux de proie avaient disparu et la brume s'était dissipée sous la chaleur du soleil. Pourtant, je n'arrivais pas à me débarrasser du malaise qu'avaient inspiré la falaise rocheuse et cet homme sale qui tourmentait ses chiens, sans parler de ma nuit agitée.

Personne d'autre ne semblait l'éprouver. Au petit déjeuner, le soleil entrait à flots dans la salle à manger, et le jour s'était trouvé un agréable masque : sans vent, chaud mais pas trop, avec un ciel bleu qu'ornaient seulement un ou deux nuages cotonneux. Nul ne fit de commentaire sur la lourde odeur de vase et d'eau stagnante qui entrait par la fenêtre ouverte.

Lorsque le chef revint nous servir du café, Hugo se leva pour faire une annonce.

— Excusez-moi, tout le monde, un moment de votre attention, s'il vous plaît. Rien qu'un moment, mesdames et messieurs, je vous prie. Est-ce que tout le monde est là ? Où est Thaddeus ? Ah, je le vois, merci Thaddeus. Bien. Alors, il y a plusieurs choses dont je veux vous parler. Nous arriverons à Paducah dans quelques jours, et c'est là que je voudrais donner la grande première de *Ruse contre ruse*. Vous êtes tous prêts ; encore quelques détails à fignoler çà et là, rien de plus. Je voudrais trouver le temps d'une répétition aujourd'hui, et d'une couturière demain. Peut-être deux, si possible.

— Pourquoi Paducah, capitaine ? demanda Pinky. Ce sera la première fois qu'on s'y arrête. Ils ne nous connaissent pas, là-bas.

— C'est une grande ville, plus grande que celles où nous appontons d'habitude, c'est pour ça que je l'ai choisie. Je veux faire salle comble pour la première.

Paducah était sur l'autre rive, au Kentucky. Elle comprenait deux journaux, une distillerie, et sa propre banque d'épargne et de prêt. On y trouvait aussi un long alignement de commerces face à la rivière, ce qui voulait dire qu'il n'y avait pas que des fermiers là-bas. Les commerçants avaient plus d'argent liquide à disposition. Hugo nous répéta qu'il voulait faire salle comble : il attendait de tous ses acteurs qu'ils donnent le meilleur d'eux-mêmes pour laisser un souvenir mémorable aux habitants de Paducah.

— Ça fera parler de nous en aval !

En regardant autour de moi, je vis que tout le monde écoutait Hugo avec la même expression rayonnante. Ils semblaient tous plus droits ou plus grands. J'avais déjà été témoin d'un tel phénomène chez Constance ; même ses boucles semblaient mieux définies lorsqu'elle s'imaginait sur scène. Les premières donnaient toujours à voir une foule d'acteurs et actrices surexcités qui se comportaient comme si l'univers entier les habitait, ce qui n'était pas si faux : ils avaient en eux le monde de leur pièce.

— Notre ami le Dr Early connaît du monde en ville, il nous servira d'éclaireur, continua Hugo.

En entendant ce nom, Pinky tourna vers Liddy un misérable regard de convoitise. Mais Liddy regardait fixement Hugo ; une rougeur lui montait au visage.

— May, j'aurai besoin de toi ici, pour t'occuper des costumes et des accessoires, et faire marcher droit tout ce beau monde.

Nous échangeâmes un sourire et j'eus soudain le sentiment très fort d'être à ses côtés dans cette aventure, comme de fiers parents veillant sur ces joyeux acteurs et leur chien.

— Et vous ! dit Hugo en se retournant vers eux. Donnez à ces gens de rivière le meilleur spectacle de leur vie, vous m'entendez !

Des vivats et des cris éclatèrent dans la pièce. Hugo sembla apprécier le tapage qui continua jusqu'à ce que le chef intervienne en nous rappelant que le petit déjeuner était fini et qu'il aimerait bien pouvoir débarrasser tranquille. Les chaises raclèrent le sol, les couverts cliquetèrent comme des os sur les assiettes, et les acteurs sortirent de la pièce en continuant de parler de leurs voix fortes et entraînées, si pleins d'excitation qu'ils s'écoutaient à peine mais haussaient la voix lorsque personne ne les écoutait.

— N'oubliez pas, je veux vous voir à deux heures tapantes dans l'auditorium ! leur cria Hugo.

J'étais la seule à me sentir nerveuse. Il me faudrait prendre la barque cette nuit-là.

Plus tard dans la journée, alors que j'étais en ville pour coller des affiches, je vis le poteau de la place publique, rien que de très commun dans ces petites villes de rivière. Je me souvenais d'avoir vu un homme attaché debout à un poteau comme celui-là. Il venait d'être fouetté ; la lanière avait déchiré sa chemise aux épaules. Quel genre de punition attendait ceux qui aidaient les esclaves dans cette ville ? Je n'en savais rien, mais je comptais bien sortir en barque, à moins qu'une tempête ne m'en empêche. Mais le temps persistait à être calme et beau ; rien que quelques nuages et la plus légère des brises. Personne n'était attaché au poteau lorsque je passai devant.

Mais en regagnant le *Théâtre flottant,* je vis Leo à genoux au bord de la jetée, occupé à retirer quelque chose de l'eau avec un filet. D'abord, je crus qu'il avait enfin attrapé son poisson-chat, mais l'animal était trop gros. En me rapprochant, je distinguai une fourrure sale et détrempée. Le corps était encore à demi immergé, mais lorsque la tête flotta à la surface, je vis que c'était l'un des chiens jaunes harcelés par leur maître, à l'entrée de la caverne que nous avions vue ce matin.

Ses yeux étaient ouverts et des herbes boueuses s'étaient emmêlées dans sa fourrure, en lui ruisselant sur la tête. Lorsque Leo le rapprocha du bord, le cadavre se tourna sur le dos et je vis une grande marque sur son ventre. Il ne sentait que la vase – il n'était pas mort depuis assez longtemps pour sentir autre chose – mais cette odeur suffisait à me soulever le cœur. Leo me dit que je pouvais y aller, qu'il s'occuperait de ça, mais je me rendis compte que j'avais les larmes aux yeux et que je ne pouvais pas partir. Sans savoir pourquoi, je me tournai vers le bout de la jetée, et j'y aperçus sans surprise le vieil homme dans son manteau élimé, qui nous regardait. L'autre chien était assis bien droit à ses côtés.

La colère me submergea soudain.

— C'est votre chien ! lui criai-je.

Leo luttait toujours pour remonter le filet piégeant l'animal.

— Je ne crois pas, répondit le vieil homme.

Sa voix rendait un son de gravier de rivière, et je vis le col d'une bouteille dépasser de la poche de son manteau.

— Il faut l'enterrer avant qu'il attire les corbeaux, me dit Leo après avoir hissé le corps à sec.

Il s'efforçait maintenant de libérer le filet coincé dessous. Son pantalon était trempé. Il se baissa pour dégager l'une des oreilles du chien, prise dans les mailles.

— Enterrez votre chien ! criai-je au vieil homme.

— Même si c'était ma chienne, et je vous répète que non, il semblerait qu'elle se soit trop approchée du bord, voilà tout.

— C'est de votre faute ! Vous l'avez tourmentée jusqu'à ce qu'elle tombe ! hurlai-je.

Au lieu de répondre, le vieil homme cracha dans ma direction. J'avançai d'un pas vers lui mais Leo posa une main sur mon bras.

— Mais… tu l'as vu, non ? dis-je. Au bord de la caverne…

— Ça n'avancera à rien de se disputer avec un vieux fou comme celui-là, Miss May. Je peux l'enterrer, cette pauvre bête.

Le vieux fou, comme l'avait appelé Leo, se frottait maintenant les mains comme s'il avait froid, sans aucun signe de remords. L'ourlet de son manteau s'était décousu d'un côté, et je vis qu'il portait deux bottes différentes. Il était vieux, pauvre et alcoolique, mais ça n'excusait rien. Il se détourna et siffla le chien qu'il lui restait.

J'étais toujours brûlante de colère.

— Vous avez tué votre propre chien ! hurlai-je dans son dos. Votre propre chien !

Mais il ne semblait pas m'entendre. Il boita jusqu'au bout de la jetée dans ses bottes dépareillées tandis que le deuxième chien, les côtes saillantes et le poil pelé, trottait vivement à sa suite. Je me demandai comment une créature pouvait se montrer fidèle à un maître qui ne cherchait clairement qu'à la détruire.

— Ce n'est pas grave, Miss May, dit Leo. Cette pauvre bête ne souffrira plus maintenant.

Au contraire des acteurs, je n'étais pas superstitieuse, mais je ne pouvais pas m'empêcher de me dire que les mauvais présages s'accumulaient. Ce soir-là, le vent nous apporta une douce odeur de jasmin et le crépuscule se surpassa, vert, bleu, rouge et or tout à la fois. Tout le monde y alla de son commentaire : « C'est la fin d'un glorieux jour d'été », ou « Jamais vu plus beau coucher de soleil ». Même Thaddeus, une fois seul avec moi, tard dans la nuit, à bord du bateau, n'arrêtait pas de répéter que la journée avait été parfaite, le temps magnifique, la température idéale, et le repas du soir excellent – le chef nous avait servi sur la berge du poulet, des œufs durs, de la tarte et une carafe de limonade bien fraîche. J'étais la seule à m'être rendu compte que nous avions mangé au milieu des buissons et des hélénies[1]. J'étais la seule à trouver la beauté de cette journée trop artificielle.

Si je n'avais pas été moi-même, je me serais accusée d'avoir trop d'imagination. Mais le cadavre du

1. Plante utilisée dans la confection du tabac à priser.

chien flottait sans cesse à la surface de mes pensées. Sans compter que le Dr Early n'avait pas assisté au spectacle ce soir-là, alors que nous l'attendions. Il n'était pas venu non plus nous trouver dans la salle à manger, tandis que les acteurs discutaient en finissant les restes du poulet, et n'avait pas envoyé de message pour expliquer son absence.

Il ne fallait pas s'inquiéter, nous dit Liddy. Peut-être l'avait-on appelé au chevet d'un malade.

— Dès que l'on apprend que vous êtes docteur…

Elle haussa les épaules et fit tourner sa bague sur son doigt.

Mais la coïncidence me semblait trop forte – cette obligation de sa part, le soir même où il me fallait transporter un bébé de l'autre côté de la rivière.

Cette nuit-là, Thaddeus rama lentement, en prenant son temps, tandis je guettais un bruit autre que celui des rames qui entraient doucement dans l'eau. Je jetais régulièrement un coup d'œil au maillage serré des étoiles au-dessus de nos têtes. Thaddeus était d'humeur bavarde, mais j'étais si anxieuse que je n'arrêtais pas de le faire taire. Il finit par abandonner la partie.

— Personne ne peut nous entendre d'ici, grommela-t-il.

— Il pourrait y avoir quelqu'un dans une anse de la rivière. Ou le long de la rive. Le son se propage au-dessus de l'eau, vous le savez bien.

Il souffla comme pour balayer toutes ces inepties, mais rama sans plus faire de commentaire pour le reste du voyage.

Nous donnâmes le signal avec notre lanterne et reçûmes immédiatement un signal en retour. La crampe dans mon estomac n'avait pas lieu d'être. Cela faisait maintenant au moins trois fois que le Dr Early avait vu le spectacle, pourquoi s'attendre à le trouver dans le public chaque soir ? Et je n'avais aucune preuve qu'il était parti chasser des fuyards ainsi que ceux qui leur prêtaient main-forte. D'ailleurs, s'il s'était débrouillé pour capturer l'homme qui nous amenait le bébé, pourquoi se serait-il attardé pour nous attraper également ? Je me répétai qu'il était probablement déjà dans la ville suivante, en train de convaincre les résidents de se séparer de leurs centimes en échange de deux heures de divertissement.

J'avais bien compris combien les gens qui vivaient le long de la rivière avaient soif de nouveauté et d'amusement, et avec quelle bonne volonté ils remplissaient leur propre rôle – celui du public. Même le spectacle que nous venions de donner pouvait être considéré comme un succès, alors que le ratio d'hommes et de femmes était de quinze pour un et que l'on n'aurait pu imaginer salle plus grossière. Ils avaient craché sur le sol, empuanti la pièce et gardé leurs chapeaux sur la tête du début jusqu'à la fin. Ils ne s'étaient pas lavé le visage et ne cessaient d'apostropher les acteurs sur scène. Mais en dépit de tout cela, ils avaient ri lorsqu'il fallait rire, et salué la fin de chaque saynette en applaudissant et en tapant des pieds. Oliver, avec son petit jabot, leur avait particulièrement plu, et ils lui avaient crié de continuer à danser jusqu'à ce qu'Hugo sorte sur scène, les bras ouverts, en les implorant de laisser le chien se reposer ; il avait besoin de plus de sommeil que les acteurs, étant la star du show. Leurs rires avaient redoublé mais ils s'étaient levés et avaient pris leurs lanternes avant de sortir dans une bousculade générale, en laissant derrière eux une forte odeur de whisky – beaucoup d'entre eux avaient des flasques qu'ils avaient éclusées pendant tout le spectacle. Ma seule consolation avait été l'absence du vieil homme au chien. Il ne pouvait sans doute pas se permettre de débourser vingt centimes pour le billet.

Guidé par la lumière de la lune, Thaddeus s'arrêta à quelques pas de la rive et jeta l'ancre. L'eau clapotait avec langueur contre le bateau. C'était un bruit plein de quiétude, comme cherchant à me prouver que mes peurs n'étaient dues qu'à mon imagination : que pourrait-il arriver de mal par un soir si calme et si doux ? La lune s'était levée, jaune pâle, pas tout à fait ronde, comme l'une des meules de fromage de mon père après qu'un acheteur en avait coupé un bout pour y goûter. Je n'avais jamais vu la rivière si lisse.

Thaddeus étendit les jambes et attendit que je me charge de descendre dans l'eau pour aller récupérer le bébé. Je ne voyais toujours personne sur la rive – quiconque nous attendait avait éteint sa lanterne sans perdre une seconde – mais j'entendis un cri vite étouffé, qui ressemblait à celui d'un bébé. Je retroussai ma jupe et marchai dans l'eau jusqu'à la rive, l'estomac toujours noué. En sortant de la rivière, je glissai et m'écorchai la main sur un rocher. Il n'y eut pas de sang mais je ressentis une vive brûlure, et demeurai incapable de serrer les doigts pour le reste de la nuit.

Quelqu'un toussa. Je me tournai dans la direction du bruit et aperçus une silhouette sous les arbres, quelques pas plus loin. Mais en voyant quelqu'un d'autre à ses côtés, je me pétrifiai d'un coup et mon cœur me remonta dans la gorge. Deux hommes au lieu d'un.

— Salut, dit l'un d'eux en s'approchant.

Je m'attendais à distinguer le chapeau blanc du Dr Early et son sourire agressif. Je m'attendais à le voir sortir des menottes pour me les passer aux poignets. Mais l'homme avait un chapeau marron. Ce n'était pas lui. L'autre, qui n'était pas le Dr Early non plus, resta en arrière, le panier du bébé à la main. Le bébé émit une faible toux, et l'homme qui le portait l'apaisa. Un long nuage translucide passa devant la lune en dissimulant leurs traits, mais leur allure révélait leur agitation, surtout celle du premier.

Je voudrais pouvoir vous expliquer ce que je ressentais en les voyant approcher, l'un derrière l'autre, mais je ne m'en souviens pas. Piégée, je suppose. Ce n'était pas le Dr Early mais ça ne changeait rien ; je m'étais jetée dans le piège auquel je m'étais attendue toute la journée. J'attendais que l'un d'eux sorte une arme, même s'ils n'en avaient pas besoin ; j'étais prête à les suivre. J'avais enfreint la loi, ce qui appelait un châtiment. Il n'y avait qu'une chose sur laquelle je doutais encore : devais-je crier pour alerter Thaddeus ? Peut-être pensaient-ils qu'il n'y avait que moi, et peut-être ne ferais-je que révéler la vérité en tentant de l'avertir.

Qu'allaient-ils me faire ? Je savais que les chasseurs d'esclaves commettaient des maltraitances ; une fois rendus à leurs maîtres, une fois la récompense remise, les infortunés hommes et femmes qui avaient tenté de fuir étaient fouettés, ou lynchés à titre d'exemple. Peut-être la loi se montrerait-elle plus clémente pour moi : une amende considérable et six mois de prison. Mais pour cela, il fallait d'abord qu'ils m'arrêtent. Si je n'avais pas cette chance, la foule me pendrait après m'avoir déshabillée et brûlé la peau avec leurs torches pour faire bonne mesure. Ils ne m'arrêteraient pas s'ils préféraient s'en remettre au juge Duchanvre. Je comprenais cela, à présent.

— Suis-je en état d'arrestation ? demandai-je au premier homme.

Les nuages s'amoncelaient devant la lune. J'entendais l'eau rouler les graviers de la berge, comme le bruit d'un tissu claquant au vent.

— Pas encore, dit-il. Mais ils doivent être en train de nous chercher, maintenant. Et moi qui suis dans les bois sans raison. S'ils me trouvent là, ils vont me suspecter, c'est sûr. Vraiment, quelle –

Un mot grossier lui échappa.

— Qui ? Je ne comprends pas, dis-je.

— Elle ne voulait pas le laisser, elle ne voulait pas me laisser partir… Avec toutes ces histoires, j'ai cru que je n'arriverais jamais à temps…

— Mais de qui parlez-vous ?

— La fille. Elle ne voulait pas le laisser.

— Quelle fille ?

Ce fut alors que je me rendis compte que l'autre homme, plus petit, était en fait une fille. Une Noire. Portant le panier, rassurant l'enfant.

Je tentai de distinguer ses traits. Pour un homme, elle était de petite taille, mais pour une fille, elle était assez grande. Dans la faible lumière de la lune, je vis qu'elle était en robe. De fait, elle semblait en porter plusieurs en même temps. Elle me fixait en retour ; elle posa le panier. Lorsqu'elle se redressa, je vis que sa robe était humide sous la poitrine.

— C'est toi, sa mère, compris-je.

Elle ne devait pas avoir plus de quatorze ans.

— Elle ne voulait pas laisser le bébé, répéta l'autre. Elle ne me laissait pas partir avec. Si on m'attrape, c'est de sa faute. Si on se fait tous attraper, c'est de sa faute.

Il laissa échapper une nouvelle injure, sans vraiment s'adresser à elle, mais presque.

La jeune fille ne disait rien.

— Comment t'appelles-tu ? lui demandai-je.

— Lula, répondit le fermier.

— Elle ne sait pas parler ?

— Elle sait si bien parler qu'elle pourrait convaincre un cochon d'aller se faire cuire. Elle ne voulait pas laisser le bébé, qu'elle disait, elle ne voulait pas rester là-bas, on ne pouvait plus l'arrêter. Elle a tellement parlé que j'ai fini par abandonner juste pour la faire taire. Maintenant, c'est votre problème, j'imagine. Bonne chance, vraiment.

Il jeta un coup d'œil vers les arbres.

— Quoi ? Vous voulez que je l'emmène avec moi ?

— Je lui ai dit, je lui ai répété qu'il fallait que ce soit prévu, que quelqu'un le prévoie pour elle, je lui ai dit ! Mais est-ce qu'elle m'a écouté ?

— Je ne veux plus attendre, dit enfin Lula. J'ai fini d'attendre.

— Mais qu'est-ce que je vais faire d'elle, moi ? demandai-je au fermier.

— Comme pour les autres. Comme ce que j'ai fait, moi. Vous la passez au suivant.

Donaldson, donc.

— Et s'il ne veut pas l'emmener ?

— Il l'emmènera. Qu'est-ce qu'il pourrait bien faire d'autre ? Et maintenant, laissez-moi partir, dit-il après une nouvelle bordée de jurons.

— Vous avez bien essayé de ne pas l'emmener, vous, lui fis-je remarquer.

Un spasme lui remonta des bras jusqu'aux épaules, à force d'impatience, peut-être, ou de peur.

— Tout ce que je sais, c'est que moi, je m'arrête là. Alors si vous ne l'emmenez pas, elle se retrouve toute seule. On va bientôt se demander où je suis, il faut que j'y retourne.

Et sur ces mots, il partit sans même lever son chapeau ou me saluer d'un signe de tête. Il courut jusqu'aux arbres, les jambes un peu tordues, et disparut pour de bon. J'avais du mal à m'imaginer ce qui avait pu le convaincre de faire ce travail. Ses principes ou de l'argent ?

Lula me faisait face, comme s'il lui suffirait de se convaincre que j'allais faire ce qui était juste pour que je le fasse. Et après tout, pourquoi pas ? Cela avait bien marché sur le fermier. Elle n'était tout de même pas tranquille ; chaque fois qu'une chouette ou un autre animal de ce genre faisait grincer les branches, elle sursautait.

— Comment est-ce qu'on va traverser la rivière ? murmura-t-elle.

— J'ai une barque. Un homme nous attend. Mais je ne sais pas…

— Il faut m'emmener ! Ils vont me retrouver, ils vont me tuer !

— Ça ne sera guère mieux de l'autre côté. On pourrait te renvoyer ici.

— C'est le Nord, non ?

— Si, mais les gens n'y sont pas toujours…

Je repensai à la femme du médecin, qui m'avait chassée d'un geste.

— Certains pourraient aussi bien être du Sud.

— Qu'est-ce que vous allez faire ? Prendre mon bébé, et me laisser là, à attendre qu'on me pende et qu'on me fouette et qu'on me tue ?

Les nuages s'étaient éloignés, et la lune gibbeuse éclairait la rivière. J'apercevais le sommet du chapeau de Thaddeus un peu plus bas. Il avait amené le bateau près des rochers, dans un coin où l'eau était peu profonde. Je ne savais pas quoi faire.

— Comment s'appelle le bébé ? demandai-je pour gagner du temps.

— William.

— Où est le père ?

— Dans le coin.

— Il s'est enfui, lui aussi ?

— C'était l'un des fils. Le cadet.

Elle dégagea le visage de l'enfant. Ses grands yeux noirs se levèrent vers moi sans ciller. Il avait de longs cils recourbés. Sa peau était très claire.

L'un des fils. L'un des fils de son maître, c'était ce qu'elle voulait dire.

— Quel âge as-tu ? lui demandai-je.

— Je ne sais pas.

Elle couvrit le bébé et me regarda de nouveau. Elle attendait que j'accepte ou que je refuse, mais je ne savais pas quoi dire. Comme un enfant, j'avais l'horrible impression que, ayant brisé une règle, j'étais condamnée à les briser toutes, pour toujours – comme si j'avais succombé à mes bas instincts, ceux qui ne se préoccupaient que de mes propres désirs. En cet instant, je n'avais qu'un désir : la sauver. Mais ce serait enfreindre la loi. Naturellement, transporter ces bébés était déjà enfreindre la loi. Pourtant, ce nouvel acte semblait encore plus grave.

Je les regardai, elle et le panier à ses pieds. Elle avait raison : j'étais incapable de la laisser là.

— Bon, d'accord, finis-je par dire. Mais ce n'est pas notre jour de chance, il faut que tu le saches.

— C'est jamais un jour de chance.

Lula prit le panier contre sa poitrine pour descendre vers la barque, mais elle trébucha et faillit tomber en avant.

— Tu ne te sens pas bien ? lui demandai-je.

— J'ai les pieds qui saignent.

Ses bottes étaient si encroûtées de boue que les lacets eux-mêmes semblaient figés dans un glaçage marron.

— J'avais pas de chaussures. Il m'a donné celles-là. Trop petites pour moi.

— Tu veux les enlever ?

Elle baissa les yeux sur ses pieds.

— Je risque de pas pouvoir les remettre. Mon pied gauche, ça va, en fait. Il doit être plus petit.

— Ça va aller, dis-je en lui prenant le bras, appuie-toi sur moi.

Thaddeus avait positionné le bateau de telle sorte que l'on pouvait embarquer en passant par les rochers, sans entrer dans l'eau. Juste avant de monter, Lula me passa le panier du bébé et je le donnai à Thaddeus qui nous regardait toutes les deux fixement. Il ne fut pas long à se remettre de sa surprise et nous aida toutes deux à embarquer, d'abord Lula, puis moi. La barque se balança lourdement lorsque je m'assis près d'elle. Je me rendis compte que mon cœur battait toujours la chamade et que je n'avais pas retrouvé mon équilibre.

— Je vous présente Lula, dis-je à voix basse. Elle vient avec nous.

Lula avait mouillé le bas de sa robe en montant à bord. Elle décolla l'ourlet humide de ses jambes et jeta un regard inquiet à Thaddeus. Il toucha son chapeau puis se mit à ramer sans un mot, réduit au silence, peut-être pour la première fois de sa vie.

Je sursautais chaque fois que les rames entraient dans l'eau, mais le retour fut aussi calme que l'aller, ce qui ne m'empêcha pas de me faire mal aux yeux à force d'essayer d'y voir dans la nuit noire. À mi-chemin, Lula prit son bébé dans son giron pour lui donner le sein, en déboutonnant le devant de sa robe, puis celle qu'elle portait dessous. Elle n'avait sans doute que ces deux-là et n'avait pas voulu en laisser une. Je pouvais le comprendre. Pendant que le bébé tétait, Thaddeus continua de ramer mais tourna la tête, comme si surveiller l'est était soudain d'une importance capitale. Je me demandais ce qu'il pensait de ce nouveau développement, mais j'avais trop peur de lui poser la question. Peut-être que le fermier si nerveux avait raison, peut-être s'était-on déjà rendu compte que Lula avait disparu, peut-être arpentait-on les rives et même la rivière elle-même à sa recherche. Je n'osais pas allumer la lanterne pour m'assurer que notre trajectoire n'avait pas dévié. Chaque bruit qui ne venait pas de nos propres rames m'angoissait.

Mais l'autre rive fut atteinte et la barque attachée sans incident. Minuit venait de sonner mais j'avais l'impression que nous étions au cœur de la nuit, ce moment où tout sur terre se tait. Thaddeus remit la barque exactement comme Leo l'avait laissée, en croisant les rames au fond du bateau et en rangeant sous le banc de nage les barils qui servaient d'ancre. Lorsque je relevai les yeux, la rivière n'était qu'un long gouffre d'ombre.

— Ça y est, on est au Nord, murmura Lula.

Je ne savais pas si elle me posait la question.

— Tu es déjà venue ? lui demandai-je.

— Une fois, oui, avec ma maîtresse.

Thaddeus avait fini d'amarrer la barque.

— Et maintenant ? demanda-t-il en montrant Lula.

Nous déplacer en bande sur la route ne me semblait pas une bonne idée ; je lui dis que j'allais m'occuper du reste et qu'il pouvait regagner sa cabine. Le ton de ma voix sous-entendait que je savais ce que je faisais et que je n'avais pas besoin de son aide, mais je ne savais pas à quoi m'attendre. « Vous la passez au suivant », c'est tout ce qu'avait dit le fermier.

Lula ne voulait pas me donner le panier, même pour remonter la berge. Je dus me contenter de lui tenir le bras pendant qu'elle trébuchait dans les graviers. Une fois sur la route, j'aperçus la calèche au tournant, dissimulée dans l'ombre d'un chêne. Il n'y avait plus de nuages ; la lune brillait, et la route était si plate que l'on nous y verrait de très loin. Je retins mon souffle pour mieux entendre et tournai ma bonne oreille vers la route, mais je n'entendais rien d'autre que mon cœur qui me battait aux tempes. Nous nous approchâmes de la calèche. Donaldson en descendit et nous attendit, très droit, les mains jointes devant lui. Mais en voyant la jeune fille, ses mains retombèrent et il la fixa avec stupeur pendant un long moment.

— Voici Donaldson, dis-je. C'est lui qui va s'occuper de toi. Donaldson, voici Lula, la mère du bébé.

J'étais suffisamment proche pour le voir prendre une profonde inspiration avant de tendre les mains pour récupérer le panier. Elle le lui donna sans crainte, ce qui me surprit. Peut-être parce qu'il était noir et moi pas. Donaldson coinça le panier sous son siège, mais barra la route à Lula lorsqu'elle fit mine de monter.

— C'est la mère du bébé, répétai-je avant d'ajouter plus hardiment : il faut qu'elle vienne.

Il secoua la tête.

— Elle pourrait s'allonger à l'arrière, dis-je en sentant mon cœur se serrer. Je peux aller chercher un tapis ou une couverture pour la cacher…

Mais il fit encore non de la tête.

Il avait commencé à monter sur le marchepied ; il se tourna un peu vers nous, mais pas suffisamment pour laisser passer Lula. Avant même que je ne puisse trouver quoi dire, il secoua la tête une troisième fois.

Mon cœur se serra encore comme pour faire de la place à la marée d'angoisse qui s'engouffra en moi l'instant d'après. Donaldson avait la lune dans le dos et je n'arrivais pas à distinguer ses traits, mais je ne pense pas m'avancer beaucoup en supposant qu'ils n'exprimaient rien. Il monta en voiture et s'installa sur son siège.

— Attendez ! dis-je plus fort que prévu.

Lula se retourna nerveusement vers la route.

— Est-ce que vous reviendrez la chercher ? Qu'est-ce que je dois faire d'elle ?

Donaldson prit les rênes. Le cheval tapa du pied, sans doute impatient de se mettre en route et de regagner son étable pour la nuit. J'attendais au moins un geste de la part de Donaldson. Un indice de ce qui allait se passer.

— Que dois-je faire ? lui demandai-je encore.

Donaldson me regarda et fit un signe de tête dont je ne compris pas le sens. Puis il agita les rênes.

— Mais qu'est-ce qu'il a ? demanda Lula tandis que le cheval s'éloignait sur la route.

— Il est muet.

— Où est-ce qu'il va ?

Elle se mit à lui courir après, mais ses pieds blessés ne lui facilitaient pas la tâche. Elle arriva à gifler le flanc de la calèche, mais celle-ci ne ralentit pas. Je crus qu'elle allait tenter de se hisser à l'intérieur, mais elle interpella Donaldson.

— Il s'appelle William !

Elle ne criait pas – nous avions toutes les deux trop peur pour cela – mais sa voix était forte et empressée.

— Dites-leur qu'il s'appelle William !

La charrette s'éloignait en grinçant sur la route et, après quelques instants, Lula cessa de courir et resta là, en les regardant partir. En m'approchant d'elle, je vis qu'elle était sous le choc et trop épuisée pour pleurer. Un arbre frissonna sous le vent.

— Ils vont prévoir quelque chose, dis-je en me rappelant ce qu'avait dit le fermier. Je t'assure. Ils vont monter un plan et revenir te chercher.

— Mais… et mon bébé ? Il faut que je lui donne à manger. Pourquoi est-ce qu'il ne voulait pas m'emmener ?

— Peut-être que là où il va, il ne peut pas cacher d'adultes…

Voilà que j'avançais des hypothèses sans fondement. C'était une sensation très étrange, et j'abandonnai la partie.

— En fait, je ne sais pas.

Je lui pris gentiment l'épaule et la retournai vers moi. Il n'y avait plus rien à faire à part retourner vers le bateau. La priorité pour elle était de quitter cette route déserte pour s'occuper de ses pieds blessés.

— S'il vous plaît, ne…

Un sanglot disloqua le reste de sa phrase, mais je savais ce qu'elle voulait dire : *ne me laissez pas toute seule.* Je tentai de la réconforter.

— Ne t'inquiète pas. Je vais prendre soin de toi. Et ils vont monter un plan et revenir. Il faut juste que je te cache pour ce soir. Et peut-être aussi demain. Au moins une partie de la journée.

Elle me prit le bras en murmurant « Merci », ou peut-être « Vraiment ? ». Sans son panier, son autre main pendait, vide, et ses épaules semblaient très minces. Elle boitait, et j'avais peur que ses jambes ne se dérobent tout à fait sous elle et qu'il ne me faille la porter, mais elle tint le coup. Nous revînmes à hauteur du bateau et descendîmes la berge.

Mais j'avais oublié Thaddeus. Il se tenait au ponton et achevait de fumer une épaisse cigarette. J'eus la nette impression qu'il avait fait exprès de traîner là. En nous entendant monter la passerelle, il jeta un regard aux alentours puis lança son mégot dans l'eau. Une chouette se mit à hululer mais s'arrêta aussitôt. Le silence me donnait l'impression que quelque chose se cachait. Thaddeus pencha la tête sur le côté, comme pour me poser une question, et ouvrit la bouche.

— Pas un mot, lui dis-je.

18

Où allais-je bien pouvoir la cacher ?

Il n'y avait dans ma cabine que le strict minimum : une couchette, une table de toilette, et quelques crochets en laiton alignés au mur pour y pendre mes vêtements. Mes couvertures n'étaient pas assez longues pour dissimuler quelqu'un d'allongé sous la couchette ; c'était pourtant la seule cachette possible.

Il y avait bien la chambre verte. Les acteurs et actrices ne cessaient d'y aller et venir, pour jeter un coup d'œil à leurs costumes ou pour s'y faire une tasse de thé en paix ; mais on y trouvait des malles, et l'une d'elles, quoique humide et moisie, était assez grande pour y cacher Lula. Je pourrais la tapisser avec un drap ou une couverture. Il faudrait y faire des trous d'aération. Un jour ou deux dans une malle – après tout ce qu'elle avait traversé, cela ne lui poserait sans doute pas de problème. Mais où irait-elle pendant le spectacle ? Pinky et Sam déplaçaient parfois les malles pour s'asseoir dessus en attendant le moment d'entrer en scène. Il leur arrivait même de les fouiller à la recherche d'un accessoire mal rangé. Tout pouvait arriver. Et, contrairement à ma cabine, la porte ne fermait pas à clé. Peut-être pourrait-elle se cacher dans la chambre verte pendant la journée, puis monter dans ma cabine le soir, pendant que tout le monde prenait son dîner dans la salle à manger ? Mais non, ce plan semblait bien trop risqué. Notre bateau était si petit qu'on n'était jamais certain d'y avoir un moment à soi, même pendant les repas. N'importe qui pouvait remonter à sa cabine à tout moment, à la recherche d'un mouchoir oublié, d'un châle ou d'une lettre. Si on nous voyait monter l'escalier, une esclave en fuite et moi, ce serait la fin.

J'emmenai Lula dans ma cabine. Je ne savais pas quoi faire d'autre. Elle observa la petite pièce, la couchette, la table de toilette et les crochets en laiton. Il n'y avait pas d'autre lumière que les rayons de lune qui entraient par la fenêtre. Après avoir fermé les rideaux et le store de la fenêtre qui surmontait la porte menant au balcon, je nettoyai soigneusement ses pieds sanglants et couverts d'ampoules avec le chiffon dont je me servais pour polir mes bottes. Ils se mirent à sentir le cirage. Elle avait des voûtes plantaires délicates, incurvées, avec de longs orteils. Après lui avoir donné une paire de bas propres en guise de bandages, je mouillai puis essorai une serviette et m'en servis pour lui nettoyer le visage.

— Merci, Miss, dit-elle lorsque j'eus fini.

Je lui dis qu'elle pouvait m'appeler May, mais elle s'était mise à pleurer en silence et ne m'avait peut-être pas entendue.

Je la fis s'allonger sur la couchette, remontai la couverture jusqu'à son menton et lui touchai le front comme ma mère le faisait pour moi. Puis je me couchai sur le sol, en me servant d'un châle comme couverture et d'un autre comme oreiller, et l'écoutai réprimer ses sanglots. J'aurais voulu trouver quelque chose de gentil à lui dire. Trouver un moyen de la tranquilliser un peu. Ses pleurs s'affaiblirent peu à peu jusqu'à ce que le sommeil l'emporte.

Malgré mon épuisement, je restai longtemps éveillée, à fixer le plafond, en essayant de trouver une issue. Dans quoi m'étais-je fourrée ? Mais d'un autre côté, je ne pouvais m'empêcher de penser que ce n'était pas de ma faute. N'importe qui aurait fait la même chose à ma place. Je pris la décision d'écrire à Mrs Howard le lendemain matin. J'avais toujours l'itinéraire que m'avait donné Constance ; il était rangé entre les pages d'un recueil de poésie prêté par Liddy. De toute façon, Mrs Howard avait certainement déjà appris l'existence de Lula par Donaldson. Heureusement qu'ils descendaient eux aussi la rivière ; j'avais de la chance dans mon malheur. Mais était-ce bien de la chance ? Pour la première fois, je m'interrogeai sur le hasard qui faisait que nous suivions la même route. Peut-être Mrs Howard avait-elle sauté sur l'occasion en apprenant que je vivais sur un bateau qui descendait l'Ohio, cette frontière naturelle entre le Nord et le Sud. Peut-être avait-elle construit ses plans autour des miens. Je n'avais aucun mal à imaginer Donaldson s'assurant que Mrs Howard et Constance étaient bien installées dans leur hôtel, puis traversant la nuit en calèche pour se poster sur la route surplombant la rivière, en attendant que je vienne lui amener l'un des bébés rescapés. Les « colis », c'était ainsi que les appelait Mrs Howard. La rancune m'entoura de ses sombres anneaux. Elle s'était servie de moi. D'abord, elle avait cherché à m'exiler ; puis elle avait exigé mon aide. M'aiderait-elle maintenant en retour ? Il fallait emmener Lula hors de danger, mais je n'avais pas la plus petite idée de par où commencer. J'étais incapable de déterminer à qui je pouvais accorder ma confiance.

Pendant que je m'inquiétais, Lula s'était mise à gémir dans son sommeil, et elle cria soudain :

— Ne me touchez pas ! Ne me touchez pas !

Je me redressai et lui pris la main, qu'elle avait très petite. Ses doigts étaient glacés. « Chut, chut, tout va bien maintenant », lui murmurai-je à l'oreille. Elle était couchée sur le dos, avec ses deux courtes tresses sur l'oreiller, et elle semblait n'avoir pas plus de quatorze ans. Peut-être était-elle même plus jeune encore. Mais elle avait eu un bébé seulement deux jours auparavant. Un enfant accouchant d'un enfant. Un goût de viande avariée me remonta dans la bouche. Avait-elle eu un cauchemar à propos du père ? L'un des fils, avait-elle dit. Lorsque je lui caressai le front, Lula n'ouvrit pas les yeux, mais elle cessa de gémir. Quelques secondes plus tard, j'entendis le plancher grincer devant la porte de ma cabine et mon cœur rata un battement. Quelqu'un frappa à la porte.

— May, dit Hugo à voix basse. Tout va bien ?

Je m'éclaircis la gorge en espérant garder une voix égale.

— Ça va. J'ai fait un cauchemar. Mais tout va bien maintenant.

Mes yeux ne quittaient pas Lula. J'avais peur qu'elle ne se remette à crier, ou qu'elle ne se réveille et ne parle à voix haute.

— Si tu as besoin de quelque chose… dit Hugo.

— Non, merci.

Je n'avais pas fermé ma porte à clé – quelle erreur. Il y eut un long silence immobile, puis j'entendis Hugo regagner sa cabine. J'attendis d'entendre sa couchette grincer sous son poids. Après quelques minutes sans aucun bruit, je lâchai la main de Lula et m'en allai verrouiller la porter aussi silencieusement que possible, en tournant la clé très lentement pour ne pas faire de bruit. Je me recouchai ensuite par terre, prête à me relever dans l'instant. Mais lorsque je rouvris les yeux, le soleil se levait. Lula était réveillée et couchée sur le côté, les yeux fixés sur moi. Je sentais notre bateau descendre le courant.

J'avais encore rêvé de Giulia. « Quelqu'un arrive », avait-elle dit.

Je me repassai à nouveau les possibilités de cachettes. La chambre verte, la salle à manger, la billetterie – elles avaient toutes leurs désavantages, le pire étant qu'aucune d'elles ne fermait à clé.

— Est-ce qu'ils vont me trouver maintenant qu'il fait jour ? murmura Lula.

Il était encore très tôt, sans autre lumière qu'une fragile aube grise, mais je comprenais ses craintes. Elle s'était roulée en boule sur la couchette. Je m'assis près d'elle en sentant son genou osseux contre ma hanche.

— Ils ne vont pas te trouver, dis-je.

Je tentai de sourire pour la rassurer, mais ce fut un sourire pincé et emprunté.

— Ils vont chercher, dit-elle sombrement.

Elle avait raison. Mais qui étaient « ils » ? Nous avions certainement chacune une image en tête ; la mienne était un homme avec des menottes dans chaque poche, avec un chien, un fouet à la main, et toute la force de la loi derrière lui.

— J'ai verrouillé la porte, lui dis-je. Personne ne peut entrer. Mais il faut qu'on te trouve une bonne cachette.

Elle se laissa glisser de la couchette pour regarder dessous, et je fis de même après quelques secondes, en me demandant si je pouvais trouver un moyen de dissimuler cet espace étroit. J'entendais Jemmy, à qui l'on confiait la perche tribord, et qui répétait son texte en même temps.

— *Si vous saviez avec quelle adresse, après avoir fait évader notre galant, elle m'a fait prendre sa place dans la maudite caisse. J'avais beau crier, elle riait de mes cris...*

Une caisse serait parfaite. Je songeai à nouveau aux malles de la chambre verte. Puis je me souvins de celles d'Helena.

Elles étaient toujours au pied de mon lit, puisque je n'avais pas trouvé d'autre endroit où les mettre. La plus grande, couleur gris perle, était assez grande pour qu'une fille s'y tasse. Elle s'ouvrait comme un livre ; sur l'un des côtés, le bois était mou. On l'avait sans doute laissée dans l'eau. Ce n'était pas la malle d'une femme soucieuse des apparences. Les malles de Constance, par contraste, avaient toujours des loquets bien astiqués (par moi), et lorsque l'une des courroies s'usait trop, elle se débarrassait de la malle entière et l'échangeait contre une nouvelle, du dernier modèle, en marchandant à grand renfort de fossettes et en obtenant toujours un prix auquel personne n'aurait pu s'attendre, à part moi. La deuxième malle d'Helena était plus petite que la grise, une longue boîte noire sans fioritures, aux courroies effilochées.

Ces malles avaient cependant un problème – non leur état miteux, mais le fait qu'elles étaient remplies à ras bord.

J'avais sorti tous les costumes de la plus grande malle, mais elle contenait toujours un grand nombre des effets personnels d'Helena : deux cannes à pêche de différentes tailles, de la ficelle cirée, un couteau à poisson, un fusil de chasse, quelques chapeaux écrasés de diverses façons et un épais livre bleu-vert : *Les Oiseaux d'Amérique, volume 1.* Quelques mots étaient écrits sur la page de garde. *Joyeux anniversaire, à toi ma sœur qui préfères l'extérieur. Avec tout mon amour, Hugo.*

Un débat chuchoté s'ouvrit entre Lula et moi. « Peut-être que l'on peut tasser certains objets dans la petite malle ? » « Ce qui ne rentre pas, on peut le mettre sous le lit. » Les hommes s'interpellaient l'un l'autre depuis le pont inférieur pendant qu'ils amarraient le bateau, mais il était toujours trop tôt pour que la plupart des acteurs soient levés. Les mouettes et les oiseaux de rivière faisaient un vacarme épouvantable à cette heure de la journée, et j'entendais également des appels monter de la jetée en contrebas. J'étais reconnaissante pour ce bruit – et pour avoir une cabine au bout du couloir. Je savais qu'Hugo ne remonterait pas dans la sienne avant la fin du petit déjeuner. Cela ne m'empêchait pas de guetter des pas sur l'escalier ou le long du pont supérieur : il y avait peu de chances que quelqu'un s'y promène avant le petit déjeuner, mais ce n'était pas impossible.

Nous rangeâmes dans la petite malle tout ce qui voulait bien y rentrer, même si j'étais réticente à écraser encore plus ces pauvres chapeaux. Mais que faire du fusil de chasse ? Je le pris en main. C'était un fusil de dame, donc plutôt court, mais pas assez pour rentrer dans la petite malle noire. Je n'avais pas d'autre choix que de le ranger sous mon lit, caché sous un châle et sous les vieux chemisiers d'Helena.

Je n'aurais pas réussi à fermer la malle si Lula ne s'était pas assise dessus. Elle était complètement dépendante de moi, j'étais responsable d'elle. Il n'y avait rien qu'elle puisse faire seule pour retrouver sa liberté. Le pire, c'était qu'Hugo avait emmené le bateau de l'autre côté de la rivière. Nous étions de retour au Sud. Je ne le dis pas à Lula. Je lui dis juste de ne pas s'approcher des fenêtres. Les rideaux étaient fermés, mais pour ne courir aucun risque je les fixai en place avec trois des épingles à chapeau d'Helena.

— Qu'est-ce que c'est que ce bruit ? chuchota Lula.

Je tendis l'oreille.

— Des mouettes. Tu n'as jamais entendu de mouettes ?

Elle secoua la tête et toucha le bout d'une de ses tresses.

— Mais je croyais que ta maison… Tu n'habitais pas près de la rivière ?

Non, me dit-elle. Avec le fermier, elle avait dû voyager toute la soirée et toute la nuit, cachée dans une charrette de foin. Elle et William s'étaient tassés dans un baril.

— Il a beaucoup dormi. Pour ça, j'ai eu de la chance.

J'entendais des voix d'hommes en contrebas ; on finissait d'amarrer le bateau.

— Il y a combien de gens ici ? demanda-t-elle.

— Qui vivent sur le *Théâtre flottant* ? Douze.

Nous parlions si bas que nous pouvions à peine nous entendre l'une l'autre, et Lula n'arrêtait pas de regarder vers la porte. Je me relevai pour vérifier qu'elle était verrouillée, puis je tirai la cuvette vers Lula pour lui laver à nouveau les pieds. Je voulais vérifier l'état de ses plaies.

— C'est la première fois que tu montes sur un bateau ? lui demandai-je en essuyant ses talons avec précaution.

— Non, je l'ai déjà fait une fois, en allant à Evansville avec madame. Peut-être qu'il y avait des mouettes. J'ai dû oublier. C'était une si grande ville ! Avec un nombre incroyable de magasins. Il y en avait un avec des rouleaux de tissu de toutes les couleurs, empilés du sol jusqu'au plafond. Je n'aurais pas su lequel choisir. Si j'avais eu l'argent pour.

— Tu aimes bien coudre ? dis-je en observant ses longs doigts vigoureux.

— Oui, Miss. C'est moi qui ai cousu ces deux robes que je porte là.

Elle portait toujours les deux en même temps. J'observai la première ; Lula souleva l'ourlet pour me le montrer. Il était très droit, avec des points serrés et réguliers. Je n'aurais pas mieux fait moi-même.

— Tu t'es servie d'une règle pour l'ourlet ?

— Juste mes yeux.

La cloche sonna le petit déjeuner.

— Tu as faim ?

Elle me jeta un regard incertain, comme si j'essayais de la piéger avec cette question. Son ventre était déjà presque plat, et ses bras n'étaient pas plus épais que des brindilles. Ses jolis cils recourbés semblaient appartenir à quelqu'un d'autre, quelqu'un qui n'aurait pas tant souffert.

— J'ai toujours faim, dit-elle.

Un autre jour, on aurait remarqué ma maladresse dans la salle à manger ; je n'arrêtais pas de faire tomber ma fourchette sur mon assiette (j'arrêtai de compter après la troisième fois) et je finis par renverser le pichet de sirop d'érable (heureusement vide). Par chance, tous les esprits étaient occupés par l'imminence de la couturière, puis de la grande première le lendemain. Personne ne faisait attention à moi ; Hugo leva tout de même brièvement les yeux lorsque je renversai ma chaise en quittant la table.

Je montai à Lula des pancakes pliés en deux, humides d'être restés dans ma poche, et du café chaud dans une grande tasse que je retournai remplir à deux reprises. Il y avait toujours une cafetière sur la petite table de la salle à manger, avec des crackers et des biscuits, et parfois du gâteau. La deuxième fois que j'allai chercher du café pour Lula, je vis que le chef venait de sortir une nouvelle fournée de biscuits et j'en ramenai trois dans ma chambre. Le café était chaud mais Lula le but très vite et mangea les trois biscuits l'un après l'autre, presque sans respirer. Puis elle se lécha les doigts et se tapota les lèvres pour y trouver des miettes.

— Ils sont bons, dit-elle.

Je verrouillai de nouveau la porte. Tout le monde était descendu à l'auditorium pour la répétition, mais je préférais ne prendre aucun risque. Après le petit déjeuner, j'allai chercher Leo dans la billetterie pour lui emprunter un tournevis. J'en profitai pour lui donner les cannes à pêche d'Helena, qui ne rentraient pas dans la petite malle. D'une pierre deux coups.

— Qu'est-ce que c'est que ça ? dit-il en les prenant toutes deux dans une seule main.

Alpha, beta, gamma.

— Hugo voulait te les donner. Elles étaient à Helena.

Leo fit courir sa main sur la plus longue des cannes, puis fit glisser le fil entre ses doigts avant de tester le moulinet, qui était encrassé.

— Il faut se servir d'une canne à pêche, dit-il. Sinon, elle s'ennuie.

— N'en parle pas à Hugo. Pas même pour dire merci. Ça le rendrait triste. D'y penser, tu sais.

Leo se baissa pour fouiller dans le grand seau en fer-blanc où il rangeait ses outils. Il me tendit un long tournevis sans me demander pourquoi j'en avais besoin. J'espérais ne pas avoir à le mettre au courant de la présence de Lula ; je ne voulais pas lui créer des ennuis.

— Je sais bien que ça le rendrait triste, me dit-il. Mais les disparus ne savent pas si l'on pense à eux ou non. Ça ne concerne que nous. Je penserai à Miss Helena en m'en servant.

De retour dans ma cabine, j'enfonçai le bout du tournevis dans le bois tendre et pourrissant de la grande malle, celle qu'on avait laissée dans l'eau et dont les lignes s'étaient gauchies. Pendant ce temps-là, Lula se brossait les dents. C'était une première pour elle ; je lui avais montré comment s'y prendre. Ses canines étaient très blanches et pointues, comme celles d'un renard, et ses gencives saignaient un peu. Pendant que je m'occupais de la malle, elle s'observait dans mon petit miroir carré, et crachait de temps à autre dans la cuvette.

Estimant que j'avais percé assez de trous dans le bois, je déplaçai le coffre derrière la porte et le tournai pour cacher le côté troué, en le collant presque au mur. Puisqu'il s'agissait d'une malle-penderie – bien qu'Helena s'en fût servie pour y ranger des cannes à pêche –, elle était plus haute que large et comportait un crochet à l'intérieur, pour y mettre un cintre. J'avais peur qu'il gêne, mais après que Lula se fut recroquevillée à l'intérieur, en tailleur, les genoux relevés, elle me dit :

— Non, ça va. Et puis, regardez…

Elle ôta son châle et le pendit au crochet, ce qui forma un rideau devant elle. Cela ne suffirait pas à la cacher si quelqu'un la cherchait ; mais si la malle s'ouvrait un peu, on ne verrait que du tissu.

Je fermai la malle.

— Tu peux respirer ?

— Oui, Miss, me répondit sa voix étouffée.

Je rouvris la malle.

— Tu n'as pas besoin de rester là-dedans. Je vais fermer la porte à clé. Tu n'auras qu'à te cacher si quelqu'un essaie de rentrer.

— Ça ne me dérange pas.

— Je ne veux pas que tu restes enfermée toute la journée.

Ses grands yeux clignaient si peu qu'ils commençaient à s'embuer.

— Je vais juste rester comme ça, avec la malle ouverte. Si j'entends quelqu'un arriver, je la refermerai.

Je la regardai s'entraîner à rentrer les jambes dans la malle et à la refermer de l'intérieur. Une fois sûre qu'elle serait capable de le faire rapidement et en silence, je hochai la tête.

— Ça devrait aller.

Puis je lui tendis le livre dont Hugo avait fait cadeau à sa sœur, *Les Oiseaux d'Amérique.*

— Je ne sais pas lire, me dit-elle.

— Tu n'as pas besoin de le lire, tu peux juste regarder les images. Tu vois ces mots sur la couverture ? dis-je en la tournant vers elle. Ils disent *Les Oiseaux d'Amérique.* C'est un livre sur les oiseaux.

— Qu'est-ce que c'est, l'Amérique ?

Je relevai les yeux pour voir si elle plaisantait.

— C'est le pays dans lequel nous vivons. Tout ce territoire, les villes et les campagnes, c'est l'Amérique. Ta mère ou ton père ne te l'ont pas appris ?

Elle fit non de la tête.

— J'avais ma tante, mais elle ne m'a jamais dit ça.

Elle ouvrit le livre sur une illustration en couleur, protégée par une feuille de papier de riz dont elle souleva le coin avec précaution. Elle respirait par la bouche, comme une petite fille, mais je vis qu'elle avait posé sa main libre sur son sein gauche.

— Ta poitrine te fait mal ?

Je savais que les montées de lait continueraient longtemps, même sans bébé à nourrir.

— Pas tant que ça.

— Je vais te trouver de l'onguent. Il n'y a aucune raison de te laisser souffrir.

Elle souffla par le nez.

— C'est pas ça, souffrir.

Elle tourna la page d'une main, en gardant l'autre contre sa poitrine. Les images la captivaient, comme je l'avais espéré.

— Je dois y aller. Ça ira ? Je vais verrouiller la porte. Surtout, pas un bruit.

Elle marmonna en guise d'acquiescement. J'espérais qu'elle n'avait pas tort de me faire confiance.

Plus tôt dans la matinée, avant même de prendre mon petit déjeuner, j'avais demandé à un petit garçon sur la jetée d'amener ma lettre pour Mrs Howard jusqu'au ferry ; je lui faisais confiance pour charger quelqu'un d'autre d'apporter la lettre de l'autre côté de la rivière, jusqu'à l'hôtel où elle séjournait avec Constance. Cela fonctionnerait plus vite que la poste, et même en payant deux jeunes coursiers, le prix revenait au même. J'avais demandé une réponse ; après avoir enfermé Lula dans ma cabine et mis la clé dans ma poche, je m'appuyai contre le bastingage pour voir si le ferry revenait. J'entendais la voix de Jemmy monter de l'auditorium :

— *Ah, Flora, Flora, tu étais du complot !*

Puis Hugo, du ton qu'il prenait pour diriger ses acteurs :

— Tes yeux, Jemmy, laisse-nous voir tes yeux ! Non, non, ne t'arrête pas, continue !

Il y avait beaucoup de bateliers le long de la jetée, mais je n'apercevais toujours pas le ferry sur l'eau. Alors que je descendais l'escalier, Pinky sortit de l'auditorium. Il portait sa perruque et son bonnet de vieille dame, avec une écharpe grise autour du cou. Il me dit bonjour et fut pris d'une quinte de toux. Son haleine sentait l'ail ; toujours superstitieux, les acteurs s'imaginent que l'ail est un remède contre tous les maux, du mal de gorge aux durillons.

— Tu es malade ? lui demandai-je.

— Un peu enroué, c'est tout. Je passe à la cuisine voir si le chef n'a pas un peu plus d'ail à croquer…

— Ça ne t'aidera pas. Il faut que j'aille en ville ; j'en profiterai pour passer chez l'apothicaire.

Il fallait que je m'y rende de toute façon, pour Lula, mais je n'en dis rien. Pinky me remercia à plusieurs reprises.

— C'est très généreux, vraiment, très généreux. Je ne pense pas que ce soit grave, mais je ne peux pas perdre ma voix, dit-il avant d'avaler péniblement sa salive. Demain, c'est le grand soir !

— Les répétitions se passent bien ?

— Extra ! Sauf qu'il faudrait que Jemmy travaille un peu son texte. On n'a pas encore réussi à jouer toute la pièce sans s'arrêter. Mais notre Liddy, c'est quelque chose, hein ? Quel dommage, vraiment, qu'elle laisse tout tomber pour un homme comme… un homme comme ça.

— Un homme comment ? lui demandai-je avec intérêt.

Avait-il lui aussi remarqué le comportement sournois du Dr Early ? Mais non – il était simplement jaloux, amoureux de Liddy lui aussi.

— Oh, n'importe quel homme, dit-il en baissant le nez dans son écharpe de flanelle. N'importe lequel à part moi.

— Tu vaux mieux que lui.

— Dommage qu'il n'y ait que toi et moi pour nous en rendre compte, dit-il avec un pauvre sourire.

En descendant sur la jetée, je levai les yeux vers la fenêtre de ma cabine. Les rideaux épinglés bouchaient parfaitement la vitre ; c'était un soulagement. Peut-être que laisser Lula seule n'était pas une bonne idée. Mais je ne pouvais pas éveiller les soupçons. Il fallait que je fasse comme à mon habitude chaque fois que nous nous arrêtions quelque part : coller des affiches, distribuer des billets gratuits, en dépit du fait que j'avais l'impression, depuis le petit déjeuner, d'avoir avalé une noix entière qui me restait dans l'estomac.

Le ciel était sans nuage, comme la veille, mais il faisait plus chaud. Notre arrêt ce jour-là, Smithland, avait la réputation d'avoir ses propres lois ; il y avait, de fait, un bon nombre de tavernes de chaque côté de la rue. Mais en arrivant chez l'apothicaire, je vis que les gens d'ici prenaient leur santé au sérieux. Des bocaux et bouteilles s'alignaient sur les étagères, devant lesquelles des présentoirs en verre renfermaient des boîtes en fer-blanc, des disques d'onguents, et bien sûr des cigares. J'aperçus au fond de la boutique un passage fermé par un rideau de velours vert. Deux panneaux étaient affichés au mur : « Ouvert toute la nuit » et « Demander ici pour l'apothicaire ».

J'entendais des voix derrière le rideau, mais il n'y avait personne d'autre dans la boutique. Livrée à moi-même, je fis le tour des étagères pour trouver ce que je cherchais : de l'ammoniaque et du salpêtre contre le mal de gorge de Pinky, et du sang-de-dragon pour stopper les montées de lait de Lula. J'avais dans les narines un mélange de cire à bois, d'huile de poisson et d'une odeur sèche et poudreuse que je ne reconnaissais pas.

Je pris sur l'étagère un pot de sang-de-dragon. Puis je trouvai ensuite de l'ammoniaque. Les voix dans la pièce du fond n'étaient pas fortes mais devinrent plus distinctes à mesure que je m'en rapprochais. En passant devant le rideau, il me sembla que l'une d'elles m'était familière.

— … vous la connaissez sûrement sous le nom de mousse d'Irlande. Les rachitiques en prennent beaucoup. Avec un peu de jus de citron, ça passe mieux.

Une autre voix répondit, si bas que je ne compris pas ce qu'elle disait. Mais en entendant le troisième homme, je me tournai d'un coup. C'était Thaddeus.

— Merci bien, Doc, disait-il. Quelle chance de vous avoir croisé ici !

— Des cas comme le vôtre, j'en vois partout.

Je reconnaissais maintenant cette voix. C'était le Dr Early. Je me dirigeai aussitôt vers la sortie, mais j'oubliai complètement, dans ma hâte, de reposer les bocaux que j'avais pris. Un homme qui se préparait à rentrer dans la boutique leva les mains lorsque je manquai lui rentrer dedans.

— Houlà, attention, dit-il en souriant – mais sans me laisser passer.

L'apothicaire souleva son rideau vert et se hâta de revenir dans la boutique.

— Ah, mais, je ne savais pas qu'il y avait quelqu'un d'autre ici…

— Je crois que cette dame s'en allait, dit l'homme en ôtant son chapeau.

L'apothicaire baissa les yeux sur les bouteilles dans mes bras. C'était un petit homme à lunettes dont le veston vert était de la même couleur que le rideau.

— Non, dis-je. Enfin, pas sans payer, bien sûr. Je pensais…

Alpha, beta, gamma.

— Je pensais que j'avais laissé tomber mon porte-monnaie dehors. Mais non, le voilà, dans ma poche.

Thaddeus était sorti à la suite de l'apothicaire, et j'avais conscience qu'il me regardait en souriant. Il savait sans doute que je mentais, mais n'en dit rien.

— Miss May, quelle surprise. Vous cherchez quelque chose en particulier ? Le Dr Early est là aussi. L'homme qui va faire le bonheur de notre Liddy ! J'ai enfin réussi à le croiser.

Il parlait d'un ton léger, comme d'habitude, et je ne savais pas s'il était sincère ou non. Je ne savais jamais à quoi pensait Thaddeus.

— Je cherche quelque chose contre le mal de gorge. Pour Pinky.

— Pinky s'est enroué ?

— Je prendrai aussi quelques pastilles contre la toux, si vous en avez, dis-je à l'apothicaire qui emballait la petite bouteille d'ammoniaque dans du papier brun.

Le Dr Early sortit de l'arrière-boutique avec un compte-gouttes qu'il donna à Thaddeus. En me voyant, il vint me serrer la main comme à une excellente amie, en s'excusant de n'avoir pas assisté au spectacle la veille.

— Impossible de m'y soustraire. On m'a appelé pour un accouchement. Je n'ai pas dormi de la nuit. C'est cela, aussi, être docteur…

Sa tenue était impeccable ; il ne semblait pas fatigué pour un sou. Il tenait dans sa main droite une paire de gants gris sans une tache.

— Du sang-de-dragon ? s'étonna l'apothicaire en prenant l'autre bouteille. Ça ne soigne pas la toux.

Le Dr Early baissa les yeux sur la bouteille qu'il tenait, puis les releva vers moi. Son expression changea de façon presque imperceptible. Je n'arrivais plus à penser, pas même pour réciter mon grec.

— Oh, on s'en sert pour le maquillage, dit Thaddeus.

— Le maquillage ? répéta le Dr Early en se tournant vers lui.

— Sur scène. Une goutte ou deux mélangées dans du talc, pour se rosir les joues.

L'apothicaire éternua dans un grand mouchoir blanc, puis demanda :

— Même les hommes ?

— Du maquillage, répéta encore le Dr Early.

Je ne savais pas s'il croyait ou non à ce qu'avait dit Thaddeus.

— Eh bien, Miss May, je vois que vous êtes un peu touche-à-tout. Moi qui croyais que vous vous contentiez de coudre dans un coin.

Quelque chose dans sa voix sonnait comme une insulte, et je vis l'apothicaire lui jeter un coup d'œil. Mais je n'étais pas surprise. Il voulait que je comprenne qu'il ne m'avait pas pardonnée pour avoir montré les avis de recherche à Liddy. Il ne me le pardonnerait jamais.

— Non, ce n'est pas tout, dis-je vivement. Vous seriez surpris d'apprendre tout ce que je peux faire.

Le Dr Early me jeta un nouveau regard calculateur. Une brute, me disais-je, voilà ce qu'il était. L'apothicaire nous regardait tous les deux.

— Ça fera trente-huit centimes, dit-il fermement, comme si ce chiffre suffirait à résoudre notre antagonisme.

Le Dr Early toucha son chapeau en guise de salut.

— Je vous verrai ce soir, dit-il en partant, sans que je sache à qui il parlait – Thaddeus ou moi, ou peut-être nous deux.

De retour sur le bateau, je donnai à Pinky le mélange contre la toux pour qu'il se gargarise, et le sang-de-dragon à Lula pour qu'elle n'ait plus de lait. Le chef dormait dans le hamac de la coquerie ; j'en profitai pour voler deux cuisses de poulet et une demi-miche de pain pour son dîner. En fin d'après-midi, après avoir assisté à la fin de la deuxième couturière, j'effectuai quelques petites modifications sur le costume de Mrs Niffen, puis j'aidai les acteurs à se changer. Je tendais l'oreille pour guetter un bruit venant de ma cabine, mais je n'entendais rien, ce qui ne m'empêcha pas d'y monter après m'être excusée.

Lula était restée assise dans la malle toute la journée, en feuilletant le livre sur les oiseaux et en agitant les genoux pour dépenser son énergie. Chaque fois que j'entrais dans la pièce, elle me demandait s'il y avait du nouveau. Mais j'avais eu beau guetter à la fenêtre de l'auditorium, aucun petit garçon n'était accouru au bateau avec un message pour moi. À la tombée du jour, je finis par lui dire qu'il faudrait sans doute attendre le lendemain.

Elle avait peur, je le voyais sur son visage. Pour lui changer les idées, je lui demandai si le livre lui plaisait. Elle me montra sa page favorite : c'était un merle bleu nourrissant ses petits avec une chenille.

— Regardez-moi toutes ces pattes ! dit-elle en parlant de la chenille. Je parie que quelqu'un a passé la journée entière à dessiner toutes ces petites pattes.

— C'est pour ça que tu l'aimes bien ?

— Oui. Et j'aime bien la couleur des ailes de la mère, aussi.

J'examinai les trous que j'avais percés à l'arrière de la malle – étaient-ils assez larges ? – et j'ajustai les épingles des rideaux pour qu'ils soient bien fermés. Le Dr Early passa son après-midi sur la jetée avec Fripouille. Parfois, je le voyais parler aux bateliers qui passaient, et il prenait régulièrement des notes dans un petit carnet. Juste avant le dîner, je vis qu'il discutait avec Thaddeus près de la passerelle, et ma gorge se serra à cette vue. Les répétitions étaient finies, et tout le monde se reposait avant les chants et les danses du soir – la dernière fois que nous donnerions ce spectacle. Thaddeus aurait dû se reposer, lui aussi.

Lorsqu'il monta sur le bateau, je lui demandai ce dont il avait discuté avec le Dr Early. C'était la première fois que nous étions seuls depuis la nuit précédente. Mais, au lieu de répondre à ma question, il baissa la voix.

— Vous la cachez toujours ?

Après un moment d'hésitation, je hochai la tête.

— Le docteur est un chasseur d'esclaves, vous savez, me dit-il. Il en cherche un.

— Lula ? dis-je en cessant de respirer.

— Non, un homme appelé Jackson.

Mon soulagement ne dura qu'une seconde.

— Je savais qu'il n'avait pas arrêté de faire ça. Je le savais !

— Un homme de vingt ans qui s'est échappé hier. Cent cinquante dollars de récompense. C'est beaucoup d'argent, dit Thaddeus avec un regard en coin.

— Ils n'offriraient pas autant pour une fille, dis-je très vite.

— Certainement. Pas pour une fille, répondit-il d'un ton doucereux.

Je n'avais aucun moyen de deviner ce qu'il pensait ; je n'avais jamais été très bonne à ce jeu-là. J'avais l'impression que ses cheveux blonds étaient moins clairs que d'habitude. Peut-être que je me faisais des idées, mais je n'aurais pas été surprise d'apprendre qu'il s'était fait un rinçage, comme cette vieille actrice dont Constance se moquait à Boston.

La cloche se mit à sonner le dîner.

— En tout cas, n'en parlez à personne, dit Thaddeus en se dirigeant vers l'escalier. Il m'a dit qu'il ne comptait le faire qu'une ou deux fois de plus. Il veut juste un peu d'argent pour acheter un joli cadeau de mariage à Liddy.

J'étais certaine que le Dr Early trouverait toujours quelqu'un à qui acheter quelque chose jusqu'à ce qu'il n'y ait plus aucun esclave en fuite dans toute l'Amérique, mais je gardai cette opinion pour moi. Le Dr Early ne changerait jamais, ce qu'il savait pertinemment, tout comme moi. Peut-être étions-nous les seuls à nous en rendre compte.

— Tout de même, je me demande bien combien ils paieraient pour une fille, ajouta Thaddeus en grimpant l'escalier.

Tout mon corps sembla se raidir d'un coup, en particulier ma nuque. Je montai à sa suite sur le ponton ; je ne voulais pas parler trop fort, de peur qu'on ne nous entende.

— Thaddeus, attendez, dis-je. Thaddeus, il ne faut pas penser à ce genre de choses.

— Oh, je sais bien. Mais ce n'est pas facile, d'être du mauvais côté de la loi. On ne s'y sent pas à l'aise.

— Mon… mon contact…

J'avais soudain peur d'en dire trop. *Alpha, beta, gamma, delta.*

— Il viendra la chercher cette nuit. Il viendra ici la prendre. J'ai reçu un message…

— Vous mentez, dit Thaddeus sans même se retourner.

Je marchais à sa suite vers la salle à manger. Sur notre gauche, la rivière brillait sous le soleil, grise et argent. Un petit bateau à quille glissait vers l'ouest.

— Vous ne me regardez même pas !

— Pas besoin. Rappelez-vous, c'est moi qui vous ai appris à mentir. Mais ne vous inquiétez pas, May. Ça ne fait pas grande différence, dix ou vingt dollars – ou quel que soit le montant pour une fille.

Je repensai aux affiches que j'avais trouvées chez le Dr Early. Certaines promettaient jusqu'à cent dollars même pour les femmes.

— Je peux vous donner plus d'argent, lui dis-je. Après le dîner, si vous voulez, je peux vous en donner.

Thaddeus s'écarta pour me laisser entrer la première dans la salle à manger, comme un gentleman. Je pouvais enfin voir son visage, qui était pâle et sans expression.

— Ça pourrait servir, dit-il.

Cela peut sembler étrange, mais mon angoisse se rétracta après cette conversation avec Thaddeus, sans vraiment diminuer pour autant. Tout en m'installant dans la salle à manger, en prenant soin de m'asseoir à une autre table que la sienne, je sentis quelque chose s'altérer en moi. C'était comme si mes peurs avaient été réarrangées, à l'exemple du contenu de la malle d'Helena, repoussées dans un coin pour faire de la place à ce qui importait. Je ne pouvais pas me permettre d'être anxieuse ; peut-être était-ce là l'explication. Toute mon attention se concentra sur ma survie, comme le jour où je m'étais rendu compte que je tenais toujours mes ciseaux, et que je m'en étais servie pour libérer Giulia de sa robe.

Les faits s'organisèrent dans ma tête. Nous étions dans le Sud. Il n'y avait pas de pont sur la rivière, même si l'on parlait d'en construire un depuis longtemps. Pour que Lula soit en sécurité, elle devait être au Nord, et puisqu'il n'y avait pas de ponts, il ne restait qu'un bateau ou le ferry.

Le *Théâtre flottant* s'arrêterait à Paducah le lendemain, toujours au Sud. Mais peut-être reviendrions-nous en Indiana ensuite. Je décidai de poser la question à Hugo. Si notre arrêt suivant était au Nord, il ne me faudrait cacher Lula qu'un jour de plus. Je ne savais toujours pas où l'envoyer ensuite, mais je l'emmènerais moi-même. J'irais avec elle jusqu'au Canada s'il le fallait. Ma détermination était faite de peur, mais aussi de colère. J'en voulais à Mrs Howard, à Thaddeus, au Dr Early, et même à Hugo. À tous ceux qui ne m'aidaient pas. Ce n'était pas logique d'être fâchée contre Hugo, mais je l'étais tout de même. J'en voulais au monde entier pour ses lois.

D'un autre côté, pourquoi attendre qu'Hugo déplace le bateau ? Je pouvais amener Lula au Nord moi-même en me servant de la barque. Ce soir-là, au dîner, je triturai mes légumes du bout de la fourchette et découpai mon poulet sans en prendre une bouchée. J'essayais de prendre une décision. Pinky s'assit près de moi ; à l'évidence, il n'allait pas mieux et parlait très peu pour économiser sa voix, ce qui me convenait parfaitement. Le chef se plaignait que quelqu'un lui avait volé deux cuisses de poulet (c'était moi) et je n'osais pas le regarder de peur qu'il ne lise la vérité sur mon visage. Pendant ce temps-là, Mrs Niffen annonçait à la cantonade son opinion sur ce que tout le monde devrait faire le lendemain pour se préparer à la grande première – se reposer, se gargariser avec du citron, faire une courte promenade au grand air – et tout le monde faisait semblant de l'écouter, à part Mr Niffen. Thaddeus était assis à une table de l'autre côté de la pièce, près des fenêtres, et mangeait avec appétit.

Après manger, alors que j'ouvrais la porte de ma cabine, Hugo s'avança sur le ponton.

— May, je peux te dire un mot ?

Il voulait sans doute me donner des instructions pour le lendemain. Je le suivis dans sa cabine. Il tira sa chaise près de la fenêtre et décrocha une serviette blanche.

— Je voulais te demander un service. Avant, Helena me coupait les cheveux, mais maintenant… Eh bien, clairement, je ne m'en sors pas tout seul, et puisque c'est la première demain… Tu penses que tu pourrais me les rafraîchir un peu ? Ils sont un peu trop longs à l'arrière. Je voulais aller chez le coiffeur aujourd'hui…

Il me tendit une paire de ciseaux. Je passai les lames contre mon pouce ; leur tranchant était piqué de rouille, et le métal était si usé qu'il semblait avoir été grignoté par un lapin minuscule en certains endroits. Ils n'avaient sans doute pas été aiguisés de tout l'été.

— Je vais chercher les miens, dis-je.

De retour dans ma cabine, je regardai Lula et posai un doigt sur mes lèvres avant de montrer le mur. Elle hocha la tête. Nous avions déjà pris l'habitude de ne pas parler lorsque Hugo était dans sa cabine, puisque la cloison qui nous séparait n'était pas plus épaisse qu'un pancake.

— Ceux-là feront l'affaire, dis-je en revenant voir Hugo, mes propres ciseaux à la main.

Il s'assit sur la chaise en bois, dos à la fenêtre pour me donner de la lumière. Le soleil d'été donnait au soir des couleurs d'après-midi, alors que le spectacle allait commencer d'ici une heure ou deux. Je voyais par la fenêtre les bateaux amarrés pour la nuit, et il n'y avait plus personne sur la jetée pour rouler des barils ou négocier des ventes. Rien que le Dr Early. Il était assis dans une des chaises longues d'Hugo et regardait la rivière. Je me demandais pourquoi il n'était pas venu manger avec nous. Il guettait sans doute Jackson, l'esclave en fuite.

Les cheveux d'Hugo étaient doux et très noirs. Après les avoir peignés, je me mis à couper les pointes çà et là, en me servant de mes doigts pour être sûre que je les coupais bien droits.

— Pinky m'a dit que tu étais allée chez l'apothicaire pour lui aujourd'hui. C'est vrai ?

— Ne bougez pas la tête, lui dis-je.

— C'était très bien, May, merci d'y avoir pensé. Mais ce n'est pas ça dont je voulais te parler.

— Je croyais que vous vouliez que je vous coupe les cheveux ?

— Oui, oui, bien sûr.

Je l'entendis souffler ; c'était peut-être un rire.

— Ne bougez pas la tête, répétai-je.

— Pardon.

Il raidit les épaules comme pour me donner un appui plus solide.

— Bien. Alors. En plus de cette histoire de cheveux, il y a quelque chose dont je voulais te parler depuis un moment. En fait, May, je… je me rends compte que tu commences à te plaire, ici, sur mon bateau. Non ? Tu connais nos habitudes, plus ou moins, et tu commences à anticiper nos besoins, comme ce médicament pour Pinky, par exemple, et tu t'en préoccupes même lorsqu'il ne s'agit pas de coudre quelque chose. Tu ne faisais pas ça, au début. D'ailleurs, j'avais l'impression que seule la couture comptait pour toi. Les costumes, ce genre de choses. Tu considérais ça comme ton seul travail, alors que moi, j'attendais de toi que tu touches un peu à tout, selon les nécessités du moment. Et je peux bien te le dire, maintenant, j'ai eu peur que tu ne fasses pas l'affaire, en fin de compte. Ça t'angoissait aussi, n'est-ce pas ? Mais tu t'en es très bien tirée, mieux que bien, et je voulais te remercier pour ça. Je sais que Pinky est très reconnaissant pour le sirop…

— Il fallait que j'aille chez l'apothicaire, de toute façon, dis-je.

Je ne voulais pas dire cela et m'interrompis aussitôt, mais Hugo ne me demanda pas quelle autre raison j'avais d'y aller.

— Eh bien, j'espère qu'avec ce remède et après une bonne nuit de sommeil Pinky ira mieux. Mais je voulais te parler d'autre chose. Et… pardonne-moi si je me mêle de tes affaires, mais comme je suis dans la cabine d'à côté, je n'ai pas pu m'empêcher de remarquer qu'il t'arrive de crier dans ton sommeil. la nuit dernière, par exemple. Je t'ai entendue.

Je ramenai les ciseaux contre moi, en les éloignant de sa tête. Je regardai les lames, puis ma propre main. Hugo semblait attendre ma réponse.

— Parfois, je fais des cauchemars, dis-je.

— Oui, des cauchemars, c'est ce que je me disais. Tu sais pourquoi ?

— Je… eh bien, vous savez… le *Moselle*…

— Ah, oui. Bien sûr. Mais ce que je veux dire, May, c'est que peut-être que quelque chose d'autre t'inquiète, en plus du *Moselle*. Je me suis rendu compte que tes mauvais rêves étaient liés à ta situation présente. Ta vie ici. Tu vois ce que je veux dire ?

Je reculai encore d'un pas. Je m'étais vraiment mise à trembler, cette fois. J'ouvris la bouche pour lui demander comment il savait – mais Hugo ne s'arrêta pas là.

— Tu t'imagines sans doute que tu n'auras plus de travail à la fin de l'été. Tu n'es pas actrice, tu ne peux pas joindre un théâtre dans je ne sais quelle ville. Tu es à la fois couturière, régisseuse, et éclaireuse, mais la plupart des acteurs en ville s'occupent eux-mêmes de leurs costumes, et les régisseurs sont souvent des hommes. Et bien sûr, un théâtre fixe n'a pas besoin d'éclaireur pour lui faire de la publicité. Alors, voilà, je voulais t'annoncer que j'ai pris une décision. Si tu veux, tu peux venir avec moi à Pittsburgh après l'été, et travailler au théâtre de là-bas. Je peux te trouver un emploi avec moi. Ce sera surtout des travaux de couture, sans doute, mais peut-être aussi d'autres tâches, je ne sais pas. Ce que je veux dire, c'est que tu pourras gagner ta vie après que le *Théâtre flottant* aura fermé. Je ne veux pas que tu t'inquiètes pour ça. Je ne veux pas que ça te donne des cauchemars. La vie peut être dure pour une femme seule, je le sais.

— Oh, dis-je.

L'arrière de sa tête ne bougeait plus ; la lumière faiblissante du soir s'y reflétait comme sur du métal, comme s'il portait un casque. Je tentai de m'imaginer mon futur, sans résultat. Pittsburgh, avait dit Hugo. Mon imagination s'arrêtait pour le moment au nord de la rivière Ohio. Il voulait m'aider, mais il se projetait trop loin.

— Tu t'en es très bien sortie ici, dit-il.

Il y eut un silence. Je ne savais pas quoi dire. Je regardai les ciseaux, ouverts au-dessus de sa tête, et refermai prudemment les lames. Par la fenêtre, je voyais le Dr Early, toujours assis dans sa chaise en toile, fumant le cigare. Je me rendis soudain compte qu'il resterait peut-être là toute la nuit. Ce qui voulait dire que je ne pourrais pas faire traverser la rivière à Lula en barque.

— Tu as fini ? me demanda Hugo.

Je mis un moment à comprendre qu'il parlait de ses cheveux. J'y passai les doigts ; ils étaient aussi fins que ceux d'un enfant. Je sentais l'odeur du savon avec lequel il se lavait le visage et les mains avant le dîner. J'étais contente qu'il me tourne le dos ; je ne savais pas ce qu'il aurait lu sur mon visage.

Lorsque je jetai un nouveau coup d'œil par la fenêtre, le Dr Early n'avait pas bougé, bien sûr.

— Où irons-nous après Paducah ?

— Joppa, dans l'Illinois, me dit Hugo. Tu es d'accord, alors ? Mon offre… Tu penses que tu dormiras mieux, maintenant ?

— Je ne sais pas, dis-je sincèrement. Mais je vais essayer.

Il se leva pour se regarder dans le miroir.

— Je crois que le côté droit est un peu plus long, dit-il gentiment.

J'avais complètement oublié de couper ses cheveux à droite. Il me fit un sourire amusé que je lui rendis malgré mes angoisses.

Mais avant qu'il ne puisse se rasseoir, une voix s'éleva de l'autre côté du mur.

— *Mais qu'est-ce que c'est que ça ?*

C'était Mrs Niffen. Sa voix venait de ma cabine. Je courus sur le ponton en plongeant la main dans ma poche : la clé n'y était pas.

J'ouvris ma porte d'un coup et découvris Mrs Niffen au milieu de la pièce, une assiette à la main.

— Que faites-vous là ? demandai-je.

Ma voix tremblait de peur, mais ç'aurait pu être de la colère. Du coin de l'œil, je voyais la malle de Lula, à demi cachée derrière la porte. Elle était fermée ; aucun signe de Lula, à part ses bas sur le sol. Elle n'avait pas eu le temps de les prendre avec elle. Je reculai d'un pas pour les pousser du pied, tout en me disant que j'aurais aussi bien pu prétendre qu'ils étaient à moi.

— Margaret, dit Hugo en arrivant derrière moi. Qui vous a donné la permission d'entrer dans la cabine de May ?

— J'ai cru entendre quelque chose, un grattement, comme un rat. Et regardez !

Elle brandit l'assiette où trônaient des os de poulet rongés jusqu'à la moelle.

— Les cuisses de poulet que cherchait le chef ! C'est vous qui les aviez prises !

— Margaret, voyons, dit Hugo.

— Cette pièce pue le poulet !

— Margaret, ce n'est pas si grave.

— Pas si grave ? Capitaine, vous savez bien que si ! Je ne veux pas avoir à répandre de la mort aux rats partout sur le bateau ! Ce n'est pas bon pour les poumons de Celia – c'est une jeune fille en pleine croissance… Et si Oliver en mangeait ? Il finirait mort par votre faute ! acheva-t-elle en se tournant vers moi.

Elle avait les yeux rougis, et ses cheveux blancs resplendissaient comme jamais, à croire que sa colère lui faisait un halo.

— Il est interdit de manger dans sa cabine ! me dit-elle en montrant l'assiette.

La clé de ma chambre était sur le lit, près de ma boîte à couture. Je l'avais oubliée en prenant mes ciseaux. Une fois de plus, je tentai de repérer quelque chose qui trahirait la présence de Lula, mais sa deuxième robe et ses bottes étaient toujours là où je les avais rangées, sous le lit.

— Très bien, dis-je. Je suis coupable. J'ai mangé dans ma cabine.

Les petits yeux rouges de Mrs Niffen étaient toujours fixés sur moi.

— Quoi, c'est tout ? Pas d'excuses ?

Je ne voulais pas lui faire d'excuses, mais je me tournai vers Hugo pour lui dire que j'étais désolée.

— Margaret n'aurait pas dû rentrer. Mais elle a raison, pour les rats, me dit Hugo. Les rats de rivière sont les pires. Aussi gros qu'un bébé vache et capables de ronger un tunnel dans de la brique pour atteindre un os de poulet.

Un bébé vache ? me dis-je. Mon père faisait du fromage, après tout, et je ne pus m'empêcher de remarquer, sans trace de sarcasme :

— Vous voulez dire un veau.

— Quelle insolence ! s'écria Mrs Niffen.

Mais les yeux d'Hugo se plissèrent comme s'il souriait, sans que sa bouche suive. J'avais appris à connaître son bateau. Peut-être avait-il appris à me connaître, moi.

— Un veau, bien sûr.

Il patienta un moment mais je n'avais rien à ajouter.

— Promets-moi de ne plus monter de nourriture dans ta chambre, tu veux ? dit-il – ce qui fit renâcler Mrs Niffen, comme si je m'en tirais à trop bon compte pour un crime si grand.

Je n'eus pas besoin de réciter mon grec ; je commençais à savoir m'y prendre.

— C'est promis, mentis-je.

19

Sans surprise, le Dr Early passa la nuit sur la jetée.

Lorsque le sujet revint sur le tapis le lendemain matin, au petit déjeuner, ce fut Liddy qui nous donna une explication.

— Il écrit de la poésie. Il s'inspire de la nature.

— Comment ? Un docteur poète ? demanda Hugo, l'air amusé.

— Un homme bien, ma chérie, dit Mrs Niffen.

Thaddeus, assis en face de moi, croisa mon regard et articula « Jackson » en silence. Le fuyard. Mais bien sûr, j'avais déjà compris comment le Dr Early occupait ses nuits.

— Il s'est endormi dans la billetterie, poursuivit Hugo. Il est monté à bord ce matin lorsque je me suis réveillé pour déplacer le bateau. Pas maladroit avec une rame, cet homme-là.

— Nous pourrions lui apporter une assiette de pancakes, suggéra Mrs Niffen. Nous n'allons pas lui faire payer une chambre d'hôtel. Vous n'êtes pas d'accord, capitaine ? Il a tant fait pour notre théâtre. Je suis sûre qu'il va nous ramener une foule hors du commun ce soir.

Cette dernière phrase fut prononcée avec un regard entendu vers moi.

Mais avant qu'elle ne puisse lui apporter une assiette, le Dr Early fit son entrée dans la salle à manger, frais comme un gardon, comme d'habitude. Il attira toute l'attention, ce qui me permit de glisser quelques tranches de jambon dans ma poche sans être vue. Mes vêtements commençaient tous à s'imprégner d'odeurs de cuisine.

Je retournai dans ma cabine pour donner à Lula son petit déjeuner. Ce jour-là, elle s'était tout à fait cachée dans la malle entrouverte, toujours nerveuse après la frayeur de la veille, ce qui se comprenait. Je lui avais donné ma pelote d'épingles en forme de bateau à vapeur pour la distraire, et elle l'avait gardée sur ses genoux.

— Je pourrais sûrement fabriquer quelque chose comme ça, dit-elle en l'examinant. Si j'avais le tissu qu'il faut et une bonne paire de ciseaux.

Après avoir fermé ma porte à clé de l'intérieur, je vins m'accroupir à sa hauteur. Elle avait retroussé la petite roue à aubes en tissu pour voir comment elle était cousue.

— Vous voyez ? dit-elle. Il suffit de découper tous les éléments, de les rembourrer, et de les coudre ensemble.

— Ça demande une bonne vue.

— Et un long clou pour tasser la laine, acquiesça-t-elle. Ou quelque chose d'autre, mais pas tranchant.

— Pourquoi pas une aiguille à tapisserie ? Elles ont une tête plate.

Je lui donnai une bassine d'eau et un linge propre, puis je me tournai pour lui donner un peu d'intimité pendant qu'elle se lavait.

— J'ai reçu un message ce matin, dis-je. Ils viendront te chercher cette nuit.

Le petit garçon qui m'avait apporté la lettre s'intéressait davantage au bateau qu'à moi ; je l'avais repéré en train de fureter sur le pont inférieur, en regardant à travers toutes les fenêtres et en laissant traîner sa main le long du bois peint. Mrs Howard avait griffonné quelques lignes de sa large écriture : *J'ai tout préparé. Notre ami vous attendra sur la route au-dessus de la jetée ; remettez-lui le colis juste après le début du spectacle, et il s'occupera du reste.* Le « reste », c'était sans doute Lula.

— Est-ce que je retrouverai mon bébé ? murmura Lula. Mon William ?

— Je ne sais pas, dis-je. Mais on dirait qu'ils ont enfin élaboré un plan.

— Le fermier l'avait dit, ces gens-là tiennent à leurs plans.

Assise sur le lit, je lui tournais le dos, mais j'entendais bien l'amertume dans sa voix.

— Tu préférerais t'enfuir seule ? demandai-je. Tenter ta chance ?

— C'est ce que j'ai fait, me rappela-t-elle.

Une petite table de nuit se trouvait entre la fenêtre et le lit. Sous l'effet d'une inspiration soudaine, je pris le livre de poésie que j'y avais déposé. C'était celui que m'avait prêté Liddy, dans lequel j'avais glissé l'itinéraire de Constance. C'était un petit livre avec une superbe couverture de cuir brun et un titre en lettres d'or : *Traverser la rivière de nuit et autres poèmes,* par le Dr Martin Early.

J'écartai les rideaux épinglés pour jeter un œil dehors. Il était là ; il se dirigeait vers un groupe de dockers. L'instant d'après, je vis que Thaddeus le suivait. Il l'appela sans doute, car le Dr Early s'arrêta, se retourna, puis l'attendit. J'avais les mains moites ; je faillis laisser retomber le rideau.

— Qu'est-ce qu'il y a ? demanda Lula.

Elle semblait capable de lire mes émotions même lorsque je lui tournais le dos. Je les regardais discuter. Thaddeus se tenait très droit, les jambes un peu écartées, comme pour garder un bel équilibre.

— Rien, dis-je. Rien, je voudrais juste que ce soit déjà le soir.

J'entendis quelqu'un marcher sur le ponton. Les pas s'arrêtèrent devant ma porte. La peur figea les traits de Lula ; nos yeux se croisèrent l'espace d'une seconde, puis elle se replia dans la malle qu'elle referma sans bruit. Je vérifiai que rien dans la chambre ne pouvait trahir sa présence et récupérai la bassine. En la rapportant vers la table de toilette, je vis des rides à la surface de l'eau : mes mains tremblaient.

— Qui est-ce ? appelai-je.

— Hugo et Pinky. On peut entrer ?

Je sortis la clé de ma poche. Une fois la porte ouverte, Hugo fronça les sourcils.

— Eh bien alors, tu fermes la porte de l'intérieur, maintenant ? C'est à cause de cette histoire de poulet ?

— J'avais dans ma chambre certaines choses qui ont disparu, dis-je.

Mrs Niffen devait être sur le ponton – ou peut-être avait-elle laissé sa propre porte ouverte – car elle cria en retour :

— Rien que des choses qui m'appartiennent !

Hugo fit un effort visible pour ne pas rire.

— Mais tu devrais pouvoir les surveiller en étant dans la pièce, non ? demanda-t-il. À moins qu'on ne te les prenne de force ?

— Je n'ai jamais rien pris ! cria à nouveau Mrs Niffen, en contredisant ce qu'elle venait de dire.

Hugo promena son regard à l'intérieur jusqu'à tomber sur la malle de Lula derrière la porte.

— La voilà, Pinky.

Pinky vint empoigner la malle et tenta d'en soulever un côté.

— Dis donc ! Mais qu'est-ce qu'il y a, là-dedans ? dit-il de sa voix enrouée.

J'étais pétrifiée. Les mains de Pinky glissèrent et la malle retomba d'aplomb – il ne l'avait soulevée que de quelques pouces, mais Lula devait être morte de peur. Sur la jetée, un chien se mit à aboyer en staccato.

— Qu'est-ce que tu fais ? Arrête !

— Il nous la faut pour le spectacle de ce soir, dit Hugo.

— Donne-nous un coup de main, tu veux ? dit Pinky dont la voix avait décidément empiré.

Je m'interposai entre Hugo et la malle.

— Attendez, non, je... Il y a des choses là-dedans... Des choses à Helena, et quelques-unes à moi... C'est une cabine si petite, vous savez, j'avais besoin d'un endroit pour ranger… des choses à moi. Des choses personnelles.

J'interrompis mes bégaiements pour prendre une grande inspiration.

— Laissez-moi la vider d'abord.

Pinky recula d'un pas ; lui et Hugo me fixèrent en attendant que je vide la malle pour qu'ils puissent la descendre.

— Je vous appellerai quand j'aurai fini, dis-je.

— Ça va être si long que ça ? s'étonna Hugo.

— Je vous appellerai, répétai-je.

— Bon, d'accord.

Mais au lieu de sortir, il s'approcha de la fenêtre et écarta le rideau.

— Ce Thaddeus, dit-il. Il semble beaucoup s'intéresser au docteur de Liddy.

Je voulais moi aussi regarder la jetée, mais je n'osais pas m'éloigner de la malle de Lula.

— Copains comme cochons, dit Pinky d'une voix rauque.

Hugo se retourna vers moi.

— Oui, d'ailleurs, je voulais t'en parler aussi, May. Pinky est en train de perdre sa voix. Il va falloir que tu le remplaces ce soir.

— Quoi ?

— Tu as assisté à toutes les répétitions. Tu dois connaître son texte, à force, et si besoin, je pourrai te souffler. Son personnage ne dit pas grand-chose.

— Mais je suis une femme !

— C'est un rôle de femme, souviens-toi, dit Hugo en souriant.

— Pourquoi pas Leo ? Vous n'allez pas abandonner l'idée d'un homme déguisé en femme. C'est une idée si drôle.

— Pas au Sud. Pas avec sa couleur de peau, dit Hugo. C'est une honte, et c'est bien dommage. Mais je sais que tu peux le faire, May. Tu te rappelles la conversation que nous avons eue hier soir ? Tu as prouvé que tu pouvais très bien t'en tirer parmi nous.

Trop bien, songeai-je. Il était hors de question que je monte sur scène. Tous ces gens à me regarder ! Comme s'il lisait mes pensées, Hugo me rappela que j'étais sur scène tous les soirs au piano.

— Ce n'est pas la même chose !

— Mais ce n'est pas si différent, dit-il d'un ton bonhomme.

Pinky me regardait ; lorsque je croisai son regard, il me fit une petite grimace de sympathie.

— Je vais te refaire du sirop, dis-je.

— J'en ai pris juste avant le petit déjeuner.

— Eh bien, je vais t'en refaire. Il faut que tu sois d'attaque pour le spectacle.

Inutile de raconter à quel point l'excitation à bord grandissait à mesure qu'approchait le soir – autant remarquer que la nuit tombait lorsque le soleil se couchait. Tout ce que je voulais faire, c'était me mettre une écharpe autour du cou, prétendre que j'avais moi aussi mal à la gorge, et rester avec Lula ; mais j'étais bien trop occupée pour cela. Retoucher les costumes à la dernière minute, inspecter une par une les petites lanternes du bord de scène, faire répéter son texte à Liddy, aider le chef à faire des sandwiches puisque tout le monde était trop occupé pour manger à table – tout cela m'échut, et bien plus encore. En parallèle, je montai à Pinky tant de sirops et de tasses de thé chaud au citron que je crus qu'il lui faudrait trois pots de chambre supplémentaires.

Par chance, comme prévu, le Dr Early s'en alla en ville à ma place pour promouvoir le spectacle. Je lui remis du bout des doigts les affiches ainsi que les billets gratuits. Il les prit avec un léger sourire et un *merci* qui aurait pu sous-entendre n'importe quoi.

Que lui avait dit Thaddeus sur la jetée ? La nuit précédente, j'avais donné dix dollars de plus à Thaddeus et il avait pris l'argent avec une grâce similaire à celle du Dr Early recevant à présent les billets. Mais je ne pouvais faire confiance ni à l'un ni à l'autre. Les images se succédaient dans ma tête : Lula capturée, Lula abattue, Lula enchaînée. *Si c'est cela, l'imagination, c'est un aspect bien douloureux de la nature humaine.*

Tandis que je regardais le Dr Early s'éloigner sur la route qui menait en ville, Thaddeus vint s'accouder à la rambarde près de moi pour le regarder, lui aussi. Nous étions sur le pont inférieur, près de la billetterie, et une brise légère venait de la rivière. En jetant un coup d'œil rapide aux alentours, je vis que nous étions seuls.

— Est-ce que vous avez parlé de Lula au Dr Early ? lui demandai-je à voix basse.

— Bien sûr que non. Mais écoutez, May, il faudrait y réfléchir. Nous pourrions gagner jusqu'à quatre-vingts dollars en la relâchant. Quarante chacun…

En la relâchant, songeai-je. Comme si nous parlions de libérer un oiseau. Il me regardait, le visage ouvert, et je remarquai une fois de plus qu'il perdait sa jeunesse. Et puis, il mangeait trop ; d'ici quelques années, il ne serait plus bon qu'à jouer des personnages bien en chair, des maires et des banquiers.

— Vous aviez de la sympathie pour la cause, au début, lui rappelai-je.

— May, May, écoutez. Je ne l'ai pas perdue. Mais nous sommes du mauvais côté de la loi, tout de même. Je ne pense pas que ça vous laisse indifférente.

C'était vrai. Je n'aimais pas être du mauvais côté de la loi. Je songeai aux poteaux que j'avais vus sur toutes les places publiques le long de la rivière. Les cachots sans fenêtres au coin des rues. Et les menaces sur les affiches, le juge Duchanvre. L'espace d'un instant, je sentis un frisson glacé me monter le long du dos. Ce n'était pas facile, pour moi, d'enfreindre une règle si délibérément. J'aurais voulu pouvoir mettre des mots sur cette sensation – comme si je m'étais froissé quelque chose, qu'il fallait le remettre en place.

Mais je dis à Thaddeus :

— J'ai fait mon choix, je m'y tiens.

— Vous n'êtes pas obligée. C'est ce que j'essaie de vous dire. Vous pouvez repasser du bon côté de la loi. Vous êtes quelqu'un de pragmatique, May. Moi aussi. Nous sommes pareils, là-dessus. Nous n'aurons qu'à dire aux autorités que les abolitionnistes nous ont piégés, ces agitateurs. Mais nous sommes revenus à la raison, nous voulons rectifier nos erreurs.

Je le regardai bien en face. Il avait les traits brouillés, l'air ordinaire. À Pittsburgh, Constance l'appelait parfois Crétinus Mason.

Alpha, beta, gamma, delta.

— Je comprends, dis-je.

— Vous vous récitez du grec, répliqua-t-il. Ça se voit.

— Bon, d'accord. Mais que voulez-vous que je fasse ?

— Rien. Je m'occupe de tout. Quoi qu'il arrive, nous partagerons les bénéfices.

— Si on m'attrape et que je finis pendue, vous partagerez ces bénéfices-là aussi ?

— Nous serons du bon côté de la loi, répéta-t-il. Pas la peine de s'inquiéter pour ça.

Des voix descendirent du pont supérieur ; Hugo et Liddy apparurent en haut de l'escalier.

— Qu'est-ce que vous chuchotez, tous les deux ? nous interpella Hugo.

— C'est à propos des manches de mon costume, répondit Thaddeus.

Lui pouvait mentir sans une hésitation.

— Eh bien, j'ai des mauvaises nouvelles, May, dit Hugo en descendant l'escalier. Pinky a complètement perdu la voix.

Je sentis à nouveau la noix logée dans mon estomac et pris une inspiration, sans vraiment parvenir à relâcher mon souffle ensuite.

— Pourquoi pas le chef… ?

— Le chef boit depuis ce midi ; toute cette excitation lui est montée à la tête. Il faut que ce soit toi, j'en ai bien peur. Mais ce n'est qu'une seule scène. Et je serai là pour te souffler tes lignes, s'il le faut.

— Ne t'inquiète pas, May, dit Liddy.

— Mais oui, tout ira bien, renchérit Thaddeus avec un sourire qui en disait long.

La noix ne quittait plus mon estomac. Je montai dans ma chambre pour m'asseoir sur le lit. J'étais nauséeuse, et j'avais froid. Ce n'était pas juste à cause de la pièce, bien sûr. Je n'avais jamais eu à garder un secret, ou à cacher quelque chose. Attendre que l'on m'aide commençait à m'épuiser. Sans parler de la menace que représentaient le Dr Early et maintenant Thaddeus. J'avais l'impression d'être retombée en enfance, à l'époque où l'on attendait beaucoup trop de moi. Lula était assise dans la malle ouverte, comme le jour précédent, les yeux fixés sur moi. J'avais les bras serrés autour du ventre.

— Qu'est-ce qui ne va pas ? murmura-t-elle. Vous êtes malade ?

— Hugo veut que je monte sur scène ce soir. Le capitaine Cushing, je veux dire.

Le texte de Pinky était là, sur le lit, imprimé sur un fin rouleau de papier ministre. Lula devait s'être rendu compte que j'étais en détresse ; elle sortit de la malle et vint s'asseoir près de moi.

— Tu as déjà vu une pièce de théâtre ? lui demandai-je.

— Pas une vraie. Sauf à la maison, vous savez, quand des gens s'amusaient à imiter la famille. Faire semblant d'être les trois fils, les jeunes maîtres. Quand personne ne nous voyait.

Lui parler m'aidait un peu à me sentir mieux.

— Qu'est-ce que tu feras, une fois libre ?

— Je vais apprendre à lire.

— Je voulais dire pour gagner ta vie.

— Oh. La cuisine ou le ménage pour quelqu'un ? Comme avant, j'imagine, sauf que cette fois on me paiera. Bon, après, je ne me débrouille pas si bien que ça aux fourneaux. Je sais éplucher et couper des pommes de terre, au moins.

— Pourquoi pas des travaux de couture ?

— Comme fabriquer des robes neuves ?

— Et faire des retouches. Peut-être qu'un hôtel t'embaucherait. Les plus grands aiment bien avoir quelques employées sous la main pour ce genre de chose.

Le soleil couchant se glissait sous mes rideaux. Dans quelques heures, le spectacle commencerait, et je n'avais même pas examiné mon costume. J'avais la perruque de Pinky – des cheveux gris sous un bonnet de nuit – et la vieille chemise de nuit de Mrs Niffen. Étaient-elles à ma taille ? Je n'étais plus en état de m'en préoccuper.

Je relâchai ma respiration après l'avoir longtemps retenue.

— Lula, écoute. Il s'est passé quelque chose…

J'avais décidé de lui parler de Thaddeus ; peut-être pouvait-elle m'aider à élaborer un plan. Elle était intelligente, cela se voyait. Après tout, elle était arrivée jusque-là. Et elle avait obtenu la liberté pour son enfant. Elle m'écouta sans rien dire, le front plissé.

— Je me disais bien qu'il n'était pas net, fit-elle lorsque j'eus fini.

— J'étais censée t'emmener dehors pour rencontrer notre contact après le début de la pièce, mais maintenant, c'est impossible. Je serai sur scène.

— Il suffira de m'y emmener avant le début.

— J'y ai pensé. Mais tant de choses pourraient mal tourner. D'abord, il ne fera pas encore assez sombre. Et s'il n'est pas là ? Tu ne peux pas l'attendre toute seule. Ou peut-être que si ?

Nous nous étions arrêtés dans un certain nombre de ces petites villes du Sud, mais je ne comprenais pas toujours ce qu'un esclave pouvait faire seul, et ce qui le ferait remarquer à coup sûr.

— Si j'avais l'air de travailler, de m'occuper à quelque chose… dit Lula.

Nous échangeâmes un regard. Quel genre de travail ? Une fille ne pouvait pas passer pour un docker.

— S'il n'arrive pas avant le début de la pièce, je serai sur scène, je ne pourrai pas te protéger.

— Vous croyez que le docteur et Thaddeus viendraient me chercher pendant que vous êtes sur scène ?

— Rien ne les empêcherait de monter maintenant. Thaddeus sait que tu es dans ma chambre. La seule chose qui nous sauve, c'est que le Dr Early court après un autre fuyard.

Même cela ne suffirait plus ; je ne le savais pas encore, mais le Dr Early avait enfin retrouvé Jackson caché derrière une chaudière dans l'un des vapeurs amarrés sur la jetée. L'un des dockers l'avait dénoncé.

Relâché.

Je dévisageai Lula, avec ses yeux sombres aux épais cils recourbés, ses deux petites tresses, ses larges pommettes et son menton pointu. Je ne voulais pas que Thaddeus l'attrape. Voilà tout. Lula me rendit mon regard. Nous espérions toutes les deux que l'autre trouverait un plan. Je m'efforçais de réfléchir.

Une heure plus tard, j'étais sur scène avec Leo lorsque Hugo, Liddy et Thaddeus entrèrent dans l'auditorium.

— Ah, te voilà ! me dit Hugo. Je te cherchais.

— J'ai demandé à Leo de m'aider à descendre ma malle. La voilà.

Leo l'avait placée en plein centre de la scène. Sans trop savoir pourquoi, j'appréciais l'effet de symétrie. Hugo bondit sur la scène pour s'en approcher.

— Cette malle ? Mais pourquoi celle-là ? Ce n'est pas celle qu'on voulait !

J'avais descendu la petite malle noire au lieu de celle de Lula.

— Je ne pouvais pas tout ranger dans la petite. J'ai dû garder la grande.

— Il fallait tout entasser sous ton lit ! C'est juste pour une nuit ou deux, j'en achèterai une autre dès que possible. Thaddeus est trop grand pour tenir dans cette malle ! Rappelle-toi, il faut qu'il soit dedans lorsqu'on l'amène sur scène !

— Je ne peux pas vider l'autre, insistai-je.

Liddy et Thaddeus étaient debout devant le premier rang. Thaddeus me regardait fixement, sans un mot. Il avait sans doute deviné pourquoi je ne voulais pas descendre ma grande malle. Je tâtonnai dans ma poche pour m'assurer que la clé de ma chambre était toujours là, et je vis ses yeux suivre le mouvement. Son visage, cependant, était aussi impassible que d'habitude.

— Seigneur, il n'y a qu'à prendre la mienne ! dit Liddy. Elle est plus grande que celle d'Helena, de toute façon.

Elle partit dans sa cabine pour la vider. Ça n'avait pas l'air de trop la déranger, ce qui était tout à son honneur. Hugo était plus irritable.

— Autant mettre celle-là dans la chambre verte, elle ne sert à rien.

— Entendu, dit Leo. Je vais donner un coup de main à Miss Liddy d'abord.

Une fois Leo parti, Hugo me fixa longuement, puis sembla se raisonner lui-même et prit une inspiration.

— Bon, bref, très bien. Tout s'arrange. La malle de Liddy fera parfaitement l'affaire.

Il tapota sa poche de pantalon, en sortit sa pipe, puis l'y remit.

— Tu as le trac, May, c'est bien normal.

Il essayait de me trouver des excuses, je m'en rendais compte.

— Je sais qu'on t'en demande beaucoup ce soir. Mais écoute, je ne veux pas que tu t'inquiètes. Tu peux me regarder quand tu veux, je serai là pour te souffler ton texte. Le public s'en moque. Le temps que ta scène arrive, ils seront captivés par la pièce. C'est le travail de Thaddeus et Mr Niffen, et ils s'en sortent très bien là-dessus, vraiment. Tu es nerveuse, bien sûr, le contraire serait surprenant. Mais rappelle-toi, comme je le dis toujours : le trac est une bonne chose. Il améliore notre jeu. Si on s'ennuie, le public s'ennuie. Le trac nous énergise.

Il n'avait pas tort – j'étais nerveuse, très nerveuse, mais pas pour les raisons qu'il avait en tête.

— Je ne veux pas améliorer mon jeu, dis-je malgré moi.

Hugo sourit, puis ressortit sa pipe et chercha son tabac.

— Tu dis toujours ce que tu penses. J'aime bien ça.

— C'est ce qui fait son charme, dit Thaddeus.

Était-ce du sarcasme ? Son visage ne trahissait rien.

— Au fait, capitaine, poursuivit-il en me regardant. Bonne nouvelle : le Dr Early pourra venir assister au spectacle ce soir. Il a réussi à attraper ce poème qui lui échappait.

— Il a attrapé un poème ? demanda Hugo.

Il remit son tabac dans sa poche sans bourrer sa pipe, et je compris qu'il était aussi nerveux que moi pour ce soir.

— Oui, il lui a enfin mis la main dessus. Façon de parler, dit Thaddeus dont les yeux restaient fixés sur moi.

Son regard était si lourd de sens que je ne pus m'empêcher de lui poser la question :

— Vous voulez dire l'esclave en fuite ? C'est ça que vous entendez par « poème » ?

J'avais sincèrement oublié qu'il s'agissait d'un secret ; et de toute façon, Liddy n'était pas là. Hugo fut le seul à avoir l'air surpris.

— Il joue toujours à ce jeu-là ?

Thaddeus sembla contrarié, puis haussa les épaules.

— Le juge de paix de la ville accompagnera Early au spectacle ce soir, me dit-il. Ce sera notre chance de le rencontrer, May.

— Je ne pense pas que ça l'intéresse beaucoup, dit Hugo avec insouciance. Bon, allez, tous les deux, en costume. Les braves gens de Paducah sont en route. Le chef s'occupera de la billetterie. Espérons qu'il sait compter.

Les braves gens de Paducah étaient un peu plus respectables que nos précédents publics, à en juger par leurs vêtements et leurs manières. Après avoir mis mon costume – la chemise de nuit de Pinky –, j'enfilai une grande cape à épaulettes avec trois fermoirs en laiton pour me couvrir pendant que je jouais du piano. Mon plan était de me glisser dehors dès que possible, de trouver quiconque attendait Lula, et de lui dire quand nous attendre. Il serait sans doute possible de la faire sortir juste après l'entracte ; pendant quelques scènes, il n'y aurait plus que moi dans les coulisses. Ayant fini le premier morceau et entamant le deuxième, je tentai de repérer Mrs Howard. Je n'étais pas sûre qu'elle viendrait ; son message était assez cryptique. Pourtant, je ne fus pas surprise de la voir enfin entrer, avec sa démarche de vieux général. Constance était à ses côtés. Mrs Howard leva le menton, puis me fit un signe de tête. *Le plan est en place. Tout va bien.* Mais tout n'allait pas bien.

Je martelais sans doute les touches un peu trop fort, car Hugo finit par me dire de jouer plus léger afin que les spectateurs puissent s'entendre parler en prenant leurs sièges. Ma musique était à l'exemple de mon esprit, complètement déconnectée de mon corps. J'enfonçai les touches de toutes mes forces, puis suivis les instructions d'Hugo en y mettant un peu moins que toutes mes forces, en espérant à demi que je pourrais simplement continuer à jouer pour toujours. Mais déjà Hugo me faisait signe de conclure. La salle était remplie à ras bord d'hommes et de femmes qui se serraient sur les bancs. Même ceux du fond étaient occupés par des Blancs et non des Noirs ; nous étions dans le Sud, après tout. Le Dr Early était assis pile au milieu du premier rang, avec à sa droite le juge de paix, et à sa gauche une sorte de brute qui aurait pu passer pour un geôlier, ou pour un condamné lui-même.

J'avais vu entrer le juge de paix. Je l'avais attendu comme j'attendais Mrs Howard, en me demandant si je serais capable de le reconnaître parmi les fermiers et commerçants qui se baissaient pour passer la porte, ôtaient leur chapeau et regardaient autour d'eux avec cet air désorienté commun à presque tous ceux qui venaient dans notre théâtre. Mais le juge de paix se révéla facile à repérer ; il avait un air de propriétaire, en dépit du fait qu'il n'avait sans doute jamais mis les pieds sur le *Théâtre flottant*. Il n'était pas particulièrement grand, ni robuste, ni beau, mais il entra dans la pièce tout vibrant d'énergie, comme s'il transportait sa propre vision des choses partout où il allait et l'imposait aux autres sans discussion possible. Il était vêtu d'un manteau sombre et de bonne coupe ; son visage taillé à la serpe était creusé par le soleil et ponctué d'une paire de sourcils broussailleux. Lorsque je le vis, mon cœur sembla changer de rythme l'espace d'un moment, comme si mon sang avait décidé de faire demi-tour dans mes veines. En écrivant ces lignes je me souviens surtout qu'il était seul et qu'il y avait autour de lui un espace vide où la foule ne se pressait pas.

Hugo monta sur scène et clama, davantage à l'adresse du public qu'à la mienne :

— Merci, Miss Bedloe ! Merci beaucoup !

Quelques-uns applaudirent. Je me levai pour leur faire face, comme tous les soirs. Le juge de paix me regardait sans bouger, et les yeux du Dr Early étaient vifs, en alerte. Puis les rares applaudissements se tarirent, et Hugo dut venir me chercher pour m'escorter jusqu'aux coulisses – j'étais sans doute restée là plus longtemps que d'habitude. Sa main dans le creux de mon dos était pesante et chaude.

— Ça va, May ? me demanda-t-il à voix basse.

Jemmy et Sam étaient en train de pousser mon piano contre le mur.

— Hugo, j'ai besoin d'aide, dis-je sans réfléchir.

Je crois que c'était la première fois que je l'appelais par son prénom.

— Je vais t'aider, ne t'en fais pas, je vais t'aider.

Puis il repartit sur scène, les bras levés, pour entamer son monologue de bienvenue. Je compris trop tard qu'il croyait que je parlais de mon rôle dans la pièce.

Je me mis à ouvrir la porte de derrière, celle qui menait au pont inférieur, pour guetter quiconque viendrait chercher Lula et lui apprendre mon plan. Mais Jemmy et Sam, qui étaient derrière moi, me dirent « C'est par là, May ! » et s'esclaffèrent à l'idée que quiconque puisse se perdre en cherchant la chambre verte, dont la porte s'ouvrait quelques pas derrière la scène.

— C'est pas le moment qu'on t'égare, May, on a besoin de toi ce soir ! me taquina Jemmy.

Le reste de la troupe était dans la chambre verte, assis sur les chaises ou le sofa, ou en train de faire les cent pas dans l'étroit espace libre. Tout le monde était là, sauf le pauvre Pinky, assis dans le public avec une écharpe. Tandis qu'Hugo commençait sa présentation, j'entendis le public faire silence et mon angoisse redoubla. La petite pièce était bondée ; il y faisait trop chaud. Ma petite malle était là, coincée dans un coin comme une commode. Mrs Niffen s'y était assise pour que Liddy arrange sa perruque ; celle-ci était d'un marron éteint qui me faisait penser à un écureuil en hiver. Mrs Niffen avait sa perruque rousse à la main et hésitait entre les deux.

— La rousse n'irait pas avec votre costume, disait Liddy.

— Oui, elle est trop voyante, approuva Jemmy.

— Mais on me verrait mieux depuis le dernier rang, dit Mrs Niffen en fronçant les sourcils.

— Marron, trancha Sam, toujours laconique.

Celia, habillée en garçon – elle avait deux petits rôles masculins –, récupéra la perruque rousse et en coiffa soigneusement le mannequin posé sur une caisse.

— Je me suis maquillée moi-même ce soir, me confia-t-elle avec un mince sourire, fière d'elle-même.

Je lui rendis son sourire avec un signe de tête. Je ne pouvais guère faire mieux, obsédée par mes propres problèmes. Comment s'en sortait Lula ? Y avait-il assez de trous dans la malle pour qu'elle respire ? *On a fait le test, elle m'a dit qu'elle respirait très bien,* me rappelai-je. J'étais près de la porte, à me creuser la tête pour trouver une excuse pour sortir, lorsque mes angoisses s'étendirent soudain à moi-même. Et moi, comment allais-je m'en sortir ? Me souviendrais-je qu'il fallait rester tournée vers le public ? Allais-je oublier mon texte ?

— May, laisse-moi te dessiner quelques rides sur le front, il faut que tu ressembles à une vieille femme, dit Liddy. Mon Dieu ! Mais tu trembles !

— J'ai peur, dis-je.

— Ce n'est pas grave, me dit-elle en me serrant le bras. Viens, assieds-toi là.

Elle tira un tabouret ; je pliai les genoux trop vite et m'assis lourdement.

— Tourne-toi vers moi. Regarde vers le haut, penche un peu le menton… Voilà.

Elle se pencha vers moi, un crayon gras à la main, et je la sentis dessiner quelques lignes tremblantes sur mon front. Puis elle me remit un peu de rouge aux joues avec son petit doigt.

— Je sais que tu as peur. C'est normal. Mais ça va aller. Et comme dit le capitaine, un peu de trac ne fait pas de mal.

— Il y a tellement de gens…

— Ne pense pas au public, concentre-toi sur ton rôle.

Elle me tenait le menton de ses doigts tièdes. Du coin de l'œil, je voyais Thaddeus nous regarder.

— C'est bien vrai, dit-il. L'important, c'est la pièce. N'est-ce pas ?

— Oui, c'est vrai, l'important, c'est la pièce, approuva Mrs Niffen. Ne vous inquiétez pas, May. Ce sera vite fini.

Elle ne pouvait pas se résoudre à me dire que je m'en sortirais très bien.

Thaddeus, qui était adossé au mur, se redressa et vint vers moi. Ses petits yeux semblaient plus rapprochés qu'à l'ordinaire, et ses lèvres étaient d'un rouge très vif, ce qui lui donnait l'air débauché vu de près.

— Comme l'a dit Mrs Niffen. Tout sera bientôt fini. Pendant l'entracte, chuchota-t-il en penchant la tête vers moi.

— Quoi ? Comment ça, pendant l'entracte ? m'exclamai-je en reculant.

— Mais Thaddeus, qu'est-ce que tu lui dis ? demanda Liddy. Ne lui fais pas peur !

— Je lui ai juste conseillé de parler bien fort, dit Thaddeus avant de pencher la tête sur le côté. Tiens ! On dirait que le capitaine achève son discours. C'est à nous. Mr Niffen, vous êtes prêt ?

— Monsieur, dit Mr Niffen en lui tendant son bras.

Ils sortirent de la chambre verte ensemble, et nous restâmes là, à écouter le public applaudir et taper des pieds avant de faire soudain silence lorsque Thaddeus entama la pièce. Cette marée de son me remit en mémoire mon premier jour sur le bateau, lorsque je m'étais sentie si mal. Le Dr Early allait-il débusquer Lula pendant l'entracte ? Était-ce ce qu'avait voulu dire Thaddeus ? Si c'était vrai, alors je devais la faire sortir avant l'entracte et non après comme prévu. En essuyant mes mains moites sur mon costume, je me rendis compte que je portais toujours la cape autrichienne que j'avais mise pour jouer du piano, mais mes mains tremblaient tant que je n'arrivais pas à la défaire.

— Je vais t'aider, dit Liddy avec douceur.

Un sentiment qui ressemblait fort à du remords me perça le flanc. Elle était plus gentille avec moi que Constance ne l'avait jamais été ; pourtant, je comptais bien ruiner son bonheur avec le Dr Early, si j'y parvenais. Nous entendîmes le Général – Hugo – rejoindre Thaddeus sur la scène, et Mr Niffen entra dans la chambre verte. La salle riait encore de sa dernière réplique.

— Bon public ce soir, remarqua-t-il.

Ce serait bientôt à moi. J'allai attendre mon entrée dans l'étroit espace auquel nous donnions le nom affectueux de coulisse, et Liddy vint avec moi. En regardant la scène, je fus hypnotisée, un instant, par les courtes flammes qui brûlaient dans les petites lanternes de bord de scène. Ma vue se troubla et je fis un pas en arrière.

— *Ah ! Monsieur ! Voici le personnage qui s'achemine par ici…*

C'était à moi. J'intimai à mes pieds de bouger. Ils n'en firent rien ; Liddy me poussa.

— *Donna Cecily, Donna Cecily !* cria Thaddeus.

Nous étions tous deux seuls sur la scène qui me semblait à la fois plus vaste et plus étroite que les coulisses, et terriblement proche des gens sur les bancs. Je me tournai vers lui pour prononcer ma première réplique, « *Monsieur* », mais rien ne sortit.

Thaddeus fit semblant de rien.

— *Vous servez chez le Baron de Stanville ?*

— *Le servir ?* murmurai-je en tentant de trouver ma voix. *Je suis la gouvernante de la maison, Monsieur.*

— On n'entend rien ! cria quelqu'un dans le public.

En me retournant, je vis un homme portant une veste verte et matelassée se frayer un chemin jusqu'au premier rang, en forçant le juge de paix et le Dr Early à se pousser pour lui faire de la place.

— Plus fort ! dit-il en s'installant, les yeux braqués sur moi.

Quelque chose gigota sous la veste du Dr Early, puis la petite tête d'un raton laveur en sortit. Fripouille. Il avait dû le faire entrer en douce sur le bateau.

— *Un mot, Mademoiselle, un mot,* dit Thaddeus très fort pour couvrir la voix de l'autre. *J'ai une chose de la plus grande importance à vous communiquer.*

Je me mis à parler, mais ma chemise de nuit semblait étouffer ma voix.

— Plus fort ! cria encore l'homme en vert.

— Je fais de mon mieux ! m'exclamai-je en me retournant vers lui.

Du coin de l'œil, je vis Hugo, en coulisse, dans son costume de général. Il agitait la main vers le public, d'un geste qui voulait dire : *ne fais pas attention à eux.*

— Gardez les yeux sur moi, dit Thaddeus à voix basse, avant de poursuivre plus fort. *Vous êtes bien sévère, Mademoiselle. Cet air que vous prenez contraste avec votre physionomie naturellement douce…*

Je le dévisageai en tentant de me souvenir de la suite. Depuis l'aile, Hugo me souffla : « *Vos cajoleries…* »

— *Vos cajoleries ne me séduiront point,* dis-je, un peu plus fort cette fois, même si je sautai ensuite plusieurs répliques. *Si vous comptez ravir ma jeune protégée, perdez toute espérance ; j'ai grand plaisir à vous apprendre que vous échouerez.*

Ma voix se maintint tant bien que mal, et tant bien que mal nous achevâmes la scène sans plus manquer de répliques ni recevoir de commentaire de la part de l'homme en vert. J'essayais, tout en parlant, de ne pas le regarder, ni lui ni Constance qui me fixait depuis le deuxième rang avec stupéfaction. J'étais sur scène, je jouais, j'avais pris sa place, et voilà que c'était à elle de me regarder. Debout dans mon costume de servante, j'attendis que Thaddeus finisse sa réplique pour dire la mienne. En l'espace de quelques minutes, je fus dupée par lui, chassée de la maison d'Hugo, et humiliée. Il ne restait plus qu'à me faire quitter la scène.

— *Écoutez-moi donc…* suppliai-je Hugo.

— *Pas de réplique. Allez, allez, malheureuse, et gardez-vous de jamais reparaître devant mes yeux. Demain, je vous enverrai vos gages, bien que vous les ayez fort peu mérités.*

Une fois Hugo parti, je me tournai vers Thaddeus.

— *Oh ! il me le paiera, il me le paiera. Oui, je vous servirai ; contre mon inclination, à la vérité ; mais pour me venger de son indigne conduite à mon égard. Je trouverai moyen de vous être utile, et de le faire repentir de m'avoir défiée.*

Sur ce, Thaddeus se tourna vers le public et sourit d'un air triomphant.

Exeunt, comme on dit, et l'acte prit fin.

Ç'aurait dû être là toute l'étendue de ma carrière dramatique, puisque Cecily ne réapparaissait plus dans la pièce. Mais l'acte suivant débuta sans même me laisser le temps d'être soulagée. La pièce parviendrait vite à l'entracte.

— Tu as été épatante ! me dit Liddy.

Ce n'était pas vrai, mais c'était si gentil de sa part.

Elle me raccompagna jusqu'à la chambre verte où Celia me félicita. Après avoir échangé quelques mots avec elle, je marmonnai que j'avais besoin d'air et sortis sur le ponton.

Enfin, dehors. Je fermai la porte, pris une grande inspiration, et regardai autour de moi. Mon cœur battait encore un peu trop vite, mais l'air frais m'apaisait et la nuit était belle. Il restait encore quelques traces violettes du crépuscule. Les constantes allées et venues des vapeurs pendant le jour avaient laissé dans l'air une odeur de fumée, et l'un d'eux s'était amarré au bout de la jetée. Je scrutai la route qui menait en ville, mais il n'y avait aucune trace de Donaldson, ni de quiconque prêt à emmener une esclave en fuite, rien qu'une file de calèches vides et un haquet de ferme sans conducteur, dont le cheval était attaché à un poteau, la tête plongée dans un sac de grain. Comment faire sortir Lula avant l'entracte sans que personne remarque rien ? Je m'accoudai au bastingage en essayant de voir plus loin sur la route.

Celia ouvrit la porte.

— Tu voulais que je te dise quand Thaddeus entrerait dans la malle de Liddy. Eh bien, c'est maintenant.

Je la suivis dans les coulisses ; Sam et Jemmy, avec moustaches et casquettes de porteur, refermaient le couvercle de la malle sur la tête de Thaddeus. Après un signal silencieux, ils soulevèrent le tout et l'emportèrent au centre de la scène. Liddy attendait non loin son entrée.

— *Ce sont deux caisses de nos bagatelles des Indes, dont je veux faire cadeau à ma future,* proclama Mr Niffen sur scène.

Il ne tarderait pas à quitter la scène avec Hugo, et Mrs Niffen ouvrirait la malle pour laisser sortir Thaddeus. C'était le moment.

— Liddy, murmurai-je, il faut que tu m'aides. Il y a une jeune fille sur notre bateau. Une esclave en fuite. Il faut l'emmener en sûreté.

Liddy et Celia se retournèrent toutes les deux vers moi.

— Quoi ? chuchota Liddy. Ici ? Maintenant ?

— Elle est si jeune, elle a l'âge de Celia. Elle a été violée par son maître, elle a eu un bébé…

Celia porta la main à sa bouche ; Liddy semblait choquée.

— Tu veux bien faire sortir tout le monde de la chambre verte ? demandai-je. Il faut que je la fasse quitter le bateau avant qu'on ne l'attrape.

— Où est-elle ? murmura Liddy.

Mais Hugo venait de sortir de l'autre côté de la scène. De l'intérieur de la malle, Thaddeus cria d'une voix étouffée :

— *Ouvrez la malle ! Ouvrez la malle !*

Toujours habillée en servante, je revins sur la scène avant que Mrs Niffen ne puisse soulever le couvercle.

— Excusez-moi !

— Mais… que… Cecily ? bégaya Mrs Niffen.

D'un geste raide de la tête, elle me fit signe de partir. Quelques lanternes manquèrent s'éteindre, comme si elles aussi étaient sous le coup de la surprise. Hugo se tenait dans les coulisses, de l'autre côté, mais je n'osais pas le regarder. J'avalai ma salive pour essayer d'humidifier un peu mon palais qui semblait fait de pierre rêche, et je fixai le juge de paix qui avait l'air impassible de quelqu'un qui assiste à un événement sans y participer. Quelqu'un qui n'était qu'au spectacle – c'était moi, ç'avait toujours été moi aux côtés de Constance, mais cette vie était bien finie. C'était à moi de mettre quelque chose en mouvement, ou en tout cas d'essayer, et c'était horriblement désagréable ; mon cœur battait à me rompre les côtes, et je n'avais rien pour me soutenir, certainement pas la loi, et pas même la vérité. Je ne cherchais pas à dire la vérité, et pour une fois je n'en ressentais pas même le besoin.

Pourtant, c'est exactement ce que je fis.

— Je dois arrêter le spectacle, criai-je en regardant le juge de paix. Il y a une esclave sur ce bateau. Une fuyarde !

Il me regarda sans expression, comme si cela faisait partie de la pièce.

— Une fuyarde, ici même, sur ce bateau ! répétai-je.

— Une quoi ?

Ses traits commençaient enfin à se durcir, et il se leva. À ses côtés, le Dr Early luttait pour faire rentrer Fripouille dans la poche de sa veste ; le raton laveur était déterminé à en sortir. Le Dr Early ouvrit la bouche pour dire quelque chose, mais je parlai plus fort que lui.

— Quelle est la récompense pour attraper une esclave ? Quatre-vingts dollars ? Je vous l'amènerai pour quatre-vingts dollars !

— Une petite seconde ! rugit Hugo en traversant la scène.

Pendant ce temps-là, Thaddeus donnait des coups frénétiques sur le couvercle de la malle ; Mrs Niffen finit par se souvenir de lui et ouvrit le couvercle. Thaddeus le repoussa lui-même, les lèvres retroussées.

— Traîtresse ! cria-t-il. Vous vouliez garder tout l'argent pour vous !

— C'est une jolie somme, dis-je.

Le Dr Early sauta sur ses pieds.

— Fred, dit-il au juge de paix, je suis au courant de cette affaire. Je comptais t'en parler à l'entracte pour que nous allions chercher la fille ensemble. Elle est dans l'une des cabines ! Viens !

Je jetai un coup d'œil à Liddy qui était à moitié sur scène. Elle regardait son fiancé. Son visage semblait fripé comme de la soie, soudain plus âgé. On aurait dit Constance ces dernières années, lorsqu'on avait commencé à lui refuser certains rôles. Mais Liddy était une bonne âme et une vraie amie, et elle pinça les lèvres avant de faire demi-tour – direction la chambre verte pour faire sortir tout le monde, du moins l'espérais-je. Elle tenait Celia par le bras. Fripouille choisit ce moment pour bondir de sous la veste du Dr Early en renversant une lanterne qu'Hugo se hâta de remettre d'aplomb.

— C'est en haut ! criai-je au juge. Je vais vous montrer !

Le reste du public était en train de partir. Ils n'avaient sans doute pas tout compris, mais la troupe était clairement impliquée dans quelque chose d'illégal, qui leur vaudrait la prison ou pire, et ils ne voulaient pas y être mêlés. Fripouille, tout à sa joie d'être libre, continuait de renverser les lanternes de bord de scène, ramassées par Hugo. Jemmy et Sam sortirent des coulisses pour pourchasser le raton-laveur. Je ne savais pas où était Pinky. Je courus hors de l'auditorium et grimpai l'escalier, suivie du juge de paix et du Dr Early. Thaddeus nous serrait de près, bien décidé à obtenir sa part. Lorsque je déverrouillai la porte de ma cabine, les deux hommes se ruèrent à l'intérieur et Thaddeus me poussa de côté.

— Elle est là, dans cette grande malle !

Restée sur le ponton, je les observai une seconde ; puis je fermai la porte et tournai la clé. Je les entendais à l'intérieur donner de grands coups sur la malle, essayant de briser le verrou. Il leur faudrait sans doute une minute pour se rendre compte qu'ils étaient enfermés. Le public faisait tant de bruit en quittant le bateau ; peut-être que personne ne les entendrait avant un bon moment.

Je redescendis l'escalier en courant, si concentrée que je ne vis même pas Hugo en bas des marches jusqu'à ce qu'il m'attrape le bras en me faisant presque tomber.

— Hugo !

Il me regardait comme s'il scrutait le fond d'un puits. Son visage semblait très proche du mien.

— Où est-elle, en vrai ?

— Quoi ? soufflai-je.

— Celle que tu as amenée en barque. Quelqu'un que personne n'est venu chercher, j'imagine. Il a fallu que tu la caches ?

J'étais pétrifiée. Son accent était très marqué, ce qui signalait son empressement, mais j'étais encore plus confuse que lui. Je ne savais pas où placer cette nouvelle pièce du puzzle. Il savait ? Depuis tout ce temps ? Je lui avais sans doute posé la question, car il me répondit :

— Et les sandwiches au jambon ? La lanterne dans la tempête ? Qui croyais-tu que c'était ?

Leo, j'avais toujours pensé que c'était Leo.

— Mais... pourquoi n'as-tu rien dit ? dis-je en sentant les larmes me brûler les yeux. Pourquoi ne m'en as-tu jamais parlé ?

Il fit un geste de remords, les mains ouvertes vers moi, comme s'il aurait voulu que je lui accorde quelque chose.

— Je pensais que si j'étais directement impliqué, je risquais d'impliquer tout le monde à bord, les acteurs et Leo. Je me moque bien de ce qui pourrait m'arriver, mais je m'inquiétais pour eux. Je suppose que j'aurais dû... je ne sais pas. Mais laisse-moi t'aider maintenant, May, laisse-moi au moins faire ça.

J'entendis un craquement dans ma cabine : ils avaient ouvert la malle. Mon cœur s'emballait. Je n'avais plus le temps de peser le pour et le contre.

— Elle est dans la chambre verte.

Hugo m'ouvrit la voie, en me guidant par le bras au travers de la foule qui quittait le bateau. Leo nous attendait dans la chambre verte qui était par ailleurs déserte, grâce à Liddy, sans doute. En me voyant, Leo ouvrit la petite malle noire que nous avions descendue ensemble pendant l'après-midi, et Lula en sortit. Hugo avait raison, la malle était trop petite pour un homme adulte, mais pas pour une jeune fille.

— Ça va ? lui demandai-je.

L'une de ses tresses s'était défaite ; on aurait dit une couette. Elle portait ses deux robes l'une sur l'autre, et des pantoufles que je lui avais trouvées parmi les costumes. Leo se tenait près de l'une des portes, celle qui menait à la scène.

— Ce raton laveur va finir par mettre le feu au bateau, dit-il.

— Vas-y, va l'attraper, dit Hugo. On va s'occuper du reste.

J'entendais des grands coups sur le pont supérieur. Thaddeus et les autres avaient découvert ma ruse et tentaient d'enfoncer la porte.

— Où vas-tu l'emmener ? demanda Hugo.

— Quelqu'un l'attend sur la route.

J'attrapai une robe parmi les costumes et l'enfilai par-dessus la chemise de nuit de Pinky. Puis je me couvris de la cape noire dont nous nous servions, sur scène, pour les messagers.

— Comment tu t'appelles ? demanda Hugo.

— Lula, répondit-elle en le regardant brièvement dans les yeux avant de fixer les pointes de ses chaussures.

— Lula, est-ce que tu as quelque chose dont tu ne te sers pas, un manteau, ou une cape, ou un bonnet ?

— Non, monsieur. Juste mes deux robes. Pourquoi ?

— Ils savent que tu étais sur ce bateau. Ils continueront à chercher jusqu'à ce qu'ils trouvent quelque chose.

J'enfilai la perruque rousse de Mrs Niffen, celle qu'elle avait décidé de ne pas porter, et trouvai un chapeau pour Lula. Je ne voyais pas où Hugo voulait en venir.

— Il faut y aller ! dis-je.

— Ou des chaussures ? insista-t-il.

Je me souvins des bottes qui lui avaient blessé les pieds. Je n'avais pas voulu laisser dans ma cabine quelque chose d'elle.

— Dans la malle noire, oui.

— Très bien, ça fera l'affaire, dit Hugo. May, fais de ton mieux pour revenir au plus vite. Et…

Il me prit la main gauche, puis la droite, et m'attira vers lui. Lorsque sa bouche se posa sur la mienne, j'étais si surprise que je faillis dire quelque chose ; et, pendant une seconde, j'eus l'impression que ces paroles retenues s'étaient exprimées dans le mouvement de ses lèvres, des miennes qui lui répondaient, et de la chaleur soudaine qui m'envahissait la poitrine. Le temps de dire quelques mots, et c'était déjà fini. En reculant, Hugo me dévisagea et je me sentis rougir. Je lui rendis son regard en pensant qu'il allait certainement s'expliquer – sur ses sentiments, peut-être, ou sur moi.

Mais il se contenta de répéter :

— Reviens aussi vite que possible.

Quelque chose de lumineux, de merveilleux m'avait envahie, encore une émotion à faire rentrer dans mon cœur déjà bondé ; mais je tentai de l'isoler parce que je voulais y revenir plus tard pour les ressentir à nouveau, cette surprise et cette grande joie. La foule continuait de quitter le bateau, et je me rendis compte que cela ne faisait pas si longtemps que j'avais interrompu le spectacle, alors qu'il me semblait que des heures et des heures s'étaient écoulées.

— C'est promis, dis-je à Hugo. Dès que possible. Lula, tu es prête ?

Elle hocha la tête, les lèvres serrées. Mes jambes parvinrent sans que je sache comment à m'amener sur le ponton. Lula me suivait ; son grand chapeau lui cachait à demi le visage, ce qui était une bonne chose. J'entendais les gens devant nous parler à voix très haute ; la plupart semblaient effrayés ou choqués, même si l'un d'eux – un homme tenant son chapeau de paille à la main – riait très fort. Je cherchai des yeux Mrs Howard et Constance, en espérant qu'elles pourraient nous guider jusqu'à quiconque nous attendait sur la route, mais je ne pus les repérer dans la foule. Personne ne nous remarqua, pas même Celia et Liddy qui quittaient le bateau, aux côtés de l'homme en vert. Liddy portait Oliver qui me fixait par-dessus son épaule. Il portait la collerette que je lui avait cousue ce premier jour, lorsque je me sentais si mal. Puis ils disparurent dans la foule, et je ne revis aucun des membres de la troupe pendant plusieurs semaines.

Lula prit ma main et la serra fort ; je lui serrai les doigts en retour. Nos mains glissaient – l'une de nous avait la paume moite, ou peut-être toutes les deux – mais nous ne voulions pas lâcher.

Nous descendîmes la passerelle jusqu'à la jetée. Nous n'étions que deux passagères parmi les autres, anonymes. Je ne voyais toujours pas Mrs Howard. Un coup de feu éclata dans l'air ; la foule, paniquée, se rua en avant. Mes prisonniers devaient avoir découvert le fusil d'Helena et tentaient de s'en servir pour détruire la serrure. Je tentai de tourner mon oreille sourde vers le bruit, mais le bruit était partout. Je me retournai vers le bateau au moment précis où Thaddeus enfonçait la porte de la cabine – ou peut-être l'un des deux autres ; je ne voyais qu'une silhouette floue. Ce fut à ce moment que je commençai vraiment à m'alarmer.

La foule monta en vague sur la route ; nous suivions toujours. Lula me lâcha la main.

— Il faut me traiter comme une esclave, dit-elle.

— Comment ?

— Ne me regardez pas. Pas dans les yeux.

Nous continuâmes à marcher en tentant de prendre de l'avance. En arrivant à la route, la foule se dispersa dans différentes directions, et les chevaux partirent en tirant leurs calèches, parfois avant même que les portières ne se ferment. Le public n'avait qu'une hâte : s'éloigner de ce qui se tramait sur le bateau. Lula et moi lui tournâmes le dos et suivîmes la route qui remontait la jetée pour suivre la rivière. Je sentais la sueur me piquer le crâne ; mes cheveux prenaient une odeur boisée. Mon souffle se logeait dans ma gorge comme si j'avais avalé un morceau de métal glacé. J'examinais toutes les calèches encore immobiles, en espérant y voir Donaldson ou Mrs Howard ou Constance, ou un inconnu qui nous chercherait des yeux. Il faisait nuit, à présent, mais la pleine lune brillait haut dans le ciel. Lula me suivait à quelques pas de distance. Les chevaux tapaient du pied et secouaient la tête comme si eux aussi auraient voulu laisser cet endroit derrière eux.

Nous avions remonté toute la file des calèches. Il n'y avait plus que des arbres devant nous. Le *Théâtre flottant* était assez loin derrière nous, mais je ne voulais pas redescendre la route pour vérifier à nouveau les calèches. Et si Thaddeus et le Dr Early avaient fini de fouiller le bateau ? Et s'ils nous cherchaient le long de la route ? Je n'osais même pas me retourner, de peur de les apercevoir. Je continuai donc à marcher, sans savoir quoi faire. Mon seul plan était de me donner l'air d'une femme qui savait où elle allait, pas d'une femme suivie par une esclave en fuite dont elle ne savait pas quoi faire. J'avais l'espoir fou que Donaldson était dans les environs et finirait par nous trouver. Nous n'étions pas seules sur la route ; d'autres, comme nous, n'avaient pas de calèche ou de chariot. La lune brillait si fort que je me serais sentie exposée même sans ces gens et leurs lanternes. L'un d'eux me regarda un peu trop longtemps, puis se tourna vers Lula.

— Allez, ne traîne pas ! lui dis-je en espérant faire croire qu'elle était mon esclave.

L'homme se dirigea vers l'une des tavernes de bord de rivière et disparut à l'intérieur.

— Vous avez des traits sur le visage, me dit Lula. C'est ça qu'il regardait.

Je me souvins des rides dessinées par Liddy et léchai ma manche pour m'en frotter le front.

— C'est mieux ?

— Un peu. Faudrait recommencer.

Tout en me frottant encore le visage, je vis le vapeur que j'avais remarqué plus tôt, amarré au bout de la jetée. Ce n'était pas une bonne cachette – je me souvenais de Jackson découvert derrière une chaudière – mais c'était mieux que de rester au milieu de la route. La ville s'ouvrait plus loin, mais je ne voulais pas y aller. Ils allaient fouiller tous les hôtels. Je me tournai à nouveau vers le bateau et me dis que je pourrais essayer de soudoyer le capitaine – puis je me souvins que je n'avais rien sur moi, pas d'argent. Rien que la montre de mon père que je portais à même la peau. Peut-être qu'il la prendrait.

— Tu es déjà montée sur un vapeur ? demandai-je à Lula.

— Ils vont sûrement nous y chercher, dit-elle en regardant le bateau.

— Ils nous chercheront où qu'on soit.

Le bateau n'était pas grand, pour un vapeur. En m'approchant, je vis qu'il transportait du papier, roulé en balles sur le pont inférieur. C'était donc un petit cargo – mais peut-être accepterait-il de prendre quelques passagers. J'espérais que le capitaine ne poserait pas trop de questions. Nous nous étions engagées sur la passerelle lorsque le vapeur siffla sans prévenir ; deux hommes en vestes souillées de fumée, portant casquette, s'approchèrent pour la remonter.

— Le bateau s'en va ? demandai-je.

— Ordre du capitaine, répondit l'un d'eux.

— De nuit ?

Je n'avais jamais entendu parler d'un vapeur voyageant de nuit.

— La nuit est claire. Le capitaine pense que c'est plus sûr.

— Plus sûr que quoi ?

— Le feu pourrait se propager jusqu'à nous, dit-il en indiquant quelque chose derrière moi.

Je me retournai. Un bateau était en feu à l'autre bout ; les flammes couraient sur l'eau pour lécher le bois de la jetée. C'était le *Théâtre flottant.*

— Avec tout ce papier, on partirait en fumée tout de suite, poursuivit l'homme avec un signe de tête vers sa cargaison.

Je fixai les balles de papier, puis je me retournai vers l'incendie. C'était un raisonnement tout simple, mais j'étais incapable de le suivre.

— C'est notre bateau ! souffla Lula.

Je ne pouvais pas lui répondre. Je n'arrivais pas même à hocher la tête.

— Vous pouvez monter à l'étage, si vous voulez, nous dit l'homme. Il y a moins d'agitation là-haut.

Mais Lula et moi étions trop choquées pour quitter le pont inférieur, pétrifiées par la vue du *Théâtre flottant* en feu. Les chaudières du vapeur s'étaient mises en marche, et la roue à aubes commençait lentement à tourner. Je savais que Liddy avait quitté le bateau avec Oliver et Celia. Mais les autres ? Hugo ? Hugo s'en était-il sorti ? De là où j'étais, je ne pouvais distinguer aucun détail ; l'incendie m'éblouissait.

Des flammes orange s'enroulaient à présent autour du bateau comme du lierre, et l'odeur âcre de la fumée venait de nous atteindre.

Le vapeur tangua en s'éloignant de la jetée. J'avais la gorge serrée, comme si les cendres du *Théâtre flottant* la remplissaient déjà, mais je ne pleurais pas. Lula me serrait à nouveau les doigts. D'ordinaire, je n'aimais pas que l'on me touche ; mais, ce jour-là, je crois bien que c'était moi qui lui avais pris la main. Les deux hommes étaient partis s'occuper des chaudières, et Lula et moi étions abandonnées à nous-mêmes. Nous regardions le bateau brûler. Avaler ma salive me faisait mal. Respirer était presque aussi douloureux. Le vapeur traversa lentement la rivière et s'amarra dès que possible sur la rive nord ; même d'aussi loin, à près d'un demi-mile de là, un nœud de flammes blanches se détachait contre la voûte nocturne.

20

Nous étions presque en août lorsque je retrouvai un travail à l'American Hotel de Cleveland. Il se trouvait dans Superior Street, une rue dont les trottoirs faisaient seize pouces de large, et où les cochons en liberté étaient interdits par la loi.

Tout comme Cincinnati, Cleveland se targuait d'être une ville moderne, mais la barge qui m'avait fait remonter le canal était aussi lente qu'une charrette de ferme. Des troupeaux de moutons broutaient autour des écluses, et les caniveaux étaient envahis d'herbes folles. J'avais mis cinq jours à arriver à Cleveland, deux semaines à trouver un travail, et deux semaines et un jour à me trouver un logement dans un bâtiment en briques lépreuses, qui semblait avoir été oublié pendant la reconversion du quartier en rue commerçante. Mais cela me convenait très bien. Le loyer était bas, j'étais juste à côté de l'hôtel, et j'avais une clé aussi épaisse qu'une queue de rat.

Au sein de l'American Hotel, je travaillais dans une petite pièce carrée au plafond bas, située derrière les cuisines. Une fenêtre au verre cassé donnait sur la ruelle de service. Les bonnes m'apportaient des pantalons aux boutons arrachés ou des robes à l'ourlet décousu, appartenant à la clientèle. Je ne gagnais pas beaucoup d'argent, mais on me donnait deux repas par jour, six jours par semaine. De temps à autre, je montais dans la chambre d'un client pour y faire une retouche. Je m'agenouillais sur le tapis, des épingles à la bouche, pour m'occuper de l'ourlet en soie de la robe d'une dame qui discutait avec quelqu'un d'autre dans la pièce. Certains jours, je n'avais presque rien à faire, d'autres apportaient trop de travail pour une seule personne. Ces jours-là, une jeune fille noire nommée Bella venait me prêter main-forte. S'il nous restait un peu de temps, je lui montrais quelques points de broderie. Elle voulait ouvrir une boutique de « couture chic », comme elle disait, dans la rue où vivait sa famille. Son père était coiffeur et possédait son propre salon ; il était venu s'installer à Cleveland à vingt ans, enfant d'une famille libre en Virginie. Bella me racontait beaucoup de choses pendant le travail. Sa voix était joliment aiguë et légère, et elle parlait sans s'arrêter, en changeant de sujet sans cesse comme un oiseau sautillant de branche en branche. Je savais tout sur sa famille, sur la famille de son père, sur les habitués de son église, et sur « ce garçon culotté, là, Simon, de l'autre côté de la rue » qui s'était entiché d'elle.

Après le travail, Bella prenait à droite pour rentrer chez elle – parfois, Simon le culotté l'attendait au coin de la rue pour la raccompagner – et je prenais à gauche. Mais je ne regagnais pas tout de suite ma petite chambre. Cleveland avait « la fièvre du théâtre », selon le journal, et offrait à quiconque voulait se distraire le soir un ample choix de représentations. Des troupes nouvellement formées jouaient du Shakespeare ou des mélodrames français ; il y avait aussi des comédies américaines au Cook's Theatre, tenu par les frères Cook ; ou encore des comédies musicales à l'Italian Hall sur Water Street. Aussi souvent que possible, j'allais au spectacle, à la recherche de noms familiers : *Miss Lydia Foote, Mr Sam Trotter, Mr James Grieve. Capitaine Hugo Cushing.* Je n'attendais pas même qu'on me place avant de parcourir le programme à la lueur des appliques à gaz, en le tenant des deux mains – il le fallait, car je me mettais à trembler dès qu'on me le donnait. Mon cœur semblait toujours me rentrer dans la poitrine au moment de lire les noms.

Mrs Margaret Russell, lus-je. *Miss Mary Skapek. Mr Gregory Roscoe.* Et d'autres noms encore, que je ne connaissais pas. Mais c'était bien normal ; pourquoi les acteurs du *Théâtre flottant* viendraient-ils jouer à Cleveland ? La coïncidence aurait été trop grande. Je vérifiai à nouveau la liste pendant que les autres spectateurs autour de moi trouvaient leurs sièges.

— Puis-je vous aider, Miss… ? me demanda le placeur.

— Sinclair, dis-je. Mrs Jasper Sinclair.

— Puis-je vous aider à trouver votre siège, Mrs Sinclair ?

— Non, merci.

Il était inhabituel, voire inconvenant, pour une femme seule de se rendre au théâtre, mais je m'en moquais complètement. Je roulais machinalement le programme après m'être assise et, comme Hugo l'avait un jour prédit, je me laissais absorber par la pièce au bout d'une minute ou deux. Les mêmes rôles revenaient souvent – le benêt comique, le serviteur enjoué, la charmante ingénue – mais cela ne m'empêchait pas d'être captivée par leurs ennuis. J'étais bien contente que l'on me captive : lorsque j'étais au théâtre, j'oubliais ce que j'avais fait, ceux que j'avais aidés et ceux à qui j'avais fait du mal. Je m'oubliais, moi, et j'imagine que c'était l'essentiel.

Puis je retournais dans mon petit deux-pièces étouffant de chaleur et d'humidité, et j'essayais de dormir.

Bien sûr, j'avais envoyé à Mrs Howard mon adresse à Cleveland, en lui demandant de bien vouloir la transmettre au capitaine Cushing. Mais savait-elle où il était ? Si oui, voudrait-elle bien lui écrire ? Je n'en avais aucune idée. Je ne savais même pas s'il était encore en vie. Tout ce que j'avais pu apprendre sur le *Théâtre flottant* venait d'un entrefilet dans le *Cincinnati Daily Gazette,* que j'avais parcouru chez Mrs Howard quelques jours après.

UN BATEAU-THÉÂTRE

a brûlé sur la rivière Ohio à la jetée de Paducah,
où il était amarré, vendredi dernier. Le Dr Martin Early,
médecin et poète, y a trouvé la mort, ainsi qu'un membre
de la troupe. Les courageux habitants de Paducah
ont pu éteindre l'incendie avant qu'il n'endommage la ville.

Un membre de la troupe. C'était tout ce que je savais. Il n'y avait aucune mention de Lula, rien qui parle d'une fuyarde. Je ne savais pas où trouver quiconque ayant vécu sur le bateau, et je ne pouvais donc demander d'éclaircissements à personne. J'aurais pu envoyer un message au bureau de poste de Paducah pour qu'ils y placardent ma nouvelle adresse, mais c'était sans doute trop dangereux. Je ne savais pas si j'étais recherchée, et Mrs Howard n'en savait rien non plus, mais elle m'avait conseillé de changer de nom pour le moment, afin de ne pas prendre de risque. Ainsi étais-je devenue Mrs Jasper Sinclair.

Après notre fuite nocturne, Lula et moi avions voyagé pendant encore trois jours avant d'arriver chez Mrs Howard. Le vapeur nous avait beaucoup rapprochées de Cincinnati et nous y aurait sans doute emmenées si je n'avais pas vu le capitaine regarder Lula un peu trop longtemps, en plissant les yeux. Nous avions filé en profitant d'un arrêt dans une petite ville, tandis que l'équipage chargeait des barils de clous en plus de leur cargaison de papier, et j'avais trouvé une diligence pour couvrir les derniers miles. Le conducteur avait accepté la montre de mon père en guise de paiement. Elle valait sans doute dix fois le prix du voyage.

Nous avions très peu dormi sur le vapeur, juste quelques heures çà et là, mais Lula s'était profondément assoupie dans la diligence. Je m'étais forcée à rester éveillée pour la secouer si elle faisait un mauvais rêve, et je scrutais ses paupières en guettant un signe d'agitation. Les coins de ses yeux étaient humides, mais je ne pense pas qu'elle pleurait. Je racontai aux autres passagers que ma sœur à Cincinnati venait juste d'accoucher, et que je comptais lui prêter la petite – ceci avec un signe de tête vers Lula – pour l'aider pendant quelques semaines. Ils avaient leur propre « petite » avec eux, une femme aux cheveux ceints d'une écharpe bleue, qui devait bien avoir trois ou quatre ans de plus qu'eux.

— Ma sœur a accouché d'un petit garçon, leur dis-je. Il s'appelle William.

Nous atteignîmes enfin Cincinnati en fin d'après-midi, sous un ciel gris et menaçant. Sans savoir si l'on nous cherchait – si des affiches avaient déjà été placardées, avec nos descriptions et une promesse de récompense –, nous marchâmes jusqu'à chez Mrs Howard en évitant les grandes avenues. Il faisait lourd et chaud, même sous les arbres. Tout en partageant un roulé au jambon que la dame de la diligence m'avait donné, nous discutâmes de ce qu'allait faire Lula après avoir retrouvé son bébé. Elle aimait bien l'idée d'être couturière. Peut-être pourrait-elle créer des pelotes d'épingle fantaisie, comme la mienne en forme de vapeur – perdue avec tout le reste.

Mais je ne pouvais pas encore me permettre de penser à tout ce que j'avais perdu. Nous avions beau être au Nord, j'avais toujours peur de voir soudain apparaître un homme brandissant un fouet ou une arme. Je ne me souvenais que trop de l'expression du Dr Early à Paducah, lorsqu'il avait bondi sur ses pieds pour mener le juge de paix à Lula : l'impatience – la joie, même, d'un chasseur. Il était sur le point de capturer une créature plus faible que lui, et qui avait commis le crime terrible de se croire plus forte qu'elle ne l'était. Cette proie, c'était Lula ; mais c'était moi, aussi.

Lorsque la pluie se mit à tomber, Lula et moi nous arrêtâmes en regardant le ciel pour que les gouttes nous rafraîchissent le visage. Lula ôta ses pantoufles de costume, qui étaient toutes sales et déchirées, et fit quelques pas dans l'herbe.

— Tu vas attraper froid, dis-je. Pourquoi souris-tu ?

— On est en terre libre.

Elle ramassa une plume de geai bleu sur le sol pour la faire tourner entre ses doigts. Je me souvins de l'image de merle bleu qui lui plaisait tant dans le livre d'Hugo, avec sa chenille si détaillée. Des gouttes de pluie scintillaient dans ses cheveux.

Le temps d'arriver chez Mrs Howard, la pluie s'était arrêtée, et l'allée centrale était creusée de grandes flaques. Nous fîmes le tour du jardin pour rentrer par la porte de derrière, qui n'était jamais fermée à clé. Je me méfiais de tout le monde – des femmes de chambre qui auraient pu se trouver n'importe où dans la maison, des garçons de course qui risquaient de se servir eux aussi de la porte de derrière – si bien que nous restâmes plantées là, mouillées et boueuses, pendant plusieurs minutes, jusqu'à ce que Donaldson traverse la maison et nous aperçoive.

Il se hâta de nous faire descendre au cellier où se trouvaient un matelas de paille et une bassine d'eau entre les caisses et les vieux meubles. Pendant que nous nous séchions, il s'en fut chercher Mrs Howard qui nous suggéra de nous « allonger pendant quelques instants » – Lula sur la paillasse et moi à l'étage. Mais j'étais si épuisée que je dormis toute la nuit et ne me réveillai qu'un peu avant midi le jour suivant. Il y avait une plume de geai bleu sur l'oreiller à mes côtés, celle que Lula avait ramassée la veille. C'était en signe d'adieu, mais je ne le compris que lorsque Mrs Howard m'apprit que Lula était partie.

Elle refusait de me dire où ; à « l'arrêt suivant », voilà tout.

— Donaldson est le seul à savoir, et je ne lui poserai pas la question. Il fallait qu'ils s'en aillent de nuit.

— Je pourrais lui faire parvenir une lettre… dis-je en songeant que quelqu'un pourrait la lui lire.

— Vous voulez la faire arrêter ?

— Dites-moi au moins si elle est avec son bébé.

— On ne nous communique pas ce genre de détails, May. C'est plus sûr ainsi. Elle est libre, cela, je peux vous l'assurer. Et son bébé aussi. Vous vous êtes comportée en bon soldat.

— Tu peux être fière de toi, renchérit Constance.

Elle et Mrs Howard n'étaient pas de bons soldats. Lorsque Donaldson lui avait appris l'existence de Lula, Mrs Howard avait contacté un fermier qui possédait un haquet à double fond, celui que j'avais vu depuis le ponton du *Théâtre flottant,* et dont l'on se servait souvent pour transporter des fugitifs. Mais le fermier passait quelques jours chez son frère, ce qui expliquait ce délai. Il était revenu à temps pour garer son haquet près de la jetée de Paducah pendant le spectacle, et avait attendu qu'on lui amène Lula. Je ne sais pas pourquoi il n'y était pas quand j'avais remonté la file des calèches. Peut-être qu'il avait perdu patience, puisque j'étais en retard ; peut-être était-il parti à notre rencontre. Mrs Howard elle-même avait paniqué devant l'apparition du juge de paix et s'était enfuie avec Constance. Elle m'assura qu'elles nous avaient cherchées – en ville, songeant que nous nous éloignerions de la foule –, mais Constance m'avoua ensuite qu'elles avaient vite abandonné. Mrs Howard avait peur. Elle était connue pour ses idées abolitionnistes et ne voulait pas être mêlée à cette course-poursuite. Elle ne pouvait pas se permettre d'aller en prison, m'expliqua Constance. Tant de gens avaient besoin de son aide.

J'ai toujours la plume de geai bleu. J'aurais voulu pouvoir dire au revoir à Lula.

Mrs Howard me donna l'ancienne chambre de Constance, celle au plafond velu plein de soies de porc. Constance partageait deux pièces avec elle au fond du couloir. Pendant deux nuits d'affilée, je dormis d'un sommeil lourd et sans rêves, ce qui n'empêcha pas mon épuisement de me peser sur les épaules comme un épais châle de laine. J'étais heureuse – extatique – que Lula se soit enfuie. Tout était contre nous, mais nous nous en étions tout de même sorties. Mais le souvenir de cette nuit avait creusé en moi un gouffre d'ombre et de regret. Le *Théâtre flottant* n'était plus. J'avais détruit le gagne-pain d'Hugo et celui de sept autres personnes – huit, en comptant la jeune Celia.

— Écoutez, May, me dit Mrs Howard au petit déjeuner quelques jours plus tard. Vous ne devez plus penser à ce bateau. Ce qui est fait est fait. C'est dommage, bien sûr, c'est terriblement dommage, mais ce n'était pas de votre faute. Vous n'avez pas mis le feu à la scène. Vous avez aidé Lena à s'enfuir.

Elle est saine et sauve grâce à vous. Vous devriez être fière de ce que vous avez fait. Concentrez-vous sur cela, si vos pensées vous y mènent. Notre cause est une cause juste, vous le savez.

Elle continua dans cette veine pendant un moment – un bon moment – puis s'interrompit pour boire son thé, qui devait être froid.

— Lula, dis-je. Pas Lena.

— Bien sûr, bien sûr, dit-elle sans se démonter. Lula.

J'aurais voulu pouvoir lui expliquer comment je me sentais – comme du tissu déchiré en bandes. Mais elle persistait à me dire que rien n'était de ma faute, même après la découverte de l'entrefilet dans la *Gazette* parlant de l'incendie et des morts. Je partis le matin suivant. Mrs Howard tenta de m'en dissuader – « Vous avez des obligations envers la cause, maintenant ; vous pouvez accomplir de grandes choses ici même » – mais je ne me laissai pas convaincre. Elle me donna vingt dollars et un billet pour Cleveland. Cette fois-ci, j'en fis bon usage.

Trois jours pour arriver à Cincinnati, cinq jours pour arriver à Cleveland, quinze jours pour trouver du travail. Le temps sembla ensuite perdre tout son sens. J'allais au théâtre le soir, puis je me levais le lendemain – les matins étaient toujours humides, les après-midi encore plus. Ou pluvieux. Le vent qui venait du lac semblait me délivrer une série de gifles molles qui menaçaient de m'enlever mon chapeau malgré les épingles, si bien que je me rendais au travail une main sur la tête comme tout le monde.

Par un après-midi de la fin du mois d'août, Bella et moi étions assises dans la petite arrière-salle de l'hôtel, avec une incroyable quantité de soie bleu pâle sur les genoux ; nous raccommodions toutes les deux l'ourlet d'une même robe, qu'il fallait finir dans un quart d'heure pour que sa propriétaire puisse la mettre au dîner. Têtes baissées, nous faisions au plus vite, ce qui n'empêchait pas Bella de parler sans s'arrêter, en me racontant le dimanche qu'elle avait passé avec ses deux frères et quatre sœurs. Ils étaient allés écouter le Cleveland City Band à Public Square.

— Dix-huit musiciens ! me dit-elle. Mon frère Petey les a comptés.

J'aimais bien travailler dur sur une tâche qu'il fallait finir vite, et Bella me distrayait de mes pensées, ce que j'appréciais également. Elle ne parlait pas d'esclavage, de fuyards ou d'émancipation – en tout cas, pas avec moi. Elle ne parlait que de la vie de tous les jours. Je m'en sentais très loin – sans famille, sans même des voisins qui connaîtraient mon vrai nom –, mais j'aimais bien l'entendre parler de ses sorties du dimanche, de ses amours, et même de ce qu'elle avait mangé la veille au soir et comment elle l'avait préparé avec sa mère. À l'époque où je n'étais pas tourmentée de regrets, ce babillage m'aurait irritée. Mais à présent, je me contentais de l'écouter, et j'imaginais sa vie à mesure qu'elle me la racontait, tandis que mes doigts s'agitaient furieusement sur la soie.

— … Et ensuite, on est allés prendre une glace, mais Petey en a eu deux parce qu'il a fait tomber la première, et c'est le chouchou de maman.

Mr Loran, l'alerte et pondéré gérant de l'hôtel, passa la tête dans la pièce.

— Ça avance, les filles ? demanda-t-il. Alice se tient prête à l'emmener à l'étage quand vous aurez fini. Elle est dans la cuisine.

Je cassai le fil avec les dents puis fis un nœud. Bella redonna un petit coup de fer à la robe pendant que je découpais un pan de papier de soie pour l'y emballer. Alice était bel et bien dans la cuisine, assise sur une chaise avec ses jambes tendues devant elle et sa coiffe de bonne sur les genoux.

— Qu'est-ce qu'il fait chaud, dit-elle avant de se lever en remettant sa coiffe. Y a un client qui demande de l'aide. Une histoire de bouton, je crois. Chambre 416.

Ses doigts s'agitaient autour de sa coiffe, en y faisant rentrer les mèches folles sans même s'aider d'un miroir.

— Bella, tu veux bien aller chercher le bocal à boutons ? dis-je.

Alice secoua sa jupe puis récupéra le paquet.

— C'est vous qu'il veut, il connaissait votre nom. Il a dit : « Est-ce que Mrs Jasper Sinclair est là aujourd'hui ? »

Je sentis le sang me monter au visage. Aucun client n'avait jamais retenu mon nom. Personne ne le connaissait, à part Bella et Mr Loran et quelques-unes des bonnes. La justice m'avait-elle enfin retrouvée ? J'aurais voulu le demander, mais je ne savais pas comment faire sans me désigner coupable. Peut-être aurais-je pu demander à Bella d'y aller malgré la requête du client ; mais, passé cette première frayeur, je sentis une autre émotion s'imposer à moi, comme si j'avais attendu toutes ces semaines que les conséquences de mes actions me rattrapent. Elles étaient enfin là.

Chambre 416, répéta Alice lorsque je sortis de la pièce.

En traversant les cuisines, la salle à manger, puis la réception avant de monter l'escalier, j'avais l'impression que tous ceux que je croisais allaient dans l'autre sens. Si c'était la justice, songeai-je, ils seraient simplement venus m'arrêter dans l'arrière-salle en plein travail. Mais je n'arrivais pas à m'en persuader tout à fait. Au moment de frapper à la porte, j'avais l'impression d'avoir deux cœurs dans la poitrine, qui battaient chacun sur un rythme différent.

— Service couture ! dis-je.

La porte s'ouvrit après un long moment.

Donaldson était là, debout sur le tapis et dos à la lumière, sans sourire. Il m'accorda néanmoins un signe de tête et ouvrit grande la porte pour me laisser entrer. J'étais stupéfaite de le voir – mais ce mot ne suffit pas à décrire ma confusion et le fourmillement qui me parcourut les bras comme si ma peau voulait soudain s'assurer de sa place. J'entrai dans la pièce. Le tapis était épais, couleur crème, liseré de roses, et les meubles semblaient s'y enfoncer de tout leur poids, comme dans de la mousse de lait. Je cherchais Mrs Howard des yeux, en m'attendant à la trouver dans un coin avec son service à thé de voyage, lorsque la porte adjacente s'ouvrit sur Hugo.

Ses cheveux avaient poussé, et il portait un costume d'un brun sombre. Comme c'était étrange de le voir sans son manteau de capitaine ou son vieux pantalon de travail – ou sans habits de scène. J'aurais presque pu ne pas le reconnaître, mais lorsqu'il s'approcha de moi, quelque chose s'enfuit de ma poitrine – un bruit, ou une expiration, parce que je l'avais reconnu, parce j'étais si soulagée. Hugo m'enleva le bocal à boutons et le posa sur une petite table basse. J'étais pétrifiée.

Il me prit les deux mains. Il murmura mon nom. Il y avait tant de gentillesse dans ses yeux. Donaldson me regardait aussi.

Un sanglot m'échappa et je laissai Hugo m'attirer contre lui. Mais je me reculai quelques secondes plus tard. Je savais qu'il était là pour m'apporter de mauvaises nouvelles : la mort d'un membre de la troupe. Malgré tout, j'étais si heureuse que ce ne soit pas lui. Je voulais tout savoir, mais je ne pus m'empêcher de demander d'abord :

— Comment m'as-tu trouvée ? Grâce à Mrs Howard ?

— Mrs Howard ? répéta Hugo en haussant les sourcils. Non, je n'étais pas le bienvenu, c'est le moins qu'on puisse dire. Elle m'a servi le thé dans le couloir.

— Ça lui ressemble bien, oui, dis-je en souriant.

— Heureusement pour moi, Mr Donaldson ici présent est venu me trouver avant que je ne m'en aille. Jamais vu quelqu'un écrire aussi vite.

Lorsqu'il dit cela, le visage de Donaldson se transforma. Ça n'avait pas l'air d'un sourire, mais ç'aurait pu en être un. Lorsque je le remerciai, il me tendit la main, et je la pris.

— Il s'est arrangé pour avoir quelques affaires à traiter avec un certain Mr Loran, et j'ai pu l'accompagner.

— Le gérant de l'hôtel ? dis-je, stupéfaite, en fixant Donaldson. Vous le connaissez ?

Une fois de plus, Donaldson parvint à exprimer son acquiescement sans bouger un muscle.

— C'est vous qui m'avez obtenu ce travail ?

Il sortit de sa poche un carnet et un court crayon à papier, et je pus constater qu'Hugo avait raison : je n'avais jamais vu quelqu'un écrire aussi vite.

Nous nous sommes dit que vous accepteriez peut-être de continuer à servir notre cause.

— « Nous » ?

J'arrangerai une visite lorsque la petite ne travaille pas.

— Vous voulez dire Bella ?

Il récupéra son chapeau et me fit un petit signe de tête avant de partir. La porte se referma derrière lui.

— Ça ne m'étonnerait pas que ce soit lui, le cerveau derrière toute l'opération, dit Hugo.

Nous nous tenions toujours sur l'épais tapis au milieu de la pièce. La lumière du jour était âpre, d'un gris métallique que les rideaux à demi fermés tranchaient en deux. Hugo semblait fatigué, et presque ordinaire dans son costume marron.

— Hugo, que s'est-il passé cette nuit-là ?

Il plissa les lèvres et alla fermer la fenêtre. J'avais à peine remarqué les bruits montant de la rue – un harnachement qui s'entrechoquait, quelques hommes discutant d'une voix forte – mais ils se turent d'un coup comme si l'on avait fermé le robinet. Hugo se retourna vers moi et leva les bras, un geste que je ne savais pas comment interpréter. Lorsqu'il se mit à parler, je le dévisageai, en cherchant – quoi, au juste ? Peut-être un air accusateur, ou de la colère. Il y avait beaucoup d'émotion sur son visage, mais je ne savais pas l'identifier. Il me dit qu'après notre départ, à Lula et à moi, il était resté dans la chambre verte en essayant de faire croire que Lula était morte en tentant de fuir. Il avait mis ses bottes dans la malle en coinçant les lacets dans les gonds pour que le courant ne les emporte pas.

— Puis j'ai essayé de pousser la malle par la fenêtre, mais elle ne passait pas, alors je l'ai sortie sur la jetée pour la lancer dans l'eau. Je suis resté là quelques minutes pour être sûr qu'elle flottait. Et quand je me suis retourné…

Il détourna les yeux.

— J'ai appris plus tard que l'un des rideaux de scène avait pris feu. Le reste a suivi très vite.

Un incendie peut se propager à la vitesse d'un regard ; je l'avais appris lorsque mon père avait détruit une vieille grange dont on ne se servait plus. Les flammes avaient pris aux coins puis avaient très vite atteint les fenêtres et le toit. Le bois s'était fendu avec un grand craquement ; l'épais panache de fumée noire était rapidement devenu plus large que le bâtiment lui-même, et en quelques minutes à peine, le squelette de la grange avait été mis à nu.

Ma poitrine s'était serrée comme si j'avais des tuyaux en cuivre à la place des poumons.

— Est-ce que Liddy… ? demandai-je à Hugo. Celia… ?

Je les avais vues partir ensemble, mais j'avais besoin d'être sûre.

— Elles vont bien. Elles ne sont pas blessées. Liddy a abandonné le théâtre pour rentrer dans sa famille, à Akron. Pinky songeait à la rejoindre là-bas. J'espère qu'il le fera.

Donc Pinky allait bien, lui aussi.

— Mais alors… qui ? osai-je enfin demander.

— Le Dr Early ne s'en est pas sorti. À mon avis, il était retourné chercher Lula dans la chambre verte.

— Qui d'autre ? Le journal a parlé du Dr Early et d'un membre de la troupe. Qui ?

Hugo hésita un moment. Puis il dit :

— Leo.

— Leo ? répétai-je, pétrifiée. Ça ne peut pas être Leo. Il n'est pas acteur. Il ne faisait pas partie de la troupe. Ils parlaient d'un membre de la troupe…

— C'était Leo, May.

— Non. Non, ce n'est pas possible.

Je devais avoir fermé les yeux parce que je ne voyais plus qu'une sorte de mur de cendres. Je n'arrivais même pas à pleurer. Il n'avait jamais figuré parmi tous ceux que j'avais considérés. Je ne m'étais jamais inquiétée pour lui.

Sans savoir comment, je me retrouvai assise dans l'un des fauteuils, avec Hugo à genoux près de moi. Lorsque je me mis à pleurer, il enveloppa ma main gauche dans ses deux mains. Une vague de honte, de tristesse, et d'insupportable remords m'avait engloutie. Leo n'attraperait jamais le poisson-chat dont il avait parlé tout l'été. Tout ce qu'il voulait, c'était faire son travail, puis s'asseoir sur la jetée côté nord et pêcher en paix. Mais j'avais tout détruit. Les larmes me coulaient le long des joues ; j'avais l'impression qu'on m'empilait des pierres sur le cœur.

— Je sais, je sais, disait Hugo.

— Je suis désolée…

— Je sais.

Contrairement à Mrs Howard, il ne dit pas que ce n'était pas de ma faute. Mais il était là, il m'avait trouvée, et il me tenait la main. Il me dit que deux hommes de Paducah avaient trouvé la malle le jour suivant, avec les bottes de Lula dedans ; et comme l'avait espéré Hugo, ils en avaient conclu qu'elle était morte – noyée, c'était le verdict. Je n'étais pas recherchée. Le Dr Early, qui savait très bien quel rôle j'avais joué, était mort, et Thaddeus s'était enfui au Kentucky.

— Vu sa propre implication dans l'affaire, je ne pense pas qu'il en parlera autour de lui, dit Hugo. Il a sûrement déjà rejoint une nouvelle troupe. Le *Théâtre flottant* a été réduit en cendres, bien sûr.

Une nouvelle vague de honteux regrets me frappa en songeant au bateau, et j'enfouis mon visage dans mon mouchoir – c'était le mouchoir d'Hugo, qu'il venait de me donner. Il avait chéri ce bateau comme son enfant.

— Est-ce que tu veux rester ici, May ? me demanda-t-il gentiment après quelques minutes. Est-ce que tu veux continuer à travailler dans cet hôtel ?

Il se tenait si près que je pouvais voir les cernes sous ses yeux, et les quelques endroits de ses favoris qui auraient besoin d'un coup de rasoir.

— Je voudrais rester avec toi, dis-je.

Cela, au moins, je le savais.

— Alors, c'est d'accord. Nous pouvons construire un nouveau bateau. Donaldson a dit qu'il me ferait un prêt. Bien sûr, il faudra attendre l'an prochain ; l'été touche à sa fin.

— Comment ? Je ne comprends pas ce que…

— Et on prévoira une vraie cachette dans les plans. Plus besoin de malles.

Il se leva et tira l'autre fauteuil près du mien, si près qu'ils se touchaient. Lorsqu'il s'assit, nos genoux frottèrent l'un contre l'autre. Il reprit ma main dans ses deux mains.

— Mais peut-être que tu n'en as pas envie.

En avais-je envie ? J'étais heureuse que Lula se soit enfuie. Elle s'était enfuie avec l'aide de Liddy, et d'Hugo, et de Leo, et de Donaldson. Mais si on l'avait attrapée, ça n'aurait été que de ma faute. J'espérais qu'elle allait bien, qu'elle était loin, et qu'elle avait retrouvé son bébé, William, aux épais cils recourbés comme les siens. Mais le prix à payer avait été si élevé. Hugo ne mentionna plus Leo après ce jour-là, mais je savais qu'il pensait souvent à lui. Ma faute, ma faute à moi.

Déchirée. Comme du tissu. C'était ainsi que je me sentais. Je le dis à Hugo, qui sourit.

— Ah, ça, mon amour, c'est la condition humaine.

De l'autre côté de la porte, j'entendis des voix – un homme et une femme – puis une porte qui se fermait en raclant contre le plancher. Je ne m'étais pas attendue à m'en tirer indemne ; et effectivement, ce n'était pas le cas. Hugo me serra les doigts, en me rappelant à lui.

— Alors, qu'est-ce que tu en dis ? Prête à tout recommencer ?

Il avait l'air si ordinaire dans son costume marron.

Alpha, beta, gamma, delta.

— Oui, dis-je. Je suis prête.

Note de l'auteure

Les petites villes qui bordaient la rivière Ohio se transformaient très rapidement pendant la première moitié du XIXe siècle. Leur apparition, expansion et disparition n'était que l'affaire de quelques décennies. Pour cette raison, j'ai choisi d'inventer la plupart des noms de ville mentionnés dans ce roman, en essayant cependant de rester fidèle à l'esprit du territoire. Le vapeur *Moselle* a réellement existé, et il a bel et bien coulé près de Cincinnati après l'explosion de ses chaudières. Des trois cents personnes à bord, seules cent dix-sept ont survécu.

Ce roman se déroule vingt ans avant la guerre civile, lorsque la rivière Ohio traçait une frontière naturelle entre le Nord libre et le Sud où l'on pratiquait l'esclavage. En 1838, la deuxième loi sur les fuyards (*Fugitive Slave Law)* n'existait pas encore, mais beaucoup de chasseurs d'esclaves surveillaient néanmoins la rivière pour capturer les fugitifs, et s'aventuraient également au Nord pour les ramener de l'autre côté.

REMERCIEMENTS

Un grand merci à Sue Armstrong, Lisa Bankoff, Heather Lazare, et Trish Todd pour leur aide si perspicace ; à Alice K. Boatwright, amie et auteure sans égale ; et surtout à Richard, John Henry et Lily pour leur soutien sans faille.

Note de la traductrice

La pièce jouée par la troupe d'Hugo Cushing, *Ruse contre ruse* ou *Guerre ouverte,* est une comédie en trois actes d'Antoine-Jean Dumaniant, publiée en 1787. Elle fut traduite la même année sous le titre de *The Midnight Hour* par Mrs Elizabeth Inchbald, qui prit de grandes libertés dans l'adaptation du texte, en changeant entre autres les noms des personnages, le lieu de l'action et l'organisation des répliques. Les extraits présents dans cet ouvrage s'efforcent de respecter avant tout l'intention de Martha Conway ; ils empruntent à Inchbald comme à Dumaniant, et relèvent parfois de la traduction originale.

PAPIER À BASE DE FIBRES CERTIFIÉES

Le Livre de Poche s'engage pour l'environnement en réduisant l'empreinte carbone de ses livres. Celle de cet exemplaire est de :
350 g éq. CO_2
Rendez-vous sur
www.livredepoche-durable.fr

Composition réalisée par NORD COMPO

Achevé d'imprimer en France par
CPI BRODARD & TAUPIN (72200 La Flèche)
en avril 2019
N° d'impression : 3033605
Dépôt légal 1re publication : mai 2019
LIBRAIRIE GÉNÉRALE FRANÇAISE
21, rue du Montparnasse – 75298 Paris Cedex 06

55/5892/6